A outra garota negra

A outra garota negra

Zakiya Dalila Harris

Tradução de Flávia Rössler e Maria Carmelita Dias

intrínseca

TÍTULO ORIGINAL
The Other Black Girl

LEITURA SENSÍVEL E REVISÃO
Solaine Chioro

REVISÃO
Cristiane Pacanowski | Pipa Conteúdos Editoriais
Sérgio Motta

PROJETO GRÁFICO
Jill Putorti

DIAGRAMAÇÃO
João Zangrandi | Ilustrarte Design

CIP-BRASIL. CATALOGAÇÃO NA PUBLICAÇÃO
SINDICATO NACIONAL DOS EDITORES DE LIVROS, RJ

H260

Harris, Zakiya Dalila
A outra garota negra / Zakiya Dalila Harris ; tradução Flávia Rössler, Maria Carmelita Dias. - 1. ed. - Rio de Janeiro : Intrínseca, 2021.
384 p. ; 23 cm.

Tradução de: The other black girl
ISBN 978-65-5560-228-9
978-65-5560-074-2 [ci]

1. Romance americano. I. Rössler, Flávia. II. Dias, Maria Carmelita. III. Título.

21-70162 CDD: 813
CDU: 82-31(73)

Leandra Felix da Cruz Candido - Bibliotecária - CRB-7/6135

[2021]

EDITORA INTRÍNSECA LTDA.
Rua Marquês de São Vicente, 99, 3º andar
22451-041 — Gávea
Rio de Janeiro — RJ
Tel./Fax: (21) 3206-7400
www.intrinseca.com.br

Para minha família — presente e passada.

“História negra é terror negro.”
Tananarive Due, *Horror Noire: A History of Black Horror*

Prólogo

Dezembro de 1983
Grand Central Terminal
Midtown, Manhattan

Pare de mexer nele agora. Dê um tempo.

Minhas unhas, porém, foram de encontro ao meu couro cabeludo e o percorreram da frente para trás e para a frente de novo. Minha recompensa foi um momento de alívio prazeroso, seguido por uma onda familiar de dor seca e intensa.

Pare com isso. Pare com isso.

Eu já havia aprendido que, quanto mais coçasse, mais a dor lembraria a queimação de uma permanente malfeita — uma permanente ruim seguida de ferroadas de cinquenta vespas e depois borrifada com álcool. Minha breve oportunidade de alívio só viria depois que o trem começasse a se movimentar, quando eu pudesse, por fim, fechar os olhos e me reconfortar com a distância cada vez maior entre mim e Nova York. Ainda assim, continuei a coçar a área irritada sem parar, minha atenção agora se voltando para outra inquietação alarmante: ainda não estávamos em movimento.

Meus olhos dispararam para a faixa da plataforma visível através das portas abertas do trem, enquanto minha mente se movia mais depressa do que eu havia me deslocado pelo Grand Central Terminal minutos antes. *E se alguém me seguiu até aqui?*

Devagar, com muita cautela, levantei-me para verificar. No lado esquerdo do vagão estavam uma jovem mãe morena e sua bebê, ambas com casacos de inverno vermelhos iguais, com lapela de veludo preto. À direita havia um homem grisalho de aspecto seboso com a testa esmagada contra o vidro da janela e roncando tão alto que eu quase podia sentir o vagão estremecer. Ainda éramos os mesmos quatro de quando eu me enfiara no carro cinco minutos antes.

Ótimo.

Suspirei e voltei a me sentar, sem poder fazer nada, apenas desejando que a sensação de alívio suave que invadira meu cérebro tomasse conta também do meu coração. Mas esse órgão ainda não tinha recebido o memorando, e a visão repentina de uma sombra passando pela porta aberta fez meu cérebro voltar a trabalhar.

Alguém me viu pegar o táxi?

O que é que eu estou fazendo?

O que é que eles *estão fazendo?*

Balancei a cabeça e cruzei as pernas. Minha meia-calça roçou como dois pedaços de lixa preta, e a ponta arredondada dos meus sapatos apertados de salto alto encostou na parte inferior do assento à frente. Eu detestava essas meias, esses sapatos e esse casaco que havia enfiado de qualquer jeito no escuro; detestava a rigidez do meu corpo inteiro, frio, entorpecido, como se tivesse sido mergulhado em um tanque de água gelada.

Mas eu poderia consertar tudo isso em pouco tempo. O que mais me preocupava eram as coisas que eu não podia nomear. As coisas que me deixavam atordoada, inflamada, e que me faziam querer fugir não apenas da minha casa, mas das rigorosas restrições da minha própria pele.

Uma campainha tocou, e em seguida ouviu-se uma voz. Uma voz masculina. Levei alguns instantes para perceber que a sombra que eu vira passar pela porta pertencia ao condutor. Ele agora estava no fundo do meu vagão, se dirigindo até a frente. *Senhor*, disse, em uma tentativa educada de acordar o homem que roncava para pedir seu bilhete. *Senhor*.

Vasculhei minha bolsa a tiracolo, nervosa. Eu sabia que tinha dinheiro suficiente comigo; antes de sair às escondidas do meu apartamento, certifiquei-me de ter pegado as economias guardadas naquela calcinha de bolinhas rasgada que mantinha escondida no fundo da gaveta de meias. Mas agora eu estava ali, pronta para seguir em frente, e ainda não sabia para onde estava indo. Tinha pensado em bater um papo com o irmão que dirigia o táxi, sorrir para ele pelo retrovisor, como costumava fazer antes de todos saberem meu nome, descobrir se ele conhecia algum lugar no interior do estado de Nova York que fosse particularmente cordial com nosso tipo de gente, mas minha mente se concentrara basicamente no motivo que me havia feito fugir. No que a ouvira falar para ele ao telefone.

Imani disse que não deveria queimar.

Descruzei as pernas enquanto calculava quanto tempo eu poderia ficar ausente. A julgar pela intensidade com que meu nome estava sendo empurrado para os jornais, seria fácil para qualquer um acreditar que eu decidira "tirar uma folga" dos holofotes. Mas por quanto tempo me deixariam em paz? Por quanto tempo seriam gentis com Trace antes de exigirem respostas? Não me deixariam escapar com *tanta* facilidade. Não depois do que fiz.

Todas aquelas carreiras, ameaçadas. Um bilhete, passado por baixo da minha porta na calada da noite por um escritor negro que eu idolatrara durante grande parte da juventude: *Você não podia simplesmente deixar as coisas acontecerem?*

Mais queimação. Mais dor intensa. Eu estava coçando o pescoço de novo, grata por qualquer coisa que me distraísse dessas palavras, quando uma mão agarrou meu ombro. Soltei um gritinho e a afastei, mas então percebi que a mão pertencia ao condutor, que parecia igualmente assustado.

Nunca havia me sentido tão entusiasmada ao ver um homem branco estranho em toda a minha vida.

— Não tive a intenção de assustá-la — desculpou-se ele —, mas preciso conferir sua passagem, senhora.

— Ah!

Peguei uma nota de vinte na carteira. Quando ergui os olhos, ele estava apoiado no assento do outro lado da minha fileira, esperando com paciência e um leve sorriso no rosto. Aparentava ter vinte e poucos anos, no máximo uns cinco a menos do que eu, e foi com uma expressão amável que perguntou qual era o meu destino.

— Boa pergunta — respondi, no exato momento em que o ronco recomeçou algumas fileiras atrás de mim. — Qual é a parada mais ao norte que este trem faz?

O sorriso do condutor ampliou-se com curiosidade quando se aproximou para pegar o dinheiro.

— Poughkeepsie, senhora — respondeu. — Mais ou menos duas horas ao norte, e são quatro e setenta e cinco até lá.

— Obrigada. Na verdade... espere um instante... devo ter setenta e cinco...

Peguei de novo a carteira para desencavar algumas moedas. Só depois que me entregou a passagem e o troco ele deu um soco no ar e soltou, com brilho nos olhos:

— É isso! Já sei. Já sei onde a vi antes.

Engoli em seco e balancei a cabeça uma vez. *Não, não, não.*

— Li sobre você hoje de manhã — continuou ele, apontando para algo em seu bolso de trás. Um jornal enrolado. O brilho em seus olhos sumiu e, quando voltou a falar, suas palavras saíram devagar, como se estivesse em dúvida se valia a pena desperdiçá-las comigo. — Eu era um grande admirador seu. Por isso fiquei *muito* surpreso ao saber como você *realmente* se sente.

Desvie o olhar. Foi isso que pedi para meus olhos fazerem. No entanto, em vez disso, em vez de dizer a esse homem *Me deixe em paz, não sei do que está falando*, fiz algo que o surpreendeu; e a mim, mais ainda.

Olhei-o no rosto. E sorri.

— Deus do céu, você se refere àquela bruxa das notícias, certo? — exclamei. — Bem, isso aconteceu comigo no caminho para cá. O motorista do táxi cometeu o *mesmo* erro. Acredita numa coisa dessas? Duas vezes em um dia! É muito bom que eu esteja deixando a cidade agora, não acha?

Quando o último traço daquele som estridente e inumano escapou dos meus lábios — era para ter sido uma risada —, uma parte do brilho inicial voltou aos olhos do condutor.

Ele se aproximou e me avaliou por um tempo um pouco longo demais. Consegui manter o sorriso largo, ousado e inofensivo, tal como fazia minha avó Jo todas as manhãs quando atravessava a cidade para limpar as casas de brancos.

— Ah, estou vendo agora. Os olhos — concluiu o condutor, por fim. — Você parece nova demais para ser ela. — Virou-se para seguir seu caminho. — Bem. Tenha um bom dia, senhora. E desculpe por isso.

Enquanto se encaminhava para o vagão seguinte, ouvi-o rir e depois murmurar:

— Bruxa mesmo.

Soltei um leve suspiro. Essa foi fácil... fácil *demais*. Mas eu não aguentaria por muito tempo. Outra campainha soou: um instante depois, as portas do trem se fecharam.

Aliviada, dei mais uma olhada na direção da porta, e o movimento repentino me fez encolher de dor. A coceira não tinha apenas voltado; estava me consumindo. Implacavelmente. Estendi a mão de novo para coçar — *pare, pare* —, mas ela apenas mudou de lugar, e precisei mordiscar o lábio para não gritar. Uma coçada sempre leva a outra, e a mais outra. Eu continuaria a coçar até o fim da linha. E quando chegasse lá, ainda não teria parado. Ainda estaria coçando. E provavelmente ainda estaria correndo, também.

Suspirei e deslizei no assento para descansar a cabeça na janela. Ela estava tão quente e suada quanto a pele sob minha gola, mas, ainda assim, enquanto o trem ganhava velocidade, um trecho de túnel passando tranquilamente para o próximo, fechei os olhos. Poderia fingir, pelo menos durante a viagem, que estava tudo bem. Que não era tarde demais.

Parte I

1

23 de julho de 2018
Wagner Books
Midtown, Manhattan

O primeiro indício foi o cheiro de manteiga de cacau.

Quando ele começou a se insinuar pela divisória de sua baia, Nella estava em sua mesa, ocupada demais arrumando uma pilha de páginas, atenta a cada uma delas, para que o manuscrito ficasse perfeitamente alinhado. Estava tão concentrada em completar a tarefa — Vera Parini exigia que tudo ficasse sempre bem alinhado — que ousou ignorar o cheiro. Só quando ele subiu por suas narinas e impregnou uma parte profunda de seu cérebro é que ela interrompeu o que fazia e ergueu a cabeça com repentino interesse.

Não foi só o cheiro que a fez parar. Nella Rogers estava acostumada a todo tipo de odores indesejados que se infiltravam em seu local de trabalho, em geral horríveis. Como era apenas assistente editorial na Wagner Books, não tinha uma sala própria e, portanto, nenhuma parede ou janela. Ela e os demais assistentes que ocupavam o espaço aberto ficavam à mercê de odores de ovo cozido ou gases — muitas vezes sofriam as consequências por pelo menos uma hora.

Adaptar-se a tamanha proximidade foi tão difícil para Nella durante suas primeiras semanas na Wagner que ela passou a respirar pela boca mesmo quando não precisava, como enquanto se decidia por um ou outro tipo de granola na mercearia, ou quando transava com Owen, seu namorado. Depois de uns três meses de autotreinamento frustrado, tinha desistido e comprado um difusor de ambientes com aroma de lavanda, cuja frente do rótulo trazia a palavra RESPIRE estampada em letras cursivas douradas. Deixava-o sempre no canto mais afastado de sua mesa, logo abaixo da primeira edição de *Kindred* que Owen lhe dera pouco depois de seu primeiro encontro.

Nella olhou para as letras douradas e franziu a testa. Seria da lavanda do difusor o cheiro que ela sentia? Inspirou de novo, ergueu a cabeça e virou o pescoço até seus olhos alcançarem apenas os ladrilhos cinza e brancos que revestiam o teto. Não. Ela estava certa, era mesmo manteiga de cacau. E não *qualquer* manteiga de cacau. Era Brown Buttah, sua marca favorita de pomada para cabelo.

Nella olhou ao redor. Quando teve certeza de que a barra estava limpa, enfiou a mão em seu cabelo preto espesso e aproximou uma mecha o máximo que pôde do nariz. Fazia três anos que ela vinha orgulhosamente cultivando um afro, mas ainda assim a mecha estacionou entre seu nariz e a bochecha. Chegou perto o suficiente, porém, para dizer-lhe que o cheiro de Brown Buttah não vinha de seu cabelo. O que ela sentia era um cheiro fresco, de uma camada aplicada há não mais de uma hora, talvez.

O que significava uma de duas coisas: uma de suas colegas brancas tinha começado a usar Brown Buttah. Ou — o que era mais provável, já que ela podia jurar que nenhuma delas tinha tropeçado por acidente no corredor de produtos naturais para cabelo — *havia outra garota negra no décimo terceiro andar*.

O coração de Nella acelerou quando ela sentiu o que considerou uma onda de calor. Será que finalmente tinha acontecido? Teria sua intensa campanha por mais diversidade na Wagner Books finalmente dado certo?

Seus pensamentos foram interrompidos pela gargalhada sonora e familiar de Maisy Glendower, uma editora excêntrica que valorizava o controle do volume da voz apenas quando outra pessoa o praticava. Nella desligou-se da risada alta e concentrou sua atenção na voz abafada que fizera Maisy rir. Pertenceria a uma pessoa com um tom de pele mais escuro?

— Ei, colega! Oi!

Surpresa, Nella ergueu os olhos da mesa. Mas era apenas Sophie de pé à sua frente, comodamente abraçada à divisória de sua baia, encarando-a com os olhos tão grandes e verdes quanto pepinos.

Nella grunhiu por dentro e cerrou o punho sob a mesa.

— Sophie — murmurou. — Oi.

— E aííí? Tudo bem? Como está sua terça-feira?

— Tudo bem — respondeu Nella, mantendo a voz baixa para o caso de surgir mais alguma pista audível ao seu redor. Sophie havia suavizado um pouco o olhar, graças a Deus, embora continuasse a encarar Nella como se quisesse dizer algo, mas não pudesse.

Isso não era incomum para uma "supervisora de baia" como Sophie. Entre os "supervisores de baias", ela não era a pior. Não tinha preferência por ninguém, o que significava que as chances de alguém vê-la mais de uma vez por semana eram escassas. Em geral, ela estava sempre bastante ocupada rondando a baia de outros assistentes, com um sorriso preguiçoso nos lábios que lembrava a todos que eles não tinham tanta sorte. Por um lance do acaso, Sophie trabalhava para Kimberly, uma editora que estava na Wagner Books havia quarenta e um anos. Kimberly tinha editado seu primeiro e último best-seller em 1986, mas por não ter sido só mais um best-seller — o livro acabou sendo adaptado para um programa de televisão, um filme extremamente famoso, uma história em quadrinhos, uma série de bonecos, um filme adulto, um musical, um podcast, uma minissérie e outro filme de sucesso (em 4DX) —, ela recebeu passe livre para todo e qualquer não best-seller que veio depois. Royalties não eram motivo de preocupação.

Agora, ao se aproximar do fim de sua longa carreira, Kimberly passava a maior parte do tempo fora do escritório, e Nella suspeitava que Sophie passasse a maior parte do tempo à espera de Kimberly ter a gentileza de se aposentar para que ela pudesse ocupar seu lugar. Em um ano, talvez menos, Sophie perceberia que sua chefe não iria a lugar algum a não ser que a mandassem, e isso ninguém faria. Por enquanto, porém, Sophie aguentava inocentemente, assim como haviam feito todos os que a antecederam.

— Kim ainda não chegou — explicou Sophie, mesmo sem Nella ter perguntado. — A voz dela estava *horrível* ontem ao telefone.

— Qual procedimento ela está fazendo *desta* vez?

Sophie segurou com dois dedos o pedaço de pele no pescoço entre seu queixo e a clavícula e agitou-o.

— Ah. O crucial.

Sophie revirou os olhos.

— Pois é. Ela deve ter gastado nisso mais do que ganhamos aqui em um mês. A propósito, você viu...? — Ela moveu a cabeça na direção da voz de Maisy.

— O quê?

— Acho que Maisy está com outra possível candidata. — Sophie indicou de novo com a cabeça, e dessa vez acrescentou uma sugestiva sobrancelha arqueada. — Não tenho certeza, mas parece que... ela talvez seja... você sabe.

Nella tentou não sorrir.

— Não, não sei — respondeu em tom inocente. — Talvez seja o quê?

Sophie baixou a voz.

— Acho que ela é... *negra*.

— Não precisa sussurrar a palavra "negra" — disse Nella em tom ríspido, embora soubesse por que Sophie fazia aquilo: sons, como cheiros, são transportados pelas divisórias das baias. — Da última vez que confirmei, essa palavra era de uso socialmente aceitável. *Eu mesma* a uso às vezes.

Ou Sophie ignorou a brincadeira, ou não se sentiu confortável para rir dela. Em vez disso, inclinou-se e sussurrou:

— Isso é ótimo para você, não é? Outra garota negra na Wagner! Imagino que esteja muito animada!

Nella evitou o contato visual, desconcertada com a intensidade de Sophie. Sim, *seria* ótimo ter outra garota negra trabalhando na Wagner, mas ela ainda estava hesitante em começar a dançar de alegria. Só acreditaria que os dirigentes da Wagner tinham por fim considerado entrevistar pessoas mais diversas quando visse com os próprios olhos. Nos últimos dois anos, os únicos entrevistados ou contratados haviam sido Pessoas Muito Específicas vindas de um Segmento Muito Específico.

Nella ergueu os olhos para Sophie, que, por acaso, era uma dessas Pessoas Muito Específicas, e que continuava a falar sem parar. No transcorrer de apenas poucos minutos, Sophie conseguira se convencer a embarcar em um trem de conscientização social, e era evidente que não tinha intenção de deixá-lo tão cedo.

— Isso me faz lembrar aquele artigo anônimo do *BookCenter* que mandei para você na semana passada, aquele que eu jurava que *tinha* que ter sido você que escreveu, porque era a *sua* cara, sobre ser negro em um ambiente de trabalho branco. Lembra?

— Sim, lembro. E pela décima vez: definitivamente não fui eu quem escreveu aquele artigo — respondeu Nella —, embora, óbvio, eu consiga me identificar com muitas das coisas que estão ali.

— Será que o Richard leu e decidiu fazer alguma coisa para combater a falta de diversidade aqui? Quer dizer, já seria um começo. Lembra como foi difícil fazer as pessoas falarem sobre diversidade? Aquelas reuniões eram angustiantes.

Chamar aquilo de reuniões era um pouco demais, mas Nella não estava disposta a entrar nesse mérito. Ela tinha coisas mais importantes a fazer. Encontrar um jeito de se livrar de Sophie, por exemplo.

Nella pegou o telefone, deixou escapar um gemido e exclamou:

— Uau! Já são dez e quinze? Desculpe, preciso fazer uma ligação importantíssima.

— Droga. Que chato. — Sophie parecia visivelmente desapontada. — Tudo bem.

— Desculpe de novo. Mas prometo voltar ao assunto!

Nella não voltaria ao assunto, evidentemente, mas tinha aprendido que pontuar interações muito longas com essa promessa tornava a interrupção bem mais fácil.

Sophie sorriu.

— Não tem problema. Até mais tarde! — disse ela, e saiu tão depressa quanto havia chegado.

Nella suspirou e olhou ao redor sem se fixar em nada, ignorando a pilha de papéis que ainda não entregara à chefe. No grande esquema das coisas, a velocidade com que alguém conseguia levar algo do ponto A para o ponto B parecia ter efeito zero sobre se essa pessoa merecia ser editora assistente, ainda mais que já fazia dois anos que ela trabalhava para Vera, uma das editoras mais respeitadas da Wagner. Nos últimos tempos, porém, as coisas entre elas andavam, na falta de uma palavra mais adequada, *estranhas*. O encontro das duas para a avaliação anual alguns dias antes havia terminado de modo nem um pouco agradável. Quando Nella pediu uma promoção, Vera listou de surpresa pelo menos uma dúzia de queixas quanto ao desempenho da assistente, sendo a última a mais inquietante de todas: "Quem dera que você dedicasse metade do esforço que dedica a essas reuniões extracurriculares sobre diversidade aos requisitos essenciais do trabalho."

A palavra "extracurricular" havia golpeado Nella com a força e a rapidez de um estilhaço de granada. A equipe de basquete da empresa, o clube de fabricação de papel — *essas* eram atividades extracurriculares. Seus esforços para desenvolver um comitê de diversidade, não. Mas ela tinha sorrido e dito *muito obrigada* à chefe, que havia começado a trabalhar na Wagner anos antes até de Nella nascer, e guardado essa informação no bolso só por garantia. Era ali que ela acreditava que qualquer sonho de fazer sua Bandeira de Garota Negra tremular livremente devia permanecer.

Mas agora o cheiro de Brown Buttah atingia de novo seu nariz e, dessa vez, havia sons reveladores: primeiro, a brincadeira de sempre de Maisy com relação à planta esquisita das instalações da Wagner ("Faz quase tanto sentido quanto a ciência em *De Volta para o Futuro*"); depois, uma risada profunda, um pouco rouca, mas com a maciez da manteiga de cacau em sua essência. Genuína, percebeu Nella, por mais breve que tivesse sido.

— ... inacreditável. Garanto que quando você descobrir onde é o lugar de uma pessoa, jamais conseguirá encontrá-lo uma segunda vez! — Maisy riu alto de novo, aumentando o tom de voz enquanto conduzia sua acompanhante para mais perto de seu escritório.

Ao perceber que elas precisariam passar por sua própria baia para chegar ao destino, Nella ergueu os olhos. Através da pequena fenda da divisória, teve um vislumbre dos dreads escuros e o flash de uma mão marrom.

Havia outra pessoa negra em seu andar. E, pelo discurso de Maisy, essa pessoa negra estava ali para uma entrevista.

O que significava que, nas próximas semanas, uma pessoa negra poderia talvez ocupar a baia oposta à de Nella. Respirar o mesmo ar. Ajudá-la a afastar todas as Sophies do escritório da Wagner.

Nella queria erguer um punho vitorioso, ao estilo das Olimpíadas de 1968. Não fez isso, mas registrou em sua mente que, na primeira oportunidade que tivesse, devia enviar uma mensagem para Malaika com essa última atualização da Wagner.

— Espero que sua viagem não tenha sido longa demais — Maisy estava dizendo. — Você pegou o trem no Harlem, certo?

— Na verdade, estou morando em Clinton Hill agora — respondeu a garota negra —, mas nasci e vivi por algum tempo na 135 com o ACP.

Nella endireitou o corpo. As palavras da jovem, que soavam mais calorosas e roucas do que a risada que saíra de sua boca com tanta naturalidade, evocavam uma energia do Harlem que Nella sempre desejara possuir. Ela também reparou — com reverência e sem um pingo de inveja — na confiança que a garota parecia transmitir, ainda mais quando se lembrou de sua própria entrevista com Vera, marcada por ansiedade.

Os passos estavam agora a apenas poucos centímetros de distância. Nella se deu conta de que conseguiria ter uma boa visão da recém-chegada se deslizasse para a extrema direita de sua baia, e foi isso que fez, enquanto fingia folhear o manuscrito que Vera estava esperando, sempre com o olhar focado na faixa de corredor que levava ao escritório de Maisy. Quase no mesmo instante, Maisy e a potencial assistente de dreadlocks entraram em seu campo de visão e a imagem apareceu por inteiro.

A jovem tinha um rosto largo e simétrico e olhos cor de amêndoa espaçados com perfeição por um nariz fino e levemente curvado, além de uma testa generosa. Sua pele era um ou dois tons mais escura do que a de Nella, encaixando-se em algum lugar entre cor de nogueira e de terra. E seus dreads — cada um tão grosso quanto um canudo largo e mais longo que seus braços — começavam em um marrom intenso e se tornavam loiro-mel ao chegarem na altura das orelhas. Ela prendera parte em um coque no topo da cabeça; o restante pendia frouxamente ao redor da nuca.

E então havia seu terninho: um elegante conjunto composto por um blazer alaranjado de um único botão e calças largas que chegavam até um pouco acima do tornozelo. Depois, ankle boots de couro vermelho e salto alto que teriam feito Nella quebrar o pescoço só de tentar calçá-las.

Era uma grande mistura de Erykah com Issa, outro detalhe que Nella não podia deixar de contar para Malaika, quando ela ouviu Maisy pedir à garota que explicasse o significado de "ACP". E foi muito bom ela ter feito isso, porque Nella também não sabia o que era.

— Ah, desculpe, é o Boulevard Adam Clayton Powell Jr. — explicou a novata —, mas o nome é longo demais.

— Ah, claro! Longo demais, de fato. O Harlem é um ótimo bairro. Sua história é tão rica. A Wagner realizou um evento no Schomburg Center no início do ano, em fevereiro, se não me engano, para um de nossos autores. Foi muito bem recebido.

Nella se segurou para não rir. Maisy não tinha comparecido a esse evento; além do mais, Nella estava disposta a apostar qualquer coisa que o Museu de História Natural era o lugar mais ao norte de Manhattan ao qual Maisy já havia ido. Maisy era até boazinha — batia papo no banheiro como qualquer funcionário —, mas era bastante limitada em sua compreensão do que envolvia "a cidade". A simples menção de Williamsburg, apesar da Apple Store, do Whole Foods e da incrível seleção de lojas de estilistas, fazia Maisy recuar como se alguém tivesse acabado de pedir para ver o interior de sua vagina. *Com certeza* a garota de dreads conseguia sentir que Maisy não tinha qualquer percepção real da "cultura" do Harlem.

Nella adoraria poder ver a expressão no rosto da jovem negra, mas elas já estavam entrando no escritório de Maisy, então teve que se contentar com a risada que ouviu. Foi sutil, mas nos milissegundos que se passaram antes de Maisy fechar a porta, Nella conseguiu detectar um tom divertido no final dessa risada, divertido e ao mesmo tempo exasperado, que perguntava, sem perguntar: *Você não convive muito com negros, não é?*

Nella cruzou os dedos. A garota provavelmente não precisava, mas de todo modo desejou-lhe boa sorte.

2

6 de agosto de 2018

Nella pigarreou e deslizou o polegar esquerdo pela borda esquerda do manuscrito, depois pela inferior. Ela sabia que poderia provocar um corte profundo e até sangrar se passasse o dedo mais depressa, mas sabia também que esse risco trazia a possibilidade de uma recompensa — uma desculpa para dar uma escapada e ganhar alguns preciosos minutos de folga, e tal possibilidade era tentadora.

— E então? — Vera apoiou os dois cotovelos em sua mesa e esticou a cabeça à frente, um tique que justificava as consultas quinzenais com o quiroprático. — Diga o que achou.

— Bem... há muita coisa a dizer. Por onde começo?

Era uma pergunta que Nella gastara um tempo absurdo pensando em como responder. De forma alguma ela começaria pela verdade: que tinha sido muito difícil terminar *Entre agulhas* sem uma vontade irresistível de cruzar a cozinha só de meia, abrir a janela e jogar as páginas na Quarta Avenida para que fossem estraçalhadas pelo tráfego. Que, por volta da meia-noite, ela fizera uma pausa para preparar uma lista de todas as coisas que tinha detestado no livro, lista que depois rasgou e cujos pedaços alimentaram uma vela decorativa perfumada. Também não tinha como contar que fizera um vídeo de dez segundos dos pedaços queimados e mandara para Malaika, que respondera, em maiúsculas: *ÓTIMO. AGORA VÁ PARA A CAMA, MALUCA.*

Nella talvez tivesse merecido um *pouquinho* dessa bronca. O livro não era de todo ruim. Fazia um bom trabalho ao transmitir a desolação da epidemia de opioides em todo o país, e continha algumas cenas bem emocionantes, repletas de diálogos comoventes. Uma família de dez pessoas finalmente confrontava segredos há muito enterrados; um bebê escapava ileso de uma situação crítica. A essência do livro parecia estar no lugar certo.

O problema era que uma das personagens não estava: Shartricia Daniels.

Nella jamais conseguiria confirmar, mas tinha a sensação de que o primeiro rascunho de Colin Franklin tratava exclusivamente de personagens brancos frustrados que levavam vidas frustrantemente brancas em uma cidade frustrantemente branca no subúrbio. Depois de ler esse rascunho, alguém — um amigo, um agente, ou talvez a própria Vera — deve ter sugerido que ele jogasse um pouco de cor ali dentro.

Mas Nella não era boba. Sabia que personagens de minorias étnicas estavam na moda, assim como estava na moda manter a vigilância quando fosse preciso denunciar qualquer coisa que carecesse de representatividade adequada. Não era Nella quem chamava atenção para esses casos, mas ela monitorava de perto as redes sociais para poder apoiar quem o fizesse. Lia artigos de opinião durante o dia e à noite retuitava que o Oscar era de fato branco demais; e depois da terrível furada no catálogo da H&M — uma foto de um menino negro cujo casaco trazia uma frase questionável —, ela ficou seis meses sem comprar na loja, um grande feito para alguém que adorava peças básicas baratas para o verão. Conseguia ver o padrão de sub-humanidade perceptível que havia entre o passo cultural em falso das grandes corporações e os contínuos assassinatos de pessoas negras pela polícia.

E, claro, ela não estava sozinha. Podia sempre contar com a internet para denunciar as tendências mais recentes. Talvez a voz mais forte de todas fosse a de Jesse Watson, ativista negro arrojado e conhecido em todo o país, que Nella, Malaika, e mais de um milhão de outras pessoas seguiam no YouTube. A simples menção de seu nome, confortavelmente colocado na posição mais extrema do espectro do ativismo social, muitas vezes estragava o clima de uma mesa de jantar mais depressa do que Cheetos eram capazes de sujar as pontas dos dedos, e seu jeito intenso de falar sugeria que era exatamente isso que ele queria.

Às vezes, Nella achava que Jesse ia um pouco longe *demais* com suas postagens no YouTube, como no caso do vídeo de noventa minutos que ele fez sobre as razões pelas quais todos os negros deviam parar de falar que sempre chegam atrasados nos lugares. Outras vezes, no entanto, suas palavras faziam tanto sentido que chegavam a doer, como seu post sobre por que "brancos bem-intencionados" podiam ser muito piores do que brancos que escancaravam sua veia racista. Então, ao mesmo tempo que se perguntava por que tinha tantas ressalvas a *Entre agulhas*, Nella também refletia sobre o que Jesse havia dito a respeito de pessoas brancas que se esforçavam para apresentar "diversidade": "Com uma maior consciência da sensibilidade cultural vem uma grande responsabilidade. Se não tivermos cuidado, 'diversidade' pode se tornar só mais um item que as pessoas têm que ticar de uma lista para depois descartar, algo superficial e sombrio sem nada mais além."

Shartricia era menos do que unidimensional. E mais plana do que as páginas em que aparecia. Seu criador branco a apresentara como uma jovem de dezenove anos grávida do quinto filho, cujo pai era ou um homem chamado LaDarnell, ou um homem chamado DeMontraine (Shartricia não podia confirmar a paternidade porque os dois tinham fugido da cidade logo que souberam da gravidez). Ela xingava e reclamava em quase todas as suas cenas, isolando-se do leitor tanto quanto se isolava da família e de amigos não viciados em opioides (que eram poucos). E ainda tinha esta: seu nome, "Shartricia", foi uma tentativa da mãe, viciada em crack e sem nenhuma instrução, de homenagear a cor chartreuse, o verde-limão do vestido que estava usando no clube quando sua bolsa estourou.

Tudo bem, talvez Nella tivesse achado esse último detalhe *igualmente* incômodo e encantador. Mas tudo mais na personagem de Shartricia era repugnante, em especial sua voz, que parecia misturar a de uma mulher escravizada libertada com a de uma personagem de Tyler Perry em um mau momento. Ainda assim, mesmo com esse turbilhão de ideias na cabeça, Nella não sabia de que forma expressá-las para a mulher branca sentada à sua frente e que queria saber o que ela achava. A mulher branca que por acaso era sua chefe *e* editora de Colin.

— Acho o livro muito... oportuno — começou Nella, optando pela palavra da moda que todos na Wagner gostavam de ouvir. "Oportuno" significava cobertura na NPR e no *Good Morning America*. Significava "agregar algo novo à conversa", que era o que Colin Franklin sempre buscava em sua longa lista de livros com histórias tiradas de manchetes de jornais, que incluíam uma esposa e irmã assassina, um tiroteio fatal em uma escola e um assassino em série sexy.

Vera balançou a cabeça com entusiasmo, o que fez sua franja castanho-clara balançar acima dos luminosos olhos acinzentados.

— Oportuno. Você tem razão. Ele se recusa a fugir das partes mais duras da epidemia de opioides. — Anotou uma ou duas palavras no bloco amarelo que estava logo abaixo de seus cotovelos e em seguida tamborilou com a caneta na bochecha como Nella a tinha visto fazer em inúmeras reuniões. — E você sente que alguma coisa no romance não se encaixou exatamente como devia?

Nella examinou com cuidado a expressão de Vera, na esperança de descobrir o que ela esperava ouvir. A última vez que Nella havia opinado sobre um livro que Vera priorizava, seis meses antes, a chefe baixara a cabeça e afirmara que seus comentários tinham sido certeiros. Depois, porém, quando chegou o momento de passar para o autor as páginas marcadas, Nella percebeu que seus comentários sobre as páginas finais não haviam sido incluídos. Folheou o primeiro capítulo e também não encontrou nenhum ali.

Na época, isso não a incomodara muito. Ela havia planejado levantar o assunto na próxima reunião de avaliação. Mas essa conversa não deu muito certo, e agora Nella se perguntava qual era sua *verdadeira* função como assistente de Vera. Se Vera não confiava em suas opiniões, Nella jamais passaria de uma simples assistente; se não se tornasse algo mais que uma simples assistente, nunca chegaria a ser editora. Esse era um sonho que ela nutria havia dez anos, desde que decidira participar da equipe do jornal escolar durante seu primeiro ano do ensino médio. Ela adorava deslizar palavras e parágrafos em um jogo de Tetris literário. A edição dos textos a acalmava e, embora fosse a primeira a admitir que tinha preferência por escritores negros ávidos por um espaço para contar histórias negras, ela editaria com prazer quase tudo que lhe propusessem. Estava animada com a perspectiva de poder ganhar a vida trabalhando com edição e com a ideia de influenciar o que as pessoas liam — e talvez, no futuro, o que elas escreveriam. Isso era fantástico.

Não muito tempo depois de Vera dizer que as reuniões de diversidade eram "extracurriculares", frustrando as esperanças de Nella de receber uma promoção em breve, Nella encontrou-se com Malaika em seu restaurante mexicano favorito. Enchiladas costumavam curar suas mágoas, mas Nella passou um bom minuto e meio com os olhos fixos no prato antes de fazer a pergunta que ela e Malaika sempre faziam uma à outra quando eram menosprezadas:

— Nós achamos que é uma questão racial? Essa história da não promoção?

— Talvez.

Malaika tinha pegado o vidro quase vazio de molho de pimenta habanero e o sacudido por todo o prato pela terceira vez, batendo no fundo para tentar extrair uma última gota para seu guacamole. Depois, não satisfeita, se espichara para pegar um vidro da mesa vizinha. O casal branco que a ocupava pareceu confuso, mas não se manifestou — eles não estavam usando o molho, de todo modo — e até respondeu com um simpático "de nada" quando ela agradeceu e o devolveu.

Tal atitude mais ou menos resumia a pessoa atrevida com quem Nella fizera amizade alguns verões antes em um bar de karaokê no Village. As duas tinham se conhecido quando ela pediu para Malaika pegar um microfone no último minuto e ajudá-la a cantar "Shoop", já que a Pepa original de Nella tinha passado mal com os muitos Bloody Marys consumidos no brunch. Tinham virado melhores amigas desde então, e sempre trocavam experiências sobre as decepções dos encontros on-line e dos tratamentos caseiros para cabelo (o cabelo de Malaika, como o de Nella, era 4C, embora ela o usasse natural desde sempre, e por isso ostentasse um afro que rivalizava com o de Pam Grier em seu auge).

As constatações mais vitais das duas, porém, vinham da comparação de Experiências de Mulheres Negras. Elas tinham históricos consideravelmente diferentes: Nella havia sido criada em um bairro majoritariamente branco em New Haven, enquanto Malaika crescera em Atlanta, cercada de pessoas negras. Não tiveram, no entanto, dificuldade alguma para encontrar pontos em comum. Nella acreditava que isso se devia em parte ao fato de ambas terem crescido assistindo aos seriados da década de 1990 com protagonistas negros e ouvido músicas suaves e melódicas desde pequenas.

Malaika também havia, a seu modo, sofrido muita influência da cultura branca durante grande parte da vida, e por isso deu uma mordida na enchilada e disse, em seu melhor estilo Dr. Phil:

— Talvez Vera também a veja como uma concorrente. Talvez imagine que aceitar você por completo validará de alguma forma seu temor secreto de que toda mulher com menos de trinta anos esteja de olho no cargo dela. Talvez... sinta inveja.

Ao ouvir essas palavras, Nella lhe dirigira um olhar cético.

— Você obviamente não conheceu essa mulher. Nem *me* conheceu. Eu uso Keds para trabalhar. *Keds*. E nem são os sofisticados. É o modelo básico.

Malaika tinha refutado o argumento.

— Bem, isso é culpa sua, mas, enfim: deixe eu fazer uma pergunta. Você vê algum assistente branco que esteja lá há menos tempo que você ser promovido?

— Não — admitira Nella —, suponho que quase todos os editores tenham sido mesquinhos quanto à mobilidade ascendente, mesmo com os assistentes brancos.

— Bem, aí está.

— Então... nós *não* achamos que é uma questão racial? — Nella ainda não se convencera.

— Ora, sim! Esse é um fator, também. Ela está protegendo o que é dela pelo maior tempo possível... Você sabe, é o modo como alguns brancos insistem em só se reproduzir com outros brancos porque querem impedir a população de bebês mestiços que com certeza governarão o país em 2045. Mas eis o que digo a mim mesma sempre que o Igor me critica no trabalho por coisinhas *verdadeiramente* irrelevantes, como sua bio no Twitter, e estou dizendo isso para *você* agora, Nell, não para mim: *você* é uma ameaça dupla. Entende o que quero dizer? Você não é só negra, você é negra *e* é jovem. E se ela for inteligente, e deve ser, já que faz isso há... quanto tempo, trinta anos? — Malaika fez uma pausa e só prosseguiu depois que Nella confirmou com a cabeça. — Se for inteligente, ela sabe que garotas como você... — ela deu um sorriso leve, quase bobo — e *eu*... são o futuro.

Nella tinha gostado tanto desse argumento que riu e deu uma batidinha com seu copo no de Malaika, como fizera muitas vezes antes. Lá, naquele restaurante igual a tantos outros, escondido sob as vias menos movimentadas do Lower East Side, a conversa deixara uma sensação agradável, como a de uma coberta felpuda e aconchegante. Mas agora, sob a luz brilhante do amplo escritório de Vera, com uma janela voltada para o Central Park, horas depois de Nella ter lutado para ler a bizarra descrição feita por um homem branco de uma negra grávida viciada em opioides, ela começava a sentir um arrepio. E a origem parecia ser sua chefe.

— Alguma coisa não se encaixou como devia? — repetiu Nella. — Bem, na verdade os personagens eram bastante sólidos. Mas havia um ou dois que para mim não funcionaram.

— Certo. Fale mais — insistiu Vera, franzindo ainda mais as sobrancelhas.

Nella não queria falar mais, mas, se havia uma coisa da qual Vera não gostava, era de gente que tinha medo de falar mais. Em especial mulheres. Foi em parte por isso que ela tinha contratado Nella, segundo a própria Vera lhe contara durante uma festa de fim de ano, depois de exagerar um pouco na bebida. Ela tinha achado os gostos literários de Nella "crus, ousados e únicos" quando se conheceram. O que era muito engraçado, já que, depois da primeira conversa com Vera, Nella teve certeza de que havia arruinado por completo a entrevista.

O nervosismo era uma presença frequente na vida de Nella. Geralmente tinha algo a ver com logística, como potenciais contratempos com transporte e problemas de navegação, além da preocupação de que o fio de dois centímetros puxado no alto de sua meia não resistisse a mais um uso. Mas ela também havia ficado preocupada com o fato de que ela e Vera talvez não tivessem química. Ela nunca tinha trabalhado em um escritório de verdade em Manhattan. Não sabia o que esperar, exceto pelo que havia visto em programas de televisão e filmes, e uma parte dela se preocupava que todas as coisas que vira — hierarquia severa, homogeneidade e rigidez — existissem de verdade. Nella tinha se acostumado a trabalhar atrás de balcões de bares e cafés, e por isso ficara exposta aos mais variados tipos de pessoa com os mais variados tipos de ocupação. Esses empregos também lhe permitiam vestir a roupa que quisesse, embora ela não tivesse pensado em ir à entrevista com Vera usando uma camiseta do *Vidas negras importam*.

Então, na manhã da entrevista, Nella pecou pela cautela: sapatilhas básicas da Payless a 20 dólares, que, se necessário, lhe permitiriam correr atrás de um trem perdido. Em suas pernas escuras, tinha usado o par de meias-calças pretas de que mais gostava por baixo de seu vestido azul mais conservador; no ombro, uma ecobag que pegara no estande da *Nation* no Festival do Livro do Brooklyn no ano anterior — um toquezinho de personalidade.

Felizmente, os deuses do setor de transporte foram bons para ela. Seu trem chegou exatamente na hora que o painel informava que chegaria e, enquanto ele a levava de Bay Ridge para Manhattan, ela se sentiu confortável o suficiente para se perder em um blog de uma assistente editorial que seguia há anos. Quarenta minutos depois, viu-se de novo na rua, a apenas um quarteirão da Wagner. Estava esperando que o sinal abrisse, felicitando-se mentalmente por estar quase quinze minutos adiantada e preparada para a entrevista, quando baixou os olhos e quase gritou. O fio puxado no alto de sua meia tinha corrido por toda a extensão da perna, até o tornozelo.

Foi o fim. Toda a confiança que havia sentido com o sol e o trem no momento perfeito desapareceu. *Você precisa ser duas vezes melhor, está lembrada?*, ela se repreendera. Não conseguia lembrar quem lhe dissera essa frase primeiro, ou se alguma vez havia sido dita diretamente para ela, mas isso não a impedia de sempre repetir para si mesma que sua pele escura significava que ela precisava ser duas vezes melhor do que uma garota de pele branca, e essa corrida gigante a cansaria.

O mantra *duas vezes melhor* não desapareceu — não quando ela chegou à recepção e esqueceu por completo o sobrenome de Vera; não quando ensaiou um abraço e Vera se limitou a um aperto de mão na porta; e com certeza não quando usou a palavra "literalmente" três vezes em duas frases. Por isso, quando Vera ligou na semana seguinte para dizer que acreditava que Nella seria o complemento perfeito para a equipe editorial da Wagner, ela ficou perplexa. *Devia* ter havido outra candidata com a meia intacta e um total domínio da palavra "literalmente". Ou, sem dúvida, alguém branco formado em uma faculdade de elite que aparentasse ter potencial para grandes feitos.

Mas a Wagner queria *Nella*, e isso a encantara tanto que ela começou a fazer seu melhor twerk de pijama assim que desligou. Depois, largou seus três empregos no ramo alimentício do Brooklyn, um depois do outro. Menos de duas semanas mais tarde, tinha uma nova chefe, uma nova mesa e consultas marcadas para um teste oftalmológico, um exame físico e uma mais do que necessária limpeza dentária. Adeus, resfriados de um mês tratados à base da automedicação com vitamina C e suplementos mastigáveis. Olá, plano de saúde.

Agora, Nella observava o pequeno jardim zen pousado sobre a mesa de Vera logo abaixo da janela. Sua chefe jamais permitia que alguém tocasse nele, mas às vezes, quando o dia de Nella estava particularmente difícil, ela entrava sorrateiramente e rolava as pedras por um ou dois minutos. Pensar nisso lhe trazia paz de espírito, assim como a lembrança de sua comemoração com o twerk de pijama depois de receber a ligação de Vera. Para Nella, não tinha parecido tão "cru, ousado e único" elogiar Amiri Baraka ou Diana Gordon, mas aparentemente funcionara com Vera na época, quando ela não passava de uma estranha com uma meia com o fio puxado e uma universidade pública no currículo. Por que não tentar apoiar-se nisso de novo? Por que não trazer de volta aquela pessoa "crua e ousada" (e negra) de sua entrevista?

Além disso... se *ela* não falasse sobre Shartricia, quem mais na Wagner falaria?

— Eu adoraria saber quais personagens específicos você acredita que precisam ser mais bem trabalhados — disse Vera, dirigindo o olhar para a porta e trazendo-o logo de volta. — Vi algumas coisas aqui e ali também.

Nella endireitou-se na cadeira.

— Ótimo! Perfeito. Minha questão principal é a seguinte. — Respirou fundo. — Para ser sincera, acho...

Mas todo o gás que ela conseguira juntar desde o início começou a escapar quando os olhos de Vera se voltaram para a porta uma segunda vez. E lá permaneceram na terceira vez, brilhando com interesse. Foi o que bastou para abafar os murmúrios de Nella. Ela se virou também.

O pequeno punho de Maisy ameaçava bater no batente da porta de Vera.

— Desculpem, senhoras — disse, embora não parecesse querer se desculpar. — Há alguém que eu gostaria que vocês duas conhecessem. — Ela entrou no escritório de Vera, esfregando as mãos para cima e para baixo em sua saia-lápis marrom. Nella se alegrou ao ver a garota negra que havia notado duas semanas antes, em todo o esplendor de seus dreadlocks, tomar o lugar de Maisy à porta. — Esta é Hazel-May McCall, minha nova assistente brilhante.

— Meus pais eram muito ambiciosos — disse a jovem em tom caloroso. — Podem me chamar só de Hazel. Não, por favor, não precisam se levantar! — acrescentou, precipitando-se em vão na direção de Vera para evitar que ela se afastasse da mesa de madeira. Em seguida, apertou a mão de Nella e a sacudiu com tanta força que os brincos compridos das duas balançaram para a frente e para trás.

Cara a cara, Nella podia ver que Hazel era uns bons centímetros mais alta que ela. Hoje, seus dreads estavam livres de qualquer restrição e brotavam com vida do couro cabeludo, derramando-se pelas costas de seu blazer azul-bebê. Nella se deu conta de repente de sua própria camiseta cinza com decote em V amassada embaixo de um suéter cinza mais amassado ainda. De seus Keds, sujos e básicos.

— Bem-vinda à Wagner! Ouvi maravilhas sobre você! — Vera fez um sinal com a cabeça na direção de Maisy. — Você está trabalhando para alguém genial aqui.

Maisy balançou a mão em um gesto de *Ah, pare com isso*.

— Sim, eu sei — respondeu Hazel. — Obrigada! Fico muito honrada por estar na Wagner. Quase não consigo acreditar que é verdade.

— E estamos animados por tê-la conosco. De onde você vem?

Nella se encolheu, envergonhada por sua chefe, e preocupada que Hazel se espantasse tão cedo. *Essa* pergunta. Ah, como o pessoal do meio editorial *adorava* essa pergunta. Quem lhe perguntara isso pela primeira vez havia sido Josh, diretor de vendas da Wagner, na copa. Nella não tinha entendido o que ele queria dizer, por isso mencionara sua cidade natal em Connecticut, contando-lhe praticamente tudo sobre ela, até quase as coordenadas geográficas. Só entendeu quando Josh disse, com alguma impaciência: "Ah. Interessante. E onde foi seu último emprego no setor editorial?"

Nella tinha olhado para o rosto de Zora Neale Hurston estampado na lateral da caneca de café que sua mãe lhe dera de presente e respondido: *Em nenhum lugar*. "Vim do setor alimentício", esclarecera, e esse tinha sido o fim do interrogatório.

Hazel, no entanto, forneceu o pré-requisito apropriado: uma pequena revista em Boston.

— Morei lá durante dois anos e decidi voltar para cá poucos meses atrás. Gosto demais de Nova York e queria voltar à organização sem fins lucrativos que criei no Harlem há alguns anos.

Maisy sacudiu a cabeça com evidente orgulho. Enquanto isso, Nella se maravilhava com a omissão de Hazel quanto ao que ela presumia ser outra razão pela qual havia deixado Boston: porque era uma merda de cidade racista.

— Boston! Uma cidade universitária enorme — observou Vera.

— É verdade — concordou Hazel. — Mas ainda assim é muito mais pacata. E *fria*. Eu realmente sentia falta da energia de Nova York.

Ela franziu a testa, como se uma lembrança particularmente desagradável tivesse passado por sua cabeça naquele exato momento. Nella a observou com curiosidade e reparou em um minúsculo pino de ouro acima de sua sobrancelha esquerda, tão pequeno que só podia ser percebido com expressões faciais específicas, como essa franzida de testa. Teria Hazel recebido e-mails desagradáveis do departamento de RH de seu antigo emprego por causa dos dreads? *As pessoas estão começando a reclamar do* odor *que vem da sua baia*, poderia estar escrito na mensagem. Ou talvez que piercings na sobrancelha são pouco profissionais. Nella tinha ido poucas vezes a Boston, mas lera o suficiente para saber que Hazel não devia ter tido uma vida fácil.

Ela já podia imaginar Hazel dando detalhes de tudo depois do trabalho, contando histórias enquanto bebiam gim e suco, quando Vera interrompeu:

— Sim, é mesmo muito fria. Achamos que temos neve aqui, mas *lá em cima* a coisa é bem diferente. Maisy sabe bem. Não é verdade, Maze?

— Ah, é isso mesmo! — comentou Hazel com bom humor. Não parecia incomodada que seu uso da palavra "fria" tivesse sido mal interpretado. — Você disse que nasceu e cresceu em Boston, não foi?

— Das fraldas à minha tese — confirmou Maisy, animada. — E meu primeiro trabalho foi lá também. Boston sempre será minha casa — ela levou a mão ao coração —, mas definitivamente não é para todos. O cenário gastronômico é assustador. Vera, você se lembra daquele jantar de premiação horrível em Cambridge? — E com a introdução dessa lembrança, ela e Vera se desligaram durante uns três minutos, repassando cada um dos pratos, sem dispensar nenhum detalhe extravagante.

Nella esboçou o menor sorriso que conseguiu, preparada para trocar um olhar de cumplicidade com Hazel enquanto esperavam que a conversa fosse retomada. Mas quando tentou encontrar seus olhos, percebeu que Hazel não parecia entediada. Na verdade, estava sorrindo, brincando e soltando *ah, meu Deus* junto com Vera e Maisy. Em determinado momento, contribuiu com uma piada própria e até deu uma cutucada em Maisy.

Nella franziu a testa, um pouco desapontada por seu olhar não ter sido correspondido. Estava surpresa, também. Não conseguia se lembrar da primeira vez em que tinha se aventurado a tocar em sua chefe, mas com certeza não havia sido no primeiro dia, e talvez nem no primeiro mês.

— Bem, o que eu estava dizendo? — perguntou Maisy, por fim. — Hazel, Nella será um recurso *incrível* para todas as suas dúvidas. Não deixe de tirar o máximo proveito de seus conhecimentos.

— Nós a chamamos de "encantadora de autores" — acrescentou Vera, embora Nella nunca tivesse sido chamada assim em um único dia em sua vida. — Cada vez que uma diva começa a perder a cabeça, Nella usa seu charme e fica tudo bem.

— Ah, não. — Nella riu entredentes. Afinal, falsa modéstia era o modus operandi na Wagner. — Não sei de nada disso. Mas, sim, pode me perguntar o que quiser. Estarei do outro lado do corredor.

Hazel passou os dreads por cima do ombro, e um sorriso provocador se espalhou por seu rosto.

— Cuidado, hein! É bem provável que eu a incomode o tempo todo. Entendo de revistas, mas livros são um completo mistério para mim.

A garota nova tinha mesmo acabado de admitir isso na frente da chefe? É preciso *ter muita coragem*, pensou Nella, lembrando-se de como ela minimizara sua própria inexperiência no setor editorial ao ser admitida. Mas quase de imediato ocorreu-lhe uma explicação para isso: *assistentes de nível básico são muito mais valorizados quando seus chefes acreditam que eles são uma folha em branco.*

— Não será nenhum incômodo! — afirmou Nella. — De verdade!

Hazel inclinou a cabeça um pouquinho para o lado, como se estivesse sendo puxada devagar por um fio invisível, como se sua felicidade fosse *tão* grande por saber que Nella estava ali para ajudá-la que não conseguia manter a cabeça reta.

— Fico *tão* feliz por ouvir isso.

Maisy fez uma pequena mesura com a cabeça em sinal de gratidão.

— Ótimo! E, Vera, antes de irmos: você sabe se Bridget está aqui hoje? Eu adoraria passar na sala dela para apresentar Hazel antes de irmos comer alguma coisa.

— Ouvi uma música da Stevie Nicks tocando do outro lado da parede hoje mais cedo, então...

As duas fizeram careta uma para a outra.

— Ah. Vou arriscar. Vocês podem voltar ao que estavam falando. Desculpem, mais uma vez, por interromper!

— Meu Deus, Maze, nem se preocupe com isso! — Vera acenou para ela e se sentou de novo em sua cadeira, enquanto suas mãos já voltavam

para as anotações rabiscadas sobre o último romance de Colin Franklin.
— E, Hazel, mais uma vez, foi um prazer *enorme* conhecê-la. Estamos empolgadas por ter você a bordo.

— Sim! Seja bem-vinda! — acrescentou Nella em tom animado, e depois de alguns breves acenos, quatro se tornaram duas de novo.

Nella voltou a sentar-se, mais pronta do que nunca para mergulhar em seus comentários sobre Shartricia. Conhecer Hazel havia dissipado sua apreensão, renovado seu senso de propósito. Mas quando começou a falar, percebeu que uma expressão desconcertante surgira no rosto de sua chefe. Após alguns segundos de silêncio, Vera largou a caneta e disse, levemente irritada:

— Caramba! Preciso sempre de uma pausa depois de falar com a Maisy. Ela é *tão* cansativa.

Nella encolheu os ombros. Ela se surpreendia a cada vez que a chefe a tratava como confidente.

— Então, onde estávamos?

— Colin Franklin. *Entre agulhas.*

— Sim. Sim, e você estava dizendo...

Vera foi interrompida de novo, dessa vez por Stevie Nicks. Bridget, editora adjunta e grande fã da cantora, definitivamente tinha ido ao escritório naquele dia, e parecia estar com o bom humor necessário para abrir a porta de sua sala quando Maisy bateu. Nella e Vera ouviram Maisy gritar o nome de sua nova assistente e em seguida a própria Hazel gritá-lo ainda mais alto. Nella estava fechando a porta de Vera quando Maisy gritou o nome de Hazel pela terceira vez, acrescentando:

— Entendeu agora?

Vera suspirou.

— Obrigada. Uau. Alguém realmente precisa fazer alguma coisa — queixou-se, embora ambas soubessem muito bem que a última pessoa que pedira para Bridget baixar o volume de sua música havia tido alguns meses difíceis com o RH, porque Bridget vinha a ser neta de um dos primeiros autores da Wagner, que, por sua vez, era companheiro de golfe de Richard. Isso explicava por que ela havia conseguido a própria sala quando ainda ocupava um cargo bem júnior, uma decisão de Richard que tinha irritado de maneira ímpar empregados de todos os níveis.

Nella recostou-se na cadeira e endireitou os ombros. Esperou um tempo adequado antes de dizer, com voz firme:

— Então. *Entre agulhas*. Preciso ser franca: um dos personagens *realmente* não...

— Escute, Nella... — Vera esfregou as têmporas e suspirou. — Acho que Colin virá ao escritório em breve, talvez na semana que vem. Que tal você compartilhar suas ideias logo com nós dois nesse dia? Assim, podemos levar em conta a reação dele às suas críticas quando prepararmos nossa oferta para *Entre agulhas*.

Nella não tinha certeza do que a deixava mais chateada: o fato de precisar falar pessoalmente com Colin sobre suas impressões sem antes transmiti-las para Vera, ou o fato de Vera já parecer decidida a negociar o livro.

— Hum... Tudo bem. Só me pergunto se talvez nós duas não devêssemos conversar sobre ele primeiro... talvez apenas os, bem, pontos fracos, ou...

— Sim, sim, falaremos tudo isso na presença do Colin — respondeu Vera, agora com os olhos bem fechados. — É só porque não consigo me concentrar agora... com isso. — Apontou para a parede através da qual ressoava o refrão estridente de “Edge of Seventeen”. — Meu Deus, este lugar às vezes... — continuou. — Sou eu, ou estão colocando alguma coisa estranha na nossa água?

Vera tinha razão. *Havia* alguma coisa na água da Wagner. Mas a própria Vera tinha participação nisso. Ela e quase todos na editora com cargos mais elevados e uma renda decente estavam turvando a água, o que tornava difícil, e às vezes impossível, a sobrevivência de peixes menores, como Nella. Por trás de muitas das reuniões de aparência amistosa escondia-se um ambiente mesquinho de jogos de poder, frieza e conversas a portas fechadas.

O mais fascinante era que cada um pensava que o *outro* estava louco. Pelo menos foi o que Yang, a garota que auxiliava Maisy quando

Nella entrou para a Wagner, tinha dado a entender. Yang assumira a nobre tarefa de não apenas capacitá-la em procedimentos editoriais, mas também de lhe passar informações sobre todos os seus novos colegas de trabalho — com quem tomar cuidado nas festas de fim de ano, quem evitar no elevador, com quem tomar café. Todas as informações importantes.

Yang se mostrara uma guia de extrema utilidade e, como sino-americana de primeira geração, também tinha sido a única outra pessoa não branca com quem Nella trabalhara na Wagner. Juntas, faziam piadas sobre como devia ser difícil para todos diferenciar uma da outra, e reviravam os olhos com impaciência para os chefes que insistiam em passar com pessoas estranhas pela ala que elas ocupavam no escritório — de propósito, ambas diziam em leve tom de brincadeira, para mostrar a diversidade da empresa.

Tudo isso acabou seis meses mais tarde, quando Yang pediu demissão para fazer seu doutorado. Três dias depois da saída de Yang da Wagner, outro tiroteio que teve como vítima mais um homem negro desarmado — dessa vez, um idoso — viralizou. Ele havia sido parado por um policial branco algumas horas antes do nascer do sol na zona rural da Carolina do Norte. Minutos depois, estava morto, e horas mais tarde o mundo estava em chamas. Numerosos relatos afirmavam que ele levantara a mão para aumentar o volume de seu aparelho auditivo. Um dia após Nella ver a reação furiosa de Jesse Watson ao tiroteio explodir no Twitter, Richard Wagner enviou um e-mail para todos na empresa anunciando que em breve fariam uma série de Encontros sobre Diversidade.

Raramente o editor-chefe da Wagner Books enviava e-mails para os empregados; ou ele aparecia sem avisar na sala da pessoa, ou mandava um bilhete manuscrito com letra impecável. A simples existência desse e-mail já era incrível, e seu conteúdo era tão promissor que Nella o havia imprimido e pregado em sua baia. A notícia do tiroteio deixara o país inteiro indignado, e ela em especial, não apenas porque o homem era deficiente auditivo e tinha mais de setenta anos, mas também porque ele lembrava um pouco um avô que ela não tinha conhecido. Era reconfortante saber, então, que todos os empregados da Wagner haviam recebido uma orientação para começar a falar uns com os outros sobre a questão mais varrida para debaixo do tapete.

Mas havia um problema: ninguém sabia de fato o que estava sendo varrido para debaixo do tapete. Ou que tapete era esse. Ou se havia mesmo algo debaixo dele. A definição de "diversidade na Wagner" conseguiu deixar todos os presentes confusos — cerca de trinta por cento dos colegas de Nella —, e Natalie, do RH, ao lado da moderadora britânica que ela trouxera como "parte neutra", passaram a primeira hora do primeiro encontro tentando determinar o que eles realmente deviam discutir. "Queremos falar de diversidade de *empregados* ou de diversidade de *livros*?" perguntou Alexander, um dos editores mais prosaicos da Wagner. "Ou nos referimos a diversidade de *autores*?" "Não publicamos tal livro de tal escritor negro no ano passado?", outros perguntaram. E assim por diante.

A confusão generalizada era compreensível, e Nella fez o que pôde para manter todos concentrados no assunto em pauta valendo-se de suas próprias pequenas observações "objetivas". Mas não teve coragem de dizer que talvez o pessoal dos cargos mais altos não devesse dar preferência a candidatos com diplomas de faculdades de elite ou com vínculos pessoais, já que seu próprio currículo tinha recebido um "empurrão" de um editor que era amigo de um de seus professores na Universidade da Virgínia. E a mensagem que ela *de fato* gostaria de passar — *Sim, acabamos de publicar "tal escritor negro" no ano passado, mas esse escritor, assim como os últimos seis autores negros que publicamos aqui na Wagner, não era um negro americano, era de um país africano, e ainda que isso seja definitivamente um exemplo de diversidade, ao mesmo tempo não é* — também não funcionaria. Apenas desencadearia uma nova série de gradações com as quais Nella ainda não se sentia à vontade para lidar mesmo sozinha, e muito menos com seus empregadores brancos.

A segunda hora da "reunião" foi repleta de encenações desastrosas e jogos de associação de palavras mais desastrosos ainda — e, claro, as coisas só pioraram. Quando Nella propôs o acrônimo BIPOC, que designa negros, indígenas e outras minorias étnicas em inglês, como um termo a ser associado a "diversidade", seus colegas de trabalho concordaram e aplaudiram, e logo ofereceram seus próprios exemplos de "diversidade": "canhoto", "miopia", "dislexia". Foi só quando alguém sugeriu o termo "não millennials" que Nella se deu conta de que voltar à sua preocupação com relação ao tratamento de pessoas negras tanto dentro quanto fora da esfera literária seria altamente improvável. E assim, mais rápido do que se poderia enunciar as palavras "e quanto à discriminação etária?", a moderadora balançou a cabeça positivamente e elogiou os participantes — cerca de trinta pessoas, todas brancas, à exceção de Nella — por serem tão *abertos*.

Aliviados com a perspectiva de que o assunto renderia boas conversas de corredor, seus colegas se precipitaram para fora da sala de reunião mais depressa do que já haviam feito em qualquer seminário educacional sobre assédio sexual. E todos pareciam muito mais perplexos quando deixaram o local do que quando entraram.

Nella também. Mas por razões distintas. Seus colegas eram capazes de publicar livros sobre Bitcoin e conflitos no Oriente Médio e buracos negros, mas a maioria não conseguia entender por que era tão importante ter uma editora com mais diversidade. Por isso não foi surpresa para Nella que o próximo encontro facultativo sobre diversidade tenha contado com apenas metade do número de participantes do primeiro. O seguinte, menos ainda. Quando aconteceu a quarta reunião, os participantes eram apenas Nella e uma assistente de comunicação de olhos azuis, de cujo nome Nella não se lembrava mais porque ela já havia saído da empresa. Até Natalie, do RH, deixou de participar devido a "conflitos de agenda".

— Será que devemos oferecer biscoitinhos ou algo assim, para que mais gente apareça? — sugerira a assistente de olhos azuis com voz tranquila, e, num gesto público incomum de frustração, Nella tinha rasgado o último artigo que planejava compartilhar com todos, e em seguida saído da sala irritada.

Nella ainda sentia o rosto quente sempre que se lembrava dessa demonstração pública de fraqueza. Ser a única pessoa negra na sala não era tão difícil na maioria das vezes. Ela aos poucos fizera amizade com todos os empregados da Wagner que tinham cargo de assistente em qualquer setor, e as outras pessoas não brancas que trabalhavam na recepção e na sala de correspondência a conheciam pelo nome. Mas não era a mesma coisa que ter uma parceira de trabalho, uma pessoa que a entendesse *de fato*. O que ela mais queria era atravessar o corredor, vomitar tudo que sentia sobre um personagem ficcional racialmente insensível e voltar para sua mesa, novinha em folha.

Nella tinha tirado da impressora um dos contratos de vinte páginas de Colin Franklin e o estava folheando, pensando nas muitas sensações que se agitavam em seu íntimo, quando deu um encontrão em sua mais nova vizinha de baia.

— Desculpe! — Ela estendeu o braço para apoiar Hazel, embora fosse a própria Nella quem precisasse de apoio.

Hazel ergueu as sobrancelhas numa expressão de perplexidade ou julgamento, algo entre os dois. Colocou a mão no quadril.

— Eita, garota, aonde vai com tanta pressa?

Pela contração no lado esquerdo da boca de Hazel e pelo sorriso malicioso que se abriu, Nella agora percebia que sua expressão era mesmo de julgamento.

— É difícil não precisar correr aqui feito o diabo correndo da cruz a maior parte do tempo — justificou-se Nella, embora esse ditado estranho nunca tivesse saído de sua boca antes. Olhou para o relógio na tentativa de se recuperar. — Então, como foi o almoço com Maisy? Vocês ficaram fora por quanto tempo, umas duas horas?

— Tanto assim? — perguntou Hazel, olhando na direção de onde viera. — O almoço foi ótimo. *Maisy* é ótima. Fomos a um restaurante taiwanês.

— Legal. Ao Lu Wan?

— Isso. Na Nona.

— Sim, é um dos preferidos por aqui.

— *Delicioso*. Fiquei feliz por ela ter arranjado tempo — disse Hazel, parando ao lado da baia de Nella. — Agora que voltei, acha que posso te perguntar sobre um e-mail?

— Claro que sim!

Nella largou os contratos em cima da pilha de livros de Colin Franklin que Vera pedira para ela arrebanhar na biblioteca da Wagner em preparação para a oferta. Ainda não tinham lhe pedido para pegar com Josh os números das vendas de *Bala de três anéis* e *O terrorista da casa ao lado*, mas ela tinha certeza de que a solicitação chegaria até o fim da semana. O que significava que, nas próximas duas semanas, a Wagner Books provavelmente fecharia um acordo para o próximo livro de Colin — a mãe solteira Shartricia, seus cinco filhos e meio, seis dígitos e tudo o mais.

Nella estremeceu diante dessa última e muito dolorosa gota d'água. Sentiu sua alma — que com frequência soava muito como Angela Davis — gritar levemente, mas conseguiu abrir seu melhor sorriso. Foi, então, até a baia de Hazel para conferir o e-mail que ocupava toda a tela. Ver que o texto estava em fonte Papyrus vermelha foi o suficiente para Nella dizer, sem ao menos ler o conteúdo:

— É a Dee, da produção. Arg.

— Para ser sincera, não tenho ideia do que ela está falando.

Nella não podia culpá-la: na linha do assunto estava escrito *Simpson?* e o e-mail em si dizia apenas *ONDE ESTÁ ISSO?*.

— Só um segundo. Acho que a Erin me deixou um bilhete sobre isso antes de ir embora...

Nella examinou o calhamaço de páginas no qual não tocava desde que Erin, a última assistente de Maisy, havia voltado a trabalhar no escritório de advocacia do pai no Upper West Side quatro semanas antes. "Aqui nos pagam um salário de merda", dissera a garota, enquanto embalava sua terceira caixa de livros. "Como você consegue viver *nesta* cidade com *este* salário, não faço a mínima ideia."

A ironia do comentário vindo de uma garota com uma estratégia de saída tão conveniente não passou despercebida por Nella. Mas, como todas as outras pessoas com menos de trinta e cinco anos que acabaram deixando a Wagner por motivos semelhantes, Erin tinha razão. O salário era uma merda, e continuaria uma merda pelos próximos cinco anos, pelo menos, dependendo de quão próximo o funcionário conseguisse chegar de Richard Wagner em pessoa nesse período. Se esse alguém desse um jeito de chamar sua atenção, estaria garantido até o fim de sua carreira na editora, mas se não conseguisse — se não tivesse um legado ou contatos, como Bridget, ou se trabalhasse para alguém de quem ele não gostasse muito —, estaria ferrado. Poderia trabalhar na Wagner pelo tempo que quisesse, mas continuaria a ganhar vinte e poucos por hora.

Nella correu o dedo pela segunda página da pilha de documentos da assistente de Maisy, com cuidado para evitar a grande mancha de gordura no canto superior direito. Perguntou a si mesma qual das assistentes de Maisy teria deixado uma marca daquelas; com certeza não Yang, que não comia nada em sua mesa, exceto uvas verdes e peras vermelhas, e também não poderia ter sido Emily, que Nella jamais vira comer o que quer que fosse. Heather, a que tinha acabado de se formar no King's College de Londres e era sempre rápida em disparar um "maldito" aqui e um "droga" ali, mal ficara na Wagner tempo suficiente para deixar seu nome em sua baia. Nella supunha que a infratora havia sido a própria Erin. Todos aqueles sacos de batata Lay's. Toda aquela mastigação barulhenta.

— Diz aqui nos documentos de Maisy que em geral Simpson leva pelo menos uma semana a mais do que o prazo estipulado para devolver suas alterações — leu Nella —, e parece que ele está com três semanas de atraso. Tem alguma coisa dele na sua caixa de entrada?

Hazel percorreu os e-mails, tamborilando no mouse com a unha do polegar comprida, com francesinha feita, enquanto os examinava.

— Não, *nada*.

— Entendi. Bem, o que você vai fazer é dizer para Dee que Maisy baterá um papo com Simpson. E então *você* mesma escreverá para o Simpson. Apresente-se, fale com entusiasmo do último livro dele sobre nuvens cúmulos e depois, na última linha, mencione que você *acredita*... jamais diga algo como se fosse um fato... que ele talvez esteja... — Nella examinou o documento mais uma vez — ... com pelo menos uma semana de atraso.

— Mas na verdade são *três* semanas de atraso.

— Certo. Mas será melhor fingir que não é tanto. É bom ir com cuidado no seu começo aqui; depois, com o tempo, dá para aumentar o ritmo. Desde que ele goste de você.

— Mas não faria mais sentido simplesmente, não sei, falar logo para o Simpson qual é o atraso real? Jogar a responsabilidade para ele? Ele é um homem adulto.

Isso é discutível, pensou Nella.

— Talvez. Mas é assim que sempre tem sido feito.

— Tudo bem — concordou Hazel, embora ainda parecesse em dúvida. Esticou o pescoço para a pilha de páginas. — E está tudo aí?

O sorriso amável que Nella estampara no rosto para essa demonstração de *como fazer* começava a pesar. Ela mesma não tinha feito *tantas* perguntas quando assumiu o lugar de Katie, ou tinha?

— Não, não está *tudo* aqui. Bem, só a parte sobre o livro das nuvens, e sobre a necessidade de tratá-lo com todo o cuidado do mundo. Alguns anos atrás, alguém se cansou de tentar descobrir de que tipo eram os autores da Maisy, então quem quer que tenha sido, esse alguém elaborou uma planilha inteira de peculiaridades, que estão no final. Aqui.

Nella entregou o conjunto de páginas. Hazel o aceitou, indecisa, com as sobrancelhas perfeitas levantadas em um ângulo perfeito de surpresa.

— Isso aqui parece que devia estar plastificado. E colocado em ordem alfabética.

Nella respirou um pouco por entre os dentes no caminho de volta para sua mesa.

— É, bem, você não está errada nesse ponto.

— Hum. — As duas permaneceram sentadas em silêncio por um momento enquanto Hazel examinava as páginas. — Ei, obrigada.

— De nada. Estou por aqui caso surja algo mais.

Um e-mail repentino na tela de Nella impediu-a de fazer qualquer outro comentário. *Você pode imprimir as melhores resenhas dos últimos três livros de Colin?*, pediu Vera. *Preciso ligar para o agente dele daqui a meia hora.*

— É uma ajuda e tanto — disse Hazel, que tinha virado a cadeira e estava de frente para Nella. — Fico muito feliz que esteja por perto. Obrigada.

— Ah, não tem de quê. — Nella tentou repetir seu melhor sorriso, mas a ideia de passar o resto da tarde compilando elogios para Colin Franklin dificultava essa tarefa.

— Você vai me avisar se eu exagerar nas perguntas, né?

— Por favor, não se preocupe. Uma assistente me treinou também. É o ciclo da vida. É assim que os assistentes fazem. Na boa vontade.

Hazel folheou as páginas, cantarolando em alguns trechos, balançando a cabeça em outros.

— Você ajudou muitas assistentes da Maisy, imagino.

— Pelo menos quatro desde que comecei a trabalhar aqui, há dois anos. Talvez mais.

— Uau. — Hazel largou as folhas ao mesmo tempo que diminuiu o tom de voz, para ter uma visão clara do rosto de Nella. — É uma rotatividade e tanto. Há algo que eu deva saber sobre a Maisy? Ou sobre a Wagner em geral?

Nella refletiu sobre a pergunta. Assistentes antigas sempre deviam passar as fofocas para a novata, mas o consenso era deixá-la acreditar, pelo menos nas primeiras semanas, que seu chefe era um ser humano razoavelmente normal. A Wagner era a editora mais difícil de alguém conseguir entrar. Cada candidato, inclusive Nella, era submetido a quatro entrevistas consecutivas com vários empregados graduados, sendo que a última culminava com um chá de alta intensidade com o próprio editor-chefe e fundador da Wagner Books. A última coisa que um novo contratado queria ouvir depois de conseguir ultrapassar aqueles prestigiados muros era que um chefe maluco estava à espera do outro lado.

Mas a situação agora parecia diferente. Quem era Nella para *não* contar a verdade para Hazel?

Ela ergueu os olhos para a divisória de sua baia e de esguelha viu o espaço vazio onde estivera pendurado o e-mail que avisava dos encontros sobre diversidade, e lhe veio à lembrança uma história que seu pai lhe contara a respeito do primeiro emprego dele. Um dia ele tinha entrado em um Burger King e visto um irmão varrendo o chão, e um irmão no caixa, também. Atrás do caixa, havia um irmão preparando os pedidos.

— Não tem ninguém branco tomando conta aqui? Parece muito bom esse trabalho que vocês têm — dissera Bill Rogers para o sujeito negro atrás da caixa registradora, que vinha a ser irmão, irmão de verdade, de Gerald Hubbard, colega de turma do pai de Nella.

O irmão de Gerald tinha sorrido e entregado para o pai de Nella um formulário de candidatura a vagas de emprego.

— Praticamente fazemos nosso próprio horário — explicou —, e sabe de uma coisa? Você veio na hora certa. Logo teremos uma vaga.

Cinco dias depois, ele já estava atrás do caixa. Trabalhou dois turnos completos sem que nada de errado acontecesse. Foi só em seu terceiro turno que um homem branco com um terno elegante e gravata entrou e se apresentou como o proprietário. Esse fato em si não era nada de mais — Bill não havia esquecido que o proprietário era branco, e naquela época ele conseguia lidar com pessoas brancas tão bem quanto qualquer pessoa negra. Mas acontece que o proprietário acabou se mostrando uma espécie de escravocrata moderno. E, como se viu, o irmão de Gerald estava em seu último turno no Burger King quando disse a Bill que logo haveria uma vaga.

O pai de Nella ainda trabalhou ali por três semanas, que foi o tempo que ele levou para decidir que se um chefe precisasse chamá-lo de "menino", ele poderia muito bem ganhar mais dinheiro em outro lugar. Poucas semanas depois, começou a trabalhar como atendente em um hotel sofisticado do outro lado da cidade.

Anos mais tarde, em um piquenique na vizinhança, o pai de Nella perguntou ao irmão de Gerald por que ele não o tinha alertado sobre o proprietário.

— Não sei — respondera ele enquanto mordiscava a cartilagem de uma costela que a mãe de alguém tinha passado a manhã inteira preparando. — Aconteceu a mesma coisa comigo quando me candidatei a uma vaga.

Nella havia escutado essa história diversas vezes e sempre sentia a mesma coisa quando seu pai chegava ao fim. Ela sempre jurava que, se algum dia se encontrasse em situação semelhante, não se comportaria de forma tão egoísta quanto o irmão de Gerald Hubbard. E agora ali estava ela, finalmente em uma posição em que podia ser transparente com alguém que não fosse Malaika sobre o que era ser uma pessoa negra trabalhando em um escritório só de brancos.

Como se percebesse que Nella estava a ponto de se abrir, Hazel comprimiu os lábios e esperou. Continuou a encarar Nella, mas agora seu olhar estava tranquilo, sereno.

— Vamos, minha irmã — disse, em voz baixa. — Pode ser sincera comigo.

O tratamento carinhoso teve em Nella o efeito de um bálsamo sobre um nó apertado em seu pescoço. Ela sentiu as articulações relaxarem enquanto soltava uma breve lufada de ar pelos lábios.

— Para falar a verdade, sua chefe é muito boa no que faz. Todos que a conhecem a respeitam, principalmente porque está disposta a editar todos os livros científicos nos quais ninguém mais quer tocar. Porém... — Nella baixou seu sussurro para o nível de leitura labial. — Ela é um pouco nervosa. Estou falando sério.

Hazel não se mexeu. Apenas balançou a cabeça.

— Tive mais ou menos essa percepção — confessou então. — E me diga uma coisa: o que o pessoal acha dos negros aqui na editora?

Nella olhou ao redor para se certificar de que não havia ninguém por perto.

— Vou colocar nos seguintes termos — respondeu, arregalando os olhos de forma dramática. — Ninguém "vê" cor aqui na Wagner.

Hazel não respondeu. Por um momento, não ficou claro se ela havia percebido o tom de brincadeira na voz de Nella. Talvez nem a tivesse escutado.

Mas então a tranquilidade em seus olhos aumentou, e um sorriso de cumplicidade tomou conta do rosto de Hazel.

— Sim, essa é a vibe que senti. É sempre bom saber com o que se está trabalhando, né? — Ela deu um leve sorriso, apenas com os lábios, sem os dentes, antes de virar para sua mesa e começar a digitar.

Nella girou a cadeira, ficou de frente para o monitor e sorriu para si mesma. *Minha irmã, com certeza.*

Horas mais tarde, Nella bateu com a unha do dedinho no fundo do seu copo para tirar a camada de condensação acumulada e fez a água escorrer para o guardanapo já encharcado.

— Eu falei que ela morou em Boston durante alguns anos? *Boston.*

Malaika balançou a cabeça.

— Mentira! — gritou quando as notas iniciais de "Juicy" começaram a ressoar nos alto-falantes acima da cabeça delas. O lugar escolhido esta noite era o 2Big, um bar em Bed-Stuy que tocava apenas músicas do Tupac e do Biggie em uma tentativa bastante tardia de, como o site deles declarava, *juntar as duas costas.*

— E Maisy e Vera não paravam de falar sobre Boston, como sempre fazem quando estão juntas. Exagerando em tudo, como se a cidade fosse mágica, ou sei lá o quê.

Malaika encolheu os ombros e tomou um gole de seu rum com Coca--Cola.

— Mágica para algumas pessoas, talvez. Como é que Jesse Watson a chama? "A meca do homem branco"?

Nella concordou, lembrando-se do que Jesse falara sobre a cidade alguns meses antes, depois de assistir ao seu primeiro — e último — jogo dos Celtics.

— Meu Deus, vou sentir falta desse homem. Com Jesse nessa pausa estranha, como saber a diferença entre uma microagressão e qualquer outra coisa? — brincou Malaika, em tom melancólico. — A propósito, Vera está tranquila agora que ele se foi de vez?

No ano anterior, Nella havia sugerido convidarem Jesse para colaborar na antologia *Quarenta abaixo de quarenta* da Wagner, mas Vera tinha desaprovado a ideia. Com todas as letras, em alto e bom som. "Só entre nós", sussurrara ela, "algumas pessoas o veem como um terrorista emocional, e não posso dizer que discordo delas".

Nella estremeceu no presente como tinha estremecido na ocasião.

— Não sei ao certo quão inteirada ela está com o Black Twitter — disse Nella —, mas isso não importa, de todo modo. Não dá para o Jesse ter *de fato* ido embora de vez. Ele gosta demais dos holofotes.

— Verdade.

— Além disso, aposto que ele anunciou que ficaria fora das redes sociais para que, quando voltar com seu projeto criativo digno da Beyoncé, a coisa fique ainda maior. Pessoas como ele fazem isso o tempo todo.

A afirmação de Nella dava a entender que ela não se importava com o que ele fazia ou deixava de fazer, embora o anúncio de que Jesse daria um tempo das redes sociais, especialmente seu argumento de que queria "trabalhar em algumas coisas", também a tivesse fascinado. Vera pode ter dito não à sugestão do *Quarenta abaixo de quarenta* de Nella, mas não disse não a um livro escrito por Jesse, e *só* por Jesse. Se Nella arranjasse um modo de entrar em contato com ele, talvez pudesse convencê-lo a escrever um esboço tão irresistível que Richard e Vera não teriam outra escolha senão contratá-lo no ato.

Ela pretendia ter discutido essa ideia com Malaika antes, talvez até arriscar o tipo de projeto com o qual ele voltaria da pausa. Um livro de memórias? Um documentário? Um álbum gospel? Mas as novidades sobre Jesse tinham se perdido na confusão de Hazel.

— Bem, voltando à nova garota negra — disse Malaika, parecendo ler sua mente. — Meca do homem branco ou não, a pergunta importante que eu tenho é: você acha que vai ficar amiga dela?

— Claro que sim! — exclamou Nella. — Você *sabe* há quanto tempo estou à espera desse momento! E Hazel parece uma pessoa legal. Na verdade, talvez até legal demais para mim.

— Impossível.

— Ela é do Harlem. É natural, usa dreads longos. *Ombré.*

A menção aos dreadlocks *ombré* invocou um *ooooh*, e depois Malaika levantou o copo.

— Está certo, talvez ela seja um pouquinho mais legal do que você. Mas, agora — continuou, afastando-se quando Nella tentou fazer um gesto em sinal de protesto —, um brinde: por não ser mais A Única.

— Um brinde!

Nella tocou sua cerveja quase vazia no drinque de Malaika. Então, tomou o penúltimo gole e colocou o copo na mesa, dando uma olhada nas outras pessoas que haviam decidido sair para beber alguma coisa numa quarta-feira à noite. Eram, em sua maioria, duplas de mulheres entre vinte e trinta e poucos anos, espalhadas pelas banquetas altas do bar, bebendo, rindo e balançando a cabeça com indisfarçável satisfação. Sentiu um toque caloroso de solidariedade ao observar uma dúzia ou mais de mulheres em roupas sociais, as bocas cheias de gim e suco e irritações pós-trabalho.

Nella pensou nas queixas que planejara dividir com Malaika, em especial sobre sua ansiedade por ter que lidar com a questão Shartricia. Não parecia justo. Apenas alguns meses atrás, Colin tinha finalmente parado de escrever errado seu nome nos e-mails que lhe mandava; semanas antes, até tinham experimentado um breve momento de camaradagem por serem ambos de Connecticut. Não chegavam, claro, a morrer de amores um pelo outro, mas Nella sentia que haviam feito um grande progresso em seu relacionamento autor-assistente. E agora precisaria olhar nos olhos de Colin Franklin, um autor premiado que chamava Reese Witherspoon pelo primeiro nome, e dizer a ele que tinha problemas com seu livro?

Estava deixando a questão de Colin para o final, enquanto ouvia com atenção as queixas que a amiga fazia de Igor Ivanov, o guru do fitness de quem ela havia sido assistente pessoal nos últimos oito anos. Nella não queria monopolizar a conversa, ainda mais se levasse em conta o tempo que já havia gastado reclamando de Shartricia para Malaika. Mas em vez de começar a falar em Colin assim que Malaika contou o último comentário de Igor sobre suas panturrilhas, Nella ergueu de novo o copo.

— Eu gostaria de propor mais um brinde: a não ser confundida com a nova garota negra. Graças a *Deus* ela usa dreads — brincou.

Malaika riu.

— A *isso* eu posso brindar, sim. — Ela bebeu o resto de seu rum com Coca-Cola e largou o copo na mesa com uma força desnecessária. Tinha no rosto aquela expressão de *conversa séria* que Nella conhecia tão bem, seus grandes olhos castanhos sem piscar e mais arregalados que o normal. — Com ou sem dreads, você *sabe* que algum de seus colegas de trabalho confundirá você com a nova garota negra pelo menos uma vez. Isso eu *garanto*.

3

20 de agosto de 2018

Nella bocejou e abraçou os ombros, numa débil tentativa de não pegar o copo de café antes de a máquina acabar de enchê-lo. O negócio estava morrendo tinha uma semana ou mais, o que significava que Jocelyn — gerente comercial da Wagner e a única pessoa com habilidades mágicas para lidar com a barulhenta cafeteira — estava visitando a família na Alemanha.

Nella precisava que ela voltasse. Agora. Sua cabeça latejava de maneira absurda, tudo porque fora com Owen e Malaika ao 2Big na noite anterior. Haviam deixado o bar tarde demais para três pessoas que sabiam que teriam que acordar cedo na manhã seguinte.

Nella estava tentando lembrar a que horas ela e Owen tinham, por fim, caído na cama quando um novo cheiro interferiu no aroma de seu café e, por consequência, nos seus pensamentos. Cheirou a máquina com curiosidade, incapaz de identificar o doce culpado, até que olhou por cima do ombro. Hazel acabara de entrar apressada na copa com a caneca de café em uma das mãos e um Tupperware na outra. Usava um lenço amarelo pesado o suficiente para bloquear o ar-condicionado agressivo do metrô, mas leve o suficiente para guardar na bolsa enquanto enfrentava o calor da plataforma, além de um daqueles enormes óculos de sol brancos de estrela de cinema que lembravam os que Nella havia experimentado na última vez que tinha ido às compras. Com um rosto pequeno e redondo e sem um queixo amplo, ela parecia um chihuahua brincando de se fantasiar às luzes do centro de convenções da H&M

de Herald Square. Mas o batom vermelho vivo de Hazel e as enormes argolas de prata conseguiam fazer a balança pender para o lado dela.

— Bom dia, Nell! Quais as novidades?

Hazel colocou a caneca na grande mesa de vidro que havia no meio da copa. Nella já tinha entendido que era assim que Hazel começava a maioria das conversas, por mais óbvia que fosse a resposta e por mais perplexa que deixasse Maisy. O que, Nella percebeu, acontecia sempre.

— Estou só aqui esperando minha dose matinal. — A cafeteira emitiu outro som de líquido escorrendo, mais alto que o de dois dias atrás, como se também estivesse desesperada para participar da conversa. Jocelyn precisava voltar das férias, e rápido, antes que todos na Wagner começassem a se virar uns contra os outros com estiletes e grampos de papel por conta da privação de cafeína.

— Ainda não descobri como isso funciona. Vale a pena?

— Meh. Seria melhor drenar água do Canal Gowanus e jogar por cima de grãos de café pisoteados com os sapatos mais sujos que tivesse. Mas é grátis, então...

— Caramba, "grátis" é meu sabor favorito. — Hazel riu enquanto guardava o almoço na geladeira e fechava a porta.

Ela enfiou a mão no bolso da jaqueta e pegou um saquinho com ervas. O movimento enviou uma nova onda de aroma adocicado direto para o nariz de Nella, que precisou se conter para não recuar. Embora ela e Hazel já fossem companheiras de baia há mais de três semanas, ela ainda não estava inteiramente acostumada com a pomada para cabelo de sua nova vizinha. Ou perfume. O que quer que fosse, Nella tinha certeza de que não era Brown Buttah. Brown Buttah não tinha um cheiro *tão* forte.

— Meu namorado trabalha em um salão de chá. Recebo chá "sabor grátis" o tempo todo.

— Legal. — Nella pensou em perguntar sobre o salão de chá, mas seu café já estava pronto, e um novo autor de Vera ficara de ligar em menos de cinco minutos para falar sobre o processo de copidesque. — Preciso correr.

— Tudo bem! Nos vemos em, digamos, três segundos.

— Combinado! Até daqui a pouco.

Nella tirou a caneca da cafeteira. Quando deu meia-volta para sair, Hazel exclamou, com a voz mais animada que Nella já ouvira sair de sua boca:

— Aimeudeus, espere! *Adorei* sua caneca!

— Obrigada! Foi presente da minha mãe.

Hazel deu alguns passos até a mesa e pegou a própria caneca. Pintado nos dois lados, em espirais coloridas de roxo, azul e laranja, havia um desenho inconfundível de Zora Neale Hurston, com chapéu inclinado e tudo.

Nella não sabia como não tinha reparado nela antes — era deslumbrante.

— Canecas gêmeas! Só que a sua Zora é ainda mais bonita. A arte é linda.

— Obrigada! É o meu orgulho! — exclamou Hazel a caminho da torre de água quente.

— Onde a conseguiu?

— Com meu namorado, na verdade. Ele pintou a arte. Depois pediu para um amigo que trabalha com cerâmica fazer a caneca para me dar de presente no nosso quinto aniversário de namoro. Ele personalizou a alça especialmente para mim também. Não é maneira?

Nella olhou mais de perto os pequenos sulcos espaçados para os dedos na alça, sem conseguir deixar de reparar que Hazel mencionara o namorado não uma, mas duas vezes em um diálogo muito curto. Achou divertida essa dupla menção, porque era o tipo de detalhe que não significava nada — até, claro, ser combinada com suficientes outros nadas para então converter-se em algo.

Aos olhos de Nella, esse "algo" era falta de autoconfiança. Sentiu uma ponta de orgulho por não ter mencionado o nome de Owen uma vez sequer para a nova colega. Ela até se sentia um pouquinho presunçosa, inclusive. *Seu* namorado não a definia.

Por outro lado, Owen havia esquecido os três aniversários de namoro.

Nella disse mais uma frase elogiosa sobre a caneca e, quando Hazel se virou para preparar seu chá, despediu-se rapidamente. Precisava de cada segundo dos três minutos restantes para se preparar para a ligação.

Tinha começado a apressar o passo quando ouviu Hazel dizer mais alguma coisa.

Nella parou no meio do caminho e considerou suas opções. Estava a distância suficiente para fingir que não tinha ouvido Hazel. Mas *tinha* ouvido. Três palavras, na verdade: *Coração em chamas*. Kryptonita negra contra seu coração *workaholic* de aço.

Seus pais tinham lhe dado o primeiro livro de Diana Gordon como presente de aniversário de quatorze anos, no verão anterior a seu ingresso no ensino médio. O livro prendera sua atenção desde a epígrafe. Ela adorava ler sobre a obstinada Evie, uma adolescente negra que foge dos pais conservadores em uma cidadezinha da Nova Inglaterra, e sobre o durão e inflexível membro do Partido dos Panteras Negras por quem ela acaba se apaixonando.

Nella via partes de si mesma em Evie. Seus próprios pais nunca haviam sido o tipo de pessoa que passa por tudo em silêncio. Eles a tinham ensinado a se manifestar quando algo não estava certo e a jamais permitir que alguém a tratasse como se valesse menos. Mas Nella nunca tinha precisado usar essas ferramentas durante a adolescência. E por isso conseguia se identificar com o desespero de Evie para *viver* de fato a vida e com seu desejo de agarrar o mundo desconhecido que existia logo além de seu alcance.

Nella não tinha conseguido largar *Coração em chamas* durante todo o mês de agosto e, embora fosse um calhamaço com aproximadamente quinhentas páginas, ela o havia lido três vezes, quase em sequência. Escreveu sobre o livro para um projeto de leitura de verão no primeiro ano, em setembro, e, quase oito anos depois, ele foi a espinha dorsal de um trabalho de conclusão de curso que ela nunca conseguira publicar. Já que *Coração em chamas* tinha sido escrito e editado por mulheres negras, ela colocou o impacto social da obra em primeiro plano, junto com dois outros livros que foram escritos e editados por pessoas da mesma raça... uma façanha rara, Nella aprendera.

Tudo isso, no entanto, era coisa demais para Nella explicar naquele momento de pressa, e então correu de volta para a copa, deixou escapar um leve suspiro e perguntou:

— Desculpe, você falou alguma coisa sobre *Coração em chamas*?

Hazel olhou por cima do ombro.

— Ah, eu só estava me perguntando se você gostava de Diana Gordon. Esbarrei em um artigo antigo sobre ela ontem à noite escrito pela Joan Circatella, e tive vontade de reler *Coração em chamas*, se possível *agora*.

— Joan Circatella? Que maravilhoso! Eu me inspirei muito no trabalho dela para elaborar minha tese na faculdade. — Ao perceber o que interpretou como curiosidade no rosto da colega, Nella acrescentou: — "Para nós, por nós: o efeito do olhar negro sobre ideias negras."

— *Menina!* — Os olhos de Hazel se arregalaram quando ela colocou a caneca na mesa para poder aplaudir, dando ênfase. — Isso. Soa. Tão. Incrível. Olhe para você, toda modesta. Você devia *se orgulhar* dessa tese.

— Obrigada! — Nella sorriu. Preocupada em não parecer pretensiosa, acrescentou, ainda que Hazel não tivesse perguntado: — Sempre gostei muito que *Coração em chamas* tenha sido escrito e editado por mulheres negras, e isso me inspirou a me aprofundar nessa discussão sobre seu impacto social. E comparei dois outros livros que também foram escritos por duplas de editores e escritores negros.

Hazel bateu palmas de novo.

— Isso é bri-lhan-te! Consigo imaginar algo assim na *Salon* ou em algum outro veículo. *Por favor*, diga que você fez alguma coisa com isso, minha irmã. Eu *imploro*.

— Bem, tem sido um pouco difícil, você sabe... com Kendra Rae Phillips e tudo... — Nella encolheu os ombros.

— O que quer dizer com isso? Espere... ah, meu Deus, ela ainda trabalha aqui?! — Os dreads de Hazel batiam em seu rosto enquanto ela olhava emocionada ao redor.

— Não, com certeza não — respondeu Nella, baixando a voz. — Essa é a questão. Ela está sumida há anos.

— Ah, entendo. Imagino que tenha ficado uma lacuna desagradável no seu trabalho. — Hazel voltou a pegar sua caneca. — É uma pena ela ter ido embora. Este negócio precisa de mais editores negros, mais mentores negros... mais *tudo* negro.

— Pois é, e... — Nella balançou a cabeça, esgotada. Esta era uma conversa que ela queria muito ter, mas não agora. — Meu Deus, *desculpe*, mas vou acabar perdendo a ligação.

Ela imaginou ter falado com uma voz suave. Enfatizara bastante o "desculpe", e indicara quão pouco controle tinha sobre a situação. No entanto, havia uma mudança na postura de Hazel. Seus ombros estavam caídos, como se um peso tivesse sido amarrado a cada um deles. Até seu modo de segurar a caneca estava diferente; em vez de apoiá-la na palma da mão, Hazel apertava a alça com quase todos os dedos, usando o último para bater na lateral com a unha comprida.

— Desculpe! — repetiu Nella. — Não é nada pessoal. A ligação, eu quero dizer. É coisa de autor. De trabalho.

Hazel encolheu os ombros, estreitando os olhos.

— Eu entendo. Farei isso também, em algum momento. Imagino.

— Fará sim, e muito. Maisy não gosta de falar ao telefone com ninguém a não ser Ken.

— Marido dela?

— Terapeuta dela.

Essa resposta arrancou um sorriso de Hazel.

— Tantas coisas que preciso aprender!

Sentindo-se confiante de que havia conseguido suavizar as coisas, Nella tentou mais uma vez sair da copa. Hazel seguiu-a dessa vez, no mesmo ritmo.

Nella dirigiu-lhe um sorriso rápido e constrangido.

— Ei, que tal almoçarmos esta semana, agora que você está mais ou menos instalada? — Ela olhou ao redor para ver se algum de seus colegas de trabalho circulava pelos corredores, embora a maioria dos funcionários de alto escalão não aparecesse antes das dez. — Posso deixar você a par de tudo. Extraoficialmente, é óbvio.

— Claro que sim. Eu *adoraria*.

— Ótimo. Marcamos para amanhã?

— Amanhã está *perfeito*.

Elas, por fim, chegaram às suas mesas. Nella afastou uma pilha de papéis que vinha crescendo nas últimas semanas para abrir espaço para seu café praticamente intocado e deu uma olhada no telefone. Havia duas ligações perdidas: uma de Vera, a outra de Colin Franklin, possivelmente para confirmar o encontro com ela e Vera na semana seguinte.

Ela resmungou.

— O que foi? — perguntou Hazel. — Não me diga que você perdeu a ligação que estava esperando! Culpa minha, garota.

Quando Nella ergueu os olhos, Hazel estava ao seu lado, e sua boca formava um *O* perfeito.

— Não, não. Não perdi. É que... estou com uma porção de coisas acontecendo ao mesmo tempo. Coisas de autor, você sabe.

— Ah, coitadinha. Bem, saiba o seguinte: estou aqui. Para falar sobre Diana, Zora, Maya, sobre literalmente *qualquer* rainha negra da literatura... Posso falar sem parar. Mas também estou aqui para *você*. Para fofocar, para reclamar, para qualquer coisa. — Hazel tocou no ombro de Nella. — Nunca tive colegas de trabalho negros em Boston e não imaginei que teria uma aqui. E isso é... absolutamente incrível.

Uma ternura que Nella não sentia por nenhum outro vizinho de mesa desde Yang acalentara seus sentidos. Ela sorriu e seus olhos se umedeceram... seriam lágrimas? Por quê?

— Eu sinto o mesmo, Hazel — confessou. — Obrigada.

— *Claro!*

Nella virou-se para pegar o telefone, revigorada e ansiosa para começar a trabalhar. Mas algo a deteve.

Era Hazel, que ela sentia ainda rondá-la.

— Então, você está bem? Está tudo certo? — A voz de Hazel havia baixado algumas oitavas e flutuava em um registro em geral reservado para uma mãe na hora de aconchegar o filho. Seu olhar parecia vago, sem nada além de um vazio carente.

Nella olhou para Hazel, confusa. Continuava com o telefone na curva do pescoço, mas o sinal de discagem era agora aquele bip-bip-bip de quando ficava fora do gancho por um tempo longo demais.

— Sim. Estou bem. Conversaremos mais no almoço — sussurrou, apontando ao redor com o queixo. — Ouvidos por toda parte, sabe como é.

Hazel assentiu e sorriu. Sua expressão vazia sumiu num piscar de olhos.

— Entendo, claro.

4

21 de agosto de 2018

O almoço com Hazel foi no Nico's, um pequeno café independente que servia comida com a qualidade do Au Bon Pain e tinha um clima do Pret A Manger. Não era um lugar particularmente agradável, mas Nella o escolhia com frequência por ser barato e porque os funcionários de cargos mais altos que se dignavam a colocar o pé lá dentro sempre pediam comida para viagem. E como os chefes com certeza não levavam agentes ou autores ao Nico's — ter garçons era fundamental para esse tipo de compromisso —, o café oferecia a Nella o que ela mais almejava: um lugar para almoçar sozinha, uma vez que sua baia no escritório era o campo de batalha de todos os outros tanto quanto dela.

Hazel pagou primeiro e, para alegria de Nella, escolheu uma mesa ensolarada ao lado de uma grande janela que dava para a movimentada Sétima Avenida. Nella juntou-se a ela, deixou o sanduíche e o suco na mesa e enfiou a carteira em sua já surrada ecobag da Wagner Books.

— Achei que seria bom sentar ao sol. Tudo bem, certo?

— Com certeza. É bom para absorver um pouco de vitamina D.

— Verdade. — Hazel tirou a tampa plástica de sua salada e cutucou uma noz com o dedo. — Estou muito feliz por termos finalmente conseguido comer juntas. Eu tinha pensado em perguntar se você queria tomar um café, mas que merda, cara. Essa curva de aprendizado é difícil. Tenho a sensação de que só me afundei nas últimas semanas e não encontrei tempo para nada.

Nella concordou.

— Sim, eu lembro como foram difíceis os primeiros meses. Mas você está se saindo muito bem, sério! Você saberia se não estivesse, de verdade.

Hazel não pareceu se atentar ao elogio; em vez disso, tinha a atenção voltada para o tubinho plástico de molho para salada que estava com dificuldade para abrir. Pegou seu garfo e furou-o com força.

— Então, Maisy comentou que Vera tem alguns bons livros em preparação no momento — disse Hazel. — Você deve estar empolgada com isso.

Nella fez uma careta quando o som da voz de Colin Franklin lendo com um "tom de mulher negra oprimida" ecoou em seus ouvidos.

— Sim, dá para dizer que Vera tem alguns autores de nome.

— Sam Lewis, certo? Evelyn Kay. E... Colin Franklin?

— Aham.

— E como ele é? — perguntou Hazel, arregalando os olhos. — Deve ser interessante.

— Interessante é... uma boa maneira de descrevê-lo.

Hazel sorriu e inclinou-se à frente.

— Por que tenho a sensação de que há coisas que você não está me contando?

— Bem... não é fácil trabalhar para ele. Embora já esteja um pouco mais tranquilo.

— Sim, mas... foi onde ele de fato deslanchou, certo?

— Certo. *Exatamente.* Mas a questão é que... — Nella deu uma olhada no Nico's para ver se reconhecia alguém que pudesse escutar. — Tento não falar sobre os autores da Vera com mais ninguém. Isso é sério. É uma boa regra prática; alguns editores veem isso como lavação de roupa suja.

— Entendo.

— E detesto reclamar... porque, para falar a verdade, foi muito difícil conseguir um emprego na Wagner. Eu devia estar agradecida.

Hazel largou o garfo.

— Vixe, qual é o problema? Pode me falar. Realmente não tenho qualquer interesse nisso.

Nella espichou o pescoço, seus olhos cheios de perguntas.

— Não por enquanto, pelo menos. Nem tenho certeza se *quero* ser editora de livros — acrescentou Hazel. — Ainda estou vendo como tudo funciona.

— Ah. — Ainda assim, Nella não estava convencida. — Promete que o assunto ficará só entre nós?

— Claro! Nós duas sabemos que precisamos nos manter unidas. E talvez minha visão de fora possa ajudar.

Nella não tinha argumentos contra isso. Então, contou para Hazel tudo sobre Shartricia em *Entre agulhas*. O que a desagradava, suas considerações — enfim, despejou tudo que vinha processando em sua mente ali mesmo na mesa que dividiam.

Quando terminou, Hazel já havia acabado o almoço, enquanto o sanduíche de Nella continuava quase intacto à sua frente.

— Desculpe — disse, e retirou o invólucro plástico para dar uma mordida. — É que cada vez que falo disso fico ainda mais frustrada. E então me pergunto: estou doida? Será que estou exagerando?

— Que nada. Pelo que me contou sobre Shartricia, parece que você tem razão em se sentir assim. Li um dos romances do Franklin para um clube do livro no ensino médio. *Ilegalmente sua*, acho que era esse o nome. A representação da mulher mexicana nessa obra é muito problemática. Já posso até imaginar seu desconforto.

Nella fez uma careta.

— Eu sei. Felizmente eu não estava aqui quando ele escreveu esse.

— E que tipo de nome é Shartricia, afinal de contas? Meu Deus! Shaniqua já não era um nome bom o suficiente para o estereótipo da garota negra? Entre tantos lugares possíveis, foi *aí* que ele sentiu que precisava ser criativo?

— Menina, é isso — concordou Nella, estalando os dedos. Era exatamente o que ela precisava ouvir. — Concordo demais com você. Mas isso é o que me chateia, porque não posso criticá-lo por isso.

— Por que não?

— Porque ele vai pensar que o estou chamando de racista. Você sabe como os brancos ficam quando acham que estão sendo chamados de racistas.

Nella suspirou, lembrando-se de quando, logo após toda a questão dos encontros sobre diversidade, ela tinha ouvido dois funcionários da Wagner conversando na copa sobre a possibilidade de os forçarem a contratar pessoas não brancas. "Vamos aceitar e fazer exatamente isso", dissera Kevin, do marketing digital, indignado. "*Exatamente* isso. E aí veremos o que Richard dirá quando passarmos a contratar gente sem qualificação e as coisas começarem a desandar. Tenho certeza de que ele vai mudar o discurso."

Na ocasião, Kevin estava de costas para Nella, assim como o outro sujeito branco não identificado com quem ele conversava. Ainda que a *tivessem visto*, porém, Nella sentia que nenhum deles teria dito qualquer coisa diferente. Estranhamente, seus colegas haviam deixado claro desde o início que não a viam como uma jovem negra, mas como uma jovem que por acaso era negra — como se seu diploma universitário tivesse lavado toda a melanina de sua pele. Aos olhos deles, *ela* era a exceção. Era "qualificada". Uma Obama do setor editorial, por assim dizer.

Às vezes, ela via isso como uma bênção. Na verdade, eles nunca se preocuparam em lhe pedir leituras sensíveis, e poucas vezes perguntavam sobre "questões negras" — ou porque não queriam ofendê-la se o fizessem, ou porque simplesmente não tinham interesse em perguntar. Em outras ocasiões, porém, ela achava isso quase degradante, como se aceitar a oferta de emprego na Wagner também tivesse significado desistir de sua identidade negra.

— Garota, isso é *tão* real — exclamou Hazel, batendo no prato com o garfo. — Mesmo quando você só *insinua* que uma pessoa branca é racista, em especial um *homem* branco, eles consideram isso o maior tapa na cara. Prefeririam ser chamados de qualquer coisa, menos de racistas. E estão sempre prontos para contra-argumentar com unhas e dentes.

— É basicamente a versão deles da palavra crioulo — concordou Nella.

— O que é hilário, porque os negros são chamados de crioulos há *anos* e sempre tiveram que aceitar e ir em frente. Sempre precisaram continuar andando pela rua sem reclamar. Há *séculos* — disse Hazel, com um soco na mesa — temos sido chamados de crioulos, cara. E há talvez uns trinta anos estamos chamando os brancos de racistas, e essa palavra não significava merda nenhuma até muito pouco tempo atrás, e mesmo *agora* algumas pessoas ainda não a consideram um desqualificativo. Mas aí, de repente, ela passa a ser o fim do mundo para essas pessoas.

Nella estava imóvel, perplexa. Tudo o que Hazel dizia soava condizente com o que ela e Malaika sentiam sempre que ouviam que mais um político tinha feito ou dito algo racista, mas Nella não esperava que Hazel fosse ficar *tão* exaltada. Ela acompanhara tão bem a conversa de Maisy e Vera sobre Boston no primeiro encontro delas, parecia tão boa em manter a calma.

O casal coreano bem-vestido sentado à mesa ao lado também não tinha previsto aquela explosão. Nella reparou que eles haviam interrompido a conversa e dirigiam olhares curiosos às duas entre uma garfada e outra.

Hazel também pareceu ter percebido a mudança de atitude na mesa vizinha. Então, relaxou os dedos e sussurrou um breve *desculpe*.

— Sem problema. Está tudo bem. Na verdade, isso é revigorante — Nella tranquilizou-a. — Então... obrigada.

— Meus pais são bem conhecidos em sua comunidade pelo ativismo social — acrescentou Hazel, em voz baixa —, e meus avós também eram. Meu avô morreu em uma manifestação. Está no meu sangue, eu acho.

Nella engoliu em seco.

— Uau, Hazel, sinto muito. Quando foi?

— Em 1961. Ele estava participando de um protesto contra uma das novas leis sobre o uso dos ônibus. "Uso excessivo da força policial." — Hazel desenhou aspas no ar para as últimas palavras.

Nella levou as mãos ao rosto. Uma mescla de imagens do Movimento dos Direitos Civis passou por sua mente em preto e branco, acompanhada de uma avalanche de cassetetes da polícia e uma trilha sonora de cânticos espirituais negros melancólicos.

— Uau — repetiu, na falta de uma palavra melhor, embora houvesse muitas. Depois, optou por acrescentar: — Sinto muito.

Hazel deu de ombros.

— Obrigada. Mas estou aqui, não estou? Não acho que *ele* teria ficado sentido demais.

Nella assentiu e mastigou a comida. As duas permaneceram sentadas em um silêncio reflexivo por tempo suficiente para o casal coreano sair e ser substituído por outro, um pouco mais velho, com uma vaga aparência europeia. Enquanto isso, o fantasma do avô de Hazel pairava sobre a mesa e desafiava Nella a dizer algo tão carregado de reverência quanto as palavras que sua neta acabara de pronunciar.

Por fim, ela engoliu o último pedaço de seu sanduíche e falou:

— Talvez eu *deva* dizer alguma coisa sobre o livro para Colin e Vera. Sacrifícios mais duros já foram feitos, não é verdade?

Hazel ergueu os olhos. Balançou a cabeça positivamente uma vez, com ar solene.

— A questão é: como fazer isso sem comprometer minha relação com a Vera? Realmente acho que nenhum dos dois aceitaria. Uma jovem negra falando para um dos autores de maior sucesso da Wagner que sua personagem negra é um pouquinho racista? Fala sério. Eu poderia ser *demitida*.

— Você acha? — perguntou Hazel, considerando a hipótese. — Bem, talvez. Mas Vera parece muito mais inteligente que isso.

— Ela é inteligente, mas não tenho certeza se é *tão*... "esclarecida".

— Sério?

— Ela vem de família com dinheiro — declarou Nella.

— Você também, não?

Nella inclinou a cabeça, perguntando a si mesma por que Hazel teria chegado a essa conclusão. Ela muitas vezes se orgulhava de ser diferente de suas colegas de faculdades de elite, garotas de classe média alta — não apenas em sua aparência, mas também na maneira como se movimentava pelo mundo. Ainda assim, Nella sabia que também tinha uma posição privilegiada. Seus pais nunca foram ricos, mas quando criança não lhe faltara nada. Tinham morado em uma bela casa; costumavam tirar férias semestrais. Ela estudara em boas escolas públicas e parecia não haver dúvida de que frequentaria a universidade. Também parecia não haver dúvida de que, se Nella precisasse mesmo de ajuda financeira, seus pais a dariam.

— Meus pais estavam até bem de vida quando me tiveram. Eu acho. Se ser classe média for igual a estar bem de vida. Mas não é a mesma coisa que vir de uma família com dinheiro de verdade. Um *legado* de dinheiro. Eu, pelo menos, acho que não é.

— Desculpe, não quis ofender... — Hazel ergueu a mão. — É que imaginei que, como você trabalha na Wagner, onde o salário é uma merda, devia haver alguém que desse um suporte. Só isso.

— Na verdade, não. Tenho despesas com a faculdade que eu mesma preciso pagar — rebateu Nella, sem conseguir disfarçar a atitude defensiva que se insinuava em sua voz e que a fazia cruzar e descruzar as pernas embaixo da mesa. — E meus pais não me dão dinheiro para o aluguel. A não ser que surja uma emergência ou algo assim.

— Está certo. Desculpe — repetiu Hazel. — De qualquer forma, nada disso vem ao caso. O que eu queria dizer é: você acredita que, só porque Vera tem dinheiro, ela é automaticamente incapaz de possuir qualquer tipo de empatia pelos negros?

Nella olhou para a colega, perguntando-se para onde teria ido o espírito Pantera Negra de sua companheira de almoço. Ela passara da canalização de seu Baraka interior para seu Barack interior — de confronto a compaixão — em menos de sessenta segundos. A mudança foi confusa, e de repente Nella não sabia mais ao certo com qual Hazel estava falando.

— Talvez Vera não seja incapaz — admitiu Nella —, mas imagino que o privilégio do dinheiro somado ao privilégio da pele branca torne isso muito menos provável.

Hazel deu de ombros.

— Não sei. Sei que sou nova, mas, de todos eles, Vera parece tão mais... não sei. Acessível? Pelo menos, parece muito mais pé no chão do que Maisy.

— É. Pode ser. Mas ainda parece haver alguns limites bastante óbvios que nos impedem de ter uma conversa franca e direta a maior parte do tempo.

— O fato de ela ser sua chefe... sim. Isso é certo. Só pensei que talvez Vera fosse uma das boas. Não sei, talvez seja loucura dizer isso.

Uma das boas. Uma das frases mais perigosas que existem, como sempre dizia a mãe de Nella, e Nella tinha passado a concordar. Ela podia aceitar a ideia de aliados — pessoas que "entendiam". Ela tinha decidido que Owen era uma dessas pessoas duas semanas depois de se conhecerem on-line e começarem a se encontrar. Nada em particular a tinha levado nessa direção. Não foi porque ele "não via cor" ou porque sabia toda a letra de "Love and Happiness", do Al Green, já que ele *via* raça e *não* sabia a letra da música (embora fizesse uma ótima imitação do Al Green). Mas até o namorado ela se recusava a chamar de "um dos bons", porque tal consistência, tal inocência, era quase impossível conseguir de um humano.

Nella imaginara que a nova colega, que vinha de uma das maiores e mais ricas mecas negras do país, pensasse do mesmo modo. Hazel não passara os últimos anos trabalhando com pessoas brancas em Boston?

Mas, então, pensou na calorosa recepção que Vera tinha dado a Hazel em seu primeiro dia. E em como Vera conseguia ser gentil cara a cara, quando estava disposta a baixar a guarda; quando estava disposta a deixar-se abater um pouco. Nella sabia que havia a possibilidade de estar sendo dura demais com a chefe. Talvez, pelo bem de Hazel, ela devesse relaxar um pouco.

— É, você está certa — admitiu. — A Vera não é a Maisy.

As duas jovens negras voltaram a ficar em silêncio, observando pela janela as pessoas que circulavam por Midtown. O dia estava particularmente quente, e era evidente que muitos turistas que andavam por ali não sabiam o que fazer com os trinta e cinco graus com que haviam sido contemplados. A própria Nella lamentou não ter consultado a previsão do tempo antes de colocar uma blusa de gola alta naquela manhã, percebendo que suas axilas continuavam úmidas, resultado da caminhada de três quarteirões quarenta minutos mais cedo.

Hazel, por outro lado, parecia inteiramente à vontade sob o sol. Estava elegante em uma blusa frente única de um tom forte de rosa, que ela só revelara depois que se afastaram um pouco do escritório e ela se sentiu à vontade para tirar seu discreto casaco de malha.

Nella abanou-se algumas vezes, já antecipando o calor que logo precisaria enfrentar do lado de fora.

— Talvez seja melhor voltarmos — disse, por fim, enquanto amassava o lixo com a mão.

— Pode ser uma boa ideia. Se levar em conta todas as coisas erradas que já fiz para Maisy, nem sei se mereço ter almoços de uma hora inteira — brincou Hazel. — Ei, uma última coisa.

— O quê? — Nella já estava pronta para ir até a lata de lixo, com a bolsa pendurada no ombro.

— Só quero dar minha humilde opinião: seja Vera pé no chão ou não, acho que você deve dizer alguma coisa. Ela agradecerá. E não é melhor você dar a ela a oportunidade de corrigir o erro agora, do que ser a pessoa negra que simplesmente deixou o negócio acontecer bem debaixo do nariz dela? Lembra quantas críticas aquele comercial da Pepsi com a Kendall Jenner recebeu porque ninguém se manifestou?

Nella lembrava, claro. Ela e Malaika haviam dissecado o anúncio por mensagens de texto assim que o viram e também tinham se perguntado sobre os negros que participaram da produção. Era muito provável que não houvesse nenhum negro com poder de decisão na Pepsi, o que explicava a concepção do comercial. Mas o que dizer dos negros que não foram responsáveis pela criação da campanha, mas que participaram da realização? Aquele que talvez tenha ajudado a encontrar o local da filmagem, ou segurado uma câmera, ou feito o cabelo de alguém? Sem dúvida havia *alguns* negros por perto; alguns talvez até tivessem visto a ideia do anúncio germinar e depois se transformar em uma campanha completa. Será que algo teria parecido um pouco errado, um pouco estranho para o hipotético sujeito negro da câmera enquanto, através da lente, observava Kendall Jenner arrancar a peruca? Ou ele havia sido massacrado pela indústria tantas vezes que não vira nada de errado naquilo?

Nella e Malaika não conseguiam decidir o que era pior: saber e não tomar uma providência ou simplesmente ignorar. A posição de Malaika, porém, era a de que ela teria ficado calada. Se o salário fosse bom — e era —, ela não via sentido em jogar fora sua própria oportunidade. Estavam no século XXI, afinal de contas. Se as pessoas brancas não conseguiam navegar sozinhas em águas politicamente corretas, o problema era delas.

Em resposta, Nella havia enviado para Malaika uma série de emojis olhando de esguelha, e nada mais. Ela ainda não tinha passado por uma situação semelhante na Wagner, uma situação em que tivesse que escolher entre seguir o fluxo ou enfrentar o sistema.

Não até agora.

Hazel estudava Nella com atenção, visivelmente tentando decifrar se ela expressaria em palavras a apreensão estampada em seu rosto. Como não o fez, Hazel se levantou devagar da cadeira. Antes de jogar seu lixo fora, porém, inclinou-se e colocou o punho sobre a mesa entre elas. Não com um golpe, como fizera antes, mas a agitação anterior havia voltado à sua voz.

— *Sei* que é assustador. Mas se lembre da sua tese. Pense nela. Você sabe tão bem quanto eu como é difícil uma escritora negra encontrar uma editora negra neste setor. E como é especial quando isso acontece. De que outro modo faremos isso acontecer de novo? *Precisamos* facilitar para os negros que decidirem trabalhar no mercado editorial depois de nós, certo? *Certo?* — repetiu, ao ver que Nella não abriu a boca com a rapidez que ela esperava.

Nella assentiu com ênfase.

— Sim! Sim. Certo.

— Precisamos derrubar algumas dessas barreiras para eles — afirmou Hazel.

Nella ficou de pé. Sentia-se energizada; sentia-se liberada. Sentia-se pronta para ir a uma manifestação, ou, pelo menos, pronta para mostrar a força e a coragem da mulher negra.

— Você está *certíssima*, Hazel!

— Isso aí! É isso que gosto de ouvir, minha irmã. — Hazel deu um abraço em Nella que não durou mais do que o tempo que duraria um aperto de mão, e logo pegou suas coisas. — Ei, foi muito divertido! Podemos repetir em breve?

Nella concordou com a cabeça, preparada para brincar que, se almoçassem muitas vezes juntas, seus colegas brancos poderiam começar a se preocupar. Mas Hazel já estava vários metros à frente, longe demais para ouvir a piada, então a engoliu.

5

28 de agosto de 2018

Nella ergueu a xícara contra a luz pela terceira vez e a girou. Não parecia estar ainda no ponto certo, por isso a apoiou na mesa e acrescentou mais uma pitada de açúcar mascavo antes de misturar duas gotas e meia de leite de amêndoa.

Estava ponderando se aquela meia gota era necessária quando Shannon, da equipe de comunicação, entrou na copa com um pirex vazio na mão. Ela olhou para Nella com a mesma atenção quc Nella dedicava à xícara.

— Está trabalhando demais para este período do verão — observou Shannon a caminho da pia. — Você não tem um autor vindo agora, ou tem?

— Tenho sim.

— Que coisa! É a última semana de agosto! Vera não costuma ir para a casa de férias em... onde fica mesmo?

— Em Nantucket — respondeu Nella, em total concentração. — Mas ela voltou ontem à noite. Encurtou a viagem.

Shannon deu um assobio baixo.

— Vera fez *isso*? Espere — disse ela de repente, parecendo por fim reparar que Nella não desviara uma vez sequer os olhos do que fazia. — São cubos *de gelo* que vejo aí?

— Sim, são.

— O que significa que a bebida é para...?

— Isso mesmo. Para Colin Franklin.

O som do pirex contra o metal da pia acabou interrompendo a intensa concentração de Nella. O rosto de Shannon ficara pálido e ela agora olhava na direção dos elevadores como se Colin pudesse aparecer a qualquer momento.

— Ah. Merda. *Hoje* é terça-feira — sussurrou, dando meia-volta e tomando a outra direção. — Esqueci completamente que ele viria. Falando sério, quem aparece na última semana de agosto?! Se ele perguntar...

— Você estará em reuniões o dia inteiro.

— Você é o máximo. Obrigada.

— De nada — respondeu Nella, com inveja de não poder dar a mesma desculpa.

Com um suspiro, ela abriu o ziploc que Colin havia lhe pedido para guardar no início do ano e despejou seu conteúdo misterioso em cima do café. Ela precisava manter o moral elevado, mas era difícil enquanto observava o pó preto se dissolver no líquido e transformar tudo em um inadequado tom acinzentado. Colin chegaria a qualquer momento agora, e ela já podia sentir a presença de Shartricia por perto, à espreita, atenta, ansiosa para ver se Nella a salvaria.

Colin e Vera riam de alguma coisa no celular dela quando Nella entrou na sala da chefe cinco minutos depois. Deixou o café na frente de Colin, cubos de gelo picados manualmente e tudo.

— E então ele resolve arrastar o pincel por todo o carpete — disse Vera, enxugando uma lágrima no olho com rímel exagerado. — É a coisa mais linda!

— Que cachorrinho mais fofo! — Colin bateu palmas uma vez, depois manteve as mãos juntas.

Para a reunião de hoje, usava seu boné patchwork, com espirais de jeans, couro, cetim, tecido cáqui e renda. Era o boné que ele sempre usava quando queria "fazer girar" as engrenagens da escrita, informação que tinha compartilhado com Nella no dia em que se conheceram — e também com seus dois milhões de seguidores on-line. Uma vez, de brincadeira, ela tinha tentado comprar um igual de presente para Owen, para darem umas boas risadas. Mudou de ideia assim que descobriu que custaria setecentos dólares. Não havia risada que valesse tanto, não para um salário de assistente editorial.

Nella não tinha visto Colin usar o boné desde que fizera essa descoberta; agora, olhava para o acessório de grife com desconfiança, como se ele pudesse saltar da cabeça careca de seu dono e lhe dar um tapa na cara. Mesmo que isso tivesse acontecido, não teria feito diferença, no entanto — nem ele nem Vera pareciam vê-la sentada na única cadeira vazia que restava na sala, com as mãos cruzadas no colo.

Instantes depois, Nella tossiu e disse, com voz simpática:

— Que divertido! O que nosso menino Brenner está fazendo agora?

— Ah, Nella! Obrigado por isso. — Colin pegou sua xícara e tomou um gole com prazer. Mastigou um ou dois cubos de gelo, picados do tamanho que ele gostava, antes de lhe dar uma piscadela. — Perfeito, como sempre.

— Acabei de mostrar para ele o último vídeo do Brenner. Finalmente estão pintando a expansão na nossa cozinha em Nantucket. *Finalmente!* E Brenner, claro, viu nisso uma oportunidade para ficar viral. — Nella tentou não vacilar diante do uso errado da expressão enquanto Vera saía do Instagram e deixava o telefone de lado. — Então. É hora de falar sobre *Entre agulhas*.

— Isso! Até que enfim! — Colin se levantou, munido de um bloquinho de notas verde com dorso em espiral. — Mal posso esperar para saber o que vocês duas têm a dizer. Fiz minha mulher passar as últimas noites acordada me ouvindo falar sobre todas as coisas que eu achava que poderiam não ter dado certo.

— Ah, Colin, nós amamos o livro! — exclamou Vera, entusiasmada, e apoiou o punho nas páginas. — É atual, é direto. É perfeito para fazer as pessoas falarem sobre a terrível epidemia de opioides que varre nosso país.

Nella apenas balançou a cabeça para indicar que concordava com a chefe, mas permaneceu calada. Uma das coisas de que Nella mais gostava no trabalho com Vera era que, embora não necessariamente aceitasse suas opiniões sempre, ela dava à assistente todas as oportunidades possíveis, levando-a a todas as reuniões e dizendo-lhe quando um agente estava ou não estava sendo um idiota. Vera tratava Nella como se ela fosse competente, o que era mais do que muitos outros assistentes podiam esperar de seus chefes.

No entanto, o que mais agradava Nella, o que ela mais respeitava e absorvia, era a habilidade com que a chefe falava com os autores sobre seus textos. Vera tinha um jeito especial de se expressar; era capaz de fazer um autor acreditar que a segunda metade do livro dele merecia um prêmio Pulitzer, mesmo depois de ter dito que a primeira metade precisava ser inteiramente reescrita.

— E o elenco de personagens é espetacular — prosseguiu Vera. — Você realmente aproveitou as sugestões que dei na primeira versão quanto a ressaltar a diversidade dessa comunidade, e acredito que o livro terá o que dizer a muita gente.

Nella enrijeceu, mas manteve a caneta apoiada no papel.

— Perfeito! É bem isso que eu buscava. — Colin rabiscou alguma coisa que Nella não conseguiu decifrar. Entretanto, dada a obsessão de Colin em sempre querer agradar, ela quase arriscaria dizer que ele havia escrito algo como *Elas gostaram! Graças a Deus!*

Vera e Colin trocaram elogios por mais alguns minutos.

Quando essa parte da reunião acabou e chegou o momento de passarem para as críticas, Colin virou-se de repente para Nella, ajeitou o boné e disse:

— Agora o que mais quero é ouvir o que *você* tem a dizer. Vera comentou que há uma ou duas coisas que você sentiu que precisavam ser melhoradas.

Nella gelou. Criticar o livro depois de sua chefe tê-lo elogiado não fazia parte do roteiro. Olhou para Vera, mas ela estava impassível, sem nem piscar.

Nella encarou Colin mais uma vez.

— Bem, acho que é uma excelente leitura. Como Vera disse, é muito importante.

— Obrigado!

— E há uma força motriz *maravilhosa* que impulsiona a história — continuou Nella. — A consciência da voz desta cidade é tão... tão poderosa. E ela se torna mais e mais forte até que, de repente, a cidade está *gritando*, sabe? E no final do livro você fica meio "uau, como é que o resto do mundo não vê isso?". Como é que essa cidade está pendurada por um fio e, ainda assim, nesse mesmo tempo, a centenas de quilômetros de distância, as pessoas estão todas confortáveis em suas casas próprias, preocupadas com café, vagas de carro e discussões no parquinho? Como estamos neste exato momento. Quer dizer, não em relação às discussões. Embora talvez *estejamos* preocupados com as discussões no escritório.

Vera deu uma risadinha.

Nella levou o punho ao peito.

— E aquele capítulo que se passa na mesa de jantar? É tão... nossa.

— Obrigado — Colin agradeceu com um sorriso. — Foi muito divertido escrever esse trecho. O garoto que era meu vizinho em Connecticut tinha uma família assim. Seu irmão mais velho, sua mãe e seu pai estavam o tempo todo podres de bêbados. Não é a mesma coisa que opioide, mas mesmo assim. E eu juro por Deus que eles jogavam mesmo comida uns nos outros a cada vez que se cansavam do que alguém dizia. Comida *quente*. Política demais? Lá vai, espaguete com almôndegas. Não aguenta mais falar em dinheiro? Tome, salsicha direto na cara.

— Que loucura! — Os olhos de Vera dançavam enquanto ela enfiava as mãos no cabelo para amassar os cachos. — Por que você continuava a frequentar a casa deles?

— Porque eles tinham MTV!

A sala explodiu em uma risada animada, ainda que o motivo tivesse sido uma família disfuncional ao extremo cujo destino não parecia particularmente promissor.

— Precisamos contar essa história para a equipe de comunicação — disse Vera, com um olhar insistente sobre Nella, que fez um sinal com a cabeça e anotou "espaguete voador". — Talvez isso possa entrar numa entrevista ou algo assim. Como a história original de onde veio tudo isso.

— Claro. Tenho certeza de que poderia trabalhar nisso. — Colin olhou pela janela por um instante, já se imaginando sob um mar de luzes em uma livraria, contando essa mesma história. — Mas, vamos lá, agora é sério... posso aceitar algumas críticas, Nella. Tenho experiência suficiente para saber que mesmo os melhores escritores podem sempre se aprimorar, continuar a crescer.

— Sempre! Aqui, Nella, passo para você o microfone metafórico — disse Vera e fez um gesto como se trancasse os lábios.

Nella teria preferido ser nocauteada com um microfone de verdade a continuar.

— Valeu, Vera, obrigada! Mas ficarei feliz em deixá-la assumir a dianteira... e depois eu entro na conversa.

Nella tinha esperança de que a tangente sobre a inspiração de Colin a tivesse livrado da berlinda, do mesmo modo que havia acontecido na semana anterior, quando Maisy levou Hazel para o escritório de Vera e atrapalhou a conversa sobre Shartricia. Ela se culpava por não ter passado suas considerações para Vera com antecedência. Em alguns momentos, até percebera uma abertura, mas uma ligação inesperada ou outra "urgência" tinha arrancado a bola de sua mão antes que pudesse se posicionar adequadamente para lançá-la. Ela até havia feito uma última tentativa na noite anterior, enquanto Vera arrumava suas coisas, mas então seu *próprio* telefone tinha começado a tocar.

Era como se os deuses tentassem dizer alguma coisa para Nella. E agora, dias depois, quando se percebeu observada por duas pessoas brancas muito influentes, convenceu-se de que essa coisa era: *Está na hora, Rainha. Fale agora.*

Colin mordeu o gelo em expectativa, triturando-o com um ruído audível mesmo através de seus lábios fechados. Acima de sua cabeça, ela viu a manchete de um artigo imaginário do BuzzFeed: "A RAINHA DA ASSISTÊNCIA SOCIAL DE COLIN FRANKLIN: ONDE ESTAVA A LEITURA SENSÍVEL?"

— Tudo bem — disse Nella, e sua voz ficou mais profunda. — Há, sim, *uma* coisa... que acredito poder ser trabalhada.

— Pode mandar! — exclamou Colin com determinação, embora suas costas curvadas e seus dedos, com as juntas brancas pela força excessiva com que os apertava, sugerissem que ele estava bem mais preparado para ser atacado com um objeto pontiagudo e contundente do que com as opiniões sinceras de Nella.

— Shartricia Daniels.

Colin assentiu e pegou de novo a caneta.

— Certo! Perfeito! Falemos nela.

— Ótima ideia! — Vera fez coro, embora não parecesse preparada para ouvir o que Nella tinha a dizer. — Você chegou a comentar no outro dia que achava que alguma coisa nela não funcionava muito bem, certo?

— Sim — concordou Nella. Precisava agarrar-se ao que encontrasse dentro de si para não perder o embalo, mesmo sabendo que, àquela altura, era tudo ou nada. — Não tenho certeza se de fato encerramos aquela conversa. Mas sim.

Não olhe para baixo, aconselhou sua Angela Davis interior, e então outra Davis se manifestou. Viola. *Cê é boa. Cê é esperta. Cê é importante.*

Os olhos de Nella encontraram os de Colin.

— Então... Acho superimportante ela existir. Porque é bom mostrar como indivíduos de minorias étnicas foram afetados pela epidemia.

— Foi o que pensei quando sugeri que ele acrescentasse um pouco mais de diversidade no segundo rascunho — interveio Vera. — Acima de tudo porque a mídia costuma ignorar a situação delas. E a mídia fez isso no passado, em especial com o crack na década de 1990, embora pessoas de todos os tipos sejam afetadas pelas drogas. — Ela fixou os olhos em Nella. — Certo? É isso que você quer dizer?

— Sim. É isso. Então... é bom que haja a representação aqui de uma pessoa negra passando por isso.

— É *muito* bom, Colin — acrescentou Vera.

Nella dirigiu um olhar duro para a chefe. O rosto de Vera parecia ter sido beliscado nas bordas, em especial nas têmporas, onde sua pele estava um pouco arroxeada.

Os olhos de Colin voltaram-se para Vera também, embora tenham retornado para Nella no instante seguinte.

— Concordo. Eu queria mesmo que uma personagem como Shartricia fizesse parte da história. Quando começamos a falar sobre acrescentar diversidade neste livro e em seu elenco de personagens, me pareceu vital sair um pouco da minha zona de conforto.

— Para mostrar *todos* os aspectos diversos da experiência — completou Vera.

— Isso! — concordou Nella, tentando ignorar quantas vezes palavras relacionadas a diversidade haviam sido mencionadas nos últimos instantes. — Mas Shartricia... devo dizer... ela me parece um pouco estranha. Não me pareceu particularmente... autêntica.

— Ah. Hum. Poderia dar mais detalhes para o Colin? — indicou Vera.

— Sim — disse ele, como se ela tivesse acabado de lhe contar que jogara sem querer seu boné nos trilhos do trem. — Por favor, fale mais.

— Bem... para ser sincera, tive a sensação de que ela foi concebida com base na ideia de como seria uma pessoa negra que sofre por causa de uma epidemia de opioides em Ohio. Ela parece uma coleção de alegorias... as menos lisonjeiras possíveis... e assim que chegamos ao fim do romance, ela não tem nenhum tipo de redenção. Continua na mesma.

Vera largou a caneta e cruzou os braços como se dissesse: *nessa você está por sua conta.*

Colin tinha largado a caneta também. Ele franziu a testa e parou de mastigar o gelo. Tirou o boné, colocou-o no colo e cruzou as pernas. Esse gesto fez sua caneta cair no tapete, a meio caminho entre sua cadeira e a de Nella. Ele não se mexeu para pegá-la.

Nella ergueu a mão e deu uma ajeitada nervosa em uma mecha de seu cabelo enquanto procurava palavras-chave menos críticas e mais significativas.

— Não consegui me conectar com a personagem. Ela me pareceu um pouco vazia, talvez. Unidimensional. Como uma experiência generalizada, uma classe específica de experiência, que não me soou de todo genuína. Pareceu mais uma caricatura do que uma personagem que vive e respira, e acredito que muitos leitores negros irão considerá-la insatisfatória. E a tal história do chartreuse soou muito mais como uma piada — continuou ela. — Parecia que a mãe dela estava sendo ridicularizada por não saber soletrar, e garanto que isso não...

— Na verdade, não sei do que você está falando — interrompeu Colin. Ele olhou para Vera com ar preocupado e apontou para seu manuscrito. — Isso está aí? Eu coloquei isso aí?

Vera balançou a cabeça e entregou as páginas para Nella.

— Também não sei a que ela se refere. Nella, poderia indicar uma cena específica em que você acredita que Colin está zombando de Shartricia?

Poucos segundos antes, dizer a palavra "insatisfatória" para Colin tinha sido muito, muito satisfatório. Agora, Nella não tinha tanta certeza.

— Humm... Não consigo lembrar com precisão em *qual* página aparece a história do nome. Nem mesmo tenho certeza se tem alguma coisa especificamente *dita* que eu possa apontar. É só uma sensação.

— Uma *sensação*?

— Sim. E "LaDarnell"? "DeMontraine"? Pareceram caricaturas para mim, também. E ela *precisava* mesmo ter sete filhos? — acrescentou Nella, enquanto percebia quão descontrolada começava a parecer. Mas não conseguia parar. *Enfrente logo a situação!*, ordenou Angela, enfática. Ela estava se saindo bem e não queria parar antes de falar tudo que precisava. — O que quero dizer é o seguinte: não é exatamente isso que *esperaríamos* de uma mulher negra viciada em heroína? Você não poderia ser um *pouco* mais criativo com sua *única* protagonista negra?

Colin continuava a folhear seu livro, com um brilho febril e transtornado nos olhos.

— Bem, Nella — disse Vera, inclinando a cabeça com diplomacia —, apenas para bancar a advogada do diabo... Alguém não poderia alegar que há um pouco de racismo no que você diz?

— Eu de fato sinto que ela está *me* chamando de racista — concordou Colin. — Ou talvez apenas *tenha a sensação* de que sou racista.

Ele agitou os dedos no ar, insinuando que a sensação de tendências racistas era algo como vodu. Seus olhos acompanhavam Vera o tempo todo, como se agora estivessem apenas os dois na sala.

E era bem assim que Nella se sentia... como se tivesse escorregado e de alguma forma se perdido sob o horrendo carpete que revestia o piso. Não era isso que ela queria. Não havia esperado que Colin massageasse seus pés calejados e se desculpasse por todos os pecados de seus ancestrais, mas acreditara que ele ficaria pelo menos um pouco grato pelos apontamentos dela sobre sua personagem negra. Quantos outros escritores publicados pela Wagner se beneficiaram de uma leitura sensível que não precisaram buscar por conta própria?

— Colin, desculpe — disse Nella. — Não foi isso que eu quis...

— Escolhi *uma* representação específica de uma mulher negra que passa por um momento difícil. Esse foi o momento difícil *dela*. Não é um momento difícil de uma *pessoa real* — observou Colin, cada nova palavra em um tom mais alto que o da anterior, até que Nella teve certeza de que as pessoas fora da sala de Vera podiam ouvir aquele caos. Ela se perguntou se Hazel estaria ouvindo tudo de sua mesa, e ficou em dúvida se seria bom ou não que ela ouvisse. — *Eu* sou o escritor. Deus do céu. Não sou *racista*. Preciso também deixar o cabelo dela mais crespo? Ou escurecer um pouco mais sua pele? Devo fazê-la falar como... como Sidney Poitier, e não como uma garota negra criada sem pai na zona rural de Ohio? Afinal, de quem é este livro?

Vera por fim voltou a falar:

— Veja bem, Colin, eu não...

— Não, Vera. Não. Só um instante.

Ele ajeitou seu boné com os dedos, fechou os olhos e fez três ou quatro respirações profundas de ioga. Depois da quarta, levantou-se e colocou as páginas na mesa de Vera. Então, para horror de Nella e Vera, saiu.

Nella engoliu em seco, incapaz de tirar os olhos da porta aberta. Uma advertência estava a caminho, disso ela tinha certeza.

Ela esperou. E esperou. Ao ver que nada aconteceu, recuperou a caneta que Colin deixara cair mais cedo e colocou-a na mesa de Vera.

Vera continuou calada. Mantinha os olhos fixos nas páginas de Colin.

Aí, de repente, passa a ser o fim do mundo para essas pessoas.

— Vera — começou Nella, após mais alguns segundos de silenciosa avaliação. — Não tive a intenção de...

— Agora não, Nella — chiou Vera, nem se dignando a erguer os olhos para ela. — Por favor. Agora não.

Parte II

Kendra Rae

Setembro de 1983
Antonio's, Financial District, Manhattan

— Bom, o que você *queria* que ele dissesse? "Não, obrigado, Sir Richard Attenborough, mas tenho mais o que fazer do que interpretar um dos maiores líderes do mundo livre?" Kingsley não era nada antes, acredite em mim, e aceitar aquele papel foi a escolha mais inteligente que ele podia ter feito na vida.

Em vez de encarar a bolha de queijo derretido que ficara grudada no bigode espesso de Ward durante a maior parte de nossa discussão, baixei o olhar para meu copo vazio, decepcionada por não ter pedido um drinque duplo, mas contente com a azeitona extra. Pincei a azeitona molhada com os dedos e joguei-a para dentro da boca, fingindo estar matutando algo enquanto mastigava.

Apenas quando Ward pareceu convencido de ter ganhado a discussão, falei, a boca ainda cheia:

— Claro. Mas, e se o Billy Dee Williams...

— *Quem?* — interrompeu Ward.

— *Star Wars*. Lando.

O ar confuso em seu rosto se dissipou. Eu estava certa em imaginar que ele havia visto o filme, talvez mais de uma vez.

— Ah. Continue.

— Digamos que o Billy Dee Williams vá representar Mozart naquele filme que vai ser lançado ano que vem. Você se sentiria tranquilo com *isso*? Não veria *nenhum* problema?

A velocidade com que o rosto de Ward se contorceu foi tão gratificante que fiz uma pausa antes de pescar a última e gloriosa azeitona para mandar para dentro. Eu já vira aquela expressão muitas vezes antes em Harvard, no rosto de professores, de colegas de grupos de pesquisa e até do meu próprio orientador. Porém, nada amenizava o efeito de tamanha incredulidade em meu ego.

Aquilo me dava fôlego.

— *E então?* — provoquei.

— Bom, aí é diferente. Billy Dee Williams não é... quer dizer, não é que... isso seria completamente...

— Ridículo — terminei a frase para ele. — Sim, é verdade, também acho.

Ward afrouxou a gravata, um rubor vermelho e raivoso subindo de seu colarinho, enquanto ele decidia se eu estava sendo sarcástica ou não.

— Agora. Se me dá licença, vou procurar minha esposa.

Dei uma olhada por cima do ombro de Ward. A esposa, Paula, de longe a editora mais bonita da Wagner, no momento estava cercada por quatro homens, dois dos quais eu nunca vira. Os outros dois — editores que mal me dirigiram a palavra desde que eu começara a trabalhar na Wagner — a ladeavam, tocando suas costas mais do que o aceitável durante uma conversa educada.

— Claro. Ela sem dúvida *parece* precisar da sua ajuda.

Dessa vez meu sarcasmo estava bem óbvio. Ward se afastou às pressas, um descuidado sentido de urgência afetando seus passos. Eu também estava dando meia-volta, pronta para mais azeitonas e mais álcool, quando senti uma mão cálida através da seda da minha manga curta.

— Humm. Deixe-me adivinhar... você afugentou mais um cônjuge.

Eu não precisei me virar para saber que era Diana, mas o fiz assim mesmo. Ela tinha um sorriso de orelha a orelha e uma das mãos no quadril.

— Culpada — murmurei. — E, sim, eu sei, eu sei, *se comporte direito, são apenas algumas horas,* mas, que droga, Di, todos eles são tão... exaustivos. E tão fáceis de amedrontar. Absolutamente todos eles. — Fiz um gesto em direção às cerca de cinquenta pessoas que perambulavam à luz esmaecida do Antonio's sob o pretexto de celebrar o sucesso alcançado por mim e Diana: nossa primeira semana com um livro no primeiro lugar na lista de best-sellers do *New York Times*.

Diana despenteou a franja ondulada que eu chamava — em particular, para não a constranger — de sua "peruca de Donna Summer". Também esquadrinhando o recinto, ela disse:

— Você pode ter razão quanto a isso, garota. Mas não podemos apenas desfrutar desta vista por um minuto? Que dizer, caramba! Se juntar todas essas pessoas brancas aqui neste salão não significa que vencemos, então não sei o que mais significaria.

Deixei Diana enroscar o braço no meu e tentei ver o que ela via: os caros centros de mesa transbordando de rosas brancas; as travessas de vieiras redondas e caras, distribuídas por garçons que se pareciam com modelos de anúncio de creme de barbear. Um quarteto de jazz suave em um canto que começara a tocar "I'm Every Woman" no minuto em que pusemos o pé no lugar. Um enorme aquário cheio de água cor de safira e criaturas coloridas como joias a poucos metros de distância.

Eu não ligava muito para o aquário; para mim, a sofisticada seleção de frutos do mar era uma espécie de acessório. Se fosse eu a escolher — e eu nunca faria —, teria optado por um local diferente. Outro bairro, na verdade. Qualquer lugar, menos o Financial District, uma região fria, sem vida, que já abrigara um dos maiores mercados de pessoas escravizadas do país.

Porém, quer eu achasse a decoração do evento brega ou não, Diana tinha razão. *Nós* éramos as donas da noite, as mulheres do ano, como as pessoas começavam a dizer, ainda que *Coração em chamas* tivesse sido lançado há coisa de uma semana. Nós, duas mulheres negras desconhecidas, tínhamos conseguido transformar o que muitos previam ser um pontinho fora da curva em um livro que vinha provocando um burburinho no país inteiro. O burburinho havia tomado tal proporção que tínhamos entrevistas marcadas para os três meses seguintes. Uma importante revista mensal havia até mesmo mencionado que "considerava fortemente" colocar nós duas na capa.

Tínhamos um best-seller nas mãos, e ninguém — nem mesmo um marido qualquer, que não via problemas no fato de Ben Kingsley ter recebido um Oscar por interpretar o papel de um homem indiano — poderia me privar disso.

No entanto...

— Sim, tudo aqui está incrível. Mas... eu... — Dei de ombros, tentando encontrar um modo de me expressar. — Ainda não me esqueci de como tantas dessas pessoas brancas duvidaram de mim em relação a *Coração em chamas*.

Virei-me para Diana. O movimento rompeu nossa corrente de braços enlaçados, mas o que eu estava prestes a dizer era importante.

— Por que outro motivo você acha que Richard me deixou editar seu livro no lugar dele? E nos deu tão pouco dinheiro para trabalhar? Assim como aquelas míseras duas semanas de eventos de divulgação... cada um desses movimentos foi calculado, Di. Fizeram tudo isso para o caso de se tornar um fracasso. Foi por isso que *eu* tive que lutar com ele em cada etapa do processo.

No mesmo instante me arrependi de usar a palavra "fracasso". Algo estranho tomou os olhos de Diana enquanto ela me avaliava, os lábios bem comprimidos. Só então percebi que seu batom laranja-queimado estava borrado. Aproximei-me dela para ajeitar o batom, pronta para lhe perguntar se ela e Elroy tinham se esgueirado para dentro do armário de casacos para uma rapidinha, mas Diana falou de novo:

— Ei, tudo isso está no passado agora. O que importa é que o livro ficou pronto, e nós estamos *aqui*. Além do mais — acrescentou, puxando um espelho compacto de uma clutch tão branca quanto seu minivestido assimétrico —, você sabe como funciona. Uma dúzia de *nãos* antes de conseguir um sim, e esse *sim* é o único que realmente importa. Todos os outros podem pegar os seus nãos e enfiar em seus orifícios anais perfeitamente perfumados.

O comentário me fez sorrir. Era muito raro ouvir Diana falar em enfiar qualquer coisa em qualquer lugar. Quando todas as garotas no ensino fundamental começaram a chamá-la de "Di Café com Leite" — não exatamente por causa da cor de sua pele, mas por causa de suas notas altas, dicção perfeita e amor pelas reprises de *I Love Lucy* —, era *eu* quem as mandava se foder, e não Diana. De modo geral, todo mundo acatou;

verdade seja dita, tenho quase certeza de que o soco que dei no Geoffrey Harrison durante uma viagem da escola ao Montclair Art Museum na quarta série teve algo a ver com isso.

Dei uma espiada em minha amiga, que parecia estar com dificuldade de ficar em um mesmo lugar por mais do que alguns minutos. Claramente ela se servira de mais do que apenas algumas poucas taças de vinho, o que explicava o batom borrado, os "orifícios anais perfumados" e o fato de estar de novo enlaçando o braço no meu, desta vez com mais força.

— Não acredito que sou *eu* a *te* dizer isso — começou —, mas, Kendra Rae Phillips, você precisa dar uma relaxada e respirar fundo, porra.

— Você sabe como eu detesto respirar.

— Eu sei. Mas me faça esse favor. Vamos lá. *Inspiiiira...*

Fiz um bico, mas cedi.

— Agora, expira. Viu? Não está se sentindo melhor? É isso! — Diana deu uns tapinhas nas minhas costas sem esperar minha resposta. — Ei — disse ela, farejando o ar, o nariz naturalmente arrebitado virado para cima, franzindo igual ao de um filhote de cachorro fazendo a ronda. — Você está sentindo esse cheiro?

Franzi a testa.

— Não. É para sentir cheiro de quê?

Diana abriu um sorriso.

— De dinheiro, querida. E não só dinheiro dos brancos. Quer saber o que eu fiz com o primeiro cheque que recebi da Wagner?

— Imagino que a resposta não seja "depositei no banco".

— Imaginou certo. Não, simplesmente coloquei o cheque na mesa da cozinha e o encarei por um bom tempo. Quarenta minutos, talvez uma hora. Não estou brincando. Aí, quando o Elroy chegou do trabalho e tentou pegar o cheque para ver, acredita que eu rosnei para ele? *Rosnei* para ele, meu bem. Eu nunca tinha feito isso na vida.

Foi demais. Nós duas uivamos. Quer dizer, *literalmente* uivamos. E foi o que bastou para nos levar de volta aos velhos tempos. Éramos adolescentes de novo, nos arrumando para ir para a pista de patinação no centro de Newark com o restante das garotas. Estávamos tomando refresco vermelho e qualquer bebida alcoólica que Imani conseguisse surrupiar do estoque dos pais. Cantando *Drums keep pounding a rhythm to the brain* enquanto Ola ou eu alisávamos o cabelo de Diana — seu cabelo *de verdade* —, e geralmente era eu quem fazia o trabalho, porque, ao contrário de Ola, eu sabia como parar de dançar quando estava segurando a cabeça de alguém e uma chapa quente de metal. Meio sabendo que em breve mais do que apenas nossas roupas precisariam mudar.

Nós nos dividiríamos: Diana e Imani iriam para Howard; Ola, para Oaxaca, onde acabaria encontrando um homem e formaria uma família e uma organização sem fins lucrativos, tudo em um espaço de um ano. E eu seguiria para Harvard, onde... o que eu exatamente *faria* lá? Pegar um homem aqui, soltá-lo ali. Sentiria falta de Nova Jersey; tentaria — em vão — gostar de Boston. Me sentiria mais atraída pelos livros.

E seria cada vez mais afastada de pessoas brancas.

Essa recordação, embora de forma alguma nova, era séria o suficiente para espantar qualquer alegria que um quarteto de jazz tocando Chaka Khan pudesse me trazer. Ao mesmo tempo, detectei um casal branco próximo que parecia visivelmente preocupado com nosso ataque de riso. Quando meu olhar encontrou com o do homem, o casal logo fingiu estar interessado em um dos muitos prêmios literários que Richard havia solicitado que afixassem temporariamente a uma parede do local para aquele elegante evento.

Não deixei aquilo passar em branco, porém. Encarei ambos de alto a baixo, com uma expressão de desdém, meus olhos fascinados com a corrente de brilhantes ao redor do pescoço de porcelana da mulher. Cinco segundos mais tarde, eles se encaminharam para o extremo oposto do salão em busca de ar.

— Ah, pelo amor de Deus. *Garota*. — As palavras de Diana não tinham nenhum traço de suavidade dessa vez e, quando ela terminou de revirar os olhos, eu sabia que ela diria o que estava tentando evitar havia algum tempo. *Você não tem salvação.* Ou, talvez, *Você está me deixando deprimida*.

Em vez disso, ela apontou para meu drinque e me mandou pegar outro.

— Depois que terminar, se encontre comigo e com o Richard perto do aquário em cinco minutos.

Ouvir o nome do meu chefe acabou com minha empolgação por um minuto.

— Ah, então é *isso*? Richard pediu para você me chamar? Eu já disse oi quando chegamos aqui, e vou dar tchau e obrigada quando for a hora de ir embora. Não acho que eu tenha que...

Diana balançou a cabeça.

— Não, idiota. Tem um cara do *Times* aqui que vai fazer uma matéria e quer tirar uma foto de nós três. De verdade, garota... por que você odeia o Richard tanto assim? Já está ficando chato, sabe.

Meus olhos voltaram para seu batom, recém-aplicado.

— Onde está o Elroy? — perguntei de forma enfática. — Já está aqui?

Diana, porém, fingiu não escutar.

— Então ele é um yuppie nascido em berço de ouro. Tudo bem. E, além disso, precisou ser convencido. Mas ele *não* representa todos os homens brancos que você já conheceu. Quer dizer, fala sério. Você já viu algum outro homem branco fazer tudo *isso* para duas mulheres negras de quem ninguém nunca ouviu falar? Além do mais — acrescentou Diana, tentando sem sucesso cochichar no meu ouvido —, lembre-se do que eu sempre disse. Nós os usamos até não precisarmos mais. Simples assim.

Simples assim. É óbvio que ela diria isso. Quantos homens brancos Diana tivera que engolir em sua vida cotidiana? Ela se formou em Howard, fez o doutorado em Howard e continuou lá como professora. Não teve que passar por tantas provações com brancos quanto eu. Em uma universidade tradicionalmente negra, Diana foi abençoada com uma visão limitada. Foi abençoada com a capacidade de esquecer que existe gente branca, nem que seja por um curto espaço de tempo.

Já eu fui agraciada com gente branca me sufocando.

Diana nunca entendeu, contudo, e não havia jeito de eu lhe dizer isso. Não categoricamente. Porque significaria concordar que ela estava certa quando, em 1968, nos vimos sentadas nos degraus em frente à minha casa, segurando todas as nossas cartas de admissão. Ela estava certa ao dizer que frequentar qualquer outra universidade que não fosse Howard ou Hampton era um erro. Que eu não fora tão forte como pensei que seria.

Não, Diana nunca deixaria de tentar me convencer a deixar tudo para lá e não sabotar nossa noite. Então, coloquei um sorriso no rosto e me afastei em direção ao bar.

— Vou tomar mais *dois* drinques — falei — e encontro com vocês em dez minutos.

— Com um sorriso?

Ergui minha taça vazia.

— Com a merda de um sorrisão.

6

29 de agosto de 2018

Não era de se surpreender que o dia de Nella terminasse mal. Afinal de contas, já havia começado com o pé esquerdo.

Para falar a verdade, foi culpa de Nella. Qualquer pessoa com metade do desejo de garantir seu emprego sabia que pisar nos calos de um dos autores mais vendidos da Wagner daquela maneira, depois aparecer no trabalho com quarenta e cinco minutos de atraso no dia seguinte, era completamente imprudente.

No entanto — mais por medo do que outra coisa —, Nella passou grande parte da manhã tentando se convencer a sair da cama, e outra parte da manhã permitindo que Owen a convencesse que não, sua decisão de ser franca com Vera e Colin não fora equivocada.

Na realidade, Owen achou a situação toda hilária.

— A imagem de Colin esfregando os olhos com aquele chapéu ensopado e caro pra caramba... é... é simplesmente boa demais — disse ele, rindo.

No fim das contas, Nella escorregou para fora da cama e começou a remexer nas gavetas procurando algo para vestir.

— Mas você tinha que ver a *cara* deles, amor.

— Não preciso. Já vi bastante culpa branca para saber como é.

Nella não conseguiu se conter.

— No espelho do banheiro, você quer dizer?

— Depois que a gente assistiu a *Doze Anos de Escravidão* — respondeu Owen, sem pestanejar. — Mas só durou alguns segundos, e depois desceu pelo ralo junto com o sabonete.

Tendo acabado de passar hidratante nas pernas, Nella deu uns pulinhos para conseguir entrar na sua calça jeans favorita.

— Rápido demais! Me lembre de fazer você assistir à minissérie *Raízes* inteira em fevereiro — provocou ela, quase tropeçando e batendo a cabeça na cômoda.

Owen tinha gemido e rolado para o lado, mesmo que ambos soubessem que ele não tinha nenhum problema quanto a assistir a *Raízes* — ou ler, aliás, se tal proposta também tivesse sido posta na mesa. Ele estava mais do que feliz em ser inundado com "Lances Negros", como Nella os chamava, fosse por meio de grandes obras da literatura e do cinema negros ou vindos da própria Nella, quando ela recapitulava seus sentimentos cotidianos — o que era exatamente o caso na manhã após o Incidente com Colin. Owen estava sempre pronto para discutir a última questão polêmica em alta no Twitter: *blackface*, sub-representação, a polícia atirando em mulheres e homens negros desarmados. Todavia, era o fato de ele nunca se mostrar ávido *demais* — não sentia necessidade de chamar tudo de racista o tempo *todo*, como alguns homens brancos que ela conhecera ou com quem se relacionara antes — que fazia Nella confiar tanto nele. Owen não precisava provar nada: estava perfeitamente satisfeito que sua concepção de mundo, estabelecida trinta anos antes por um casal de lésbicas em Denver e sedimentada pelo hábito de assistir a *Democracy Now!* diariamente, o tivesse levado a trilhar o caminho certo.

Tal base também possibilitara a Owen seguir um caminho próprio, comandar a si mesmo em uma startup chamada App-Explicadora. Nella sabia pouco sobre a empresa, a não ser seu propósito de orientar e conectar adolescentes carentes. Também sabia que possibilitava a Owen sair do apartamento deles em Bay Ridge sempre que lhe apetecia e trabalhar em home-office quando não lhe apetecia — um luxo que ela gostaria muito de poder desfrutar.

— Mas, de verdade, Nell — disse Owen, ainda deitado de lado, a voz abafada pelas cobertas. — Você vai ficar bem. Vai dar tudo certo. Tudo isso vai virar pó em, tipo, cinco dias.

— Para *você*, é fácil falar. — Nella fez uma pausa, o frasco de desodorante suspenso, e esperou que Owen se virasse e a encarasse.

Ela não pretendia ter colocado tanto peso nas palavras, mas aconteceu, e agora era tarde demais para negar o que as sobrecarregava: o fato de que Owen era um homem cis branco, que nunca teria muitas das conversas travadas por Nella, a não ser que tivessem filhos algum dia. O que ela queria dizer, simplesmente, é que ele jamais seria capaz de entender o bizarro mundo editorial como ela. A Wagner tinha figuras incrivelmente peculiares, mas, de modo geral, suas sutis microagressões pareciam inofensivas para quem estava de fora. *Humpf, já vi comportamento pior em outros ambientes de trabalho*, diria Owen, e depois mencionaria algum funcionário insatisfeito que conhecia, que urinara em várias garrafas térmicas com personagens da Disney e as deixara no escritório do chefe antigo da noite para o dia.

Os colegas de Nella na Wagner não eram sociopatas. Todos sabiam onde deveriam ou não urinar. Mas isso não fazia o convívio com eles ser menos estressante. Uma vez que você compartilhava um espaço apertado com aquelas pessoas todo dia — que passava mais de um ano jogando conversa fora mecanicamente perto de cafeteiras barulhentas, pias manchadas e impressoras, sorrindo e tolerando conversas sobre as novas casas de campo e as últimas férias na Europa, imaginando por que você ainda ganhava menos de vinte dólares a hora; uma vez que você se acostumava com o fato de que quase todas as vezes em que entrava em contato com uma pessoa negra desconhecida em seu local de trabalho essa pessoa ia lhe pedir para assinar o recebimento de um pacote, ou oferecer para consertar seu computador —, tudo isso começava a ter um efeito negativo. Tanto que, pelo menos uma vez por mês, você se levantava da mesa, saía desfilando até o banheiro feminino, se fechava dentro de uma cabine e se perguntava: *por que ainda estou aqui?*

Finalmente, após vinte minutos arrastando os pés, Nella terminou de se arrumar. Owen a beijou de leve de seu lado da cama e lhe disse que tudo ia ficar bem. O efeito de suas palavras durou tanto quanto o toque de seus lábios, no entanto, e, ao embarcar no trem R em direção a Manhattan, Nella estava com a sensação de que seria o típico dia de ter-um-ataque-na-cabine-do-banheiro.

A sensação se intensificou quase uma hora mais tarde, quando ela inspirou profundamente e esperou que a porta giratória a cuspisse para dentro do saguão, vacilando apenas ao acenar rapidamente para India, a alegre recepcionista com pele cor de café que ficava no balcão da recepção das seis às onze toda manhã desde que Nella começara a trabalhar na Wagner.

— Adorei seu lenço, India — disse Nella, da maneira mais calorosa possível, pegando seu crachá da Wagner.

India ergueu a mão e tocou o lenço de seda azul e dourado, como se para lembrar qual peça estava usando naquele dia.

— Obrigada, garota! — respondeu, com um sorriso genuíno, apesar de Nella sempre repetir a mesma coisa sobre os lenços ou os brincos ou o novo penteado. Os elogios de Nella obviamente sempre se baseavam na verdade; naquele dia, o tecido, uma impressionante colagem de formas geométricas azuis e douradas, estava arrumado de uma maneira quase bonita demais para se usar em um escritório no centro da cidade, enroscado de forma pomposa, formando dois laços de tamanho idêntico no alto da cabeça. Contudo, Nella também se certificava de que seus comentários demorassem o tempo exato para seguir do saguão até os elevadores sem que precisasse desacelerar o ritmo. Era parte de sua rotina matinal, assim como preparar mingau de milho de manhã, ou avançar dois terços da plataforma do trem, para não precisar andar muito quando descesse em seu ponto em Manhattan.

— É *mesmo* um lenço lindo, não é?

Nella deu meia-volta para ver quem concordava com ela. Era Hazel, naturalmente, que surgiu logo atrás, uma pilha de manuscritos na mão direita, a ecobag azul-marinho de boas-vindas da Wagner que recebera no primeiro dia de trabalho balançando precariamente para a frente e para trás em seu pulso.

— Quais as novidades, senhoritas? Aliás, India — disse Hazel, enfiando a mão na ecobag para pegar o que Nella supôs ser o crachá, mas na verdade era um saco de papel pardo. — Passei naquela loja de tecidos africanos no Queens que mencionei na semana passada. E... olhe!

India esticou a mão para apanhar o pacote de Hazel, exibindo um vigor espontâneo, quase ansioso, em seus movimentos. Nella nunca vira a mulher externar tanta emoção nos dois anos em que a conhecia.

— É lindo, Hazel! — India estava maravilhada, revirando nas mãos um lenço de seda comprido da mesma cor que o interior de um suculento grapefruit rosa.

— Uau. É lindíssimo — concordou Nella.

Ela estava ofensivamente atrasada para o trabalho, mas Hazel não parecia se importar. Além do mais, Nella teve a sensação de tacitamente fazer parte dessa conversa. Seus pés permaneceram fincados ali, enquanto outros funcionários se aglomeravam, apressando-se para pegar o elevador seguinte, como os passageiros correndo para os barcos salva-vidas no *Titanic*.

— Não é um rosa lindo? Na hora em que vi pensei em você, India. Você bem falou que os rosas e os laranjas esgotam rapidinho na loja do Bronx que você costuma ir.

— É para *mim*? — India passou os dedos no tecido, os grandes olhos amendoados carregados de lágrimas prestes a serem derramadas.

— É *claro* que é para você! — Hazel baixou a voz disfarçadamente enquanto dava um tapinha no braço de India. — Feliz aniversário, amiga.

— Ah! — exclamou Nella, desajeitadamente. — Desculpe. Eu não sabia... Feliz aniversário, India!

Os olhos de India, porém, ainda estavam fixos em Hazel.

— Sério? — gaguejou ela. — Não posso... Desculpe, é só que... só que ninguém aqui nunca fez uma coisa assim para mim antes. E já trabalho aqui há quase dez anos...

India agora deixava as lágrimas caírem, aparentemente esquecendo-se de onde estava. Pousou o lenço na mesa e saiu de detrás do balcão para dar um abraço apertado em Hazel. A alguns centímetros de distância, uma visitante aparentemente perdida que se aproximara para pedir a India permissão para subir fingiu um repentino interesse em algo que se grudara em seu sapato.

— Hazel, obrigada! Mas... como você descobriu?

— Tenho meus métodos. E você encontra mais uma porção de outros acessórios de cabelo nesse lugar. Você sabe que tenho algumas conexões. — Hazel deu uma piscadela. — Não exagere no trabalho hoje, hein? Lembre-se de se cuidar. Tchau, garota!

E ela partiu antes que India pudesse terminar de soltar mais um enfático *obrigada*. Nella correu para acompanhá-la, dando uma fechada em um homem alto e pouco amistoso, que provavelmente trabalhava na firma de software no andar abaixo do da Wagner.

— Aquele lenço era mesmo lindo — repetiu Nella enquanto ela e Hazel se espremiam no elevador superlotado que certamente não teria lugar para as duas. Elas entraram, mas quem ficou de fora foi o homem da firma de software, que nem hesitou em expressar sua frustração quando as portas se fecharam diante de seu rosto vermelho-cereja.

— Não é? Geralmente só consigo algo do tipo no Curl Central.

— Curl Central?

— É. É um café-cabeleireiro incrível em Bed-Stuy — disse Hazel em voz baixa, uma repentina onda de manteiga de cacau beliscando as narinas de Nella. — Na parte não gentrificada.

— Ah.

— Pois é. Então, eu ia procurar alguma coisa para a India no Curl Central. Mas aí o Manny me disse que tinha esquecido que havia combinado de nos encontrarmos com uns amigos em um happy hour no Queens, então fazia mais sentido ir direto na loja de tecido africano.

— Manny?

— Desculpe. Emmanuel. Manny. Meu namorado.

— Ah, sim. Manny.

— Você tem namorado?

— Tenho — respondeu Nella. — Ele é... é bem legal.

— Ai, olhe só você... esse sorrisão.

Nella assentiu e deu de ombros, esperando que ela perguntasse o nome do namorado, ou como o conhecera, e depois imaginando, quando essas perguntas não vieram, se devia falar mais alguma coisa sobre Owen.

Em vez disso, baixou a voz e disse:

— Sabe, sempre tive vontade de usar lenços como os que a India usa. Só que sou uma merda nesses tutoriais do YouTube. A maioria deles. — Nella passou incontáveis horas tentando aprender como fazer uma trança embutida no próprio cabelo, reduzindo a velocidade do vídeo e depois voltando, porque sempre parecia perder uma parte essencial. O processo fez seus braços doerem tanto que ela acabou desistindo e decidindo esperar até seu cabelo crescer mais, para tentar de novo. — Não consigo nem fazer *flat twists*. E minhas tranças em geral ficam bem toscas.

Quando ela terminou de falar, as portas se abriram e a maioria dos passageiros desceu no quarto andar. Livre para girar a cabeça sem encher a boca com o cabelo de outra pessoa, Nella deu uma olhadela em Hazel, a segundos de perguntar se ela teria alguma sugestão de tutorial no YouTube. A outra, porém, encarava Nella como se ela tivesse acabado de declarar que jamais vira *A Cor Púrpura*.

— Então... você não sabe amarrar lenços *nem* fazer *flat twists*? — Hazel estava visivelmente perplexa.

— Eu... — Nella segurou a alça da bolsa em vez de tocar em um de seus cachos. Hazel não havia perguntado: *como você chegou tão longe sem saber como arrumar cabelo crespo?* Mas ela não precisava. Nella se fazia a mesma pergunta com frequência.

Em geral, a resposta recaía nos pais. Foram eles que a criaram em uma vizinhança predominantemente branca de Connecticut e a mandaram para escolas públicas predominantemente brancas. Para que Nella tivesse o pé no chão, estabeleceram uma espécie de campo de força negro a seu redor, incentivando-a a ter orgulho de ser negra. Durante o ano todo, davam à filha suas próprias tarefas sobre a história dos negros; recusavam-se a comprar bonecas brancas para ela, apenas negras. Como os melhores campos de força do mundo, porém, havia brechas, e a adoração por cabelo liso acabou entrando por uma. O que seus pais podiam fazer? Nella via cabelo liso por toda parte: na escola, na casa das colegas. Nas Barbies negras. Mesmo em casa — sua mãe alisava o cabelo desde meados da década de 1990, quando se tornou reitora de uma pequena universidade particular em Fairfield. Talvez por isso nem o pai nem a mãe de Nella tenham pestanejado quando, aos nove anos, a filha disse que queria alisar também. Provavelmente consideraram seu desejo inevitável. Até mesmo uma espécie de rito de passagem.

Nella começou a acompanhar a mãe em suas idas ao cabeleireiro em New Haven pouco depois de começar a sexta série. Elas se sentavam juntas, os couros cabeludos emplastados de creme alisante, as mãos segurando edições antigas da *Essence* e romances de Terry McMillan. Repetiam esse ritual juntas de seis em seis semanas, até Nella passar no teste de direção e, graças a seu cargo no jornal da escola, começar a cultivar uma vida social um pouco mais ativa. O Subaru Legacy de segunda mão que o tio lhe dera em seu décimo sexto aniversário conferiu-lhe a possibilidade de ir e vir quando quisesse.

E era bom que ela tivesse algum lugar para ir, porque a vida com a qual estava acostumada em casa se deteriorava. Mês após mês, seus pais pareciam se importar cada vez menos em fingir que gostavam de estar casados. Os jantares antes salpicados por um ou outro desentendimento acalorado agora eram inundados por tiradas totalmente rancorosas. Filha única, Nella servia de juiz, mas sem muito sucesso. Por mais que tivesse tentado, não conseguiu evitar o divórcio dos pais, o que finalmente aconteceu na semana seguinte à que obteve o diploma do ensino médio. Mas Nella podia manter a falsa imagem de que, apesar de tudo, ela estava bem, e, se você olhasse para sua foto de formatura — os dentes brancos, a maquiagem e o cabelo preto liso e brilhante com apenas alguns cachos na altura dos ombros —, acreditaria nisso. Aquela garota iria para uma universidade excepcional a quilômetros de casa, onde faria amigos negros e se apaixonaria por um Bom Homem Negro e se formaria em literatura inglesa, com honras. Se gostasse o bastante da Universidade da Virgínia, ficaria para mais um título, arranjaria um emprego como professora em uma universidade, se casaria com aquele homem negro, viajaria por todos os continentes com ele e, quando finalmente se sentissem prontos, teria alguns filhos.

Nella conseguiu a graduação. Mas as outras coisas que foram planejadas para a tal garota da foto nunca se concretizaram. Ela foi a algumas festas de irmandades negras no primeiro ano, mas simplesmente não se animou. Não estava a fim de se esforçar insanamente só para se destacar ali, não sentia vontade de gastar tanto tempo (sem falar em dinheiro) para fazer parte de uma nova irmandade — e de maneira não exatamente orgânica.

Será que deveria ter se esforçado mais na faculdade? Às vezes, quando se dava ao trabalho de relembrar o passado — geralmente quando Malaika refletia sobre sua época na Emory, mas em especial em momentos como aquele, em que Hazel a encarava espantada com sua incapacidade de fazer *flat twists* —, Nella se atrevia a culpar a pessoa que sentia ser ainda mais responsável do que os pais: ela mesma. Deveria ter persistido nas reuniões da Aliança de Estudantes Negros e deveria ter se aventurado para além de sua zona de conforto com mais frequência. Deveria ter encontrado uma amiga negra próxima mais cedo. Assim, ela teria aprendido sobre as maravilhas do cabelo natural muito mais cedo, antes que virasse moda. Talvez Nella devesse ter fundado a própria organização literária para jovens negras em New Haven, ou passado mais tempo nas ruas em passeatas em vez de cavucar penosamente o Black Twitter atrás de algo para compartilhar.

A lista de opções hipotéticas, mais extensa do que se juntassem os braços e as pernas de Nella em uma sequência, incluía não apenas o cabelo, mas também interesses amorosos. Se tivesse convivido com amigos negros na infância, talvez ela tivesse saído em mais do que apenas um encontro com Marlon, um colega negro da faculdade, que a convidara certa vez para sair no saguão de retirada de bagagens, depois de se encontrarem em um voo durante os feriados de fim de ano. Talvez se sentisse menos constrangida em ficar de mãos dadas com Owen em várias plataformas de metrô, porque aí teria consciência — mesmo que qualquer adolescente negro que a olhasse de maneira enviesada não soubesse — que namorara e dormira pelo menos uma vez na vida com um homem com uma linhagem ancestral semelhante à sua.

Foi somente depois de começar uma vida nova em Nova York — após tanta gente negra ser assassinada injustamente pela polícia; após passar horas a fio mergulhada nos textos de Huey Newton e Malcolm X e Frantz Fanon; após ver como podia ser extenso o corredor de produtos para cabelo natural crespo em uma Target do Brooklyn — que ela decidiu cortar todo o cabelo alisado e ver o que acontecia. No fim das contas, gostou do resultado. Não gostou foi do tempo que levou para descobrir isso sobre si mesma.

Nella procurou uma maneira de contar todos esses fatos a Hazel antes que chegassem ao décimo terceiro andar.

— Eu sei, é esquisito. Nunca fui muito boa com cabelo. É...

— É uma coisa em que você melhora à medida que seu cabelo cresce — aconselhou Hazel com um meio sorriso. — E posso ensinar alguns truques. Por um tempo, eu resisti às tranças. Ou aos lenços. Mas depois que comecei a usar dreads, fez o maior sentido. Principalmente quando fica muito quente...

Qualquer que fosse a crítica que Nella pensara vislumbrar em Hazel se fora, e as dolorosas recordações de torrar o couro cabeludo em prol da beleza se dissiparam. Ela relaxou enquanto mais gente saía do elevador.

— Há quanto tempo você usa dreads?

— Meu Deus, deve ter uns... oito anos agora. Melhor decisão que já tomei na vida.

— Sério?

— Nossa, sério mesmo. É *muito* fácil de manter.

— Imagino. Às vezes estou cansada demais para prender o cabelo todo antes de dormir, sabe? Mas com este cabelo 4C... não posso simplesmente dormir com tudo solto sem prever uma grande luta na manhã seguinte.

— Ah, eu me lembro dessa luta. Acredite — disse Hazel.

— Sou mais 4B, mas minha nuca é 4C.

Nella sorriu. Que emoção ter essa conversa em plena luz do dia em um edifício do centro de Manhattan. Apenas uma mulher permaneceu com elas no elevador, ainda espremida atrás em um canto, apesar de não haver mais necessidade para isso. Ela também carregava uma ecobag de lona da Wagner no ombro, embora seu modelo fosse de 2012. Ela fazia parte da equipe de marketing digital — seu nome era Elena, Nella achava, ainda que talvez a estivesse confundindo com outra mulher de cabelo castanho do marketing.

Nella observou a Suposta-Elena passar o polegar no telefone, aparentando concentração total. Como a mulher não estava de fone de ouvido, devia ter escutado a conversa toda, Nella percebeu. Ela deu uma espiada mais atenta no cabelo liso e castanho-claro da Suposta-Elena e ficou pensando a quanta informação sobre cabelo crespo ela já teria sido exposta. Será que estaria dando um google em "*flat twist*" ou "4B"? Ou estaria completamente indiferente? Será que ela sabia que essa conversa não tinha nenhuma relevância para ela e, por isso, não fazia qualquer esforço para participar?

As portas do elevador se abriram no décimo terceiro andar. A Suposta-Elena virou para a esquerda, ainda concentrada no celular. Em vez de segui-la, Hazel apontou para a direita.

— Se importa se a gente passar pela copa antes? Quero colocar meu almoço na geladeira.

— Ah. Hum... — Meu Deus, ela estava atrasada *demais*. Mas um atraso de quarenta e cinco minutos não faria *tanta* diferença em relação a quarenta e quatro, não é?

Certamente não. Nella decidiu concordar.

— Enfim, da próxima vez que você estiver em Clinton Hill, me avise — disse Hazel, o passo um pouco descontraído demais para o gosto de Nella. — Você também mora no Brooklyn, não mora?

— Isso. Bay Ridge.

— Bay Ridge, é? Deve ser esquisito morar lá, não? Cheio de ... — O resto da frase murchou quando uma editora de produção sênior surgiu, uma pilha de folhas nos braços, aparentemente pronta para passar uma boa reprimenda em alguém, quem sabe uma assistente editorial descuidada.

— Cheio de gente branca, né? — Nella concluiu a frase quando as duas tornaram a ficar sozinhas. — É um pouco, sim... não é minha região favorita. Mas é tudo o que podemos pagar no momento.

— Aah. "*Nós*"? — Hazel ergueu as sobrancelhas enquanto as duas entravam na copa. — Deixe-me ver... a julgar pelo seu tom de voz, imagino que seja... um colega de quarto *especial*?

— Rá! Bom, sim. Acho que você poderia dizer isso. É meu...

— Ah, você mora com seu mozão? Fofo! Então imagino que morar em Bay Ridge tenha sido ideia *dele*, né? Porque, sabe, existe um monte de outros lugares no Brooklyn que não são ridiculamente caros. Nem ridiculamente brancos. E ainda tem o Queens...

— Ele é bem obcecado por Bay Ridge — disse Nella. — E uma adoração esquisita e nostálgica por *Os Embalos de Sábado à Noite*, mesmo que tenha sido lançado muito antes de ele nascer.

Hazel, que estava remexendo na geladeira, pôs a cabeça para fora da porta por tempo suficiente para dizer:

— Ah, então ele deve ser *italiano*. — E sumiu de novo.

— A enorme proporção de vinte e cinco por cento — disse Nella maliciosamente —, embora isso não seja de fato...

— Ele sabe *vinte e cinco por cento* da origem dele? Sortudo — comentou Hazel, após finalmente encontrar um espaço para sua salada. Elas começaram a caminhar em direção às respectivas mesas. — Namorados brancos *sempre* são uma viagem e tanto.

Nella se animou. Será que Hazel estava falando por experiência própria ou só por suposição?

— Se não se importar de eu perguntar — começou ela —, o Manny é b...?

— Ah! *Aqui* está você, Nella. *Até que enfim.*

Vera estava ao lado da mesa de Nella com um brilho insano nos olhos, as bochechas coradas, as mãos firmemente plantadas nos quadris. Seu sorriso tenso sugeria que ela estava tentando não o desfazer, e isso já por um bom tempo.

— Oi, Hazel.

Hazel deslizou para trás de sua mesa e murmurou um "oi" suave.

— Desculpe o atraso — disse Nella, buscando uma desculpa apropriada que lhe escapava totalmente.

— Sim. Da próxima vez, por favor, me mande um e-mail, uma mensagem, um sinal de fumaça... qualquer coisa. Para eu saber. Tudo bem? Obrigada. Quer dizer, a manhã tem sido *enlouquecedora.*

Nella ficou muda. Sim, ela *podia* ter mandado um e-mail. Mas já se atrasara um punhado de vezes nos dois anos em que trabalhava na Wagner — com ou sem motivo —, e nenhuma dessas infrações anteriores justificou uma chamada tão explícita. Sem dúvida Nella havia percebido que se atrasaria uns vinte minutos quando entrou no vagão, e quando desceu, e quando parou no saguão para conversar com Hazel e India. Se dera conta novamente no elevador, lá entre o segundo e o terceiro andares. No entanto, Vera em geral passava o início da manhã trancada em sua sala, aproveitando esse tempo para fazer tudo que não conseguia assim que todo mundo começava a entrar e sair de seu escritório pelos mais diversos motivos: pedir um conselho editorial ou opinião sobre uma capa nova; apresentar novos contratados; jogar conversa fora.

Naquela manhã, porém — Nella suspeitava que por causa de algo relacionado a Colin —, a porta de Vera estava escancarada. E, no que lhe dizia respeito, as opiniões que externalizara durante a conversa sobre Shartricia ainda estavam bem vivas e saltitantes entre as duas, como demoninhos teimosos.

Talvez também sentindo os demônios, Hazel, naquele mesmo sussurro respeitoso que usara para dizer "oi", se pôs a reclamar sobre o caótico sistema de metrô de Nova York.

— Nós duas estávamos justamente conversando sobre como tivemos problemas hoje de manhã. Alguém se jogou nos trilhos, acho. Meu trem ficou parado lá embaixo por bem uns vinte minutos.

Nella deu uma espiada rápida na sala de Maisy, com as luzes apagadas. A única pessoa que repreenderia Hazel por chegar tarde nem estava no escritório ainda, mas Hazel mesmo assim tinha ajudado Nella. Ela precisava se lembrar de agradecer mais tarde.

— O meu levou vinte e cinco minutos. No túnel — acrescentou Nella.

— No túnel — repetiu Vera.

— I-isso. No túnel. — A temperatura de Nella subiu alguns graus, um efeito da mentira que ela havia contado ou do olhar de *não* acredito em você de Vera. De repente, lembrou que ainda estava vestindo o suéter, então o tirou e deixou suas coisas em cima da cadeira.

Vera mordeu o lábio antes de interromper o silêncio.

— Tudo bem.

Não estava tudo bem, mas ela logo pediu bruscamente a Nella que imprimisse duas cópias de *Entre agulhas*. Depois desapareceu para dentro de sua sala e fechou a porta.

Nella desviou os olhos para a mesa de Hazel, e a colega retribuiu seu olhar.

— Ufa. O que foi *isso*?

Então ela não tinha ouvido. Ótimo. Nella deu uma espiada na porta de Vera, para garantir que estava completamente fechada. Depois, se aproximou da mesa de Hazel.

— Colin *pirou* — cochichou Nella. — Ficou enlouquecido.

— *O quê?* Mas por quê?

— Falei a verdade para ele sobre Shartricia. Decidi ser franca, como tínhamos conversado no Nico's. Ele disse que eu o chamei de racista. Exatamente como imaginei que aconteceria.

— E você *chamou* mesmo?

— É óbvio que não chamei o Colin de racista, porra — disse Nella, ofendida que Hazel pudesse pensar que ela cometeria um erro tão abominável. — Mas ele ficou com essa *impressão*, e não consigo desfazer isso. Não foi meu melhor momento, mas pedi desculpas quando ele finalmente voltou do banheiro.

Colin tinha retornado à sala de Vera vinte minutos mais tarde, o boné recomposto, a mandíbula travada e os olhos um pouquinho mais vermelhos. *Desculpe por você ter pensado que eu o chamei de racista,* Nella reconhecera, esforçando-se ao máximo para mexer a boca sem vomitar. As palavras pareceram vazias em sua língua, como se ela estivesse pedindo desculpas para um homem por ter jogado spray de pimenta no rosto dele depois que ele a seguira a uma distância exageradamente próxima em uma rua vazia. Mas ela falara mesmo assim. Porque, no fim das contas, estava arrependida — mesmo que por motivos ligeiramente diferentes.

— Ele saiu da sala da Vera por um tempo, não foi? — perguntou Hazel. — Tipo, vinte minutos? Bastante tempo.

— Pelo visto não fui a única a cronometrar — murmurou Nella. — Meu Deus, que humilhação.

Hazel deu de ombros.

— Da minha cadeira deu para sentir o clima gelado no minuto em que ele abriu a porta da sala. Sinto muito, garota. Pelo que ouvi...

— Espere. — Nella se deteve. — Então você *escutou* o que aconteceu?

Hazel balançou a cabeça.

— Só alguns pedaços, mas não a história toda. Eu estava envolvida aqui nas tarefas, fazendo alguma coisa para a Maisy. Mas, a julgar pelo que eu *efetivamente* ouvi, o mais importante é que você agiu da maneira certa. Não deixe ninguém te convencer do contrário.

Antes que Nella pudesse desfrutar dessas palavras por um instante longo demais, a porta de Vera voltou a se abrir em um rompante.

— Nella, você está logada?

— Eu...

— Meia hora atrás eu mandei uma coisa para você que precisa ser resolvida imediatamente, e reenviei agora. Será que você poderia fazer o favor de se encarregar disso? Agora? Obrigada.

Nella se empurrou na cadeira em direção à própria mesa o mais rápido possível, mas seu cadarço a traiu e se enfiou em uma das rodinhas, fazendo com que ela empacasse. A cadeira se deslocou em uma velocidade penosa, enquanto Vera observava, uma sobrancelha erguida. Ela não deu um pio — simplesmente soltou o ar e voltou para sua sala com passos exagerados, batendo a porta mais forte do que fizera antes.

O resto do dia passou exatamente do mesmo modo: agoniante, tomado por um subtexto que nem a editora nem a assistente estavam determinadas a admitir. A "questão urgente" que Vera pedira para Nella resolver era perguntar ao editor-executivo se ainda era possível incluir a inicial do nome do meio de um autor na sobrecapa antes que o livro saísse para impressão. A sala do editor-executivo não ficava a mais do que uma caminhada de dez segundos da sala de Vera.

Isso, Nella conseguiu resolver. No entanto, fosse por que motivo, apesar de todo o seu empenho, todas as outras coisinhas do dia de alguma forma deram muito errado: ela se esqueceu de copiar o agente ao enviar um e-mail para um autor; acidentalmente cortou a parte importante de um documento escaneado para Vera.

Nada do que fez deu certo. Ou, pelo menos, não *pareceu* estar certo. Estaria tudo na cabeça dela — as frustrações de Vera, as tensões, os demônios de Colin Franklin? De vez em quando ela interrompia suas desculpas para imaginar se não estaria simplesmente projetando a própria vergonha. Mas então Vera concluía uma conversa com "tudo bem", os olhos ainda mais gélidos do que seu tom de voz, e Nella pensava com seus botões que, sim, algo definitivamente mudara entre elas.

Enquanto isso, no sentido inverso, a relação de Nella com Hazel começava a florescer, como se fossem dois soldados nas trincheiras. Hazel se esforçava para preservar a sanidade de Nella, distraindo-a com coisas não relacionadas à Wagner. Quando Nella respondeu a uma das reclamações de Vera com um "*Eu* fiz isso?! Me desculpe", Hazel rapidamente enviou um e-mail para Nella com um GIF de Steve Urkel. Depois do almoço, levou para Nella um cookie de nozes com calda tripla da padaria do outro lado da rua, que, por acaso, era o preferido de Nella. E algumas horas mais tarde, por volta das três, enviou para Nella um link do Curl Central, o "café-cabeleireiro incrível" que ela mencionara no elevador.

A página inicial do Curl Central afirmava que o local funcionava como "uma meca completa para tudo que envolve cabelo crespo" — e não estava mentindo. O Curl Central *realmente* cobria tudo. Você não só podia comprar lenços lá como também frequentar oficinas que ensinavam como usá-los nos estilos mais complexos. Havia até mesmo uma terapeuta de cabelo — "a Srta. Iesha B." —, disponível para consultas de meia hora nas quintas-feiras, entre cinco da tarde e sete da noite, nas quais explicava o que estava atrapalhando suas madeixas. Para os que não tinham a sorte de morar em Nova York, ou preferiam uma experiência mais reservada de cabeloterapia, a Srta. Iesha B. havia escrito um livro curtinho que estava disponível on-line por US$ 9,99.

O dono do salão, quem quer que fosse, tivera o cuidado de fornecer descrições detalhadas de aroma e textura de todos os produtos de cabelo, e encontrara modelos negras com todo tipo de cabelo crespo para mostrar sua eficácia. Tudo aquilo fascinou Nella, o tempo e esforço claramente colocados no site do Curl Central; por isso, curiosa, ela clicou na aba "Sobre Nós". A proprietária e fundadora do café era Juanita Morejón, uma mulher atraente e curvilínea de cachos 3C, que aparentava gostar bastante de croppeds e lembrava com muito carinho de como havia crescido na República Dominicana, com seu irmão menor, Manny.

Nella fez uma pausa. Manny? O... namorado de Hazel?

Ela leu a biografia de Juanita até o final, e depois releu. Sentia-se desconfortável, mas não conseguia detectar o motivo. Não era porque Hazel não havia comentado que o Curl Central pertencia à irmã de seu namorado, ainda que, para alguém aparentemente tão aberta a compartilhar tudo sobre sua vida pessoal, era estranho que Hazel tivesse optado por omitir essa parte.

Só depois de sair do site do Curl Central é que Nella conseguiu identificar a origem de seu sentimento: era a nova informação de que o namorado de Hazel não era branco. Era dominicano. Dominicano *dominicano*. Quer dizer, ele tinha nascido na República Dominicana e lá vivido por dez anos antes de imigrar para Nova York.

Nella refletiu sobre essa novidade a respeito da colega de trabalho. Mesmo que Hazel citasse o Harlem assim como Spike Lee citava o Brooklyn, alguma coisa levou Nella a supor que ela também acabara se relacionando com um cara branco, como Owen. Talvez fosse o fato de que Hazel tinha morado e trabalhado em Boston por um longo período, o que para Nella significava que ela havia frequentado festas quase exclusivamente de brancos semelhantes àquelas que ela própria havia frequentado na escola e na universidade. E agora, aqui estava Hazel, na Wagner, cercada de gente branca uma vez mais.

Por outro lado... só porque Hazel era *capaz* de circular em esferas sociais de brancos o tempo todo não significava que ela *desejava*. Nella conseguia reconhecer isso.

— Estou saindo, Nella.

Quando ela ergueu o olhar, Vera estava de pé ao lado de seu cubículo, pronta para ir para casa. A expressão aflita que a acompanhara mais cedo tinha relaxado um pouco, felizmente, mas ainda não parecia que ela a desculpara de todo. Era tarde, passava das sete da noite, e a vontade de Nella de trabalhar tinha saído porta afora junto com Hazel cerca de uma hora antes; agora, ela estava imersa em uma lista intitulada "Dez Celebridades Que Você Não Sabia Que Eram Afro-Dominicanas."

Nella clicou para sair da página com uma das mãos, usando a outra para acenar para a chefe.

— Já está na hora de ir embora? Uau! Tenha uma boa noite!

— Você também — gritou Vera sem convicção, e caminhou decidida em direção aos elevadores sem dizer mais nada.

Nella suspirou talvez pela trigésima vez no dia — salvo que dessa vez era um suspiro de autêntico alívio. *Até que enfim* ela podia sair e se encontrar com Malaika para beber alguma coisa. Até que enfim poderia desabafar a respeito da explosão sobre Shartricia, e até que enfim poderia aliviar a tensão em que estivera imersa por quase nove horas. Ela se levantou e começou a juntar suas coisas, descartando as folhas de que não precisaria no dia seguinte e empilhando as outras.

Foi então que viu o envelope pequeno e branco alojado no canto da mesa. Tinha seu nome escrito na frente, brilhando em letras maiúsculas.

No início, Nella não se mexeu. Apenas encarou o envelope, confusa, como se fosse uma coisa engraçada puxada de trás de sua orelha. Há quanto tempo estaria ali? Uma hora? O dia inteiro?

Será que era uma carta de Vera pedindo desculpas pelo comportamento durante o dia?

Ela levou o envelope até o rosto para analisá-lo mais de perto. Sim, tinha realmente o nome de Nella, escrito em caneta roxa.

Ela girou os ombros duas vezes, um tique nervoso que não sabia que tinha. Sua bolsa escorregou do braço para o chão, mas ela não se mexeu para pegá-la. Em vez disso, avaliou mais uma vez atentamente o objeto misterioso em suas mãos. Não tinha certeza se conseguia encarar o que havia no interior do envelope. Tinha menos certeza ainda se conseguiria continuar sem saber.

Que se dane.

Ela passou o dedo mindinho por baixo do lacre, dobrando de modo a evitar um corte. Dentro havia uma ficha catalográfica não maior do que cinco por sete centímetros, com quatro palavras malditas digitadas, perturbadoramente, em Comic Sans.

SAIA DA WAGNER. AGORA.

Nella contou até três, os números difíceis de escutar por baixo do som das batidas de seu coração. Depois inspirou e lançou um olhar por cima das baias para ver quem ainda não tinha ido embora. Não tinha certeza do que esperava ver — alguém fugindo correndo com um gorro branco pontudo, ou um invasor pré-adolescente sádico que realmente achava Comic Sans uma fonte legal? —, mas quem ela de fato avistou foi Donald, o assistente de Richard. Donald, que era tímido demais para dizer "oi" a não ser que precisasse de alguma coisa; Donald, que balançava a cabeça ao som de uma música que apenas ele podia ouvir, um par de fones imensos conectando sua cabeça redonda, quase raspada, a um discman que descansava perto de seu cotovelo esquerdo. Donald, que *ainda* usava um discman.

Sem chances de Donald, cujos e-mails eram sempre em fonte Times New Roman tamanho 8, se meter com Comic Sans — não para intimidar, nem mesmo ironicamente. Ninguém na Wagner faria isso. Não fazia sentido.

Nella afundou de novo na cadeira, um súbito calafrio se infiltrando em sua garganta até atingir o estômago, como se ela tivesse engolido uma quantidade perigosa de hélio. Voltou a examinar o pedaço de papel em sua mão esquerda, depois o envelope na direita. Estava tão perdida, pensando em como não havia percebido o momento em que foi entregue, que não reparou que já eram quase oito horas, e que o ar havia mudado de seu habitual burburinho alto para o suave zumbido dos aparelhos poupando energia pós-expediente.

Saia da Wagner. Agora.

Ela virou o cartão, no caso de ter deixado passar algo. Mas era tudo o que dizia; então, leu as palavras uma segunda vez.

E, depois, uma terceira.

Na quarta vez que as leu, uma gargalhada breve e profunda saiu de dentro de suas entranhas. Ela não conseguiu se conter. Não era uma daquelas risadas confiantes de Olivia Pope. De maneira nenhuma ela estava pensando *Rá, sou melhor que você, seu estranho racista anônimo insignificante... porque isso não vai me atingir; vou me reerguer das cinzas e escrever um artigo sobre este momento e você vai se arrepender do dia em que tentou ferrar comigo.*

Não. A risada era mais do tipo simples, disfarçada, resignada. Um: *Rá! Finalmente. Eu sempre soube que este momento ia chegar.* Ela pensou em Colin Franklin e seu boné amassado; no senhor negro abatido a tiros na Carolina do Norte ao tentar alcançar seu aparelho de surdez. Nas palavras de Jesse Watson sobre ser visto como um igual por colegas brancos: "Você pode achar que eles aceitam você, e eles farão você pensar isso. Mas na verdade não aceitam. Nunca aceitarão. Sua presença apenas faz com que temam a própria ausência deles."

Eles. Sim, sempre houve um *eles* desde que ela começou a trabalhar na Wagner, não é verdade?

Nella expirou ao enfiar o papel de volta no envelope, determinada a jogar o negócio todo na lata de lixo e esquecer que algum dia tinha lido aquilo. Mas algo a deteve: o desejo catártico de compartilhar sua existência com mais alguém, e a necessidade inerente de sobreviver. Ela tinha visto todos os filmes, assistido a todos os vídeos sobre bullying e racismo na escola. O que tinha em sua mão úmida, Nella sabia, era uma prova.

Shani

10 de julho de 2018
Barbearia do Joe
Harlem, Nova York

— Nome.

Tossi em meu punho, a garganta subitamente seca, apesar de a noite estar úmida como sempre.

— Shani. Shani Edmonds.

— Shani Edmonds. Tudo bem. Oi, Shani.

O rapaz que guardava a porta desviou a atenção do telefone para me examinar de cima a baixo. Não me incomodei muito. Eu fizera o mesmo com ele quando segui hesitante para a entrada da Barbearia do Joe alguns segundos antes, analisando-o o máximo que as sombras por trás do toldo do prédio permitiam. Dei uma olhada razoável, e posso afirmar o seguinte: nunca tinha estado no Harlem, mas ele parecia exatamente como sempre imaginei os rapazes negros do Harlem. Era alto e bonitinho. O tipo de cara negro que me fazia lembrar de um dos muitos homens simpáticos e de cabelo na régua que salpicavam a coleção de fotos do exército do meu avô. Velha guarda, anos 1940, a pele da cor de areia molhada e um sorriso amistoso que sugeria preferir chamar uma mulher de "bombonzinho" do que de "vadia".

Ele não me chamou de nada disso, mas sorriu diante do que devia ser um ar de perplexidade em meu rosto.

— Não tem por que ficar nervosa — disse ele, enfiando o celular no bolso de trás. — A gente é uma família aqui. Assim que entrar... bom, você vai ver.

— "Família"?

A cerca de dez metros de distância, na esquina da Rua 127 com a Frederick Douglass, o motor de um carro roncou em vão. Eu havia passado os quarenta e cinco minutos do trajeto de táxi até ali pesquisando na internet informações sobre "Lynn Johnson" e "a Resistência", e, como em todas as outras vezes, não encontrei nada. No entanto, lá estava eu no meio da noite em uma cidade nova e estranha, em uma barbearia que supostamente estava fechada.

Mudei o peso do corpo para o outro pé e troquei a ecobag de ombro, tentando demonstrar uma confiança que não sentia.

— Maneiro isso e tal, mas não tenho certeza de que tipo de família se reúne às três da madrugada.

Meu comentário fez com que ele soltasse uma risada.

— Você vai ver o tipo exato em um minutinho. Pode entrar, Shani — disse ele, oferecendo o punho para eu bater. — Will.

Eu sorri, animada para avançar e entrar em algum local que, assim eu esperava, tivesse ar-condicionado. Porém, antes que eu pudesse colocar o pé lá dentro, um grito me deteve.

— Will! — gritou uma mulher. — Quantas vezes tenho que te dizer, garoto: pergunta o código *antes* de deixar qualquer um entrar.

Will gemeu e se virou para cochichar algo inaudível para a escuridão atrás de si. Estiquei o pescoço, desesperada para ver com quem ele estava falando, mas as luzes estavam completamente apagadas na barbearia.

— Merda — disse a voz, após um minuto. — Ela já viu seu rosto também. Sabe seu nome. Se ela fosse uma OGN, essa operação inteira teria que ser cancelada. E aí já era Resistência.

Ele puxou um pouco de ar entre os dentes perfeitos.

— "Já era"? "Código"? Isso tudo parece tão...

— Quantas vezes preciso te dizer que não ligo para o que você acha que parece? *Eu* sou a responsável por garantir que ninguém nos encontre, babaca. Então faz a pergunta do código e aí a gente pode continuar avançando com essa merda.

Aquilo acabou com o ar alegre de Will. Quando ele finalmente voltou a me encarar, a suavidade em seus olhos tinha cedido lugar à irritação.

— Um asteroide está caindo em espiral em direção à Terra, ameaçando destruir todos os negros, menos um — disse, monotonamente. — Esse sortudo filho da mãe é ou a Stacey Dash ou o Ben Carson. Quem você escolhe para salvar?

Merda. Era *essa* a pergunta-código? Balancei a cabeça e puxei a alça molhada de suor do meu sutiã.

— Quanto tempo você tem?

— Vamos lá, pense. O que seu instinto diz?

— Meu instinto diz que você não pode me fazer uma pergunta dessas quando são três... — Olhei meu relógio, irritada. Eu não tinha saído furtivamente da casa da minha tia no Queens no meio da noite só para brincar de clubinho secreto com um estranho; não importava quão bonitinho ele fosse. — Três e dez da manhã. Estou com calor. É você, Lynn? — gritei para o cômodo atrás do rapaz. — Eu estou aqui, exatamente como combinamos. Saí de Boston. Por que você está me obrigando a fazer tudo isso?

A voz lá dentro não respondeu. Apenas Will.

— Eu não faria nada disso. Provavelmente melhor você só responder à pergunta.

— É só que tem muita logística para pensar. Não posso só...

— *Está vendo?!* — gritou Will, a voz irradiando uma tentativa de provar que estava certo, ao se virar para apelar para a pessoa que estava lá atrás. Como a voz não respondeu, ele só deu de ombros, ajeitou o gorro na cabeça e resmungou para mim: — É obrigatório.

Soltei um suspiro e tentei pesar o que era pior. Era difícil ponderar com aquele motor de carro enferrujado ainda roncando sem parar no fundo, mas, depois de um instante, consegui organizar meus pensamentos.

— O Ben — respondi por fim. — Ambos são horríveis, e o Ben já falou algumas coisas bem estúpidas, mas pelo menos ele pode salvar a vida de alguém. Eu acho.

— Justo. — Will deu uma risadinha, relaxando mais uma vez. Ele se virou. — Ok?

Houve uma pausa.

— Sim — respondeu a voz. — Ok.

Meus pés começaram a se mover antes que meu coração tivesse tempo de voltar às batidas irregulares.

— Nada de luz até a gente chegar lá em cima. — Escutei a mulher dizer, dessa vez mais alto, de forma mais descontraída. — Mas, por enquanto, isso deve ser suficiente.

Uma lanterna tremulou alguns centímetros à minha frente.

— Lynn? — chamei novamente, piscando com o clarão da lanterna.

— A gente conversa lá em cima. Vem. Me siga.

Estremeci e fiz o que ela mandou, mesmo tendo percebido que alguém — provavelmente o Will — tinha colocado as mãos nos meus ombros para me guiar. Tudo estava escuro, escuro feito breu, então deixei que ele me conduzisse, estreitando os olhos para detectar correntes suspensas no teto ou qualquer coisa que confirmasse que era burrice eu estar ali.

No entanto, eu não precisava de nada para me confirmar isso. Era mais do que burrice. Era *loucura*.

Como é mesmo aquele ditado? Ninguém procura garotinhas negras desaparecidas?

— Vamos lá, Shani — sussurrou Will, suas palavras interrompendo minhas preocupações, o calor de sua respiração em minha orelha me relembrando que eu estava bem pertinho de um homem atraente em uma estranha e fria barbearia às três da madrugada. Um rapaz do Harlem com lábios suaves e cheiro forte de sabonete Dial e Listerine.

Deixei-o me conduzir lentamente atrás da sombra que iluminava nosso caminho.

— Aliás — acrescentou, seu tom sugerindo que ele frequentemente se deleitava com o que estava prestes a dizer —, a resposta correta à minha pergunta é que você não salvaria nenhum dos dois. Usaria o asteroide como uma oportunidade para recomeçar. Mas, para falar a verdade, quase ninguém consegue acertar mesmo, então tudo bem.

7

30 de agosto de 2018

Nella abriu os olhos, deu uma espiada no despertador e soltou um gemido. Ainda eram cinco da manhã; e ela tinha dormido por volta de uma hora.

Virou-se de frente para Owen e, notando como ele estava entregue ao sono, prontamente girou para o outro lado, com inveja. O movimento, porém, simplesmente fez Nella sentir um desconforto maior no estômago, assim como a lembrança de quanto havia bebido na noite anterior... e o motivo por que havia bebido tanto, para começo de conversa.

As palavras "Saia da Wagner" iam de um lado para o outro no cérebro de Nella, crescendo cada vez mais e ecoando mais e mais alto até seu subconsciente começar a entoá-las em diferentes gêneros: country, rap, polca, e — talvez o mais cruel de todos — jazz. Piorou tanto que mais ou menos às cinco e três Nella se levantou para tentar se "recompor" da melhor maneira possível.

Ela vinha escutando essa música traiçoeira desde que saíra da Wagner menos de doze horas antes. Durante todo o trajeto no metrô da editora até o McKinley's, ficou convencida de que todos olhavam para ela. Será que estava sendo observada? Seguida? Será que o homem perto da porta a estava encarando porque queria roubar sua carteira, ou porque ele não gostava da ideia de ver gente negra trabalhando na Wagner? Será que o filho dele não havia passado no processo de estágio na Wagner vários anos seguidos e o sujeito tinha decidido descontar na única pessoa de quem ele imaginava que ninguém sentiria falta?

Cada novo desconhecido fazia o bilhete pesar mais ainda, e assim que mostrou a identidade para o segurança do McKinley's, cumprimentou um conhecido de lá e seguiu em linha reta em direção ao bar, já tinha desencavado o envelope da bolsa. Bastou chegar perto de Malaika para, então, jogá-lo na mesa como uma banana de dinamite que não conseguia mais segurar.

— O que é *isso*? — perguntou Malaika, pegando o envelope e segurando-o contra a luz tênue do bar, como se fosse fazer qualquer diferença.

Nella fez sinal para Rafael preparar o de sempre.

— Você não leu nenhuma das minhas mensagens? Meu Deus do céu.

— O quê? Ah, desculpe. Pensei que você entendesse que minha cara em geral está tão enfiada na bunda do Igor que fica até difícil me preocupar com os outros — disse Malaika, as sobrancelhas erguidas em um ar sarcástico, achando graça. — O que é isso? Um convite de casamento ou coisa parecida? — Ela engoliu em seco de repente, apertando o peito. — É o *seu* convite de casamento?

Nella franziu as sobrancelhas ao mesmo tempo que examinava o coquetel de Bourbon que Malaika estava prestes a terminar.

— Mal, quantos você já tomou?

— Este pode ou não ser o meu terceiro. Igor me deixou sair meio cedo hoje porque queria que eu passasse na lavanderia antes que fechasse. Então pensei: por que não, caraca?

— Então tá... — Por um minuto, Nella ficou pensando (e não era a primeira vez) se ela e Malaika não deviam, talvez, cogitar marcar seus encontros em uma sorveteria em vez de um bar de tempos em tempos. Esse minuto passou bem rápido, como sempre. — Só abra, por favor.

Malaika pegou sua bebida e virou o finalzinho de forma lenta e deliberada, como uma mulher prestes a executar algo extremamente perigoso. Depois baixou o copo, limpou a camada de umidade que ficara acima do lábio e se pôs a trabalhar no envelope.

E, estranhamente, *deu* trabalho. A cola da aba tinha fechado o envelope novamente e, para a exasperação de Nella, Malaika levou muito mais tempo para abrir do que o esperado. No entanto, a reação de

Malaika diante do que havia lá dentro foi tão satisfatória que compensou a espera: ela jogou o envelope no chão tão rápido quanto jogaria um absorvente usado.

— Que merda é essa? — disse Malaika uma vez, e depois repetiu, pegando o cartão do chão. — De onde veio isso?

— Não faço a mínima ideia.

Nella agradeceu a Rafael pelo Aperol spritz. O barman tinha um ar apreensivo — obviamente queria ficar por perto e descobrir o que provocara uma reação tão visceral em Malaika, mas outro casal havia acabado de colocar seus casacos nas banquetas do bar alguns assentos adiante. Ele fez uma ligeira reverência para Nella, seu cabelo cor de areia caindo no rosto, e saiu apressado e radiante em direção aos recém-chegados.

— Isso simplesmente... apareceu na minha mesa hoje. No finalzinho do dia.

— E você não tem *nenhuma* ideia de quem pode ter deixado lá?

— Nenhuma.

— Nem de quando podem ter deixado?

— Minha mesa está sempre coberta de papéis, então... não. Pode ter sido a qualquer hora do dia. — Nella tomou um grande gole de sua bebida, o choque do amargor entorpecendo um pouco seus pensamentos.

— Hummm. — Malaika mordeu o lábio. — Poderia ser um autor insatisfeito?

Esse pensamento passou pela mente de Nella a caminho do bar, mas se dissipou quase tão rápido quanto surgiu. De forma alguma o desprezo de Colin a seu feedback sobre a personagem negra pesaria mais do que seu desejo de receber o próximo pagamento programado para o *Entre agulhas*. O homem podia ter ficado sensível, ter sido traído por uma autoestima mais frágil, mas não era idiota.

— É engraçado você dizer isso. Realmente pensei em certo autor insatisfeito quando vinha para cá... mas sem chance.

— Quem?!

— Colin. Ele *surtou* comigo ontem — explicou Nella. — Eu contei o que achava da Shar. Mas isso é uma história para a minha próxima bebida.

Malaika franziu a testa, preocupada.

— Sério? Que merda.

— É. Mas não tem como ele nem pensar em fazer isso comigo. O Black Twitter ia acabar com ele.

— Talvez não tenha sido *ele*. Mas e a Vera?

Nella quase entornou a bebida no colo.

— Você não está pensando...?

— Bom, você ainda não me contou nada, mas posso imaginar que a Vera ficou bem chateada com a história do Colin.

— Ficou, mas... seria muito óbvio se ela fizesse alguma coisa do gênero. Vera não é *tão* estúpida assim, nem mesquinha.

Malaika assumiu seu olhar predileto de *você está falando sério?*.

— Já assisti aos filmes do Lifetime. Sei como as mulheres brancas ávidas por poder agem. Fazem o que for preciso para chegar ao topo, todas traiçoeiras e cheias de merda. E, uma vez nessa posição, pode apostar que vão fazer qualquer coisa para se manterem lá. Raptar um bebê, retalhar o cachorro de alguém. Coisas *ardilosas*.

— *Algumas* delas. Não todas. Além do mais — acrescentou Nella, mesmo que a imagem de uma Vera insana em cima dela com um estilete e fita adesiva tenha surgido rapidamente em sua cabeça —, se a Vera quisesse *mesmo* me demitir, teria simplesmente me mandado embora de uma vez. Ela está na Wagner há tempo suficiente para interferir nessas coisas.

Malaika bufou.

— Você e *eu* sabemos que não é tão simples assim. — Ela pegou o envelope de novo e releu o bilhete em voz alta da maneira como teria lido um livro do Dr. Seuss. — "Saia da Wagner. Agora." Se isso não é um crime de ódio, não sei mais o que é.

— Teria sido um crime de ódio se o bilhete fosse: "Saia da Wagner agora, *crioula*.

— Ah... mas está *aqui*.

Nella pegou o papel.

— Está?

— Não, não literalmente. Mas *está*. Escute aqui, garota — continuou Malaika, quando Nella revirou os olhos. — Você é *negra*. O fato de você ser negra colore toda e qualquer coisa que alguém fala para você. E esse trocadilho é intencional — acrescentou, antes de Nella fazer algum comentário. — Quer a pessoa admita ou não.

— Sei o que quer dizer. E você até que tem alguma razão. Mas...

— E com aquele artigo anônimo que foi publicado no mês passado, sobre a garota negra trabalhando em um espaço de brancos, você não contou que sua melhor amiga, Sophie, te acusou de escrever? — Malaika deu uma arfada, agarrando o peito. — E se estão pensando que foi você quem escreveu e tentando te expulsar?

— Eu disse que eles estão malucos. Não que eram a KGB literária.

— Bom... talvez não, mas lembra quando a Vera te falou para sossegar todo aquele alvoroço de "Sou Negra e Tenho Orgulho Disso" que você estava começando?

— Sim, mas era diferente. E, por falar nisso, pretendo voltar a dar início àquele alvoroço — continuou Nella, embora a ideia de tentar ressuscitar os Encontros sobre Diversidade da Wagner soasse tão atraente quanto colocar o cabelo em uma vela acesa. — É só que... nunca uma coisa assim me aconteceu antes, sabe? Sei que definitivamente vou parecer um daqueles malucos negacionistas quando disser isso...

— Sim, é o seu estilo normal.

— ... mas, durante todo o meu tempo na Wagner, nunca vi ninguém ser nitidamente racista em relação a mim. Pelo menos nada além de, tipo, microagressões. Acredite, já daria tempo de saber.

Nella não estava apenas se enganando para se sentir melhor. Era verdade. Se perguntassem a ela quão ruim era ser a única pessoa negra no recinto, a resposta variaria dependendo do dia. Era ruim ter que explicitar aspectos relevantes da cultura negra para pessoas que não os compreendiam, como a gravidade do colapso nervoso do Kanye ou a importância de ver mulheres negras usando lenços no cabelo em *Viagem das Garotas*. E não, Nella *não* havia lido todos os livros do top da literatura negra com prazer (tinha começado *O olho mais azul* pelo menos cinco vezes diferentes e nunca conseguira passar do primeiro capítulo), e por isso não tinha como comparar esse ou aquele escritor negro novato com a Toni Morrison em seu auge.

No entanto, Nella estaria mentindo se não admitisse que, lá no fundo, uma partezinha de si tinha orgulho de como sua visão de mundo era tão diferente — ousava dizer até *radicalmente* diferente — dos espasmos homogêneos da Wagner Books. Não, de *todo* o mercado editorial. Ela podia não ter conseguido fazer com que seus colegas contratassem pessoas fora do seu mundinho habitual, mas pelo menos tinha conquistado essa oportunidade. Ela havia feito as pessoas pensarem sobre raça, mesmo que não se dessem conta disso, só de estar presente nas reuniões ou confraternizar na copa.

E ainda mais lá no fundo — milhares de centímetros além dessa última reflexão, boiando nas profundezas de um local que se poderia chamar de "orgulho" —, residia a suspeita de Nella de que muitos de seus colegas de trabalho na Wagner, inclusive Vera, a olhavam com uma espécie de reverência. Com admiração. *Imaginem como ela deve ter lutado muito mais para chegar até aqui*, Nella os imaginava comentando uns com os outros dentro das salas, quando consideravam os títulos de universidades de elite ou estágios em editoras que faltavam em seu currículo. Ela não vinha de uma longa linhagem de gente do mercado editorial. Tivera muito mais trabalho do que a maioria para traçar seu caminho, isso ninguém podia negar.

— Mesmo que seja verdade que ninguém nunca cometeu nenhum ato deliberadamente racista contra você, *nunca mesmo* — disse Malaika, interrompendo as reflexões de Nella —, vamos nos ater aos fatos. Fato número um: você é negra. Fato número dois: você é *negra*. Fato número três: quantas pessoas brancas você acha que receberam um bilhete como esse na Wagner? Ou *em qualquer lugar*? São fatos, minha amiga. Fatos incontestáveis.

Nella permaneceu calada. Ela, ao mesmo tempo, adorava e odiava sempre que Malaika ficava meio bêbada e adotava essa postura totalmente franca com ela, o que em geral acontecia por volta das nove da noite e quase sempre depois de duas bebidas e nenhuma comida.

— Ô-o-o-o, mas espere — gritou Malaika, quase se engasgando com um cubo de gelo. — Fato número quatro: você não é mais a única! Eu esqueci a outra garota negra. Qual é mesmo o nome dela?

— Isso. Hazel. — A própria Nella às vezes esquecia que a Wagner não era mais exclusivamente branca, porque ela e Hazel pareciam a extensão uma da outra, dois lados da mesma moeda. — Eu devia ter dado uma olhada na mesa dela também antes de sair.

Nella tentou se lembrar da fisionomia da colega quando foi embora do escritório, repassando os eventos do dia em oposição a todos os anteriores, mas tudo o que conseguiu recordar foram as muitas facetas de uma Vera agitada: Vera batendo o sapato confortável preto; Vera rondando sua mesa; Vera franzindo a testa, sempre franzindo a testa. Hazel deve ter saído de fininho sem Nella reparar.

— Talvez... — Malaika arregalou os olhos. Nella percebeu que, no íntimo, a amiga não estava gostando nada daquilo.

— Talvez o quê?

— Talvez... tenha sido a *Hazel* que deixou o bilhete.

— O quê? Isso é loucura. Ela hoje me mandou um GIF de *Family Matters*. Por que você acharia isso?

Malaika ponderou sobre o assunto.

— Não, você está certa — disse afinal. — Nossa garota não teria sido tão sutil assim se quisesse se ver livre de você. Além do mais, *você* fez a parte difícil. Quebrou todas as barreiras com os brancos da Wagner. Nesses dois últimos anos, tem preparado o pessoal de lá para não dizer besteiras nas reuniões. Ela nunca faria...

Nella afugentou o pensamento.

— Ela *nunca* seria capaz...

Entretanto, a ideia de Hazel ter deixado o envelope fincou suas garras no pescoço de Nella, penetrando mais fundo à medida que ela terminava o primeiro drinque e ainda mais fundo quando terminou o segundo. No terceiro, quando Malaika perguntou se Nella tinha procurado a nova colega no Facebook, ela praticamente arrancou o celular de dentro da bolsa, em êxtase com a ideia de rever esse tópico uma vez mais. O fértil assunto para o qual haviam se voltado antes (se *Os Donos da Rua* podia virar musical) já dera o que tinha que dar.

— O nome dela é Hazel McCall — informou Nella, digitando na barra de busca.

— Não acredito que ainda não fizemos essa parte. Como foi que deixamos isso passar?

— Não sei. Eu pesquisei o site do café-cabeleireiro da irmã do namorado dela mais cedo, mas nunca cheguei até ela, porque a Vera ficou em cima de mim o dia inteiro.

— Café-cabeleireiro?

— Te mostro depois, mas sem dúvida precisamos dar uma olhada. — Nella baixou a tela, frustrada. — Nossa, quem diria que existem tantas Hazel McCalls?

— Sério? Que loucura. Aliás, vamos tratar dessa história de "café-cabeleireiro" em um futuro próximo.

— Sabe do que mais? — Nella engoliu o restante do drinque, depois bateu na tela algumas vezes. — Ela tem um nome duplo. Algo tipo Hazel-Anne ou Hazel-Sue... Hazel-May! É isso. — E digitou o nome enquanto Malaika murmurava alguma coisa sobre como o nome Hazel soava típico do interior.

Dessa vez, surgiu apenas uma pessoa na área de Brooklyn. Nella reconheceu a colega imediatamente, embora a foto do perfil a mostrasse toda produzida em um elegante vestido cor de jade, usando uma quantidade de maquiagem digna de uma modelo.

— Que vestido! — exclamou Malaika. — E que *homem*! Alô-ô. Quem é esse cara?

Nella mal tivera tempo de olhar o homem supersexy que trajava um smoking verde-floresta antes de o celular ser tirado de suas mãos, mas ela sabia que Malaika estava devorando Manny com os olhos. Nella entendia o motivo. Em geral, ela achava que smokings de qualquer cor que não preto ou azul-marinho eram cafonas, mas aquele verde combinava tão bem com o tom de pele terracota de Manny que Nella não tinha como negar que fora uma escolha muito acertada. O cabelo dele, longo, escuro e ondulado, servia como uma moldura perfeita para o rosto, e o sorriso era ainda mais deslumbrante do que o de Hazel.

Como eles pareciam combinar bem juntos... Na verdade, como pareciam *audazes* juntos, um casal jovem e bonito vestindo tons não convencionais. Nella ficou pensando o que seria preciso para fazer Owen vestir um smoking elegante como aquele. Provavelmente muita coisa. Provavelmente coisa demais.

— É o Manny. Namorado dela. Da República Dominicana — acrescentou Nella, como se efetivamente o tivesse conhecido, como se Malaika tivesse perguntado. A resposta de Malaika foi um óóó, como se tivessem lhe concedido um segredo do universo.

Nella continuou a analisar o Facebook de Hazel, olhando seus últimos posts, espiando fotos em que havia sido marcada recentemente. Postada havia apenas três dias estava uma foto de Hazel cercada por quatro garotas negras. Todas usavam a mesma camisa roxa, com um logo pequeno demais para Nella distinguir com nitidez. Pareciam ter dezesseis ou dezessete anos e seus braços envolviam Hazel, que estava de pé no meio, com um sorriso tão amplo que deixava suas pupilas invisíveis.

Nella ignorou os comentários (muitas vezes era atraída para as sequências de comentários mais mundanos) e rolou até a foto seguinte. Nessa, Hazel olhava direto para a câmera, segurando um grande cartaz com os dizeres RESPEITE MULHERES NEGRAS.

A última foto que notou era de Hazel em um palco, banhada por uma tênue luz rosada, microfone na mão, os dreads presos no alto da cabeça. Nella tinha a vaga lembrança de Hazel lhe contar que fora a Washington para um seminário de poesia de mulheres negras não fazia muito tempo.

— É mentora de jovens negras... participa de seminários de poesia... prepara cartazes com letras maiúsculas... definitivamente suspeita — brincou Malaika. — Ei, espere um segundo. — E ergueu uma das mãos. — Você disse que o nome do namorado dela é Manny?

— Disse. — Nella ainda observava a foto de Hazel, comparando as letras maiúsculas com as do envelope misterioso que havia recebido. — Por quê?

Quase caindo da cadeira, Malaika puxou o celular de suas mãos.

— Você parece familiar pra caramba — disse, passando o polegar no rosto de Manny.

— Você acha? Rafael, quando tiver um minuto, pode, por favor... — Nella fez um gesto apontando os copos de água vazios. O quase tombo de Malaika fez com que se lembrasse que beber tanto exigia hidratação, principalmente em dia de semana.

— Já trago.

— Você é o meu primeiro, o meu último, o meu tudo, abençoado seja — Malaika gritou para ele, sem tirar os olhos da foto. — *Sei* que já vi esse cara antes, em algum lugar. Sabe o que ele faz?

— Acho que é artista ou coisa parecida. Ele pintou um retrato lindo da Zora Neale Hurston e o estampou em uma caneca para a Hazel de presente de aniversário de namoro.

Malaika bateu na mesa com a palma da mão.

— Eu sabia! Eu vi o Manny no *Melanin Monthly* ano passado, acho, em uma daquelas listas de "artistas para ficar de olho". Ele é, tipo, o Andy Warhol da nossa geração. Um misto de Warhol e Basquiat. Palavras deles, não minhas, juro.

Malaika desbloqueou seu celular e entrou no Instagram. Em cinco segundos, exibiu o mosaico de quadradinhos que compunham a página de Manny. *Art + BK*, dizia a bio — uma descrição descolada e breve, reparou Nella, para um perfil que tinha quase cem mil seguidores e mais de três mil posts.

Ela rolou a página principal. Mesmo em miniaturas, Nella podia ver que quase todas as obras de arte que Manny postava tinham sido reproduzidas em um estilo discreto e original, semelhante à ilustração de Zora Neale Hurston que ela vira, aplicadas não apenas em canecas, mas também em camisetas e ecobags e broches e ímãs.

Não havia uma única peça que Nella não se imaginasse comprando para uso próprio ou para dar de presente; cada item era especial. Talvez Hazel tivesse superestimado o fato de ter um namorado, observou Nella, dando um zoom em uma incrível pintura impressionista de uma Althea Gibson roxa, mas ela definitivamente subestimou o fato de o tal namorado ser tão incrível.

O que mais ela estaria escondendo?

Nella rolou mais duas ou três fileiras de posts, esperando encontrar outros detalhes sobre Hazel, mas não teve sucesso e passou o celular de volta para a amiga.

— Manny parece bem legal.

Malaika deixou o celular onde estava.

— *E então?*

— Então o quê?

— Você ainda acha que foi a Hazel que deixou o bilhete?

Nella suspirou. Não sabia o que dizer. Sabia apenas o que sentia: era injusto acusar a única garota negra com quem trabalhava. As palavras "carma ruim" se infiltraram em sua mente, seguidas por "mentalidade de caranguejo", ditas não por Angela Davis, mas, dessa vez, por sua mãe. Era uma expressão que seu pai desprezava, mas a mãe sempre usava, as palavras tão calmantes quanto um mantra de meditação e tão práticas quanto uma chave de casa. Em geral, Nella concordava com o pai, a meio caminho entre o desejo de evitar confrontos e a despreocupação.

Porém, se havia uma coisa que ela estava começando a compreender, era que essas características não tinham nenhuma utilidade no mundo real.

Nella manteve seus movimentos o mais furtivos possível assim que finalmente se arrastou para fora da cama, achou uma calça para vestir e enfiou o primeiro suéter limpo que conseguiu encontrar. Ela foi até o banheiro para terminar de se arrumar, as lâmpadas brilhantes em cima do espelho forçando seus nervos a um despertar completo.

Em qualquer outro dia, a imagem que viu refletida no espelho a teria alarmado. Seu cabelo estava todo despenteado, e não no estilo simpático de *estou-ocupada-demais-com-minha-carreira-para-tratar-disso*. Na noite anterior, ela foi para a cama tão desesperada para apagar que não trançou os cachos nem mesmo colocou um lenço para dormir. Mas não perdeu tempo analisando seu cabelo encolhido quando o puxou todo para trás, prendendo-o com um elástico, depois escovou os dentes e lavou o rosto. Tampouco se deu ao trabalho de fazer café ou preparar o mingau. Simplesmente calçou os sapatos, encheu a bolsa e saiu de casa para a pegajosa manhã de verão.

Alguma coisa a estava impelindo para sua baia na Wagner. Que coisa era aquela, ela não sabia ao certo. Sabia apenas que fez com que praticamente passasse por cima da mulher baixa e confusa que demorou demais para pegar o cartão de metrô na carteira. E, quando chegou a hora de atravessar o saguão da Wagner, às quinze para as sete, cedo demais até mesmo para os editores mais diligentes, a coisa fez com que ela tropeçasse e quase caísse de cara no chão.

Sempre graciosa, Nella acabou caindo sobre as mãos.

— Merda! — disparou, inspirando o cheiro rançoso do capacho surrado antes de se erguer.

Que humilhação. Mas que sorte que nenhum outro funcionário da Wagner tinha presenciado sua queda ou a ouvido xingar tão alto.

A não ser...

Nella girou rapidamente. Verificou se havia algum estranho suspeito, carregando ou não maços de folhas. Nenhuma alma à vista, exceto India no balcão da recepção.

Ela avançou para os elevadores, vasculhando ofegante por seu crachá de identificação, pronta para explicar por que estava no trabalho tão cedo. No entanto, ao se aproximar, a cabeça de India não se ergueu como de costume.

— India. Oi. Como vão as coisas? Aproveitou o resto do seu aniversário ontem?

India ergueu os olhos da revista que estava lendo. Pareceu espantada pela intromissão. Talvez até um pouco confusa.

— Ah. Oi, Nella — disse, com um ar de indiferença. — O que você disse?

— Eu... eu só perguntei se aproveitou seu aniversário.

— Ah. Sim, aproveitei sim. Obrigada.

Ela tornou a se concentrar na revista.

Nella sentiu um aperto na garganta. *Só isso?*, pensou, ao entrar no elevador e apertar o treze. As portas de metal se fecharam com uma velocidade aflitivamente lenta, dando-lhe a oportunidade de lançar um último olhar demorado para a mulher que a cumprimentara com tamanha frieza.

Nella viu os andares surgirem e sumirem diante de si enquanto remoía sem parar o cumprimento frio de India. Algo havia mudado; a forma como India tinha olhado para ela combinava com a forma com que olhava para a maioria dos colegas brancos de Nella.

Hazel *havia* passado mais tempo conversando com India em um período de três semanas do que Nella nos últimos dois anos. Seria possível que a gentileza de Hazel tivesse feito India colocar Nella junto com o restante das pessoas? Será que India e Hazel tinham criado essa história do bilhete juntas a fim de pregar uma peça de mau gosto? India *efetivamente* tinha muitas conexões no prédio. Conhecia todas as entradas escondidas... e provavelmente tinha acesso a um número ilimitado de envelopes e canetas roxas.

Mas por quê?

Nella expirou, depois inspirou. Não. *Não*. Ela *com certeza* estava imaginando coisas. Seu nervosismo por causa daquele bilhete assustador ainda estava deturpando sua percepção do mundo. *India estava bem. Você chegou no escritório antes de todo mundo, e ela simplesmente não esperava ter que fazer todo aquele cumprimento exagerado tão cedo. Como você se sentiria se tivesse que sorrir para mil pessoas por dia?*

Esse raciocínio lógico só acompanhou Nella por alguns andares. Ela o ficou remoendo e, no momento em que as portas se abriram no décimo terceiro andar, as palavras "Ah. Oi, Nella" tinham se desviado para "Saia da Wagner", e tudo ficou girando maliciosa e interminavelmente em sua cabeça, um aviso de algo que ela não sabia definir.

Nella esquadrinhou cada mesa vazia no caminho até sua baia. Estava contente de se ver livre do confinamento do elevador, mas não podia dizer que estava feliz por voltar ao escritório. Era o que ela achava que desejava: voltar à cena do crime; explorar o local sem a interferência de ninguém. Mas tudo na Wagner parecia diferente agora. A iluminação brilhante típica de hospital parecia mais clínica do que nunca. E o ar-condicionado aparentemente não estava ligado.

Ela largou suas coisas na cadeira e ligou o computador antes de se esgueirar furtivamente para a baia de Hazel, espantada com o que viu. Nella nunca tinha reparado como a mesa de sua vizinha era limpa e organizada. Tudo no seu devido lugar. À esquerda do teclado havia duas pilhas de papéis: uma rotulada *Para Fazer*; a outra, *Checar com a Maisy.*

O material de escritório de Hazel estava todo alinhado no fundo da divisória, potes com elásticos e tachinhas de um lado, caixas de grampos e clipes do outro. E, no canto, havia um pote de vidro com marcadores, lápis e canetas.

Canetas pretas. Uma vermelha. Duas azuis. E nenhuma roxa.

Temporariamente apaziguada, Nella retornou à sua baia, sentou-se e fechou os olhos. Em vez de escuridão, viu as interações do dia anterior. Gente. Todas as pessoas com quem ela teve contato a trataram bem: a equipe de produção, os assessores de imprensa, os outros assistentes. E Hazel, que fora mais amigável do que nunca com Nella. Enviando GIFs e um link para uma meca de cabelo crespo descolada no Brooklyn. Tentando distraí-la da implicância de Vera.

Pensando bem, a única pessoa no escritório que teve algum tipo de problema com Nella foi Vera. Meu Deus, como ela andava implacável. Injusta. Tudo porque Nella havia sido franca a respeito de Shartricia, e tinha chegado absurdamente atrasada ao trabalho *uma* vez... isso não fazia dela uma assistente ruim. Ela sabia como era um assistente ruim. *Acredite*. Só era preciso dar uma olhada em volta quando os editores saíam para almoçar. Os outros assistentes ficavam desatentos facilmente. Desmotivados. Negligentes.

Negligentes.

De repente, Nella arregalou os olhos, ainda mais do que horas antes, na cama. Ela havia esquecido uma coisa. Não uma pista sobre a origem do bilhete, mas uma tarefa para Vera: ajustar a versão on-line de um texto de forma a ser acessível para um público mais jovem. Talvez *essa* fosse a razão real pela qual ela havia se sentido atraída para o trabalho tão cedo. Não seria a primeira vez que seu subconsciente estava mais ligado do que ela.

Renovada, Nella bateu os dedos impacientemente na mesa enquanto procurava o arquivo original em Word no computador e clicava em "Imprimir". A impressora, que ficava no outro lado, cuspiu a página imediatamente. Nella deu uma olhada na máquina, pega de surpresa. Em geral, na primeira impressão da manhã, a máquina levava perto de noventa segundos para aquecer e sair do modo de repouso.

Ela agarrou a folha e se arrastou de volta para sua mesa. Só depois de ter chegado perto da cadeira foi que percebeu que tinha duas folhas na mão, não apenas uma. Colocou sua folha sobre a cadeira e voltou até a impressora para deixar a outra lá, à espera do verdadeiro dono.

Era comum fazer isso. Nella preferia esse método a tentar descobrir quem tinha pedido a impressão, lendo o conteúdo da página ou fazendo o que Bridget sempre fazia, que era circular pelo escritório e balançar a folha no alto como se fosse uma calcinha perdida.

No entanto, sozinha no escritório vazio, Nella quebrou a etiqueta e deu uma espiada descarada na folha que pegara por acaso. O que viu fez com que ela parasse no meio do caminho.

Era uma lista. Na verdade, uma planilha. Parecia oficial, como se tivesse sido elaborada usando o software que os editores da Wagner usavam para organizar os livros em que estavam trabalhando, só que os títulos na coluna da esquerda não eram títulos de livros.

Aaliyah H.
Ayanna P.
Camille P.
Ebonee J.
Jada A.
Jazmin S.
Kiara T.
Nia W.

Nomes. E ao lado dos nomes, na coluna do meio, havia dados. Em seguida, na coluna da direita, havia uma lista de cidades. Bem, basicamente uma cidade: Nova York, Nova York, Nova York, de cima a baixo. Apenas Camille P., de Missoula, ousava quebrar o padrão.

Nella deu mais uma olhada na lista. Que se dane Missoula; esses nomes *tinham* que ser de mulheres negras.

Que bizarro.

E então, subitamente esperançosa enquanto devolvia a folha de volta à impressora, pensou: *poderia ser uma lista de candidatas a contratação?*

Ela se levantou na ponta dos pés e confirmou que a luz do escritório de Richard estava realmente acesa.

— O que você está *fazendo*, Nella?

Nella levou um susto ao ouvir seu nome. Ela esperava ter o escritório só para si por pelo menos mais uma hora e meia.

— Olá? Quem está aí?

O som de um gargalhada ecoou a partir de sua mesa.

— Quem você acha que é? — perguntou a voz. — Sou eu!

Nella conhecia aquela voz. Ela voltou para sua baia e encontrou C. J. de pé perto de sua cadeira, o rosto alargado com um sorriso irônico de satisfação, os braços cruzados na frente do uniforme superapertado de responsável pela correspondência da Wagner, uma camisa social azul-marinho de manga curta. Não muito depois de ela ter começado a trabalhar lá, talvez em sua terceira ou quarta semana, ele havia lhe contado, em seu sotaque forte e meloso, como certa vez cometera o erro de colocar a camisa na secadora por tempo demais. A roupa tinha encolhido a um terço do tamanho original; "mais cinco minutos e teria virado um cropped", dissera ele, rindo. Quando ela perguntou por que ele não a tinha substituído, C. J. respondeu que isso lhe custaria mais de cinquenta dólares.

Depois disso, viraram amigos.

— Porra, Ceej, você me deu o *maior susto*. — Nella cutucou o ombro dele, embora tivesse ficado tão contente de vê-lo que seria capaz de chorar. Se tinha certeza de alguma coisa, era que C. J. não era o responsável pelo bilhete. — Estou tão feliz de te ver.

C. J. ergueu as sobrancelhas. Pelo visto, ele também reparou que ela estava prestes a chorar.

— Eu devia operar mais vezes. Foram, tipo, o quê... seis semanas? E você já tinha se esquecido de mim? — Sua risada vigorosa reverberou pelas paredes vazias e no íntimo de Nella, preenchendo-a como um pote de cozido em um dia de inverno.

— Não me esqueci de você — rebateu Nella, sentindo vontade de abraçá-lo para provar. Em vez disso, sentou-se em seu lugar. Não queria passar uma falsa impressão para C. J. Apesar de ele ter se desculpado pela mensagem embaraçosa que havia lhe enviado no Instagram alguns meses antes, quando estava bêbado, e de aparentemente eles terem superado isso, Nella achava melhor manter o relacionamento dos dois em um patamar inocente, mas autêntico. — Como está o joelho? — perguntou ela.

— Ah, você sabe. Vai indo. Dói pra caramba, mas estou aqui.

— Você não quis tirar mais um tempo de licença?

— Não posso. A gente só fica o tempo necessário, sabe?

Nella assentiu, embora ambos soubessem que "a gente" não a incluía, porque C. J. e o restante da equipe da correspondência tinham menos tempo de licença remunerada do que os outros funcionários. A situação de Nella e C. J. fora do trabalho também era bastante diferente. C. J. morava com a irmã e o sobrinho em Ocean Hill e ajudava no sustento dos dois, em parte com o salário na Wagner e em parte com um emprego de fim de semana. Ela não se lembrava especificamente de que boate ele era segurança, mas tinha uma vaga noção de que era perto de onde morava, em Hell's Kitchen ou talvez ainda mais pra região da Columbia. E fazia sentido. Nas manhãs de segunda-feira, se prestasse atenção, Nella podia vê-lo dar uma parada, nos intervalos entre a distribuição de encomendas, e recostar contra o caixote de correio para descansar um pouco.

Nella não tinha certeza de como, aos vinte e dois anos, ele conseguia dar conta de tudo: o deslocamento de e para o trabalho; os dois empregos; sustentar a família, que, apesar de sua, não era *sua* responsabilidade, pelo menos não de acordo com as regras privilegiadas de Nella. No entanto, de algum modo, ele dava conta. Em geral, com um sorriso.

Nella espiou o joelho de C. J., desconfiada.

— Você podia *pelo menos* ter voltado um pouco mais tarde, sabe — disse ela, em voz baixa.

— Rá! Sherry me mandou uma mensagem dizendo que o cara que ficou no meu lugar estava fazendo um trabalho de merda. Estou encontrando correspondência pós-marcada de mais de uma semana atrás que ainda não foi entregue. Não é nada bom. É tipo, como é que alguém consegue mandar mal num serviço desses? Entende o que estou dizendo? É tão fácil, meu Deus.

Nella pensou no carteiro velho e esquelético que veio da firma de software do andar debaixo para substituir C. J. Ela deu uma risada ao se lembrar de como ele tinha trombado em Maisy por acidente com o carrinho durante sua primeira semana de trabalho temporário na Wagner, de como Nella — dentre todos os seus colegas — foi a única cuja correspondência nunca se perdeu.

— Tentei ajudar seu substituto o máximo possível quando ele assumiu, mas coitado... ele simplesmente não conseguia acertar. Acho que ele ficou assoberbado com o tanto de encomendas que vêm para cá.

— Sabe o que eu acho? — C. J. flexionou o bíceps esquerdo e o beijou. — Acho só que ele não era eu. Simples assim.

Nella riu.

— Acho que você tem razão.

— Então, como estão as coisas por aqui? Já conquistou o mundo? Já comprou o último best-seller?

— Olha... não. Mas, hum, uma coisa esquisita aconteceu ontem. Recebi um bilhete bem estranho.

— Um bilhete estranho?

— Exatamente.

— De quem?

— É isso que é esquisito. Eu não sei. Era anônimo. Mas estava em um envelope com o meu nome, e o bilhete dizia: "Saia da Wagner. Agora."

— Puta merda! Você está zoando comigo.

— Bem que eu queria, porque fiquei mesmo apavorada. É por isso que cheguei aqui tão cedo.

— Para quê? Para lutar sozinha contra a pessoa que deixou o bilhete? — brincou C. J., mas a leveza do humor que ele procurou imprimir às palavras não chegou a atingir seus olhos. Ele parecia genuinamente preocupado, fazendo Nella se lembrar *por que* ela tinha chegado tão cedo ao trabalho: para procurar pistas que talvez houvesse deixado escapar na noite anterior. Para encontrar uma prova irrefutável na mesa de Hazel: aquela maldita caneta roxa.

No entanto, por mais que confiasse em C. J., ainda não estava pronta para lhe contar essa parte; assim, deu de ombros.

— Não sei o que achei que faria, Ceej. Não sei.

C. J. assentiu.

— Você já pensou de verdade se tem alguém aqui que está tentando te sacanear?

— Já. Mas por que alguém começaria agora, depois de dois anos? A hora de fazer isso seria quando vim trabalhar aqui, se acharmos que foi algum tipo de supremacista branco. Ou quando eu estava tentando começar aquela história de diversidade um tempão atrás.

— Mas nesta época do verão em geral são só vocês que ficam no escritório, não? Os assistentes? Então, se *for* alguém que trabalha aqui, isso significa...

C. J. foi baixando a voz. Contudo, ele ainda lançava aquele olhar preocupado e assustado para Nella, que estava começando a desejar não ter dito nada sobre o assunto — não para ele. Não antes de se recuperar de sua ressaca, não antes de produzir uma narrativa plausível com a qual *ela* se sentisse confortável.

— Não sei por que você está tão tranquila com isso — disse ele, por fim. — Não é o tipo de coisa que você pode simplesmente ignorar e aí ela some. Contou essa história para alguém daqui?

— Ainda não. Foi ontem à noite, depois que quase todo mundo já tinha ido embora.

— Quase todo mundo?

— Donald ainda estava aqui. Pelo que pude perceber, só ele.

— Ah, o Walk-man — disse C. J. Nella praticamente conseguiu ler os pensamentos do rapaz, enquanto ele avaliava o assistente de Richard da mesma forma como ela fizera doze horas antes. — E esse bilhete veio pelo correio?

— Não — Nella balançou a cabeça. — Alguém deixou na minha mesa em algum momento.

— Qualquer pessoa podia ter feito isso. Droga. Talvez seja bom você conversar com a Natalie sobre o assunto. Ela é tranquila, de verdade.

— É. Se eu receber outro, vou fazer isso. Mas acho que, por enquanto, vou simplesmente ignorar. Tem muita coisa acontecendo ao mesmo tempo. — Nella fez uma pausa. Pensou em contar sobre a história de Colin, mas a testa franzida de C. J. lhe indicou que provavelmente não seria uma boa ideia.

— Me avise se precisar de qualquer coisa, ok? Ainda não apartei nenhuma briga em um escritório aqui no centro, mas não me importo de estar presente quando os grampeadores começarem a voar.

Nella deu uma risada enquanto ele se afastava lentamente, dando alguns socos no ar acima da cabeça.

— Obrigada, Ceej.

— De nada. Foi bom te ver, Nella.

— Também. Na verdade, espere! Esqueci uma coisa. — Quando C. J. reapareceu, Nella apontou a mesa vazia de Hazel. — Talvez uma notícia mais importante: uma garota negra começou a trabalhar aqui algumas semanas atrás!

Os olhos de C. J. se iluminaram em sinal de reconhecimento.

— Ah, é! Acabei de conhecer a garota, inclusive. Ela parece bem legal.

— Acabou de conhecer? Quer dizer... hoje?

— Foi, ela está perambulando por aqui em algum lugar. Topei com ela na sala de cópias. — Ele fez um gesto em direção à baia de Hazel. — Engraçado que vocês duas acabaram juntas, né? É como se a gente sempre arranjasse um jeito de encontrar os nossos. Não importa onde a gente estiver.

Nella olhou de novo para a baia de Hazel, sem palavras. Ela teve que se inclinar para perceber, mas, sim, lá estava a bolsa de Hazel, enfiada cuidadosamente embaixo da mesa como a bagagem em um voo. Era fácil não notar, a não ser que você estivesse prestando atenção. O que não era difícil de notar, em geral, era aquele cheiro doce que Hazel sempre carregava consigo, se bem que, agora que pensava no assunto, Nella não conseguia se lembrar da última vez que sentira aquele cheiro. Provavelmente porque tinha se acostumado.

— Não reparei que ela já tinha chegado.

— E ainda dizem que a gente não trabalha pesado. Olha isso, tanto você quanto ela já estão no trabalho e mal amanheceu.

Era um elogio, mas Nella estava ocupada demais de luto pelo tempo que esperava passar sozinha em sua mesa para agradecer.

— Por que será que ela chegou tão cedo?

— Ela falou alguma coisa sobre avançar em um manuscrito que ela tem que ler? Ou editar? Não me lembro.

— Hum. Não tenho certeza do que ela teria para "avançar" em termos de edição. Ela acabou de começar a trabalhar aqui, tipo, umas duas semanas atrás. — *E nem* eu *estou editando ainda*, acrescentou, apenas para si mesma.

Nella havia tentado manter o tom o mais neutro possível, mas o acentuado dar de ombros de C. J. sugeriu que não tinha dado muito certo.

— Não tenho ideia de como funciona aqui. Só faço as encomendas se movimentarem. Mas tenho que admitir que parece que ela é tão esforçada quanto você.

— Bom, sabe como é: temos que trabalhar duas vezes mais que os outros para conseguir o que queremos.

No minuto em que o mantra saiu de sua boca, Nella percebeu que era muitíssimo mais verdadeiro em relação a C. J. do que a ela própria. Nella, cuja mãe havia coberto metade dos empréstimos que fizera para pagar seus estudos; Nella, que não tinha nenhum sobrinho para ajudar no dever de matemática quando chegava em casa depois de um longo dia de trabalho.

C. J. simplesmente assentiu e começou a se afastar, dessa vez com um pouco mais de determinação. Ao fazer uma curva, sua voz se ergueu mais uma vez:

— Ei, sabe, a Hazel chegou aqui lá pelas seis da manhã. Ela pode estar trabalhando *três* vezes mais. Melhor tomar cuidado.

Nella se endireitou na cadeira. Não sabia ao certo se realmente ouvira aquelas palavras, ou se as imaginara.

— Hã? Tomar cuidado com o quê?

As pernas compridas de C. J., porém, já o tinham levado pela curva e o feito descer o corredor, deixando-a aflitivamente sozinha com os próprios pensamentos.

Onde ela estava?

Nella deu uma espiada no outro lado do corredor mais uma vez, deixando os olhos descansarem no cartão afixado no exterior da baia de Hazel. O nome de Hazel, impresso em uma despretensiosa fonte Arial tamanho quatorze, de frente para seu próprio nome, em uma espécie de tênue contraste. Nella encarou as letras em negrito por um bom tempo, tempo suficiente para se transformarem em um bloco preto grosso e indistinguível. Depois fechou os olhos de novo, inspirou de forma longa e irregular e expirou. Sentia-se ainda mais confusa do que quando deixara o escritório na noite anterior. Não gostava de como "Melhor tomar cuidado" ainda ressoava em seus ouvidos — não muito diferente de "Ah. Oi, Nella", e muito parecido com "Saia da Wagner. Agora" —, e gostava *menos ainda* da importância que C. J. tinha dado ao bilhete. Talvez ele tivesse razão.

E ele não tinha razão sobre Hazel, também? Tinham lhe designado o lugar que deveria ocupar mesmo, claro: logo ao lado da sala de Maisy, que por acaso era no canto do escritório em que Nella ficava. *Ainda assim... era* engraçado. Engraçado que, de todos os editores que poderiam contratar uma assistente negra, tivesse sido Maisy a fazer isso, em vez de outro funcionário de cargo mais alto que trabalhasse no lado oposto do escritório, onde as coisas certamente poderiam ficar mais interessantes. Era como se algum tipo de providência, na forma de uma funcionária do RH de pouco mais de um metro e meio chamada Natalie, tivesse pinçado Hazel e a acomodado ali, justo ao lado de...

— Oi, Nell! Grandes mentes pensam igual, hein?

Eram palavras que nenhum funcionário que chega cedo desesperado por um pouco de privacidade deseja ouvir de outro funcionário, principalmente quando o outro funcionário soa tão animado quanto Hazel.

— Ah... oi, Hazel. Também acordou cedo hoje, hein?

— Foi, meus olhos abriram às cinco horas e não consegui dormir mais. Você sabe.

Nella de fato sabia, mas, verdade seja dita, os motivos para ela ter acordado cedo eram provavelmente muito diferentes dos de Hazel. Assim como a rotina matinal das duas. Enquanto, no metrô, Nella reparou em uma crosta de baba no queixo e a limpou com o dedo, dando-se conta de que não tinha se olhado com muita atenção no espelho, Hazel, o rosto descansado e mostrando animação, tinha encontrado tempo para passar rímel, delineador e brilho coral nos lábios.

— Então — disse ela, mudando a imensa pilha de papéis em suas mãos de um ombro para o outro —, o que você está fazendo aqui tão cedo?

— Também não conseguia dormir. Eu tinha muita coisa para fazer e não consegui terminar ontem à noite, então... achei melhor aparecer logo cedo.

As palavras que configuravam sua mentira saíram aos trambolhões de sua boca, como passageiros irritados saindo de um lentíssimo trem na hora do rush.

— Doido como isso aconteceu com nós duas! — disse Hazel, aproximando-se mais um pouco da baia de Nella. — Talvez seja alguma coisa no ar.

— Talvez. Um sistema de baixa pressão ou coisa assim. — Nella agitou os dedos.

— É. Falando de pressão... — Hazel riu, nervosa. — Posso fazer uma pergunta idiota? Meu Deus, não sei se *algum dia* vou parar de fazer perguntas idiotas...

— Ai, não. Tudo bem — disse Nella, cedendo só um pouquinho. — O que é?

— Tem esse manuscrito que eu tenho que analisar e dar, tipo... "comentários editoriais". Acho que sei bem o que é isso e como fazer... afinal, foi parte do meu processo de entrevista, né, caramba! Mas disso você sabe. Só que estou meio preocupada de estragar tudo.

Nella relaxou.

— Não é uma pergunta idiota! Posso te mandar um e-mail com uma amostra do que envio para Vera quando ela me pede que eu leia alguma coisa. Se bem que talvez seja mais útil você dar uma olhada naquele guia de orientação da Maisy, já que tenho certeza de que Maisy e Vera têm estilos editoriais radicalmente diferentes.

— Na verdade, tudo o que você me mandar deve servir. O trabalho é para a Vera, não para a Maisy.

Nella sentiu a voz presa na garganta.

— Vera?

— Vera me mandou um livro que ela queria que eu lesse. Ela queria minha opinião sobre ele.

Nella ficou paralisada. Ela ainda não estava compreendendo 100% o que Hazel tentava lhe contar. Depois de um instante, disse:

— *Por favor*, não me diga que é o livro do Colin Franklin.

— Ah, não, não, não, graças a Deus. — Hazel riu. — Não, é outro livro, *A mentira*. Você já leu, né?

Nella franziu a testa.

— Não. O que é? — perguntou, tentando, em vão, se lembrar de alguma obra com aquele título que tivesse entrado em sua caixa de e-mail nos últimos dias.

— Ah, desculpe... pensei que você já tivesse começado a ler. É o último livro da Leslie Howard. É uma das autoras da Vera, não é?

— Sim, é sim. A Vera ainda... ainda não me mandou uma cópia.

— Estranho. Talvez ela tenha visto como você ficou abalada com toda a história do Colin...

— Quando ela te mandou? — interrompeu Nella, uma linha de suor começando a se formar ao longo do seu cabelo. Ela a secou com a mão.

Hazel pareceu preocupada.

— Ontem à noite. Topei com ela no fim do dia, e lembrei que você me disse que é bom perguntar aos outros editores o que eles estavam lendo, conhecer o gosto deles, esse tipo de coisa. Foi o que eu fiz. Então, ela se ofereceu para me mandar um livro que ela tinha recebido ontem de tarde. Imaginei que ia mandar hoje, mas ela enviou às onze da noite. A Vera é uma daquelas editoras que trabalham vinte e quatro horas por dia *e* nas férias? Se for, sinto pena dos filhos dela.

Nella ignorou a parte do monólogo de Hazel em que ela se preocupava com os filhos de Vera, que não existiam, e mirou especificamente na primeira parte. "Ontem de tarde" podia significar qualquer coisa e, se Vera tivesse ficado trancada em reuniões o dia inteiro, o que não era nada atípico no caso dela, Nella poderia ver esse deslize como totalmente insignificante. Porém, ela havia encontrado Vera diversas vezes, haviam passado pelo menos uma hora juntas, se somasse todo o tempo, antes de ela sair do trabalho.

— Nella? — Hazel tamborilou na parede da baia com a unha do dedinho. — Você está bem?

— Hum? Estou. Só acho que ela se esqueceu de me mandar esse livro. — Nella desviou o olhar de Hazel e mexeu o mouse para acordar o computador. Quando a tela voltou a se acender, encontrou forças para encarar Hazel mais uma vez e viu que ela estava olhando fixamente para longe, um olhar distante e indiscernível. Após um segundo ou dois, Hazel tornou a olhar para Nella.

— Desculpe. Eu estava só pensando... ela envia para você *tudo* o que recebe dos autores dela?

— Envia.

— Bom... a primeira coisa que consigo pensar é... posso estar errada, mas não consigo deixar de pensar que ela ainda está guardando rancor em relação a você por causa do Colin.

— Isso também passou pela minha cabeça, mas...

— E talvez nem seja um rancor *consciente*. Certo? Isso poderia explicar por que ela não enviou esse livro para você. Ela ainda está sentida e nem percebeu...

— Não chequei meu e-mail desde que saí do trabalho ontem. Aposto que está lá e simplesmente não vi ainda.

Outra mentira. Na verdade, Nella checava seu e-mail compulsivamente. Ela *tinha, sim,* olhado o e-mail a caminho de casa, depois de sair do McKinley's, por volta da meia-noite, só para ver se a pessoa que deixara o bilhete também tinha entrado em contato com ela por e-mail.

— Entendi. Nesse caso, tenho *certeza* de que está aí! Eu não me preocuparia com isso.

— *Eu?* Ah... não estou preocupada.

Nella não teve intenção de que sua voz traísse certa emoção, principalmente quando Hazel estava se mostrando tão esperançosa e tranquilizadora. No entanto, ela não se sentia pronta para pedir desculpas. Não agora, e não quando se passaram quarenta e cinco minutos sem que sua vizinha de baia falasse mais alguma coisa.

Àquela altura, o ar-condicionado já estava ligado e outros funcionários da Wagner finalmente começavam a aparecer, sozinhos ou em duplas, balançando copos de café, resmungando sobre atrasos nos trens e perguntando se você já tinha visto a resenha mais recente deste ou daquele livro. Portas de salas que ficaram fechadas por dezesseis horas se abriram rangendo; telefones gemiam por atenção; o som do baixo de

"Stand Back", a música matinal favorita de Bridget, podia ser ouvido a qualquer distância. O andar parecia mais vivo e muito menos ameaçador do que quando Nella chegou.

Vera entrou devagar, no seu horário normal, a capa de chuva azul-clara salpicada de gotas d'água, o capuz ainda puxado sobre o cabelo.

— Ah, ótimo, você chegou antes de mim! — exclamou ela, olhando com tanto espanto que Nella ficou pensando se tinha deixado de limpar outra mancha de baba no rosto.

Nella, no entanto, não deixou o cumprimento questionável afetá-la.

— Bom dia, Ver. Está chovendo agora? Parecia mesmo que ia chover umas horas atrás.

— Está chovendo tem uma hora ou coisa parecida, acho. O negócio está bem ruim lá fora.

— Nossa. Que péssimo. Ah, aliás... Gretchen telefonou hoje, lá pelas oito horas.

Vera parou diante da porta de sua sala.

— Meu Deus. Tão cedo! O que pode ser tão importante para uma agente ter que telefonar *tão* cedo?

— Ela telefonou para perguntar sobre o pagamento combinado pelo...

— Pelo amor de Deus, nós *acabamos* de comprar esse livro, *na semana passada*. Será que ela não tem mais nada com que se preocupar? Como, por exemplo, as razões que explicam por que o livro do Mickey não está vendendo entre as pessoas na faixa entre quarenta e cinquenta anos? — Fazendo um gesto floreado de desdém com a mão, girou a maçaneta de sua sala. — Esses agentes! Eu juro. Sei que foi de boa intenção, mas você *sabe* que não precisa atender o telefone tão cedo assim. Da próxima vez, simplesmente ignore, ok?

— Pode deixar — gritou Nella, embora sua chefe já estivesse dentro da sala e, portanto, fora do alcance de sua voz.

Ela deu uma risadinha contra sua vontade. Agora, *essa* era a Vera que ela conhecia e amava. Talvez a relação delas não estivesse arruinada, e Vera estivesse tentando deixar Nella livre para algum outro grande projeto.

Satisfeita e até um pouco aliviada, Nella caminhou até a copa e preparou seu segundo café do dia. Enquanto escutava a cafeteira gorgolejar e chiar, pensou sobre as várias maneiras como poderia casualmente perguntar a Vera sobre o novo livro de Leslie Howard. Poderia entrar nesse assunto da próxima vez que se encontrassem, na tradicional reunião de quinze minutos de toda manhã, casualmente, como se fosse algo que ela estivesse preocupada de que a chefe tivesse se esquecido. Ou poderia jogar um verde e perguntar a Vera se havia algum livro que ela estava lendo que Nella devesse "colocar na frente da fila".

Tinha decidido pela segunda estratégia quando saiu da copa, determinada a dar uma parada na porta de Vera para perguntar se era uma boa hora para sua conversa matinal de atualização. Porém, quando passou pela sala de Kimberly, depois pela de Maisy, algo a deteve. Esse algo era Hazel, que se levantara da própria mesa, bloco na mão, determinação evidente em seus ombros aprumados.

Ela traçava uma linha reta em direção à sala de Vera.

No entanto, antes de oficialmente entrar na sala, Hazel fez uma pausa e olhou direto para Nella, que esperava algum gesto do tipo *O que posso fazer? Ela me chamou!*, algum tipo de desculpa.

Não houve nada do tipo. Apenas um olhar duro e frio. E, com isso, Hazel precipitou-se para a sala de Vera, o bloco mantido no alto como um buquê de noiva que tinha acabado de pegar.

— Vera! *Mulher*. Este livro da Leslie Howard! *Tão*. Bom. Mal posso esperar para você ler.

Enquanto isso, com a cabeça tão baixa quanto a de uma madrinha derrotada, Nella se arrastou para cobrir os centímetros restantes até sua mesa.

— Tem certeza de que não estou interrompendo seu trabalho? — ouviu Hazel dizer, as palavras repletas de uma modéstia estudada. — Eu adoraria conversar com você por alguns minutos.

Nella sentou-se, deprimida. Ouviu um animado *entre* por parte de Vera, em alto e bom som. Ouviu seu tom ansioso e animado, um tom que sua chefe não usava ao se dirigir a ela havia um bom tempo.

E então — finalmente — ouviu o som de uma porta se fechando.

Shani

14 de agosto de 2018
Café Rise & Grind
Midtown, Nova York

Não a reconheci a princípio. Geralmente, em dias como aquele — dias em que eu ficava imaginando como diabos eu passara de trabalhar na *Cooper's*, uma das revistas mais respeitadas do ramo, para varrer canudos de papel em um café em Midtown —, o som da porta da frente não significava nada para mim. A porta chiava para abrir e chiava para fechar; alguns minutos mais tarde, aconteceria de novo. O resultado era sempre o mesmo: um sorriso; um aceno. *Vocês têm wi-fi? Qual é a senha do banheiro? Aceitam cartão?*

O dia havia começado assim. Distraída, olhei para a mulher uma vez — o cabelo incrível; a túnica de gola alta; as vistosas argolas de ouro —, presumi que se tratava de mais uma millennial de Nova York se dando muito melhor na vida do que eu e baixei o olhar.

O que posso dizer? Ela parecia fazer parte dali. E eu tinha certeza quase absoluta de que continuaria assim, não fosse por sua voz, um pouco rouca demais, um pouco sedutora demais com Christopher, meu chefe de vinte e dois anos de idade. Não reconheci o cabelo, mas reconheci o modo como ela o jogou para trás, tão longe que quase quebrou o pescoço. Reconheci o modo como deu uma risada e fingiu não saber a diferença entre um latte e um café gelado, ainda que eu a tivesse ouvido comentar toda entusiasmada a respeito de seu vasto conhecimento sobre café com todos os figurões da revista.

Praticamente deixei a vassoura cair. Sim, a garota parecia mais uma mulher do mundo do que na última vez em que a vira em Boston: mais Zara agora do que o estilo J.Jill de então.

Mas era ela, sem sombra de dúvida.

Meu primeiro instinto foi ir até lá e bater nela com a vassoura. Qualquer pessoa que fizesse o que ela fez merecia levar uma vassourada de uma garota em um café em Midtown.

Mas eu me contive. Mesmo depois do que aconteceu em Boston, eu ainda tinha *algum* orgulho. E também tinha uma nova informação: ela era frustrantemente esperta, com um senso de oportunidade ardiloso. Se eu não quisesse ser passada para trás nessa nova cidade, sabia que teria que estar sempre três passos à frente. Em Boston, meu maior erro foi ficar três passos atrás.

O que foi que Lynn tinha me dito na Linha Vermelha? *Eu vi vocês duas ontem à noite, sabe.* Algo do gênero. Claro que a ignorei. No início. Mas ela não parou ali.

— Sei que você não me conhece. Mas só quero te dizer que você está ferrada.

Eu tinha dado uma espiada nela, só um pouquinho, o tempo necessário para confirmar se de fato alguém estava falando comigo, porque ela ainda não era "Lynn" para mim, apenas uma estranha esquisita interrompendo meu trajeto naquela manhã. E quando vi que era aquela mulher negra que meio que se parecia com a minha tia Krystal (quer dizer, se a tia Krystal fosse corajosa o suficiente para usar um piercing no septo), pedi que repetisse o que havia acabado de falar, em vez de lhe avisar para me deixar em paz.

— Eu disse que vi vocês duas ontem à noite. No Pepper's.

— Como você sabe que eu estava no Pepper's?

— E pelo que escutei sem querer — continuou ela, ignorando minha pergunta —, olha... as coisas não parecem boas para o seu lado.

Ao ouvir isso, dobrei a *New Yorker* na página da matéria que eu estava lendo e disse a primeira coisa que me veio à mente.

— Desculpe — falei, depois de achar ter coletado o máximo de pistas para tirar uma conclusão razoável —, mas não estou entendendo. Vocês estão namorando ou coisa parecida? Porque ontem à noite não era nada disso. Nós duas estávamos só batendo papo, bebendo alguma coisa. Trabalhamos no mesmo lugar.

Lynn tinha me encarado por um instante. Depois, ela rira, uma gargalhada alta e longa, que chamou a atenção de metade dos passageiros próximos. Aproveitei esse tempo para efetivamente examiná-la de alto a baixo, avaliando seu turbante preto e os óculos escuros que cobriam qualquer expressão discernível.

Agora eu diria que estava procurando por uma espécie de confirmação de que ela era louca, apesar de inofensiva. Na época, porém, eu também estava procurando algum indício de que se tratava de uma mulher desprezada.

— Quem é você? — perguntei afinal. — O que quer de mim?

— Quero que você venha se juntar a nós.

— Nós? — Olhei para o velho de expressão amarga que descascava um ovo no assento logo atrás dela. — Ele também faz parte do seu grupo? Ou a senhora tem mais alguns amigos imaginários convenientes que eu desconheço aqui neste trem?

Ela não tinha achado graça. Só tinha balançado a cabeça.

— Você estragou tudo, garota. Falou demais.

Foi então que ela começou a remexer dentro de sua bolsinha de couro marrom. Foi uma grande cena, ou pelo menos deve ter parecido assim, pois um rapaz branco de uns vinte e poucos anos, que estava próximo e por acaso também segurava a mesma edição da *New Yorker* que eu, parou para prestar atenção. Ensaiei um sorriso para ele, em solidariedade, mas, antes que meus lábios completassem o movimento, a mulher misteriosa pigarreou, evidentemente insatisfeita. E quando a fitei de novo, ela franzia a testa olhando para o homem branco, ou pelo menos era o que parecia estar fazendo por trás dos óculos escuros.

Senti um pedaço de papel ser enfiado em minha mão antes de ouvi-la falar:

— Toma.

— Estou lisonjeada — disse, o rosto ficando corado —, mas não sou do tipo...

— Shani — ela havia falado, com voz firme. O som do meu nome na boca de uma estranha fez com que eu afrouxasse um pouco a mão que segurava tanto o pedaço de papel quanto a revista, e ambos caíram no chão imundo. — Você precisa entender a situação. *Não* estou tentando ferrar você, porra. Só estou tentando *ajudar*.

O trem parou devagar.

— Tenho que voltar para o Harlem hoje à noite. Mas mande uma mensagem para esse número depois que sair do trabalho. Você vai querer fazer isso depois de hoje. Pode acreditar.

Ela havia saltado antes que eu pudesse perguntar seu nome, não me deixando alternativa a não ser me abaixar, tatear em volta das botas Sperry que eu tinha comprado depois de descobrir como os invernos em Boston podem ser implacáveis, e recuperar o cartão manchado.

Lynn Johnson resiste, era o que estava escrito. O Google me contou menos ainda. E eu pretendia esquecer o incidente.

Mas a merda alcançou um outro nível no dia seguinte: o artigo circulou. Meu chefe *acabou* comigo na frente de *todo mundo*. Fui demitida na frente de *todo mundo*. E esse foi o fim para mim e a *Cooper's* e aquela história que penei tanto para concluir.

Mandei uma mensagem para Lynn na volta para casa, finalmente pronta para escutar. Não havia por que negar que ela sabia de algo que eu não sabia, e aceitei cada migalha que ela me ofereceu diretamente de Nova York: as listas, os gráficos, todos compilados por Lynn e o resto da Resistência nos últimos cinco anos, além da promessa de que me contaria mais quando eu fosse até lá. Uma passagem de ônibus que chegou com a promessa de uma cama em um apartamento de três quartos em Jackson Heights e uma entrevista para um emprego em um café abaixo da média em Manhattan, onde eu iria... limpar o chão.

Relaxei a mão no cabo da vassoura, que tinha ficado tremendamente quente na palma da minha mão, por causa do aperto firme e aflito. *Se algum dia você cruzar com uma OGN na vida real, misture-se*, Lynn tinha me dito. *Vai ser muito mais fácil para você saber onde ela está se ela não souber onde* você *está*.

Será que ela tinha me visto? Será que sabia que eu trabalhava neste café?

Rapidamente fui varrer um canto distante do salão, escutando enquanto ela tentava convencer Christopher de que o Maroon 5 havia de fato melhorado com o tempo. *Típico*. Lá em Boston, ela faria absolutamente qualquer coisa pelo John Mayer.

Essa lembrança me fez perder o controle. Puxei o celular do bolso traseiro e tirei uma foto da maneira mais descontraída que consegui. Quando vi que estava desfocada, tentei mais uma... depois outra, por via das dúvidas. Cutucando a onça, pode-se dizer, mas eu não me importava.

A terceira foto pareceu servir. Graças ao ângulo em que ela de repente inclinou a cabeça, flertando — ela sempre fora muito boa em encontrar o ângulo certo, tenho que admitir —, a luz do sol de fim de tarde que se infiltrava pelas janelas frontais sujas do Rise & Grind iluminou sua pele de um marrom profundo e suas maçãs salientes tão bem que Lynn definitivamente poderia comparar a foto com a que tinha guardada em seu arquivo.

Guardei o celular depressa e voltei a varrer. Mas não teve jeito. Minhas varridas amplas e espaçadas pelo chão de lajota vermelha faziam mais mal do que bem enquanto eu esperava, ansiosa pela resposta.

A mensagem chegou minutos mais tarde, depois de eu me encaminhar para o banheiro a fim de verificar quanto ainda havia de sabão.

Sim. É ela. É a Eva.

8

30 de agosto de 2018

Nella não conseguia tirar o olhar gélido de Hazel da cabeça.

Não era normal ela se sentir tão possessiva em relação à sua chefe. Nunca precisou ser. Nenhum dos outros assistentes teve qualquer motivo para bajular Vera.

— Vocês duas parecem combinar perfeitamente uma com a outra — Sophie lhe dissera certa vez, depois de aparecer de forma inesperada e ler uma troca de e-mails por cima do ombro de Nella. — As duas são perfeccionistas.

Como alguém que conhecia Nella tão pouco podia interpretá-la tão bem ia além da sua compreensão. Mas Sophie tinha razão: durante a maior parte de seu tempo juntas, ela e Vera haviam trabalhado mais como uma equipe do que qualquer outra dupla de editor-assistente da Wagner.

Então, aconteceu o problema com Colin.

Nella hesitou. Será que a lista de assistentes na impressora tinha a ver com isso? Seria uma lista de candidatas *para Vera*?

Ela ficou matutando sobre essa nova possibilidade, tentando captar qualquer fragmento de conversa que conseguisse entreouvir pela porta fechada da sala de Vera. Poderia ter ficado assim pelo resto da manhã, mas de repente se levantou, com um novo foco. Era óbvio o que Nella precisava fazer: falar com Richard. Claro, talvez ela tivesse dormido pouco, ou talvez não tivesse maneira de saber se a lista *era* realmente de candidatas em potencial; no entanto, algo entre ver aqueles nomes e ser excluída da sala de

Vera fez com que uma sensação de profundo desconforto se instalasse em seu íntimo. Uma sensação de que sua chefe ia mandá-la embora e colocar outra pessoa em seu lugar. Outra pessoa negra, nova e melhorada, para que ninguém pudesse dar um pio por ter se livrado de Nella.

Nella estava tão pronta para abrir mão do mercado editorial quanto estava do plano de saúde, das férias remuneradas e das folgas das sextas-feiras no verão. Ela não sairia tão fácil assim. Além do mais, como explicaria no Six Bar por que de repente queria cortar limões e secar tulipas de cerveja de novo?

Estava decidida. Começou a andar até a sala de Richard, apesar de nunca ter entrado lá sem ter sido convocada. Jamais. Na verdade, fazia dois anos que ela não tinha nenhum tipo de conversa particular com Richard, e mesmo aquela conversa mal podia ser chamada de espontânea. Depois de um novo contratado assinar toda a papelada, penar durante o treinamento e acompanhar outro assistente, ele "precisava" se encontrar com Richard Wagner para tomar um chá, antes do primeiro dia de trabalho oficial.

Praticamente nada na Wagner era uma exigência *de fato*. Tecnicamente, você podia usar uma camiseta com a frase "Estou Torcendo Pelos Negros", se quisesse, porque não havia nada no contrato definindo o código de vestimenta. Na Wagner existia um acordo tácito do que era uma conduta "profissional", e quando um ou outro estagiário tolo quebrava essa regra, os funcionários o advertiam com uma sobrancelha erguida ou um olhar frio e fulminante.

O chá com Richard também não estava em seu contrato. No entanto, como Nella teve a sorte de aprender com sua antecessora, Katie, recusar o convite não ajudaria em nada sua carreira.

Richard Wagner era uma espécie de enigma para qualquer pessoa que o conhecesse. Ele tinha tanto dinheiro que nem parecia. Era "editorial" ao máximo, no que importava — estava por dentro de todas as maiores tendências, ou pelo menos das que "interessavam". Dava festas tão exclusivas que os assistentes inventavam pretextos para fuçar as salas de seus chefes na esperança de encontrar um convite que tivesse sido deixado distraidamente em cima da mesa.

O que mais o destacava da maioria dos outros editores, contudo, era que Richard quase sempre estava no escritório. Raramente aproveitava as sextas de folga, e a última semana do verão era tão importante para ele quanto a primeira do outono.

Alguns imaginavam que isso se dava por ele ser o primeiro Wagner a se aventurar no ramo dos livros, em vez de enveredar pela política. Rezava a lenda que, quando Richard decidiu que não seria senador, na faculdade, seus pais fingiram que ele não existia durante cinco anos. Mais tarde, quando decidiu que queria abrir a própria editora, algumas celebridades literárias concordaram em ajudá-lo. Na época em que a Wagner finalmente abriu as portas, em 1972, a indústria toda se movimentou para acolhê-lo. Assim como seus pais.

Mais de quatro décadas depois, Richard era *o* Editor A Agradar. Uma única conversa marcava você para sempre aos olhos dele, e conversas particulares com ele eram poucas e espaçadas. Assim, tomar um chá com Richard não apenas fazia sentido — era completamente indiscutível.

— Se realmente quer ser editora — Katie havia dito a Nella —, você tem que ser estratégica.

Para começo de conversa, a estratégia foi o que havia levado Nella para a Wagner. Não era coincidência que ela tivesse se candidatado para trabalhar na editora que havia publicado seu livro favorito. Ela queria vagar pelas mesmas salas onde as duas mulheres que havia estudado com afinco na faculdade também tinham vagado. Queria se sentar à mesa onde Kendra Rae Phillips e Diana Gordon se sentavam quando conversavam sobre alterações.

Seu lado mórbido, porém, estava particularmente curioso sobre o que acontecera com Kendra Rae. Ela havia desaparecido do mapa no ano seguinte ao que *Coração em chamas* incendiou o país, depois de uma espécie de escândalo na mídia, e nunca mais se ouvira falar dela. Nella não havia tido muito sucesso em suas tentativas de entender os pormenores daquele desaparecimento, embora o Black Twitter tivesse fabricado algumas teorias razoavelmente plausíveis. Só que nenhuma delas se sustentava. E isso deixou Nella com uma pulga atrás da orelha: à medida que Diana Gordon lançava um livro atrás do outro, ano após ano, que fim tivera a mulher negra que fora sua editora? A mulher negra que, segundo os agradecimentos de Diana, tivera "uma influência inestimável no que Evie acabou se tornando"?

Naturalmente, essa pergunta voltou a martelar seu cérebro quando ela e Owen tomaram um trem juntos em direção a Midtown dois anos antes, no dia em que, como nova contratada da empresa, ela foi tomar chá com Richard. Owen se ofereceu para acompanhá-la até a sede da Wagner, abençoado seja, aproveitando para resolver alguns assuntos no centro da cidade enquanto ela bebericava uma xícara de chá com um dos homens mais influentes no meio editorial (de acordo com a *GQ*).

— Então, sei que já conversamos sobre isso, mas... por que você *não* quer perguntar a Richard se ele sabe o que Kendra Rae anda fazendo ultimamente? — indagou Owen, seus joelhos batendo contra os de Nella quando o trem parou na Prince, depois na Rua 8. — Talvez ele até mantenha contato com ela ainda, e podia apresentar vocês.

Nella balançou a cabeça.

— Seria falta de educação. Não posso chegar lá, arma em punho, perguntando se ele sabe o que aconteceu com Kendra Rae Phillips. Assim ele vai achar que sou algum tipo de *stalker* amadora.

— E não é? — perguntou ele. — Achei que você queria ser a próxima Kendra Rae. Por isso você só queria a Wagner.

Ela se irritou, deu para perceber. Ficaram sem trocar nenhuma palavra por alguns instantes, até que ele voltou a falar.

— Posso perguntar outra coisa agora?

— E tenho escolha? — questionou Nella, tentando soar como se estivesse brincando.

— Não. Por que você vai se encontrar com um editor velho e branco para tomar chá no escritório vazio em um domingo?

Nella deu de ombros.

— É só... uma coisa que tem que ser feita.

Owen a olhou enviesado.

— Amor, você tem que entender... é uma tradição.

Na época, as palavras soaram estranhas, um mero mantra que ela já tinha conseguido captar depois de aproximadamente três horas seguindo Katie. Soavam especialmente estranhas para Owen, que claramente não achava a resposta nada satisfatória. Mas, em vez de forçar a barra, ele disse:

— Então, está animada para conhecer o lugar onde *Coração em chamas* foi criado?

Nella podia dar um beijo em Owen por ter mudado de assunto.

— Nossa, *sim*. Saber que vou respirar aquele mesmo ar... é surreal.

— Talvez eles até tenham uma impressora com o nome das duas. Ou uma sala de reuniões.

— Talvez até mesmo a sala do Richard. *Isso, sim*, seria bem irado.

Owen se mexeu, desconfortável.

— O que foi *agora*?

— É só que... a ideia de você ficar sozinha na sala desse homem, de quem você não sabe absolutamente nada. Desculpe, Nell, não estou confiando. Talvez toda essa conversa de "é assim que acontece nesse ramo" podia ter funcionado dez anos atrás — acrescentou, erguendo um dedo antes que Nella pudesse interrompê-lo —, mas, no mundo atual, eu seria Aquele Panaca Idiota que teria que contar às pessoas por que deixei você ir para esse negócio com o tal velho sem fazer nenhuma das perguntas difíceis. E não vou viver o resto da vida com isso.

Nella sorriu. "Aquele Panaca Idiota" era um rótulo que vinha de muitas horas assistindo histórias de crimes reais. O "panaca idiota" em questão em geral era o entrevistado que dizia coisas como *Não, nunca perguntei por que ele tinha três carteiras de motorista diferentes.*

Nella via TV demais para ser eliminada de forma tão fácil; assim, pegou a mão de Owen e lhe disse que tudo ficaria bem.

Vinte minutos mais tarde, porém, prestes a soltar a mão de Nella para que ela pudesse abrir a porta do prédio comercial, Owen apertou-a uma única vez, um pouco mais forte do que normalmente fazia quando apenas tentava ser gentil.

— Tem certeza disso, Nell?

— Owen. — Ela puxou a mão o mais delicadamente possível, colocando-a no rosto dele. Owen não fazia a barba havia quase quatro dias, e os pequenos pelos castanho-avermelhados arranharam a palma da mão de Nella daquele modo espigado de que ela sempre gostou. — Ele é bem velho. Não estou afirmando que homens muito velhos não sejam capazes de coisas terríveis, mas estou afirmando que trouxe spray de pimenta na bolsa. E você *sabe* que fui criada nas ruas. — Ela bateu no peito em uma ênfase fingida.

— Você foi criada nos subúrbios de Connecticut — disse Owen, de maneira seca.

— Por um pai de Chicago que *não* brincava em serviço.

— Pensei que ele também fosse de um subúrbio.

— Além disso, lembre-se, eu sou...

— Faixa preta — terminou Owen, agora com um amplo sorriso. — Sei, sei, sei. Você sempre diz isso, mas só vou acreditar vendo.

— Escute, já *falei*: eu perdi a faixa na época do divórcio. — Nella o beijou, evitando qualquer outra palavra de protesto. — Mando mensagem daqui a uma hora.

Ele a puxou ao seu encontro quando ela se afastou.

— Se eu não tiver notícia sua dentro de sessenta e um minutos, arrombo essa porta e vou eu mesmo atrás de você.

— Não tem necessidade de arrombar nada. — Ela se deixou ficar abraçada um instante antes de esticar o braço para alcançar a porta mais uma vez. — Está vendo? Ela abre. É a porta de *dentro*, depois da segurança, que você teria que...

— Nella Rogers?

Nella virou a cabeça. Atrás de Owen estava o próprio Richard Wagner: um homem alto e magro, com uma grande cabeleira branca, vestindo uma jaqueta bege e calça listrada verde-bandeira e azul-marinho. Era uma combinação que não faria sentido em mais ninguém, mas seus óculos de tartaruga e a pasta de couro cáqui passavam a impressão de que se tratava de um homem elegante da mídia cujas muitas realizações tornavam irrelevante qualquer opinião conflitante a seu respeito.

Tanto Owen quanto Nella lhe deram passagem instintivamente.

— Sou eu! — exclamou Nella. — Sr. Wagner?

— Por favor, me chame de Richard. Faço questão. — Ele se aproximou e apertou a mão de Nella. Depois caminhou até a porta da frente e entrou no prédio. — Vejo você em alguns minutos, imagino? — gritou sobre o ombro, sem esperar pela resposta.

Nella tinha se virado para fitar Owen, esperando ver aquele olhar conhecido que ele sempre exibia quando tinha algo a dizer e sabia que era melhor se conter, mas ele já estava se afastando, descendo a rua. Ela sentiu uma pontada de decepção (queria perguntar a Owen se devia lhe comprar uma calça listrada como a de Richard), mas acenou e deu meia-volta para entrar em seu novo local de trabalho, de cabeça erguida.

— Então — disse Richard, depois de começarem conversando amenidades e de Nella aceitar sua oferta para afundar em uma cadeira de couro que fazia o cenário parecer mais como sala de terapeuta do que de editor de livros —, imagino que esteja se perguntando como eu sabia que era você.

Ele piscou exatamente duas vezes antes de encará-la de forma rígida, esperando uma resposta. Ela não ficou se perguntando — essa era a menor de suas dúvidas quando pegou o elevador para o décimo terceiro andar, o coração batucando em seus ouvidos. Mas conseguiu dizer, com um ligeiro sorriso:

— Bom, *já* me disseram que pareço mesmo uma Nella.

Richard jogou a cabeça para trás e deu uma gargalhada. Não parecia sincera, mas ainda assim preencheu a sala — um feito bastante impressionante, dado o tamanho do cômodo. A sala de Richard, muito maior que a de Vera, conforme constatou Nella, ocupava uma porção considerável de um dos cantos do andar; as duas amplas janelas (uma em cada parede) forneciam mais luz do que o pequeno estúdio onde ela e Owen moravam jamais havia visto de uma só vez. Como a cadeira de paciente de terapia onde estava sentada, a decoração era exatamente o que ela tinha esperado de um editor-chefe, com uma grande mesa de madeira que parecia ter sido efetivamente feita por um marceneiro, e não comprada na IKEA, e uma estante de livros tão grande que provavelmente poderia ser escalada sem grande dificuldade.

— Então, me diga, Nella — disse Richard —, o que fez você decidir entrar para o mercado editorial?

Nella ponderou sobre o discurso ensaiado que recitara para Vera alguns dias antes, sobre seu amor pela leitura e pela escrita e como os livros podiam fazer a maior diferença no mundo de um jovem. *Use esse discurso. Você o conhece tão bem.*

— Honestamente... Sou meio obcecada por Kendra Rae Phillips e *Coração em chamas.*

Suas palavras escaparam rápida e inesperadamente. O rosto de Richard foi inundado por uma expressão de surpresa, seguida de um ar divertido. Ele tomou um gole de chá antes de encará-la uma vez mais, sem falar nada.

Nella se encolheu, na mesma hora se odiando por fazer isso. Os olhos de Richard brilhavam, aquele tipo artificial e penetrante de brilho que pertencia a filmes de ficção científica, e ela ansiava por algum tipo de distração.

— Ouviu falar dela? — perguntou ele por fim.

Nella assentiu de forma entusiasmada.

— *Coração em chamas* fez com que eu me apaixonasse pela leitura.

— Hum. Bem, na verdade abri mão da oportunidade de editar o livro — confessou Richard. — Adorei o manuscrito inicial quando li, sabia que seria um grande sucesso! Mas no minuto em que ouvi que Kendra Rae tinha um mínimo interesse em trabalhar o livro ela mesma, recuei. Eu sabia que Kendra Rae seria uma editora melhor para Diana.

— Sério? Uau. Sempre pensei que fosse Kendra Rae que tivesse descoberto Diana. — Nella avaliou a pele de Richard e o espaço entre suas sobrancelhas. Calculou que ele provavelmente tivesse cinquenta e alguma coisa, mas *Coração em chamas* fora publicado em 1983, o que o colocava na faixa dos setenta e poucos anos, no mínimo. — Foi uma atitude admirável da sua parte.

— Sim. Eu sabia que Kendra Rae tinha um potencial e tanto.

Ele descansou o olhar em uma plantinha de plástico no canto da mesa, e, pela expressão em seu rosto, parecia que havia sido tomado por algum tipo de recordação. A xícara de chá queimava os dedos de Nella, mas agora que os olhos de Richard se concentravam em outra coisa, ela se sentiu ousada o suficiente para dizer:

— Você realmente deve sentir saudades dela.

A cabeça de Richard se ergueu de repente. Ele pigarreou. Era estranho ver um ar de confusão estampado em alguém da posição dele, mas Nella teve certeza de que de fato havia um pouco daquilo em seu olhar.

— Sim. Quer dizer, ela não... ela ainda...

— Eu não queria dizer... Desculpe, eu... — Nella fechou a boca, abrindo-a apenas quando percebeu ser inútil tentar convencê-lo de que não queria insinuar que acreditava que Kendra Rae estivesse morta. — Só quis dizer pelo fato de ela se manter isolada há tanto tempo...

Richard levou o chá aos lábios e soprou uma pequena lufada de ar no topo da xícara.

— Talvez seja o melhor. A atenção do público, sabe. Algumas pessoas não conseguem lidar com isso, e ela... era evidente que ela estava começando a desabar. Até Diana, que a conhecia há tanto tempo, defendeu isso.

Nella não sabia mais o que fazer exceto concordar, embora não entendesse exatamente o que Richard queria dizer com "desabar". Lembrou-se de ter lido alguma coisa sobre Diana comentar que Kendra Rae tivera algum tipo de "colapso", mas não conseguira verificar a informação.

— Agora, chega desse assunto. Estamos aqui para falar de você. Me conte sobre *você*.

Nella sorriu.

— Acho que não tenho muito para contar — disse. — Nasci em Connecticut, e morei lá por uns dezoito anos, até...

Ela interrompeu o que estava dizendo, com a plena consciência de que Richard fizera uma careta ao ouvir "Connecticut". A menção ao estado muitas vezes provocava reações fortes nas pessoas, mas a cara esquisita de Richard, como se tivesse chupado um limão, pareceu uma reação um pouco dramática *demais*, mesmo para um homem vestindo uma calça listrada de verde-bandeira e azul-marinho.

— Está tudo bem? — perguntou Nella.

Richard levantou-se de repente.

— Sim. Sim. Me... Me desculpe — disse, colocando a mão no bolso e tirando o celular —, mas meu telefone começou a tocar nesse instante.

Eu estava tentando ignorar, mas acho que preciso atender. Você me dá licença um minuto?

— Ah! É claro. — Nella pousou a xícara na mesa e começou a se levantar. — Vou esperar do lado de fora e...

— Ah, não, não. Por favor, fique. Volto em um minuto, no máximo três. Desculpe.

Ela fez um gesto com a mão indicando para ele que não se preocupasse.

— Não tem problema. Leve o tempo que quiser.

Richard inclinou a cabeça ligeiramente em sinal de agradecimento antes de sair da sala às pressas. Um instante depois, um "oi, sim" claro e aflito soou do corredor, mas o restante de suas palavras foi engolido pela distância que se abriu entre eles.

Nella soltou o ar. Estava aliviada e contente por ficar sozinha durante alguns minutos; isso significava que ela poderia finalmente dar uma boa olhada ao redor. Já avaliara o mobiliário, mas as paredes eram salpicadas de uma grande quantidade de itens — algumas dezenas, no mínimo —, tantos que ela só conseguiu observá-los de relance.

Richard não estava mais ali, no entanto. E ela se sentia à vontade. Não à vontade demais a ponto de deixar de lançar um olhar para a porta, mas à vontade o suficiente para se esquivar da mesa de centro e dar alguns passos até a parede da esquerda. Deixou os olhos pousarem em um pedaço de papel emoldurado que, a julgar pelo texto datilografado, devia ter a idade dela. Talvez mais. Uma examinada mais próxima mostrou que estava correta. A carta, de apenas dois parágrafos, tinha a data de 1º de novembro de 1979, e era endereçada *Ao meu editor, meu amigo e meu irmão, sem o qual eu não seria nada.*

Nella pulou o resto do texto — com uma saudação daquelas, o que mais precisava ser visto? — e passou para a assinatura. Pertencia a um ganhador de um Prêmio Nobel da Paz, cujo obituário ela se lembrava de ter lido apenas alguns meses antes. *Tudo bem, Richard*, pensou, impressionada. *Então você realmente é uma celebridade. Anotado.*

Não totalmente convencida de já ter reparado em tudo o que valia a pena, Nella voltou-se para a parede seguinte, que ficava de frente para a mesa de Richard. As poucas vezes em que ousou deixar seus olhos se desviarem sugeriram que se tratava da sua Parede da Fama particular. De fato, era. Fotos de rostos de pessoas preenchiam cada moldura, algumas em preto e branco, outras coloridas. Algumas eram bobas: uma jovem em vestido de baile fazendo chifres com os dedos por trás de um rapaz de smoking; quatro homens elegantes vestindo polos no meio de uma floresta verde e luxuriante.

Era bastante perturbador, na verdade, ver todos aqueles pares de olhos sem corpos a encarando, e Nella estava prestes a se afastar, voltar para seu chá e sua cadeira confortável, quando as nuvens se moveram no lado de fora e algo brilhou na extremidade de seu campo de visão. Só uma vez. Ela ergueu os olhos para verificar o que o sol do meio da tarde captara e notou uma foto em moldura de bronze, não maior do que um cartão-postal.

Nella se aproximou de modo a distinguir as três pessoas retratadas. Uma delas era uma versão mais jovem e menos abatida de Richard. Tinha as mãos nos ombros de duas mulheres de pele escura, e sorria tanto que seus olhos se fechavam — ainda que, julgando pelo rubor orgíaco de suas bochechas, ficasse evidente que ele não estaria olhando para o fotógrafo, mesmo que estivessem abertos.

A mulher sorridente com um vestido branco brilhante à esquerda de Richard era claramente Diana Gordon. Nella fez uma pausa, sem se surpreender com a semelhança entre a Diana Gordon que ela vira em uma entrevista alguns meses antes e a Diana Gordon da foto. Tanto a velha Diana quanto a jovem Diana tinham a pele permanentemente macia e sorriso deslumbrante.

Em seguida, seus olhos se voltaram para a outra mulher negra, inclinada, apenas um pouquinho, para a direita. Alguma coisa pairava em seu rosto, mas não era um sorriso. E, se alguém quisesse acreditar que a mulher *estava* sorrindo, Nella tinha certeza de que a expressão podia ser atribuída a seu martíni, que ela mantinha erguido na mão direita, não exatamente como um brinde, mas como um manifesto. *Ainda estou aqui*, parecia dizer, e a maneira como encarava diretamente a câmera, sem se importar em parecer afastada dos dois companheiros, confirmava isso.

— Estou vendo que você encontrou sua heroína — disse uma voz atrás de Nella.

Ela se virou. Richard tinha voltado, mas, em vez de se dirigir ao seu lugar, ficou de pé junto à cadeira onde Nella estivera sentada, a alça da ecobag da garota — agora caída — presa sob o sapato engraxado do pé esquerdo dele. O modo como Richard a observava a deixou nervosa.

— Acontece o tempo todo — explicou ele, fazendo um gesto em direção à parede. — Tantas fotos, tantos rostos. Sempre que tenho companhia, nunca me canso de ver qual desperta o interesse de quem. Todo mundo tem gostos... diferentes.

— Desculpe, não me contive. Eu nunca tinha visto essa foto antes, da Kendra Rae. E de você e Diana. — Nella caminhou vagarosamente de volta para sua cadeira enquanto Richard também se acomodava.

— Essa daí provavelmente vale milhares de dólares. Kendra Rae quase nunca tirava fotos antes... — Ele encolheu os ombros. — Como eu disse, a mulher não gostava muito de ser o centro das atenções. Ainda bem que consegui pelo menos essa foto. Foi tirada no Antonio's na noite em que celebramos *Coração em chamas* ter entrado na lista de mais vendidos do *New York Times* em primeiro lugar. Meu Deus, as festas daquela época eram as melhores. — Ele cruzou as pernas na altura do tornozelo. — Agora... o que eu estava dizendo antes de bancar o mal-educado? Ah, sim! Que estamos aqui para falar sobre você. Disse que nasceu em Connecticut?

Desesperada para fazer alguma coisa com as mãos, Nella pegou mais um cubo de açúcar, percebendo que era o terceiro, e esperando que ele não tivesse notado. Disse em seguida:

— Isso. Sou de Springville. É uma cidade pequena, a uns quinze minutos de carro de...

— New Haven. Sim, conheço Springville. Comecei minha carreira na Yale University Press enquanto terminava os estudos em Yale. Lugar incrível. Tão rico culturalmente. Comida boa, bons teatros. E a arte, ah...

— Aham. As galerias de Yale são impressionantes.

Richard se animou.

— O Center for British Art?

Nella assentiu.

— Já passei um bom tempo lá dentro. Primeiro quando estava no ensino médio, mas gosto de voltar sempre que estou por lá nos feriados.

— Ah, é?

Richard se inclinou para a frente, os olhos quase arregalados em seu rosto eternamente jovem. Nella ajustou a própria linguagem corporal à dele. Podia parecer estranho, mas era em momentos aparentemente mundanos como aqueles (quando ela contava a um homem branco algo tão básico a respeito de si que fazia os olhos dele se arregalarem) que Nella se sentia mais próxima de todas as pessoas negras que foram negras muito antes dela: todos os homens e mulheres negros escravizados que impressionaram os brancos com suas habilidades de leitura; todos os homens e mulheres negros que se tornaram médicos e advogados e outras profissões que as pessoas diziam que eles não podiam ser. Garrett Morgan, Marian Anderson, Diahann Carroll. Barack Obama. Seus pais. Qualquer um que tivesse impressionado um branco simplesmente por existir. O que, dado o número de vezes que pessoas negras foram alvos de linchamentos, estupros ou surras nos últimos quatrocentos anos, devia ser *toda* pessoa negra.

— Deve ter sido bom contar com toda a cultura de New Haven à sua disposição — comentou Richard, tomando outro gole de chá.

— Ah, muito.

— Achei que os jovens não frequentassem galerias de arte hoje em dia. Não com a internet e o Instagram e coisas semelhantes.

— Acho que você poderia dizer que meio que tenho uma alma velha.

Sentindo-se encorajada pela aprovação de Richard, embora na verdade não precisasse, Nella cruzou as pernas e tomou o primeiro gole de seu Earl Grey. Àquela altura, obviamente, já estava frio — ela sempre dava um jeito de perder a janela de espaço do chá na temperatura certa —, mas mesmo assim comentou que tinha gostado.

— Não está doce demais? — perguntou Richard, erguendo uma sobrancelha.

— Minha faculdade era na terra do chá doce, Richard. Isso aqui não é nada — gracejou Nella, usando o mesmo tom atrevido exagerado que usara com Owen ao brincar que fora criada nas ruas.

Uma olhadela passageira na moldura em bronze atrás da cabeça de Richard fez Nella reconsiderar o movimento ousado que acabara de fazer. Usar esse gestual em seu ambiente de trabalho podia gerar um mal-entendido, dar a impressão de que ela era uma garota negra que *realmente* balançava o pescoço de modo atrevido em ambientes profissionais e não era capaz de controlar o próprio temperamento, ou então uma garota negra que caçoava de outras garotas negras que o faziam. Nella não tinha certeza do que era pior. O que Kendra Rae teria pensado de sua atitude?

Ela não tinha como saber. Mas o que realmente sabia era que Richard estava bebendo o chá com o semblante de uma criança que finalmente teria a explicação sobre aquele barulho misterioso que andava ouvindo no porão. Aparentemente, Nella havia sido atrevida bem na medida certa. Ela sentiu o ar entre os dois ficar mais leve, sentiu a tensão deixar seu corpo.

E, assim, tomou mais um gole, baixou sua xícara e se arriscou a admitir, na maior das sutilezas, quanto ela queria se tornar a próxima grande editora negra da Wagner.

Nella adoraria uma xícara de chá quente agora, mas se contentou com uma respiração profunda e tranquilizadora quando se levantou da mesa, tentando sentir a mesma confiança que sentira na última vez em que ela e Richard se sentaram para conversar. O que estava prestes a fazer poderia muito bem virar contra ela. Não tinha nem certeza se Richard sabia alguma coisa sobre o Incidente Com Colin. Nella tinha verificado duas vezes o Twitter de Colin para garantir que ele não havia escrito sobre o assunto para seus quinhentos mil seguidores, e Vera sempre rejeitara a ideia de reportar a qualquer pessoa — principalmente um homem. Grandes chances de Richard não saber de nada, e, se não soubesse, ela arriscava se queimar sem necessidade.

Mas Nella continuou seguindo em direção à sala de Richard. A coisa mais pragmática que podia fazer era explicar tudo e se desculpar pelo equívoco. Ela assumiria o controle da narrativa, aceitaria a responsabilidade. Faria isso de modo elegante, altruísta, e ele iria admirar sua iniciativa, assim como admirara seu gesto atrevido de balançar o pescoço quando se encontraram pela primeira vez. Ele ficaria convencido de que Nella ainda era aquela funcionária corajosa e madura que ele conhecera dois anos antes. Veria que ela tinha um caráter impecável e decidiria que não desejava trocar seu caráter impecável pelo de outra pessoa.

Nella se aproximou da mesa de Donald com a cabeça erguida e a boca aberta, pronta para perguntar se Richard estava disponível. Porém, fechou a boca quando percebeu que Donald não estava lá, só seu discman.

Ela deu uma espiada no corredor. A luz da sala de Richard estava acesa, e a porta escancarada. Ela podia ouvi-lo, mas tão baixo que ele parecia estar falando consigo mesmo.

Nella olhou novamente para a cadeira de Donald, como se ele pudesse ter se materializado nos últimos dois segundos. Ainda nenhum sinal dele. Então, aproximou-se da sala de Richard, preparada para bater na porta e pedir alguns minutos do seu tempo. Mas algo fez com que ela fechasse a boca e engolisse as palavras.

Era o tom de voz de Richard, sussurrado e ríspido.

— ... no meio do dia. Não posso falar mais nada agora. Eu disse para você que e-mail seria melhor.

Silêncio.

— Sim, eu sei, mas...

Richard soltou um suspiro. Quando tornou a falar, sua voz era cortante.

— Bom, *você* não pode adquirir uma consciência de uma hora para outra. Lembra-se de quem foi a ideia?

E um silêncio ainda mais longo.

— OK. Mas só se lembre, você botou a bola para rolar. *Você* escolheu lidar com Kenny daquela forma, e agora...

Algo na maneira como ele cuspiu a palavra "lidar" fez o sangue de Nella gelar. Então, ela se lembrou de Kenny Bridges. É *claro*. Ela ouvira o boato de que esse autor em particular estava dando trabalho a toda a sua equipe de comunicação. Sua agente não conseguia controlá-lo, o que explicava o nada típico tom zangado de Richard. Essa percepção relaxou os pensamentos de Nella enquanto ela esperava impacientemente que ele terminasse a ligação. Se alguém passasse por ela naquele momento, sua atitude pareceria bastante incriminadora.

— Certo — ela o ouviu dizer. — Mas faça um favor para nós dois e pare de fingir que não precisa de ajuda, tudo bem? Ok. Também te amo. Tchau.

Ela ouviu o clique de um telefone, seguido da palavra "merda" murmurada baixinho. Nella, porém, se concentrou na palavra começada com A. Será que tinha ouvido mal? Não. *Lidar com Kenny*, ele havia dito, claro como o dia. Ela tinha certeza de que ele estava falando com a agente de Kenny.

Então, de onde tinha vindo a palavra "amo"? Todo mundo sabia que a esposa de Richard gerenciava uma cadeia de lojas de velas que ia do SoHo até os Hamptons. A mulher de Richard lidava com perfumes, não escritores complicados. Não fazia sentido.

A não ser que não fosse a esposa de Richard ao telefone. E ele e a agente de Kenny Bridges estivessem...

Nella engoliu em seco, cobrindo a boca. Era óbvio que ela havia escutado sem querer algo que não devia, e algo que havia deixado Richard em um péssimo humor. Agora definitivamente não era hora de entrar sem pedir licença e começar a contar como ela havia arruinado tudo com um dos autores mais importantes da Wagner, ainda mais se ele ainda não soubesse da história.

O som das rodinhas da cadeira de escritório contra a madeira despertou Nella de sua paralisia.

— Oi? Tem alguém aí? — gritou Richard, a voz tão arrastada que ele devia ter visto a sombra de Nella na entrada da sala. — Donald? Você já voltou?

Nella não ficou ali para verificar se ele faria mais perguntas. Saiu de lá às pressas, virando o corredor com tanta rapidez que seu Keds quase saiu do pé.

9

Nos dias seguintes, Nella perambulou pela Wagner de cabeça baixa e boca fechada. Seus olhos, porém, seguiam atentos a qualquer pequeno detalhe. Ela observava cada utensílio com que os colegas escreviam e, quando alguém parava perto de sua mesa — *qualquer pessoa* —, Nella tomava nota do tempo de interação e o que fora dito.

Hazel não estava isenta dessa vigilância. Nella anotava todas as interações entre as duas, por mais inocentes que fossem, assim como a comunicação de Hazel com Vera, começando logo após ela acidentalmente ter bisbilhotado do lado de fora da sala de Richard. Quando voltou para sua mesa, naquele dia, ficou chocada de ver que as duas ainda estavam conversando sobre *A mentira*. No momento em que a porta de Vera finalmente se abriu de novo (*aproximadamente 68 minutos após Hazel entrar*), Nella já havia terminado o enorme pacote de pretzels que mantinha em sua gaveta de guloseimas de emergência. O pacote deveria ser o Lanche da Disposição do mês — aquele que a faria aguentar as últimas horas do dia durante pelo menos quatro semanas —, mas as risadinhas que vez ou outra vibravam por baixo da porta fechada, adicionadas ao pânico de que pudesse ser demitida, a levaram a acabar com o conteúdo inteiro.

Nella tinha parado para virar na boca o que restava de sal no pacote quando a porta de Vera finalmente se abriu e uma Hazel animada saiu.

— Obrigada, Vera! — disse ela, as páginas do manuscrito meio inclinadas em suas mãos. — Foi uma conversa *tão* maravilhosa.

— Ah, obrigada *você*! E obrigada mais uma vez por ter dado uma olhada em tão pouco tempo, Haze. Eu adoraria ouvir o que você achou quando acabar… se tiver tempo, naturalmente.

A porta de Vera estava apenas ligeiramente entreaberta, mas a postura da chefe, parada ali, e a maneira como ela fitava Hazel — com carinho e admiração — lembraram a Nella a maneira como uma noiva deve fitar sua madrinha no provador de uma loja de vestidos de casamento. Nella nunca recebera aquele olhar de Vera.

— Claro. E me avise se é melhor o almoço amanhã ou na sexta. Ou um café — acrescentou Hazel, andando de costas em direção à própria mesa, de forma a não arruinar o precioso momento que estavam compartilhando. — Sei que vamos ter mais assunto ainda para tratar, apesar de termos passado… meu Deus, que horas são mesmo?

Nella levou algum tempo para perceber que essa pergunta tinha sido dirigida a ela. Hazel a olhava com doçura, como se as três é que tivessem ficado conversando como velhas amigas na sala da editora. Vera também encarava Nella, o Rolex prateado no pulso direito cintilando enquanto ela se apoiava contra o batente, mas o olhar de admiração de antes se endurecera.

Nella deu uma espiada no relógio no canto direito inferior de sua tela.

— São dez e vinte e sete — disse, séria.

Isso bastou para que elas se dispersassem. Hazel balançou a cabeça e assobiou, pasma, enquanto voltava a assumir seu lugar e checar as mensagens do telefone; Vera enfiou a cabeça para fora da sala apenas o suficiente para pedir a Nella, em um tom de voz mais conhecido, para gentilmente pedir que todo mundo a deixasse sozinha a partir daquele momento. Um autor havia acabado de mandar um manuscrito que exigia todas as suas faculdades mentais para revisar, e sua porta ficaria fechada pelo resto da manhã.

Era um pedido justo. Nella teria feito a mesma coisa — principalmente diante do fato de que inúmeras vezes os funcionários da Wagner encaravam uma porta aberta como sinal verde, e ela mesma já desejara em diversas ocasiões que uma barreira protegesse sua baia. Uma barreira mais sólida, no caso, como uma grande parede de vidro, do chão ao teto, que ela pudesse controlar com o teclado. Assim, pelo menos ela não teria que fingir uma ligação ou uma ida ao banheiro para fugir de conversas esquisitas e forçadas de que não queria participar. Seria a segunda melhor coisa de todas, depois de contar com um assistente. Talvez até melhor.

Por isso, embora quisesse passar um tempo com sua chefe, Nella foi paciente e esperou que a porta da sala de Vera se abrisse de novo, enquanto ia anotando suas mensagens e imprimindo e-mails que ela temia que a chefe pudesse não ter reparado na caixa de entrada.

A porta de Vera, contudo, nunca se abriu. Nem de manhã nem de tarde, após o almoço. Ela não apareceu por nem mesmo um minuto antes das quatro e meia e, ao fazê-lo, vestia a capa de chuva e estava com a bolsa acolchoada suspensa no ombro.

— Ai, que dia. Nella, vou sair para um compromisso. Obrigada por hoje! Até amanhã.

Pega entre uma e outra mordida em restos de melão que havia encontrado na copa, Nella não teve outra escolha senão dizer, no que certamente foi o tom mais patético que já havia usado:

— Boa sorte.

Aquilo já tinha sido ruim o bastante. Mas então Hazel, com quem Nella mal tinha falado durante o dia todo, proclamou:

— Meu Deus, a Vera é *tão* maravilhosa.

Nella pegou os restos de fruta passada e jogou no lixo. Não disse nada quando, pesarosa, deslizou uma das mãos no fundo de sua gaveta de guloseimas de emergência vazia.

Um zunido de ar roçou seu ouvido. De repente, Hazel estava ao seu lado, estendendo um pacote de salgadinhos de milho. Talvez uma oferta de paz.

O estômago de Nella protestou quando ela fez um gesto de *não, obrigada*. A barreira de vidro que ela imaginara alguns dias antes se materializou em sua cabeça de novo; dessa vez, com Hazel presa do outro lado.

— Tudo bem, me conte: a Vera já te mandou *A mentira*?

Hazel não perguntou como se estivesse *tentando* zombar de Nella. Parecia haver uma preocupação genuína no modo como ela mastigava, os olhos arregalados. A pergunta a feriu tanto, porém, que Nella quase mentiu.

Ela inspirou profundamente. Não, Hazel não era o problema, foi a conclusão a que chegou. Vera *tinha* que estar tentando jogá-las uma contra a outra para manter Nella alerta.

— Vera ainda não me mandou o manuscrito — admitiu. — Será que você pode...?

— É claro! — Hazel voltou às pressas para a própria baia. — Tenho certeza de que foi, tipo, um lapso de memória. Ela tem um *monte* de coisas na cabeça no momento.

Nella escutou os dedos de Hazel batucarem no teclado, sentindo-se mais do que um pouco infantilizada. Vera nunca compartilhara manuscritos com outros assistentes antes; na verdade, ela era uma das editoras mais discretas da Wagner. Raramente debatia livros em que estava pensando em trabalhar tão no início do processo, não antes de ter tempo suficiente para decidir como se sentia em relação a eles.

Portanto, Nella considerava estranho que Vera tivesse enviado o manuscrito de Leslie Howard para uma funcionária tão nova. Não fazia sentido. A não ser que Vera estivesse deliberadamente tentando se livrar de Nella. A não ser que Vera ainda estivesse irritada por causa do Incidente Com Colin.

— Acabei de mandar! — Hazel girou a cadeira de rodinhas e se posicionou de frente para Nella.

— Obrigada. — Nella verificou o relógio do computador para ver quanto tempo ainda tinha antes de ela própria poder sair. — Já recebi.

Quando voltou o olhar para Hazel alguns minutos depois, a colega ainda mantinha a cadeira virada para Nella, esperando pacientemente.

— Ei. Acho que você devia saber disto.

— O quê?

— Quando eu estava lá dentro, Vera mencionou *Entre agulhas.*

Nella se encolheu.

— Você sabe que não li uma palavra do texto — continuou Hazel —, mas tentei te apoiar na história da Shartricia o máximo que pude.

— Ah. Você tentou? Obrigada. — Nella virou a cadeira só um pouco, de forma a não ficar completamente bloqueada pela parede da baia. — E o que a *Vera* disse?

— Bom, ela me agradeceu por dar minha opinião. E depois mandou o manuscrito por e-mail.

— Sério?

— É. Para ter uma segunda opinião, acho.

— Hum. — Por um lado, era irritante saber que Vera não tinha confiado na avaliação de Nella. Por outro lado, será que isso não significava que Vera *efetivamente* se importava, nem que fosse um pouquinho, com o que Nella havia dito? Talvez Vera tivesse relido o livro e estivesse reavaliando a coisa toda. — Bom. Mas a Maisy não se importa de você fazer todo esse trabalho para outro editor? Eu me lembro de ela ser superpossessiva com a assistente anterior.

Hazel deu de ombros.

— Maisy está ocupada com questões pessoais, acho. Não sei ao certo o que é. Mas ela tem andado afastada e me deixado praticamente por conta própria. Acho que Richard deve ter pedido para Vera me dar o que fazer, para eu não ficar entediada. Ainda sou nova aqui, então imagino que não acham que eu consigo me manter ocupada por mim mesma.

— Ah. — Nella percebeu pela primeira vez como a área delas estava silenciosa nos últimos dias. Maisy tinha irrompido no escritório mais cedo, mas ido embora misteriosamente não mais do que quinze minutos depois, com mais sacolas do que o habitual nos braços, os lábios ainda mais franzidos do que o normal — Acho que eu não tinha reparado.

— É. Já que tenho mais tempo, imaginei que não faria nenhum mal ler a merda do romance do Colin. E, para falar a verdade — disse Hazel, baixando a voz —, ter duas resenhas negativas sobre Shartricia partindo de duas garotas negras poderia operar maravilhas. Não que sua opinião não seja legítima, claro, porque ela é, de verdade, mas... quanto mais pessoas lerem, melhor. Certo?

Nella assentiu, e o muro de vidro imaginário foi deslizando e sumindo tão rápido quanto havia sido erguido.

— Com certeza.

Nella ficou feliz em seguir nessa narrativa pelo resto da tarde, até imprimir *A mentira*, juntar suas coisas e se dirigir para o metrô, pronta para sair de Manhattan depois do que pareciam dias. O manuscrito recém-

-impresso de quinhentas páginas fazia peso em seu ombro esquerdo enquanto ela adentrava as profundezas do metrô, mas ela não se importava. Parecia haver um propósito maior naquele peso, como uma sacola cheia de compras para uma geladeira que tinha acabado de ser limpa. A sacola guardava algo nutritivo. Ela devoraria o texto imediatamente e deixaria Vera admirada com o retorno que nem pedira. Simples assim.

Só que não foi. Porque, quando Nella chegou à plataforma, decidida e pronta para começar o dia seguinte com o pé direito, enfiou a mão na ecobag para pegar o manuscrito, mas em vez disso puxou um envelope que não se lembrava de ter colocado lá dentro.

Um envelope com seu nome. Seu nome, novamente em letras maiúsculas. Seu nome, novamente em roxo.

Como era mesmo aquela expressão? *Sempre tem alguma coisa.* Ela não tinha certeza se era uma expressão mesmo ou simplesmente um fato da vida, como a gravidade e a indigestão. Era uma frase que seu pai costumava dizer, principalmente nos últimos meses, desde que ele finalmente conseguira comprar uma casa em Chicago depois de alugar por quase quatro anos um lugar não muito longe do asilo onde sua avó estava morando. Logo na semana anterior, o pai de Nella havia descrito em detalhes como ele finalmente tinha consertado o buraco no telhado quando percebeu que o cano ligado à máquina de lavar também resolvera começar a dar problema.

— É o que acontece quando você compra uma casa — ele havia se queixado pelo telefone, mais para si mesmo do que para ela. — Sempre tem alguma coisa.

Essas palavras voltaram à mente de Nella naquele momento, enquanto ela encarava o envelope branco tinindo de novo, o coração acelerado. Não podia ser o mesmo que havia recebido alguns dias antes, lido e tentado em vão não surtar a respeito; ele estava enfiado dentro do seu armário.

Não, este segundo bilhete era de fato um segundo bilhete — pelo menos isso era óbvio. O que ela não sabia era como ele se enfiara dentro de sua bolsa, enquanto ela esperava em uma plataforma de metrô que começava a lotar. Nella olhou por cima do ombro esquerdo e depois do direito, ainda que estivesse cercada pelas mesmas duas pessoas nos últimos quinze minutos: um homem que cheirava a carne crua e uma babá mais velha que parecia pronta para encarar uma criança levada.

Nella suspirou e, mantendo o envelope perto do peito para garantir aquela privacidade impossível de conseguir em uma plataforma de metrô superlotada durante o horário de pico, abriu a aba.

SAIA. QUANTO MAIS TEMPO VOCÊ FICAR, MAIS DIFÍCIL VAI SER.
QUER PROVAS? LIGUE PARA 518-772-2234. NADA DE MENSAGENS. LIGUE.

De repente, sentiu uma mão roçar a parte inferior de suas costas, e quase deixou o envelope cair nos trilhos. Ela girou para ver quem era, as palavras *Eu não* já se formando em sua língua, impotentes. Só que não havia nenhum rosto conhecido à vista, apenas a criança agitada que pelo visto era a fonte da ansiedade da babá logo ao lado.

— Não, não, não! Chloe má! — gritou a mulher, as palavras envolvidas em um sotaque indistinguível do Leste Europeu. Ela colocou um braço pesado ao redor dos ombros da menina e a manteve enroscada. — Menina, pare com isso. Você está incomodando todo mundo. Inclusive eu.

Nella em geral detestava ouvir adultos falando com crianças tão exasperadamente. Seus pais gritaram com ela algumas vezes quando era pequena, mas fizeram de uma maneira respeitável. No entanto, de pé naquela plataforma lotada, colada a uma criança inquieta e um homem cheirando a carne, estava inclinada a concordar com a mulher do Leste Europeu. *Não, não, não, não, não.*

Diana

Novembro de 1983
Essex, Vermont

— O que você acha? Sim? Não?

Mantive erguida a peruca ruiva e a balancei acima da cabeça da mesma maneira como havia balançado uma linguiça potencialmente malpassada mais cedo, no café da manhã do hotel. Duas horas atrás, ele rira de bom grado, antes de engolir outro tanto de seus ovos. Agora, porém, não cedeu, o que não me surpreendia. Eu tinha contado quantas vezes seu reflexo passara de um lado para o outro atrás de mim no espelho do banheiro (vinte), e quantas vezes ele checara as horas (muito mais do que isso). Eu havia até me oferecido para umedecer algumas toalhas de papel na pia para ele secar as gotas de suor que se formavam embaixo de seu queixo. Mas sendo ele quem era — Elroy K. Simpson, trinta e quatro anos, feições fortes, um homem que nunca perdia a calma na frente de ninguém, nem mesmo depois de perceber as recentes entradas em seu cabelo —, educadamente afastou minha mão.

— Di. Meu bem... — Ele coçou a barba escura macia que tinha começado a cultivar quando saímos de casa, para a faculdade. — Não acha que já está na hora de começarmos a ir para o centro da cidade? Já são quase dez e meia, e acho que você disse que queriam que chegássemos às onze.

Suspirei enquanto cuidadosamente puxava um cacho de cabelo. Na última vez em que usei esta peruca específica — em Vancouver, se não me engano —, meu couro cabeludo ficou pinicando durante dias. Eu tinha coçado a cabeça durante o jantar, no metrô e no meio da noite, o violento balançar da cama fazendo Elroy xingar minha nova mobília vintage. Havia coçado durante as entrevistas e observado o espaço no sofá ao meu redor parecer se ampliar.

Jurei nunca mais usá-la de novo. E agora aqui estava ela, uma candidata forte entre meus acessórios de beleza. *O que não fazemos por um cabelo fácil*, minha mãe costumava dizer.

— Já me maquiei — gritei para Elroy. — Já me vesti. Só falta o cabelo. Cinco minutos.

— Você não *precisa* da peruca. Vamos. Assim vamos chegar atrasados.

— É o que sempre digo, El... quando as pessoas que organizam essas coisas nos mandam chegar às onze, querem na verdade dizer doze. Elas *falam* onze porque sabem que vamos chegar atrasados. Trânsito, gasolina... você sabe. Essas coisas todas.

Elroy desabou no assento fechado do vaso sanitário e balançou a cabeça.

— Se for assim, meu amor, devíamos ter saído daqui meia hora atrás. *Pelo menos*. Ou chamado um táxi.

Fiz um sinal para que ele saísse.

— Ah, você e sua mania de estar sempre adiantado.

— Não é estar adiantado — rebateu El, na defensiva. — É só que não sabemos quanto tempo demora para chegar até o teatro. E não sabemos quanto tempo vou levar para conseguir um táxi *por aqui* — acrescentou, um modo mais gentil de me lembrar que estávamos em território completamente desconhecido. Vermont.

— Bobagem. A questão é a seguinte: vamos chegar lá na hora que chegarmos. — Voltei a prender uma parte do cabelo atrás da orelha com um grampo, para controlar alguns fios soltos. Depois alarguei a boca da peruca e a coloquei na cabeça. — Afinal, não é como se fossem começar as perguntas sem mim... — continuei, observando a cabeleira nova engolfar a antiga. — A Kenny nunca deixaria isso acontecer. De nós duas, ela sempre foi a teimosa, lembre-se disso.

Elroy resmungou. Como forma de protesto indireto, desabotoou mais um dos botões da camisa de seda bordô que eu tinha comprado para ele na semana anterior quando estávamos no shopping.

— Caramba, Di — disse. — Sabe com quem você está começando a parecer?

Parei de ajustar a peruca por tempo suficiente para encará-lo e abri um sorriso.

— Quem? — perguntei, deixando minha voz o mais aveludada e resplandecente possível. — Diana Ross?

Elroy soltou aquela risada gostosa que fez com que eu me apaixonasse por ele em Newark, quando El seguia a mim, Kenny e Mani pela escola, tentando cantar e dançar como um integrante do The Temptations; e de novo, quase dez anos depois, quando voltamos para casa nas férias, recém-formados em nossas respectivas universidades. No entanto, mesmo quando as quatro conhecidas ruguinhas surgiram em torno de seus olhos, pude notar algo mais gélido por baixo do tom de brincadeira. Censura, talvez.

Não gostei daquilo. Nem mesmo quando ele se levantou do vaso, aproximou-se e beijou meu rosto, contorcendo o corpo de modo a contornar as costas da cadeira alta de madeira que eu havia levado do quarto para o banheiro.

— Não — disse ele, enroscando um dos meus novos cachos de cabelo com o dedo. — Não a Diana.

— Quem é mais diva do que a Diana?

— Sua mãe — respondeu. — E todas aquelas senhoras elegantes da Jack and Jill que ela costumava receber em casa. Aquelas que usavam luvas brancas compridas e de quem fazíamos piada antigamente. — Elroy não deve ter me visto estremecer, porque continuou. — Qual era o nome daquela senhora? A que tinha um traje diferente em cor pastel para cada dia da semana? Beverly Carter?

— Não... *Rebekah* Carter — falei, tirando a escova e a pasta de dentes do caminho para pegar o babyliss. — Esposa de Herbert Carter IV.

Foi a vez de Elroy estremecer, segurando-se em minha cadeira.

— Isso. Rebekah com "k" Carter. Sempre tão arrogante.

— "É Re-beh-*káh*. E não Re-beh-*kãh*" — lembrei a ele, explodindo em um ataque de riso tão convulsivo que quase queimei a testa. — Lembra a vez que você falou Rebek-quenta na cara dela?

— Eu era uma criança terrível — admitiu Elroy. — Fico surpreso de sua mãe ter me deixado ficar para o jantar tantas vezes.

— Ela não deixou. Bem... não exatamente. Você se lembra das noites que eu dizia que você não podia ir porque eu estava estudando suaíli com Sidney?

— Lembro.

— Você algum dia me ouviu falar uma palavra de suaíli?

Elroy riu.

— Faz sentido. Nós não podíamos deixar que o pequeno El da vizinhança atrapalhasse um jantar dos Gordons.

— Deixando marcas marrons de lama nos tapetes brancos da mamãe.

— Atualizando todo mundo com as notícias ruins mais recentes. Dando uns amassos na varanda... com todas as luzes apagadas. — Elroy agitou as sobrancelhas.

— E não se esqueça da parte sobre dar biscoitos para os guaxinins. E daquela vez que nós quase demos o Jonathan também.

— Ei, ei, isso tudo foi só você — disse ele, sorrindo. — Jonathan e eu sempre nos demos bem. Ele era o único Gordon que tolerava minha presença. Seu pai? Talvez um pouquinho. Mas a sua mãe, em compensação... Deus tenha piedade, as farpas que aquela mulher me lançava sempre que eu aparecia, e só porque meu pai era porteiro.

Dei uma olhada em Elroy de novo. Algo havia mudado por baixo de sua fachada resoluta. Uma lembrança perturbadora misturada com uma onda de aversão. Em um estalo, as recordações chegaram ao fim. Suas mãos ainda descansavam no encosto da minha cadeira, mas seus olhos estavam fechados, e pude perceber que ele tinha ido para um lugar completamente diferente. Isso acontecia quase sempre: uma mudança brusca, de tudo perfeitamente bem para dolorosamente errado.

Voltei para o meu reflexo, me sentindo menos confiante sobre a minha imagem do que alguns minutos antes. Pela primeira vez, minha sombra azul parecia berrante; meu delineador, como se uma criança tivesse usado um lápis de cera nas minhas pálpebras. Minha pele estava excessivamente pálida, mais para cor de areia seca, bem próxima da aparência de uma pessoa doente.

Esta era a pessoa que subiria em um palco na frente de trezentos espectadores? Meu estômago se contorceu. Em comparação a Kenny, toda bonita, com a pele escura e o refinamento de Harvard, eu pareceria abatida demais sob os holofotes.

Belisquei minhas bochechas uma vez, na tentativa de levar alguma cor para o meu rosto, quando lembrei que aquilo era algo que na verdade só funcionava em mulheres brancas. Depois levei as mãos à cabeça e fiz a única coisa que não se deve fazer antes de se apresentar em público: comecei a chorar.

Elroy pôs as mãos nos meus ombros, e vi que ele tinha voltado de seu devaneio.

— Eu só... esta camisa de seda, você se atrasando para o seu próprio evento... tudo parece meio excessivo, sabe? Só não quero que você se transforme em uma daquelas...

Pisquei para ele, que retribuiu.

— A comparação com Rebekah Carter *pode* ter sido um exagero — continuou, cauteloso —, mas você sabe o que eu quis dizer. Você sabe como ela podia ser uma megera convencida.

Ele tinha certa razão. Uma mulher negra "próspera", de pele cor de café com leite e um sapato para cada ocasião, Rebekah fora uma figura constante lá em quase todas as manhãs de verão de 1959 a 1967. Supostamente, estava solitária; supostamente, o trabalho do marido o enviava aos quatro cantos do país. Tudo o que eu sabia com certeza era que, assim que eu acordava e descia para tomar café, ela quase sempre estava conversando com minha mãe à mesa da cozinha, sobre política ou música ou a última fofoca da Jack and Jill. Às vezes, comentava sobre a minha forma física, ou sobre como eu parecia desidratada, como se eu tivesse a obrigação de sair da cama parecendo pronta para encontrar um marido. Mas, em geral — felizmente —, ela me ignorava, centrada em oferecer esta ou aquela pessoa negra para preencher qualquer necessidade que minha mãe tivesse: alguém para aparar a grama, um novo cabeleireiro, um novo dentista.

Minha mãe sempre se referia a ela como salva-vidas. No jantar, quando Rebekah não estava presente, óbvio, e mamãe estava de bom humor, meu pai a chamava de sanguessuga.

Apertei um dos dedos de Elroy antes de voltar ao cabelo.

— Bom, *eu* sei que, pelo menos até quinze anos atrás, Rebekah nunca tinha terminado de ler um livro na vida.

Elroy se inclinou e me beijou de novo, dessa vez no alto da cabeça. A sensação deixou a desejar: mal consegui sentir o beijo leve através da peruca.

— Também sei que você é muito, muito mais bonita do que ela. E muito mais inteligente. E tem a mente muito mais aberta. Ela nunca deixaria um homem colocar as mãos na...

— Olha só — fiz um gracejo, apontando o babyliss em sua direção enquanto ele fingia correr para fora do banheiro. — Você devia ter parado em "inteligente".

— Mente aberta também é sensual! — Elroy gritou por cima dos ombros.

Bufei.

— Ei, aonde você está indo? Você não está saindo sem mim, né? Só mais um minuto. Prometo.

— Acalme-se, mulher — gritou ele do quarto. — Não vou a lugar nenhum. A luz ficou insuportável aí dentro, só isso. Me senti meio claustrofóbico.

— Sessenta segundos — cantarolei.

Girei outra mecha de cabelo sem parar com o aparelho na mão direita, como eu vira minha mãe fazer todas as manhãs por quase dezoito anos. A diferença é que ela modelava o próprio cabelo, todo lindo, e não cabelo sintético. Eu sempre tinha o cuidado de fazer essa distinção quando olhava no espelho: que mesmo que eu escondesse meu próprio cabelo, ao menos ele ficaria saudável para o dia em que eu decidisse exibi-lo. Não começaria a cair como o da minha mãe em seus últimos anos; se bem que suponho que a doença tenha contribuído.

— Você acha brega, El? — perguntei, pegando a escova. — Este cabelo ruivo?

— Te conheço há muito tempo para saber que essa pergunta é uma armadilha.

— Mas o que você acha que as pessoas de Vermont vão pensar sobre ele?

— Eu não perderia meu tempo pensando nisso, Di — gritou Elroy. — Aquelas pessoas brancas não vão nem imaginar que não é seu cabelo mesmo. E também não é por isso que elas estarão lá. Elas vão estar lá para ver a brilhante Diana Gordon e a brilhante Kendra Rae Phillips falarem sobre seu brilhante... não, *certamente, o primeiro de muitos best-sellers brilhan...*

Sua voz travou bruscamente.

— El? — Dei uma espiada pela porta do banheiro, esticando o pescoço para fitá-lo. — O que foi?

Ele não respondeu.

— Sei que se passaram mais de sessenta segundos — continuei, tirando o babyliss da tomada —, mas eu só... sei lá. — Tentei sorrir para o meu reflexo no espelho, mas o sorriso se transformou mais em uma careta. — Eu só não estou segura com minha aparência hoje.

Esperei. Eu tinha dado abertura para Elroy começar mais um de seus discursos sobre a beleza natural das mulheres negras, como toda maquiagem na verdade era feita para mulheres brancas e que ele não sabia por que aquilo me incomodava tanto. O único som que ouvi, porém, foi o pinga-pinga ocasional da descarga com defeito.

— Querido? Está tudo bem? — Peguei o batom e o espelho de bolsa. — Está bem, você ganhou. Podemos sair agora — falei, andando em direção à porta.

Eu estava começando a achar que Elroy talvez tivesse saído para procurar um táxi, já que ele sempre foi mais pragmático. Foi aí que o vi ainda no quarto, curvado sobre a beirada da cama.

— O que você está olhando? — perguntei.

Elroy amassou aquilo que esteve prendendo sua atenção pelos últimos minutos, o que quer que fosse, e o manteve atrás das costas. O olhar preocupado voltou.

— Não vou dizer que não é nada, porque você já deve ter notado que não é o caso. Mas, ainda assim... Di... — Ele soltou a respiração. — Realmente não é nada. Quer dizer, não exatamente. Mas *vai* ser nada. Em poucos dias.

Fitei-o desconfiada.

— Isso parece um jornal — comentei.

Elroy hesitou, parecendo analisar se valia a pena mentir ou não.

— E é mesmo — confirmou, sem jeito.

— Deixe eu ver.

— Eu...

— Não temos tempo para isso — falei.

Ele me passou o jornal, virado para baixo — um comportamento equivalente ao de uma criança jogando uma bola de tênis na minha cabeça após eu ter pedido delicadamente que me desse na mão —, mas eu não disse nada enquanto virava o exemplar. Tampouco disse qualquer coisa quando meus olhos encontraram, impresso em preto e branco, o rosto da mulher com quem eu tinha sido alçada ao centro das atenções nas últimas três semanas. A mulher que era minha melhor amiga havia vinte anos, desde que nos conhecemos na sétima série, na aula de ciências da Sra. Abraham.

Engoli em seco e respirei fundo.

— Editora do best-seller *Coração em chamas*: "Se você é branco, não é bom pra mim" — recitei em voz alta, como se estivesse lendo um cartão de aniversário. Fiz uma pausa, breve, antes de voltar a olhar para Elroy. — Meu Deus do céu. O que a Kenny *fez*?

Elroy puxou a barba de novo. Ele sabia tanto quanto eu.

— Não sei — disse —, mas você provavelmente vai querer esperar esse evento terminar antes de descobrir.

— Mas e se me fizerem perguntas sobre isso *durante* o evento?

Elroy encolheu os ombros.

— Não tenho certeza se o pessoal daqui lê o *New York Times*, amor. *Eu* só leio por sua causa. — Então, ele entrou novamente em ação, pegando o par de sapatos pretos de salto alto que eu havia deixado junto ao espelho de corpo inteiro perto da porta do quarto e me entregando. — Se eu fosse você, me faria de boba por enquanto — continuou. — Diga que não vai comentar. É o melhor que pode fazer por você mesma, e por Kenny. E aí depois talvez você possa tentar colocar algum juízo na cabeça dela. Vamos sair com ela quando acabar, daqui a algumas horas.

Fiz uma careta quando ele tirou o jornal da minha mão, colocando-o na beirada da cama.

— Não é o ideal, eu sei. Mas isso não é bom, Di. É tudo o que você precisa saber por enquanto. Kenny se meteu nessa confusão. Agora você tem que garantir que ela também não enfiou *você* junto.

Balancei a cabeça, tonta com a ideia de ter que fingir durante algumas horas, embora soubesse que Elroy tinha razão. Eu precisava tirar essa preocupação da cabeça e enfiar os pés nos sapatos.

Nessa hora, o telefone tocou.

— Não atenda — disse Elroy.

Olhamos um para o outro durante o segundo toque e o terceiro. No quarto, pulei para atender, afastando a mão de Elroy.

— Pode ser o Dick — insisti, ignorando o modo como meu marido murchou com a menção a esse nome. Coloquei o fone na orelha e esperei.

E esperei.

— Di — a voz do outro lado finalmente sussurrou. — Precisamos fazer alguma coisa. *Agora.*

10

14 de setembro de 2018

— Então, imprimi as cinco respostas de Sam Lewis sobre as cinco opções de capa propostas para *Alma de cristal*. A de cima é a última mensagem que tenho de Sam, de terça-feira. — Nella remexeu nas folhas em seu colo, passando o dedo pelo corpo do e-mail. O ex-roqueiro havia enviado mais do que cinco e-mails, um deles não contendo nada além de um ponto de exclamação como assunto. Porém, para fins dessa conversa, as outras respostas não contavam. — Ele me disse ao telefone hoje de manhã que não gostava desse layout tanto quanto gostava do segundo, mas *com certeza* gostava mais dele do que do quarto.

— "*Cinco*"? Uau. Tudo bem. Chega. — Vera havia pedido a Nella que imprimisse tudo em alta resolução em papel brilhante e levar para ela ver, mas isso não a tinha impedido de abrir cada um dos anexos que Nella lhe havia enviado por e-mail e rolá-los na tela vagarosamente.

Nella encarou as cinco capas impressas, lamentando em silêncio a quantidade de tinta desperdiçada não apenas com essa tarefa, mas com tudo que lhe pediam para fazer na Wagner. Nove entre dez vezes, as folhas acabavam no lixo. Quanto dinheiro ela ajudou a jogar fora nos últimos dois anos? O suficiente para pagar seus empréstimos da faculdade? O suficiente para comprar sapatos mais adultos?

— E não sei se você se lembra, mas na última vez que falamos com Leonard, tenho quase certeza de que ele disse: "Não vou fazer mais nenhum projeto de capa nova para *Alma de cristal*." Então. Achamos que ele está falando sério?

— Está. O homem me encurralou no elevador na semana passada e ainda estou traumatizada.

Pensar nessa situação era bom demais: Leonard, de um metro e sessenta, em sua característica camisa xadrez vermelha e azul, um minilápis atrás da orelha; Vera, um metro e setenta e sete, toda de preto, olhando furiosamente para ele. Nella teve que conter uma risada.

— Deve ter sido horrível. Sinto muito.

— E foi. Você não encaminhou os e-mails do Sam para ele, não é? Por favor, me diga que não...

— *De jeito nenhum.* Não. Não mesmo. Eu reformulei cada informação.

— Ótimo. — Vera suspirou, massageando as têmporas. — Você é tão boa nessas coisas. Obrigada. Mas, enfim, o resultado disso tudo é que vamos ter que trabalhar para Sam escolher uma capa dentre as que ele já tem. Ou então terceirizar, o que não podemos nos dar ao luxo de fazer. Não temos orçamento para isso.

— Certo. Foi o que imaginei. Olha, espero que não se importe de eu fazer essa sugestão, e me diga se for muito maluco, mas acho que devíamos realmente tentar empurrar a segunda capa que Leonard criou.

Vera não falou nada, mas seu olhar também não dizia *pare de falar*. Nella pigarreou antes de prosseguir.

— Porque acho que combina mais com as capas dos dois últimos livros do Sam, e a reação dele em relação a esse layout pareceu muito mais branda. — *Ela tem essência*, ele havia dito no telefone, apesar de não ter especificado exatamente de que tipo. Ainda assim, Nella tomou aquilo como indício de uma avaliação positiva. — Parece uma boa estratégia?

— O quê? — perguntou Vera. Seu computador havia apitado e ela se virou para ver o que era.

— Pressionar para ele aceitar a segunda capa. A que tem estrelas. Talvez o Leonard possa mudar o tamanho da fonte ou alguma coisa do tipo, e aí tecnicamente é uma "nova" versão, que podemos enviar para o Sam. Tudo bem?

— Sim! Espere. Não. — Vera esticou a mão, os olhos ainda fixos na tela. — Pode me entregar a capa, por favor?

Nella se inclinou para a frente e entregou a folha de cima. Ela engoliu em seco e disse, com uma pequena dose de humildade:

— Se você quiser, eu não teria problema algum em dar um pulo até a mesa do Leonard e dizer para a gente talvez pegar uma parte da quinta capa e meio que mesclar com a segunda. Porque Richard era um grande fã da quinta, não é?

Vera continuou olhando fixamente para a tela do computador por mais trinta segundos, como se sua assistente não tivesse acabado de se oferecer para enfiar a cabeça na jaula de um leão faminto. Nella aproveitou o momento de distração para examinar a sala de sua chefe sem que ela notasse. Espreitou o conjunto de canetas e lápis de Vera pela milionésima vez naquela semana — nada colorido, apenas preto. A caixa de plástico transparente com itens de escritório perto do jardim zen era uma novidade na mesa de Vera, mas tudo ali era caro e elegante, sem dúvida nada como a que Nella recebera. Durante breves minutos, imaginou o suspeito numa papelaria, todo de preto, deliberando sobre qual cartão em branco seria o melhor para transmitir sua mensagem racista.

Já fazia um tempo desde que Nella realmente sentira vontade de rir, mas teve que engolir um engasgo quando Vera se virou para registrar a imagem que Nella havia acabado de lhe entregar e dito:

— Não, desculpe... essa não. Pode me passar a cópia da primeiríssima capa, por favor? Não consigo me lembrar direito dela.

— Ah, claro. Aqui está. — Ela passou a primeira capa para Vera.

— Não... obrigada, mas quero ver a *primeiríssima* capa que Leonard propôs, junto com essas cinco.

— Sem problema — disse Nella, embora não soubesse a que "primeiríssima capa" Vera estava se referindo. Ela se lembrava de Leonard ter feito cinco capas, não seis. Levantou-se às pressas, esquadrinhou seu cérebro atrás de uma lembrança que sabia não existir. — Claro. Posso tentar imprimir a capa agora. Tenho que correr para uma reunião rápida no andar de baixo com a produção, mas posso...

— Tudo bem, pode deixar aqui de tarde, por favor, quando você tiver um tempo livre. — Nella soltou o ar enquanto Vera cruzava os braços com naturalidade. — O que o homem precisa realmente é de um ultimato. Leonard já anda sobrecarregado ultimamente, e Sam a esta altura já devia entender que temos gente bastante qualificada aqui dentro.

Nella assentiu. Ela sabia disso tudo — ou, pelo menos, uma partezinha dela sabia —, mas insistir com Sam não era uma tarefa que parecia caber a ela. E se desse tudo errado, assim como havia acontecido com Colin Franklin? Pelo tom de Vera e o contato visual inconstante, o ar ainda estava saturado por conta do Incidente Com Colin.

Nella observou Vera voltar à tela e se preparou para sair. Antes de passar pela porta, porém, virou-se e falou, como quem não quer nada:

— Tem mais uma coisa que queria comentar.

— O quê? — disse Vera, sem tirar os olhos do computador.

Tenho recebido uns bilhetes de um estranho me dizendo para sair do emprego. Estão me deixando apavorada.

Mas não conseguiu.

— Acabei de ler *A mentira*.

A cadeira de Vera soou como se fosse se desmantelar, dada a rapidez com que ela girou. O brilho vindo de seu sorriso foi cativante.

— *Maravilha!* E então? O que achou? Adorou, não foi?

— Bom... na verdade, passei da minha estação de metrô enquanto estava lendo, então se isso é um indicador... — a voz de Nella foi sumindo, seus olhos arregalados fingindo admiração. *A mentira* era um bom livro, nada que ela achasse merecer um excesso de elogios, mas Vera não precisava saber sua opinião sincera. — Quer que eu mande meu parecer?

— Por favor! — concordou Vera. — Seria ótimo. Estou realmente pensando em fazer uma proposta para o livro. Não acredito que me esqueci de mandar para você. Hazel compartilhou, imagino.

Lá estava: um pedido de desculpas. Mais ou menos.

— Sim, ela me passou. Não foi nada. De verdade.

— Nossa, que vergonha. — Vera fez uma pausa, segurando o pescoço. — Ei... já que você conseguiu ler esse tão rápido, teria alguma chance de ler um outro para amanhã? Mando para você agorinha. *Coração de aço*. É muito, *muito* bom. Uma mistura de *Orgulho e preconceito* com *Eu, robô*.

Nella fez que sim e disse que é claro que podia, mesmo se lembrando na hora que ela e Owen tinham planejado encontrar as mães dele, que tinham vindo de Denver para uma visita, no High Line naquela noite. Ela deu meia-volta para sair, rezando para que o livro fosse curto, quando Vera chamou:

— Nella? Mais uma coisa rápida.

— Sim?

— Sei que não tenho sido muito presente ultimamente. E sei que você deve pensar que tem a ver com o... caso do Colin. — Sua voz estava baixa e contida.

Clicando na caneta várias vezes de forma nervosa, Nella fitava Vera da porta.

— E talvez *tenha* a ver com isso, um pouco. Não sei bem. As coisas ficaram realmente de enlouquecer... Sinto que estou mais ocupada do que nunca... Bem, essa é a minha forma desajeitada de dizer que peço desculpas se fiz você se sentir desconfortável, de qualquer maneira possível. Pedi sua opinião e fico contente de você ter falado o que pensava.

Nella sorriu.

— Está tudo bem. Me desculpe, também, pela forma como tudo aconteceu.

— Ótimo. — Vera expirou profundamente. — Estou muito feliz que conseguimos esclarecer as coisas. Tenho falado com Colin quase todo dia, para ter uma noção de como ele está se sentindo, e posso afirmar que acho que ele se sente bem mal com o modo como tudo aconteceu também.

— Sério?

— Sim, mas, *na verdade*, eu acho que... — Vera apertou os dedos de uma mão contra os da outra. — Acho que não é uma má ideia pedir desculpas para ele mais uma vez. Só um pouquinho. E aí, página virada.

Nella parou de mexer na caneta.

— O que você acha dessa ideia?

Acho que já pedi desculpas antes de ele sair do escritório, quatro vezes.

— Tenho que dizer... que talvez precise pensar no assunto — respondeu Nella, percebendo como sua voz soou vazia. — Com todo o respeito, claro. Eu meio que achei que já tínhamos superado o acontecido.

— Bem, com todo o respeito, Nella, preciso dizer que suas desculpas foram um pouco... — Vera mexeu a cabeça de um lado para o outro. — "Desculpe por você ter pensado que eu o chamei de racista" é um pouco como dizer "Desculpe por você ter pensado que passei por cima do seu cachorrinho com meu SUV". É... um pouco vazio. Entende o que quero dizer?

Você *entende o que* você *quer dizer?*

— Vou pensar seriamente no assunto — repetiu Nella.

Vera falou que entendia, ainda que alguma coisa em sua última palavra mostrasse um quê de reprovação.

Nella desviou o olhar. Percebeu que estava cruzando os braços, então os descruzou.

— Posso ligar para ele, acho.

— Na verdade, talvez fosse melhor fazer isso por e-mail. Ele está na Califórnia agora, envolvido em algumas questões relacionadas à filmagem do seu último livro. Mas, ei... me mande o rascunho do e-mail primeiro, para eu dar uma olhada?

Pedir desculpas por e-mail era exatamente o que Nella não queria. Ela preferia verbalmente, em parte porque não sabia ao certo como colocar em palavras, e imaginava que ouvir o tom de voz de Colin no telefone pudesse ajudar. Mas ela também sentia que sua mãe teria achado que era uma maneira de resistir. *Nunca deixe que seu chefe tenha qualquer coisa por escrito*, ela sempre dizia.

Uma imagem de Colin imprimindo seu e-mail e prendendo-o na geladeira para todos os seus convidados verem, o tempo todo usando o boné de patchwork, reluziu na mente de Nella. Mas *ela* também podia fazer cara de paisagem.

— Entendi. Vou fazer isso — disse, animada.

Manteve essa animação no rosto enquanto caminhava para o banheiro. Só então, ao trancar a porta da cabine, se deixou desabar.

Nella teve que se esforçar ao máximo para se convencer de que estava sozinha no escritório mais tarde, naquela mesma noite. Já eram quase nove horas, e ela não tinha visto nenhum colega passar por sua mesa desde as sete...

Mas que som era aquele, de assobio, que tinha ouvido no final do corredor?

Ela parou a música e espreitou em volta. Nenhum assobio. Nenhum som. Tudo não passava de sua imaginação. No entanto, os bilhetes que apareceram em sua bolsa e sua mesa não eram imaginação. Eram tão reais quanto as duzentas páginas de *Coração de aço* que ainda tinha para ler. E se a pessoa que havia enviado esses bilhetes muito reais de fato fosse um colega de trabalho, saberia por agora que teria que ser mais do que sorrateiro para deixar o bilhete número três.

Ainda assim, uma semana havia se passado sem que ela tivesse recebido qualquer outro aviso.

Nella desabou de novo na cadeira e voltou a procurar um GIF para enviar a Owen. Ela queria um que dissesse *Ainda estou no trabalho, me desculpe, eu te amo, e, por favor, diga oi para as suas mães por mim*, mas o melhor que conseguiu foi um vídeo de um programa de namoro bobo que ela o convencia a ver de vez em quando. Enviou o GIF e torceu para que Owen mandasse uma risada como resposta. Depois voltou a se ocupar com o livro que Vera tinha lhe pedido para ler, fazendo uma careta diante do número de páginas que ainda restavam: cento e noventa e nove.

A leitura se arrastava. O autor havia tentado, em vão, misturar ideais do século XIX com vocabulário tecnológico moderno. Mas Nella preferia avançar nos desajeitados diálogos de robôs a redigir um pedido de desculpas para Colin. Ambas as tarefas precisavam ser concluídas antes que ela fosse embora, mas a segunda era tão desmoralizante que ela não suportava a ideia de começá-la. E assim que finalmente *terminasse* tudo, ela teria que pegar o metrô para casa, sabendo que havia faltado a um encontro com Owen e as mães dele, e como justificaria isso? Precisava fazer comentários sobre um livro de merda e escrever um pedido de desculpas para um escritor de merda?

Quanto mais pensava no assunto, mais zangada Nella ficava. Ficou tão brava que, após alguns frustrantes minutos em que não absorveu nada do que estava lendo, entrou no YouTube e pesquisou "Jesse Watson

+ desculpas". Como o escritório estava vazio — até Donald já tinha ido para casa —, ela não se deu ao trabalho de colocar os fones de ouvido. Recostou-se na cadeira, colocou os pés na mesa atulhada de coisas e aumentou o volume até o máximo.

— Me diga, por favor, o que diabos vocês querem de nós? "Desculpe se minha pele é tão preta e meu cabelo tão grosso"? "Desculpe se vocês têm matado meu povo durante gerações... ge-ra-ções, gente... e quem vocês não mataram vocês deixaram debilitado financeiramente, sem qualquer bem para deixar para os filhos"? "Desculpe se vocês trouxeram meus antepassados naqueles navios e me forçaram a viver com a sua gente"?

Nella assistiu duas vezes, saboreando o modo como a indignação de Jesse irradiava das paredes de sua baia. Depois criou um arquivo novo e começou a digitar.

Caro Jesse Watson,

Tenho certeza de que você recebe muitas mensagens como esta todo santo dia, e que justo agora você preferia fazer qualquer coisa a ler um e-mail inconveniente de alguém que quer lhe pedir algo. Mas antes de apagar esta mensagem, quero assegurar o seguinte: não quero nada de você. Quero algo para você. Para todos os jovens leitores negros no mundo que não se sentem vistos pela indústria do livro.

Acho que existe um livro dentro de você que poderia

Alguma coisa roçou de leve na sua perna. Ela soltou um berro e deu um tapa, percebendo, um segundo tarde demais, que era apenas Pam, a doce chilena que fazia a faxina do prédio depois do expediente, tentando esvaziar sua lixeira.

— Ah, Pam — exclamou Nella, segurando o braço da mulher. — Mil desculpas!

Educadamente, Pam puxou a mão.

— Sem problema, querida — disse, esticando o braço de novo e pegando a lata de lixo de Nella. — Este lugar também me dá arrepios.

11

26 de setembro de 2018

A principal sala de reuniões da Wagner reverberava com conversas amenas à medida que dezenas de funcionários se abasteciam no balcão de café da manhã e seguiam para seus lugares: editores e outros funcionários de cargos mais altos na grande mesa de pedra; o restante em quatro filas de cadeiras que davam para a mesa.

Nella e os outros assistentes foram alocados na "Ala dos Assistentes", perto o suficiente para fazerem anotações da primeira reunião de marketing da temporada, mas longe o suficiente para se distraírem sem serem notados. Não estavam *exatamente* na parte menos nobre. Essa era a última fila, tomada, quase sob protestos, pela equipe de e-books — um departamento negligenciado que nunca era levado tão a sério quanto deveria — e Leonard, o rabugento designer de capas. Apesar disso, quando chegou junto com Nella alguns minutos antes, Hazel expressou desagrado com os lugares que Sophie havia guardado para elas na Ala dos Assistentes. *Há lugares vagos na frente*, parecia pronta para dizer. Mas então de repente Sophie começou a elogiar em voz alta o penteado de Hazel, e ela não teve outra opção senão aceitar seu lugar na terceira fileira com um sorriso.

Nella ficou feliz por não precisar explicar que nenhum assistente jamais havia se sentado tão perto da mesa principal. Isso simplesmente nunca acontecia. Mas isso tampouco a impediu de ficar matutando, enquanto mordiscava seu bagel, *o motivo* de nunca ter acontecido.

— Então. — Hazel deu uma mordida em um minibagel de canela e passas, indo para a frente de forma a se dirigir ao mesmo tempo a Nella,

Sophie e Gina, uma sabe-tudo assistente de comunicação. — Vocês todas vão hoje à noite no meu evento da Jovem, Negra & Descolada, né?

Nella sentiu um músculo do pescoço se retesar. A pergunta pareceu ser endereçada a ela e tão somente a ela. Nella fingiu estar concentrada em testar se sua caneta estava funcionando.

Não era que Nella *não* quisesse ir, porque já havia considerado essa hipótese mais de uma vez depois de receber o convite para o evento pelo Facebook uns dois dias antes. Ela havia pesquisado a Jovem, Negra & Descolada, a organização sem fins lucrativos de poesia que a própria Hazel havia fundado para estudantes negras de ensino médio do Harlem, e percebeu que se tratava exatamente do tipo de coisa de que ela e Malaika sempre falavam em participar mais: se engajar nas comunidades onde moravam; participar de atividades extracurriculares para negros.

Descobriu também que muitas outras pessoas partilhavam o mesmo sentimento, depois de ter pesquisado um pouco mais. A JND tinha aproximadamente quinze mil seguidores no Instagram e vinte e duas mil curtidas no Facebook. *Desde 2012, nossa missão é ampliar as vozes de adolescentes que têm as palavras, mas não o microfone*, dizia a página principal da organização. *Nosso objetivo é promover a próxima geração de Mayas, Lauryns e Lucilles.*

Sua rede ia bem além de Nova York: se estendia até Chicago e Los Angeles, também, onde educadores haviam criado ramificações da JND em suas próprias comunidades. O mais impressionante de tudo, porém, era a página da JND no Twitter, com quase trinta mil seguidores e um vasto número de tweets, às vezes cinco em um dia: entrevistas com escritores negros de todas as partes do país e de todas as idades; posts dedicados aos aniversários de poetas negros, muitos dos quais Nella nunca tinha ouvido falar. O conteúdo era tão rico e abundante que Nella poderia ter se aconchegado em sua cama de casal e se perdido nele por uma hora, talvez até duas horas.

Mas ela não tinha tempo sobrando nos últimos dias. Desde sua conversa sobre *A mentira*, Vera a abarrotava de manuscritos, uma semana após a outra. Ela estava pensando por qual deveria começar quando ouviu Sophie dizer:

— Espere! Seu evento de leitura é *hoje*? Eu me esqueci completamente. Onde é mesmo?

— É no Curl Central. Em Bed-Stuy.

Gina franziu a testa. Nella praticamente ouviu os cantos de sua boca virarem para baixo. Uma espécie de bola de cristal sobre "o que está em alta e o que não está", a ruiva se encaixava na pequena mas admirada categoria de funcionários supercomprometidos da comunicação que ouviam o nome de um lugar da cidade e depois prazerosamente lhe diziam se o consideravam literário o suficiente para algum evento da editora — quer você quisesse saber ou não. Era um dom que Nella não queria ter, mas que a impressionava.

— Curl Central. Hum. — Gina repuxou a boca para o lado esquerdo do rosto. Após pensar bastante, concluiu: — Nunca fizemos nenhum evento lá antes.

Hazel riu.

— Não achei que tivessem — disse, de modo espirituoso, mas, pelo brilho de seus olhos, o mesmo que aparecera quando Maisy tinha lhe explicado, sob a ótica dos brancos, o que era o Harlem, Nella percebeu que ela estava achando graça. — É um café-cabeleireiro. Da irmã do meu namorado. É a primeira vez que ela vai sediar um evento literário. Ela tem o espaço para isso, então ficamos pensando: por que não?

— "Café-cabeleireiro" — repetiu Gina, tomando um gole de café enquanto refletia mais uma vez. — É diferente.

— Estou dentro, sem dúvida — disse Sophie, praticamente explodindo de alegria. Sophie vinha até a mesa de Hazel ao menos duas vezes por dia para bater papo, e Nella imaginava que ela devia estar fissurada com a ideia de sair com Hazel fora do trabalho, para variar.

— Ótimo. — Hazel assentiu e mudou o foco. Desta vez, seus olhos realmente estavam em Nella.

— Também vou, se meu outro compromisso for cancelado — disse Gina, com alguma resignação. — Vai ser bom avaliar o lugar, ver se podemos promover algum evento lá no futuro.

— Delícia! Nella? — Quando Nella ergueu o rosto, os olhos de Hazel estavam praticamente suplicando. *Por favor, garota, não me deixe com essas duas brancas em um salão para cabelo crespo.* — E você?

— Hum...

Nella passou a mão na nuca. Ela tinha planos depois do trabalho, e não era só o tipo de plano que inventava quando preferia ir para casa e maratonar reprises de *A Different World*. Planos *de verdade*. Ela tinha marcado de encontrar uma agente jovem e reconhecida de quem vinha correndo atrás havia meses; depois disso, ela e Owen tinham combinado de dividir um baseado e ir ver *A Bolha Assassina*, um dos seus filmes preferidos de ficção científica ruins-mas-bons. Eles haviam comprado ingressos para o filme dois meses antes, quase um ano no calendário de Nova York, e ela ainda estava tentando se redimir por ter perdido a oportunidade de passar um tempo proveitoso em família com as mães dele. Ela estava em dívida com Owen.

— Venha, vai ser divertido! Você não estava a fim de conhecer o Curl Central? Você devia vir. Pode trazer o Owen também.

Algo nessa sugestão pareceu um pouco estranho para Nella, mas ela afastou a sensação.

— Talvez dê para eu ir. Combinei de beber alguma coisa com uma agente hoje à noite, mas tomara que não demore muito.

— Beber alguma coisa com uma agente? — Sophie quase guinchou. — Que maneiro!

— Que agente? — perguntou Hazel.

— Lena Jordan.

— Tenho pensado que preciso me encontrar com agentes também, mas não faço ideia de como encontrar tempo no meio de todo o resto — queixou-se Sophie. — Sabe?

Mesmo que Kimberly ainda não tivesse voltado ao trabalho depois da cirurgia, Nella assentiu para Sophie em solidariedade. Ela ficou aliviada ao ver o quanto a conversa tinha dado uma guinada para outro assunto que não o evento de poesia de Hazel.

— É a sua primeira reunião com um agente? — perguntou Gina, seu interesse na conversa renovado.

— É. Levei só uns dois anos para conseguir que alguém me levasse a sério.

— Essa é a norma para vocês no editorial, né? De verdade, não sei como vocês conseguem aguentar tanto tempo — disse Gina. — Se eu não tivesse sido promovida a assistente de comunicação no ano passado, sem dúvida teria ido procurar trabalho em outra editora.

Todas assentem, com exceção de Hazel, mesmo que todas, com exceção de Hazel, soubessem que o único motivo para Gina ter sido promovida tão rápido foi o falecimento de um funcionário com um cargo superior ao dela.

— Não acredito quanto tempo demora para avançar nessa carreira — disse Hazel, terminando o último pedaço do bagel. Ela parou para mastigar. — Mas, na verdade... é meio cada caso é um caso, né?

— Como assim? — perguntou Nella.

Talvez Hazel *soubesse* que o chefe anterior de Gina tinha morrido. Afinal de contas, isso acontecera apenas alguns meses antes.

— Tipo, meio que depende do assistente, né? Richard estava me contando que às vezes fazem exceções. Às vezes. Não que eu tenha muita esperança ou coisa parecida — acrescentou rapidamente.

Sophie arregalou os olhos.

— Ele disse isso? Quando?

Nella vasculhou o local e encontrou Richard tranquilamente, na cabeceira da mesa de reuniões. Com seu olhar analítico, a camisa de cetim coral de gola alta e o tênue traço de um sorriso, ele parecia mais um Macbeth espionando potenciais suspeitos do que um editor-chefe solidário.

— Ele disse isso durante o seu chá de boas-vindas? — perguntou Nella, igualmente atraída pelo assunto.

— Não, não. Na verdade, eu queria contar a vocês... — Hazel se inclinou para a frente; de novo, parecia se dirigir apenas a Nella. — Convidei o Richard para um evento que tivemos algumas semanas atrás para os doadores que têm apoiado a JND, só para ver se ele se interessava em doar algum dinheiro. E ele topou! Ele também vai ao meu evento de hoje.

— Que maravilha! — exclamou Sophie, mexendo na trança. — Nós realmente precisamos de mais gente negra nessa indústria. Estávamos literalmente comentando como era estranho ter levado tanto tempo para ter outra assistente negra aqui na Wagner. Não é, Gina?

Gina ficou muito interessada em mexer nas próprias cutículas.

— Sim, acho que me lembro dessa conversa.

— Tipo, a Hazel é tão esperta. E você também, Nella — acrescentou Sophie. Ela balançou a cabeça. — É simplesmente... É *horrível* como quase só tem branco aqui.

Sophie mencionou provavelmente pela décima vez o artigo de opinião que saíra no *BookCenter* alguns meses antes. Dessa vez chegou a citar o nome inteiro do autor — uma novidade, Nella reparou.

— As pessoas negras *realmente* precisam ter acesso às oportunidades. Ponto final. Só porque nós não vemos pessoas negras nesses espaços não quer dizer que elas não possam prosperar ali. Não é verdade?

Gina pareceu entender por que "elas" tinha sido uma palavra tão inadequada para Sophie usar, pois afundou ainda mais na cadeira. Hazel espiou Sophie, parecendo confusa.

Amy Davidson, a chefe da equipe de marketing, acabou salvando a todas.

— Mais um minuto, pessoal, e vamos começar — disse ela.

Um terço dos presentes, incluindo Gina e Sophie, se apressaram em se servir de mais café e pegar mais um ou dois bagels.

— É realmente incrível que você tenha uma organização para jovens escritoras negras — disse Nella, olhando para Hazel. — Eu teria amado fazer parte de algo assim quando estava no colégio.

— Obrigada! Algumas meninas da minha escola antiga vão declamar hoje, então estou mais animada ainda. Metade do lucro com a alimentação e a bebida vai para os membros do grupo, aliás.

— Que bom.

— As garotas também são bem legais — acrescentou Hazel, o olhar perdido. — E muito, muito talentosas.

— Com certeza. — Nella deu mais uma mordida no bagel para não precisar falar mais nada. Tinha um pouco de gosto de cebola e um pouco de outro sabor que ela não queria. — E o Richard vai *mesmo* ao evento hoje?

Hazel balançou a cabeça e olhou para a frente da sala, onde Richard estava sentado.

— Sabe, achei que ele era muito travado no início. Mas na verdade ele é até bem tranquilo. Acho que consegui conquistar o homem com meu conhecimento sobre chá. A obsessão do Manny realmente foi útil uma vez na vida — brincou.

— Richard definitivamente é uma figura — concordou Nella.

Ela também fitou a mesa principal, mas o homem alto e calvo que ocupava o assento à sua frente havia voltado do balcão de café e bloqueou sua visão. Ela suspirou, um quê de mau humor infiltrando-se em suas entranhas. Não tinha a intenção de ir ao evento de Hazel. Já tinha pisado na bola com Owen naquela semana. Mas, agora, sabendo que Richard estaria lá e que havia espaço para exceções no caso das promoções, Nella não podia ignorar a oportunidade.

Nella fez uma anotação mental: mandar um e-mail para Lena Jordan pedindo para adiantar o encontro, de seis e meia para as cinco e meia. Não era o ideal — ela levara meses para conseguir acertar esse encontro —, mas necessário. Além do mais, não seria horrível se uma das únicas funcionárias negras da Wagner não apoiasse o empreendimento de outra?

Amy bateu palmas com vigor para atrair a atenção de todo mundo. No momento em que ela bateu palmas pela terceira vez, um silêncio digno de um velório pairou sobre as duas dúzias de pessoas acomodadas na sala.

— Agora que todo mundo está acomodado — disse Amy, tirando os óculos de lentes vermelhas —, acho que podemos começar.

Ela jogou seu cabelo grisalho-arroxeado por cima dos ombros e pegou os óculos de leitura de aros de metal que estavam sempre ao alcance de seu braço esquerdo.

Rezava a lenda que as lentes coloridas de Amy, que ela usava sempre, exceto em reuniões que exigiam que ficasse na cabeceira da mesa, foram prescritas por um oftalmologista quando ela estava na casa dos vinte. Nella, porém, estava mais convencida de que tinha um pouco a ver com demonstração de poder. Ora, todo mundo que estava na Wagner havia tanto tempo quanto Amy — trinta e dois anos, no caso dela — tinha algum tipo de esquisitice que seria injustificável para alguém novo no ramo. Ou para qualquer pessoa que não fosse branca. E, comparada com outras esquisitices, a de Amy nem era a mais estranha. Falar com ela sem enxergar seus olhos não era tão ruim quanto falar com Alexander enquanto ele também falava com outra pessoa pelo fone Bluetooth, ou falar com Oliver, um editor veterano que salpicava qualquer conversa com citações de autores com quem tinha trabalhado.

— Temos vários planos incríveis para discutir na reunião de marketing de hoje — continuou Amy, remexendo nos papéis à sua frente. — Vamos começar com os dois títulos da Vera para o outono: um de Kitty Kruegler; o outro de Colin Franklin. Alguma preferência com que autor começamos, Ver?

— Na verdade, sim. Eu tenho a minha — Nella ouviu Richard responder. — Vamos começar com Colin.

— Melhor começar com a mina de ouro, certo? — Josh, sempre o primeiro a apoiar, concordou. Ele tinha dado um jeito de entrar na sala cedo e só havia Alexander separando-o de Richard, uma proeza notável.

Todo mundo riu e assentiu com vigor. Nella anotou essa breve piada — não o comentário sobre a mina de ouro, mas o nível de confiança que Colin Franklin ainda suscitava em todos da Wagner. Ela sabia que ele ficaria satisfeito na próxima vez em que ela e Vera se reunissem com ele para lhe passar uma atualização das vendas, principalmente porque os números dos seus últimos livros tinham sido bem medíocres — desde 2009, na verdade, que foi quando a protagonista da adaptação de seu livro *Não o meu padre* processara Colin por assédio nos meses seguintes à estreia.

Quem aceitaria o papel de Shartricia se esse novo livro fosse adaptado para o cinema? Nella imaginava que nenhuma atriz famosa. Provavelmente seria uma desconhecida, em busca de uma grande oportunidade. E talvez acabasse sendo mesmo uma boa porta de entrada para a indústria. Talvez o filme fizesse sucesso, levasse a papéis melhores, e ela conseguiria ser a "primeira" a fazer algo que as pessoas achavam que outra atriz negra já tinha feito. De atriz, passaria a apresentadora de programas de entrevistas, se tornaria a próxima Ellen negra — Negrellen? — e, então, depois de alguns anos, ela fundaria a própria produtora de cinema encabeçada por mulheres negras. Bilhões de dólares; milhões de seguidores; Emmys, Grammys, Oscars e Tonys; um nome conhecido em todo o mundo. E, depois de tudo, talvez ninguém se lembrasse de Shartricia, o papel que tornara aquilo possível.

Talvez.

Mas provavelmente não. Os negros não esqueceriam. Não pessoas como Nella, não qualquer um que passasse mais que alguns minutos refletindo ou conversando sobre como os negros são representados na mídia.

Ela balançou a cabeça, mais uma vez avaliando o pedido de desculpa que Vera havia lhe falado para escrever, mais uma vez imaginando o que a mídia pensaria do novo livro de Colin quando fosse lançado... e como ela se sentia impotente em relação a isso tudo. Talvez ela devesse ter tentado falar com ele com mais afinco durante a reunião na sala de Vera.

— Mas o que é mais impressionante a respeito do livro — dizia Vera — é que Colin foi especialmente proativo em sua proposta de se aprofundar na mente dos personagens. E acho que o que ele mostra aqui também vai parecer bem autêntico nessas comunidades fragilizadas. Porque é a essas pessoas que tais livros se destinam de verdade. Gente da região rural de Ohio, e de todas as outras regiões rurais dos Estados Unidos.

— Mas será que essas pessoas leem? — Sophie cochichou no ouvido de Gina, um pouco alto demais. Gina abafou uma risada silenciosa com a mão.

Amy se intrometeu no discurso previsível de Vera.

— Acho que tudo isso soa fabuloso, Vera. Li o livro e tenho que dizer que é realmente incrível. Se não se importa que eu diga, acho o livro uma ruptura em relação ao que Colin vinha trabalhando antes. As cenas em família me comoveram bastante. Tão intensas, tão profundas.

Amy fez uma pausa, então, o que significava que ela tinha fechado os olhos, como costumava fazer no meio da fala, para enfatizar seu argumento. Nella sentiu as pálpebras igualmente pesadas, o que não era uma resposta incomum à voz tipo ioga de Amy.

— Depois de terminar o manuscrito, liguei para o meu filho mais novo em Yale e disse a ele o quanto o amava pelas escolhas que fez. E pelas escolhas que deixou de fazer.

O homem calvo sentado na frente de Nella mexeu a cabeça, concordando.

— Mas eu tenho uma dúvida.

Outra pausa. Nella ficou imaginando se Amy estava prestes a pedir que alguém fizesse a postura do cachorro olhando para baixo.

— Fico pensando sobre o *público*, e como vamos colocar este livro nas mãos das pessoas dessas comunidades fragilizadas.

Sophie apertou a coxa de Gina, triunfante.

— Desculpe, mas tenho que ser essa megera sem coração e perguntar a todo mundo aqui nesta mesa, por mais que me doa, será que essas pessoas sobre as quais Colin está escrevendo compram livros? Ou estão mais interessadas simplesmente em comprar mais opioides?

Nella se encolheu. Ouvir a expressão "essas pessoas" em referência a um grupo majoritariamente branco provocava uma estranha satisfação. Ela ficou pensando se Hazel sentia o mesmo, mas a colega estava sentada muito à esquerda para aparecer no seu campo de visão.

— Acho que é uma pergunta relevante — disse Josh. — E também fico pensando, e posso ser de bom grado o feiticeiro para combinar com sua bruxa, Amy — algumas risadas exageradamente generosas —, será que achamos que o público já não viu o suficiente desse enredo? A epidemia de opioides chegou e... bem, não acabou exatamente, mas, para ser sincero, não me parece que a imprensa se importe tanto com isso como antes. O que significa que vamos ter que pensar bastante sobre como divulgar este livro.

Os opioides ainda são sexy?, anotou Nella. Ela traduziria a frase em algo menos atrevido quando fosse digitar para Vera mais tarde.

— Concordo, vai ser um pouco difícil — disse Vera, em um tom mais grave. — E, sem dúvida, Colin também sabe disso. Mas ele está planejando participar de várias seções de perguntas sobre o processo de escrita deste livro, algo que as plataformas de mídia vão adorar. E ele quer mesmo focar em trazer um público mais jovem adulto. Talvez falar em algumas escolas de ensino médio no interior.

Algumas cadeiras distante de Vera, Maisy — com um evidente bronzeado — pigarreou. Desde que voltara ao trabalho fazia poucos dias, ela dissera que "simplesmente precisou de umas férias extralongas", embora Nella não tivesse se esquecido da cena dramática que a editora tinha protagonizado, chegando agitada ao escritório e depois saindo cheia de sacolas.

— Eu gostaria de acrescentar algo, se puder — disse Maisy.

As pessoas que interessam, sentadas à mesa, fizeram um gesto afirmativo, de que ela poderia continuar.

— Li alguma coisa do livro... — Ela se ajustou de modo a fazer contato visual com Vera. — Como Amy, fiquei tocada, e disse ao meu filho que o amo, e que ele sempre deve tomar as decisões acertadas, ainda que ele ainda esteja descobrindo como dizer "mamãe", então acho que vamos revisar suas escolhas daqui a dezesseis anos. — Mais algumas risadas exageradamente generosas; Nella deu um meio riso abafado. — E acho que o que é de fato especial em *Entre agulhas,* e me interrompa, Vera, se você estava prestes a tocar neste ponto, é que mostra várias populações que foram afetadas pela crise dos opioides. Não apenas pessoas brancas, mas negras, também.

— Exato — disse Vera. — Eu ia falar sobre isso, obrigada.

Nella congelou. Uma coisa era falar de Shartricia na sala de Vera, mas ter que suportar esse debate com duas dúzias de colegas de trabalho era uma coisa inteiramente diferente. Ela não queria escutar Maisy e Vera falarem de maneira poética como Colin tinha feito um trabalho maravilhoso e apresentado personagens tão diversos. Não queria ver todo mundo reagir com entusiasmo. Por um breve momento, pensou em ir ao banheiro, embora fosse parecer muitíssimo suspeito se ela fizesse isso.

Então, lembrou-se: agora ela tinha uma aliada. Se qualquer outro colega de trabalho por acaso voltasse os olhos em sua direção para verificar se ela deixava transparecer alguma opinião sobre o que estava sendo dito, significava que eles também estariam olhando para Hazel. Como havia se esquecido de que não era a única garota negra no recinto?

Nella inspirou. O fardo não havia desaparecido, percebeu. De jeito nenhum. Mas pelo menos poderia ser compartilhado e comentado entre risadas mais tarde. Talvez ela até convidasse Hazel para tomar alguma coisa com Malaika na próxima vez em que saíssem juntas, e as três poderiam debater pessoalmente.

Nella sentiu novamente a tensão sair de suas costas, subindo até os ombros e evaporando em direção ao teto.

No entanto, foi um erro baixar a guarda. Porque a deixou despreparada para o que aconteceu em seguida.

Primeiro, Vera falou o nome de Hazel. E depois Richard fez o mesmo, se aventurando a voltar sua atenção para a Ala dos Assistentes.

— Você poderia dizer algumas palavras, Hazel?

Nella ficou paralisada. Ela nunca o vira antes pedir a qualquer funcionário recém-chegado que falasse em uma dessas reuniões.

— Claro. Como Vera mencionou, perguntei a ela se podia dar uma olhada em *Entre agulhas*. Fui uma leitora fervorosa de Colin Franklin durante um tempo, e estava curiosa. — A voz de Hazel, uma lufada audível de juventude e entusiasmo, soou perfeitamente clara, alta e decidida. Todos na sala tinham se virado para observá-la melhor, como se fosse comum uma assistente tomar a palavra em uma reunião de marketing.

A Hazel não disse que a Vera *é que tinha pedido* a ela *que desse uma olhada?*, pensou Nella, enquanto Oliver se inclinava para cochichar algo no ouvido de Alexander na mesa. Alexander fez um gesto afirmativo com a cabeça na direção de Maisy.

— E vou dizer o seguinte, se me permitem — continuou Hazel. — Acho que a protagonista negra e sua família vão repercutir de verdade entre as minorias étnicas, em especial aquelas pessoas que estão lutando contra o vício. Meus pais passaram pela epidemia de crack na cidade na década de 1980, e o livro reacendeu em mim recordações de histórias que eles me contaram... e como nenhum branco parecia se importar.

Algumas pessoas assentiram. Amy cantarolou uma nota apropriada para um coro de igreja.

— Vou ser sincera. Existem coisas sobre Shartricia que podem ser questionadas por *algumas* pessoas...

Se Nella tinha qualquer dúvida de que Hazel havia lançado um olhar absolutamente óbvio em sua direção, o olhar intencional do editor de produção calvo sentado à sua frente confirmou. Ela podia sentir todo mundo a fitando fixamente, também.

— Mas, de modo geral, Colin realmente fez um bom trabalho em focalizar esse ponto de uma maneira que acho que vai se conectar com todos os leitores. Vai ser divertido ver como tudo vai convergir.

— Obrigada, Hazel — disse Vera.

Ela tinha um sorriso tão amplo que dava para imaginar que seu cachorro tivesse se erguido nas patas traseiras e começado a redigir o próximo grande romance americano. Enquanto isso, o editor de produção ainda não tinha desviado o olhar de Nella. Seus olhos estreitados indicavam uma desconfiança firme e incontestável.

Nella fingiu tossir por cima do ombro.

— O prazer foi todo meu! Obrigada a *você* pode me deixar dar uma olhada. E por me ceder a oportunidade de falar aqui hoje. — Hazel fez uma leve reverência com a cabeça.

Amy replicou o gesto.

— Sim, obrigada, Hazel, por sua opinião. Definitivamente vamos ter em mente o ângulo da diversidade racial também. Muito bom, não é? — ela dirigiu a pergunta aos presentes. Era uma pergunta retórica, mas algumas pessoas concordaram verbalmente, não querendo ser vistas como céticas equivocadamente. Richard bateu palmas algumas vezes.

— Ótimo! — disse Vera. — Então, avançando: Kruegler. Quando conhecemos a Kitty, ela era uma escritora estreante desconhecida, sem parceiro, sem filhos, com uma dívida de setenta e cinco mil dólares de empréstimos para pagar a faculdade. Mas tudo mudou com o sucesso de *Sombras translúcidas*...

Nella levou o indicador ao rosto, pressionou a narina esquerda e contou até dez. Os cantos de seus olhos estavam começando a arder, e agora que o editor de produção finalmente tinha se virado para a frente, tudo o que ela podia fazer era fixar o olhar nas costas de sua cabeça brilhante. As lágrimas estavam prestes a cair, ela sabia, e, embora provavelmente ninguém fosse notar — todos estavam fascinados com Kitty Kruegler, que um dia havia largado a faculdade, mas depois se tornara professora em Princeton —, chorar estava fora de cogitação. Sua alma começava a falar com ela de novo, mas dessa vez não era a voz de Angela Davis; era a de sua mãe. *Que droga, Nell, você é uma assistente editorial de vinte e seis anos trabalhando em uma das melhores editoras do país. Não tem nenhum motivo para chorar.*

O que Nella não poderia de jeito nenhum explicar à mãe era que as lágrimas que ameaçavam cair não eram de tristeza. Eram lágrimas pesadas e quentes, de raiva e vergonha. Ela travou o maxilar, tentando evitar olhar para Hazel. Estava morrendo de vontade de ver que expressão a outra trazia no rosto, mas tinha medo de que, se movesse a cabeça nem que fosse um centímetro, precisaria correr para a porta de saída — ou, pior, pularia de sua cadeira, agarraria Hazel pelos ombros e lhe daria uma sacudida na frente de todos os colegas.

Nella permaneceu sentada absolutamente imóvel pelos quarenta e cinco minutos seguintes, concentrando-se apenas em sua respiração e nos sons das vozes dos editores. No momento em que Amy deu início às suas habituais observações finais sobre o mercado e sobre o clima social para os livros e como era importante o trabalho que cada uma das pessoas presentes estava realizando, o calor tinha se dissipado do rosto de Nella e seu maxilar havia relaxado. Ela tinha muitas perguntas para fazer a Hazel, mas sabia que sua melhor opção era se manter calma e calada. A Wagner não era um lugar adequado para essa conversa — seria melhor esperar quando estivessem no Curl Central.

Por ora resignada, Nella distraidamente virou a cabeça, sentindo a tensão que havia se formado em seu lado esquerdo desabrochar. Quando rodou a cabeça para trás, ficou surpresa ao ver Hazel encarando-a fixamente, as sobrancelhas franzidas e os olhos enevoados, como se estivesse matutando algo.

Pode trazer o Owen. Vindo de Hazel, as palavras soaram mais como uma ordem do que uma sugestão. Só que não. Não foi por isso que as palavras tinham incomodado Nella. O que a confundiu naquele momento foi o som do nome de Owen saindo da boca de Hazel. Nella nunca mencionara o nome do namorado para Hazel. Nem mesmo de passagem. Tinha certeza disso. E Owen não estava em nenhum lugar do seu Facebook: ele não acreditava em redes sociais, Deus abençoe seu coração independente, e ela respeitosamente o mantinha fora de sua página. Ela também nem usava mais tanto o Facebook assim.

Nella sustentou o olhar de Hazel, irradiando o máximo de óbvia reprovação possível. Hazel aguentou com um ar de neutralidade. E então, devagar, ela virou a cabeça de novo para a frente da sala, o início de um lento e leve sorriso surgindo em seu rosto.

Kendra Rae

26 de setembro de 2018
Catskill, Nova York

Você tem que me ajudar. Sinto como se estivesse enlouquecendo.

Inspirei longa e profundamente, depois tomei um gole ainda mais longo e profundo de vinho. Eu não podia continuar fugindo dessa mensagem de voz. Fiz todo o possível para não pensar nela. Saí para caminhar por uma hora; comprei algumas coisas básicas, além de uma caixa de pinot noir. Cheguei até a escrever alguma coisa, só para ter algo para fazer enquanto bebia.

Mas não consegui me acalmar. Nem um pouco. Continuei ouvindo a voz estridente da garota em vez da minha.

Soltei um suspiro e dei play, seu discurso exaltado ressoando por minha cozinha pela enésima vez.

— Olhe, não sei quem é você, ou por que fica entrando em contato comigo. E, para falar a verdade, nem sei por que estou ligando para *você*. Seu... *stalker* idiota e esquisito.

E aí ouvi uma leve fungada, o que indicava que ela vinha chorando.

— Meu Deus, estou um caos. Minha *vida* está um caos. O Owen está bravo comigo. A Vera acha que não mereço confiança, e definitivamente vou perder meu emprego... se bem que nem sei se quero esse emprego.

A pessoa fez uma pausa de novo. Limpei a gota de pinot noir que havia escorregado da garrafa verde para a mesa, espalhando-a pelo tampo de cerejeira. Lambi o dedo e limpei novamente, contando os quatro segundos que eu sabia que se passariam antes que ela continuasse.

— Não. Não é verdade. Eu... Eu quero o emprego, *sim*. *Quero* me tornar editora. Quantas jovens negras são editoras lá? Nenhuma. — A garota suspirou. — Você fica me mandando sair de lá, mas não posso. Não posso deixar Hazel... — Outra fungada, essa mais autodepreciativa do que a anterior. — Porra, não sei por que estou contando nada disso para... quem quer que você seja.

Também não sei por que está contando, pensei na primeira vez em que escutei, bastante irritada, *porque* você *é a pirada desequilibrada que entrou em contato comigo*. A única pessoa com quem eu ainda mantinha contato era Trace. Ela era meu porto seguro, a ponte que me conectava ao meu dinheiro, minha família, à vida que tive antes. Quanto a todos os outros, era melhor evitar: meus ex-colegas, os poucos amigos que deixei em Harvard.

Deixei até Diana para trás, embora essa parte tenha sido mais fácil do que deveria. Francamente, pensei que ela daria a Trace pelo menos uma desculpa esfarrapada para ter me deixado definhar tantos anos atrás. Por ter me feito sentir que não era mais bem-vinda. Por ter tentado me mudar.

Não me entenda mal: sei que não escolhi o melhor momento para dizer aquilo. Mas não lhe dava o direito de tentar fazer o que ela fez.

Escutei a garota divagar por mais um tempo, esperando. E lá estava a resposta: o motivo pelo qual eu não havia conseguido pensar direito o dia inteiro.

Wagner.

Escutar pela quarta vez não facilitou as coisas. Tudo veio à tona de uma vez: as décadas que passei fugindo do nome dele; as ameaças à minha vida; os pais negros que escreviam me dizendo que eu não seria mais vista como um modelo em seus lares. Anos se passaram desde que mudei o cabelo, arranjei um novo emprego e me estabeleci em uma cidadezinha no norte do estado de Nova York, onde as pessoas não se sentiam particularmente propensas a incomodar sua nova vizinha negra... só para ficar afastada daquele nome. Mas aí recebi uma mensagem de voz de uma tal de Lynn falando alguma coisa sobre Wagner e o trabalho que sua "equipe" estava fazendo. E agora aqui estava o nome Wagner de novo, invadindo a minha vida.

Quais eram as chances de essas duas mensagens não estarem ligadas? De essa garota *não ser* alguém da equipe de Lynn, enviada por ela para me pressionar?

Acabei com o restante da minha taça, enchi de novo, e depois voltei a apertar o play, repetidas vezes, até conseguir compor um quadro vago: essa moça anônima ao telefone trabalhava para Vera Parini, uma mulher branca raquítica e quieta, que não passava de uma humilde assistente editorial na Wagner quando a conheci. E agora Lynn — ou alguém do seu pessoal — tinha dado o *meu* número para essa pobre garota. Provavelmente na esperança de que ela me faria voltar para Nova York.

Suspirando, deixei meus olhos pousarem nos azuis e dourados da cópia de um Jacob Lawrence que meu pai me enviara apenas semanas antes de falecer. Seu funeral caiu em um dia bonito, razoavelmente quente para o mês de março, e estava tão cheio que minha mãe teve que mandar gente embora. Pelo menos foi isso que Trace me contou.

Eu não compareci.

— Mas é o *papai*. — Trace tinha implorado na semana anterior ao funeral. Pelo telefone, eu a senti puxando meu braço como costumava fazer quando éramos crianças e ela queria chamar minha atenção. — Você pode esconder seu rosto. Usar uma peruca. Qualquer coisa. Mas não me deixe fazer isso sozinha, Kenny.

Soltei um som de desaprovação.

— Eles estão observando todo mundo em casa só para ver se vou voltar. Vão descobrir.

Para qualquer pessoa — *quase* qualquer pessoa —, eu teria parecido louca. Mas Trace era sangue do meu sangue, era minha melhor amiga. Ela *tinha* que entender. Ela me viu nos últimos dias antes de eu ir embora. Ela também viu a mudança. Não havia nenhuma outra razão lógica para todos os anos que passou me ajudando a ficar longe dos olhos de Richard, de Diana, de tudo.

Sinto como se estivesse enlouquecendo... Minha vida está um caos...

Meu telefone apagou, mas continuei fitando-o assim mesmo, enquanto minhas entranhas tentavam se adaptar. De repente, desejei que ela não tivesse bloqueado seu número. Queria que a garota voltasse a ligar, me contasse mais. Era nítido para mim que o pânico em sua voz não era aquela coisa boba e egocêntrica de jovens de vinte e poucos anos que viam a vida tomar um rumo diferente do planejado. Qualquer que fosse essa situação pela qual a garota estava passando a abalava de verdade.

Recostei-me na cadeira, dolorosamente ciente da batalha entre medo e compaixão que estava minando meu juízo. O fato de eu chegar a *sentir* o cabo de guerra dentro de mim me surpreendia; por muito tempo, deixei meu desejo de continuar escondida ditar o local onde eu morava, onde eu fazia compras, as pessoas com quem falava. Quando Lynn entrou em contato comigo, falando de todas as suas grandes teorias sobre a Wagner, e de sua missão maior, eu lhe disse com todas as letras que não estava interessada em voltar para Nova York. *Seria uma loucura arriscar tudo agora. Finalmente encontrei paz.*

Mas será que era *verdade*? Aqui estava eu, quase chegando nos setenta anos e vivendo sozinha. Tinha uns poucos amigos — conhecidos —, e estava duas semanas atrasada para enviar algumas observações para meu cliente. A desculpa de hoje? Bebi vinho demais sozinha em um dia de semana.

Por mais que eu quisesse ignorar, eu não estava apenas afrouxando — estava de fato cedendo um tanto. Quaisquer fragmentos de mim que *restassem* faziam pressão insistentemente, por causa do discurso daquela garota perdida.

Afastei a taça de vinho para puxar meu notebook e entrar na conta de Facebook da Trace, que ela me deixava usar sempre que eu me sentia especialmente solitária. Eu não sabia o nome da garota, mas sabia para quem ela trabalhava, e *com* quem ela talvez trabalhasse: alguém chamado Owen, e Hazel. Quando digitei os nomes na barra de busca, no entanto, apareceram resultados demais para que eu conseguisse pesquisar.

Apertei a parte superior do nariz. Depois de matutar, abri o Google e pesquisei "Hazel" e "Wagner Books" juntos, esperando outra avalanche de resultados. No entanto, no meio da página havia um link para um evento no Facebook, organizado por uma jovem chamada Hazel-May McCall. Naquela mesma noite, a instituição de Hazel-May McCall estaria promovendo uma leitura em um salão de cabeleireiro no Brooklyn.

Entre os participantes confirmados: Richard Wagner.

E o copatrocinador do evento? Wagner Books.

Essa informação bateu de maneira estranha em meu estômago, ameaçando me fazer colocar o vinho para fora. Com movimentos nervosos, cliquei na foto de Hazel. Os dreadlocks eram seu traço mais proeminente; logo depois, seu engajamento social. Mas sua linha do tempo dizia que estava trabalhando na Wagner fazia apenas dois meses.

Ou Richard tinha sofrido uma transformação avassaladora, ou, o que era mais provável, ele tinha Um Propósito. Por que outro motivo ele doaria tanto dinheiro *e* postaria nas redes sociais que mal podia esperar "para apoiar a importância do aumento da diversidade no mercado editorial"? Esse era o mesmo homem que havia me convidado para jantar em minha primeira semana na Wagner para que sua elegante esposa branca pudesse me avisar, "de mulher para mulher", que eu nunca avançaria no ramo se eu não domasse meu cabelo e falasse como se fosse de Northampton, e não de Newark. O mesmo homem que, poucos anos mais tarde, me disse que *Coração em chamas* parecia "centrado demais em um nicho" para conseguir um público real, mas que Diana era muito bonita e eu era muito esperta, e que, se negros podiam ser popstars internacionais, então nós com certeza chamaríamos alguma atenção.

O mesmo homem que tinha ajustado seu propósito e se unido a nós no minuto em que o livro virou um best-seller.

Avaliei os dreads da jovem, a mão no quadril. Será que Richard estava dormindo com ela? Era um pensamento vergonhoso, mas não absurdo. Só que ela não tinha aquele brilho suave e fácil para o qual ele sempre gravitara. Hazel transmitia uma coisa completamente diferente.

Ele não seria capaz. *Ela* nunca faria isso. Ela parecia forte demais para ele. Muito... *firme.*

Mas Diana também era assim.

De repente, minhas pernas começaram a funcionar sozinhas, me levando até a sala e me deixando diante da estante de mogno que eu havia comprado em uma venda de garagem pouco depois de me mudar para Catskill. Estava deslizando o dedo pelas lombadas gastas de livros que eu vinha colecionando nos últimos cinquenta anos, quando finalmente percebi por que me encaminhara para aquele lugar.

Ralph Ellison e Toni Morrison sussurravam, pedindo que eu os escolhesse e os espiasse de novo, mas resisti à tentação e me ajoelhei para conseguir enxergar melhor a fileira de baixo. Ali estavam as memórias de Gordon Parks, a biografia de Billie Holiday e uma variedade de outras obras sobre criadores negros. Nunca entendi as pessoas que organizavam suas bibliotecas em ordem alfabética; eu só acreditava em organizar a minha por temas — e até *isso* podia ser difícil. Assim, li cada lombada, passando por velhas edições de *JET* e *Ebony* até encontrar uma lombada pequena demais para ler.

Ali estava.

Peguei o conjunto de páginas estreito com cautela, tomando cuidado para manter intacta a lombada de mais de cinquenta anos. Era isto: o antigo programa das apresentações de *O escravo* e *O toalete*, de Amiri Baraka, que meus pais haviam me levado para assistir quando eu tinha quatorze anos. Segurei o programa por alguns minutos, lembrando quantas vezes meu pai me contou, durante o trajeto até o Teatro St. Mark, que Baraka também era de Newark. Depois abri o programa, prendi a aba com a mão e desencavei uma foto que eu não via fazia anos.

Lá estávamos nós, Diana e eu, posando para uma capa de revista que nunca aconteceu. Eu estava de preto e ela de rosa, e ambas usávamos ombreiras tão afiadas que podíamos cortar o dedo nelas. O fotógrafo havia sugerido que erguêssemos o punho no ar, o que achamos brega demais, então concordamos em ficar de pé de costas uma para a outra, com os braços cruzados e as sobrancelhas erguidas — porque, por qualquer que fosse o motivo, aquela pareceu a pose mais natural na época. Na parte inferior da folha, escritas na altura de nossos tornozelos, estavam as palavras: "Uma nova era para as editoras?"

A pontuação do título me incomodava agora tanto quanto incomodou na época. *Por que colocar como uma pergunta*?, eu havia questionado ao redator-chefe. O fato de que iríamos aparecer na capa de uma revista de tanto prestígio por si só já indicava uma afirmação. Pelo menos para mim.

Mas aí eu abri a boca. E eles descartaram a capa. E o que aconteceu com aquela suposta nova era?

Coloquei a foto e o programa no sofá e voltei para a cozinha. Apenas dez minutos antes, minha vontade havia sido de entrar no meu telefone e dizer àquela estranha que ser uma editora *não* valia a pena — que, se não tomasse cuidado, ela poderia acabar se tornando alguém como eu. Ou pior.

Ao mesmo tempo, tivera vontade de jogar o telefone contra a parede.

Mas não foi o que eu fiz. Em vez disso, encarei novamente a gravura de Jacob Lawrence, os musculosos braços negros que empurrariam um carrinho de livros em uma biblioteca por uma eternidade, talvez até mais. E liguei para Lynn.

Parte III

12

26 de setembro de 2018

Malaika pegou um tufo de cabelo sintético 4B pintado de azul-claro até a raiz.

— Você sabe que ela está tentando ferrar com a sua vida, né? — perguntou, inclinando-se na direção de um dos espelhos que marcavam o corredor de produtos para pintar o cabelo. — É exatamente isso que ela está fazendo. Tentando ferrar com a sua vida.

Nella pegou outro produto para cabelo, ergueu-o contra a luz e estreitou os olhos. Já fazia quase dez minutos que elas tinham entrado pela porta principal do Curl Central, mas seus olhos ainda não haviam se acostumado à luz fraca e estava difícil ler os rótulos dos frascos um pouco mais de longe.

— Este aqui se chama "Good Vibes". Aparentemente, é só massagear o couro cabeludo com ele duas vezes por dia para "sentir boas vibrações, se divertir e ter bons momentos". "Perfeito para a praia, para o bar ou simplesmente para uma maratona de Netflix em casa."

Malaika soltou uma risadinha.

— Que tal para o escritório? Porque parece que aquele lugar precisa de boas vibrações. Seus colegas de trabalho talvez precisem também.

Nella se imaginou entregando a Sophie um frasco de pomada para cabelo Good Vibes, viu-a massageando o couro cabeludo entre suas duas tranças embutidas no banheiro feminino. Se estivesse preparada para uma reação tão descontraída, Nella poderia ter rido. Mas não estava. A lembrança do constrangimento na reunião de marketing mais cedo *e* sua subsequente crise nervosa não a deixavam relaxar. Ela não tinha contado para Malaika que ligara para a pessoa anônima naquele mesmo dia, e não pretendia fazer isso tão cedo. Malaika a julgaria se soubesse, e com razão.

— A propósito, como estão as coisas? Você não recebeu outro bilhete desde aquele segundo com o número de telefone, né? — perguntou Malaika, ao perceber que a amiga se calara de repente.

— Não, nada. Nenhum bilhete desde o dia 7 de setembro.

— Isso é bom. Mas caramba, depois de hoje... eles *só podem* estar vindo da Hazel. Certo?

Nella limitou-se a dar de ombros, um gesto que Malaika não chegou a ver ou apenas ignorou.

— Ela sabe que só há espaço para uma garota negra e quer que seja ela. Acho que ela quer você *fora* — continuou Malaika, pegando agora um tufo de cabelo verde. — Ela está mexendo com você. De que outra forma teria deixado aqueles bilhetes tão na surdina, sem você perceber? E o jeito como ela sacaneou você hoje, na frente de todo mundo?

— Não sei. Mas pretendo conversar com ela sobre isso esta noite. Cheguei a falar para você que ela mencionou o Owen também? Pelo nome. Sendo que eu tenho certeza de que nunca falei o nome dele para ela. Nunca.

Os olhos de Malaika se arregalaram.

— Nunca? Tem certeza?

— Absoluta. Comentei que tinha namorado, só isso. E você sabe que o Owen não entraria nas redes sociais por nada neste mundo. Ele tem tanta aversão a isso que pede para os estagiários fazerem essa parte para ele no trabalho.

— Entendi. Então, quando diz que quer "conversar" com a Hazel, você quer dizer...? — Malaika fingiu que tirava os brincos um a um.

— Não — respondeu Nella, rindo. — Quero dizer conversar *de verdade*. Inocente até que se prove o contrário. — As palavras, mordazes na língua de Nella, soaram muito mais arrogantes do que ela pretendia.

— Mas você não pode...

— Eu me pergunto que tipo de produto químico entra em "boas vibrações" — disse Nella, mudando de assunto. — Pantenol, glicerol, frutose...

Malaika bufou e, com ar sombrio, voltou a manusear o tufo falso de cabelo verde.

Nella colocou a Good Vibes de volta no lugar e chegou mais perto da prateleira. Ela pretendia se controlar aquela noite. Não podia simplesmente correr para uma cabine no Curl Central e deixar outra mensagem maluca no telefone de algum estranho.

— Esta linha de produtos para cabelo é muito estranha. Como é que pode? Os nomes são "Vai de Camomila", "Livre e Rebelde", "Segura Aí"...

— O que tem em Segura Aí?

— Provavelmente tudo que tem em Good Vibes. E também algo picante, talvez? Não sei.

— Lixo pro seu couro cabeludo — Malaika retrucou com desdém. Colocou o tufo de cabelo verde de volta na prateleira junto ao espelho, desanimada. — Queria tanto fazer isso.

— O quê?

— Colorir meu cabelo. Com algum produto à base de plantas, claro. Estou louca por uma mudança, sabe?

— Entendo — respondeu Nella, lembrando-se daquele dia quente de verão em que passou por uma barbearia em Bushwick e decidiu que era hora de cortar toda a parte alisada do cabelo. — Por que não pinta, então? Seu cabelo ficaria o máximo com um pouco de azul ou verde, ainda mais com as tranças nagô que você faz às vezes.

— Ainda que eu criasse coragem para pintar, sei que teria que aguentar o Igor falando nisso por pelo menos um mês. Você sabe como ele é com esse tipo de coisa.

Nella concordou. Igor *tivera mesmo* muita dificuldade para se acostumar com o minúsculo piercing verde-esmeralda que Malaika tinha colocado no nariz no verão anterior. Ele dera um ataque e dissera de forma nada sutil que "a escolha de Malaika quanto a joias no nariz poderia ser interpretada de certa maneira por clientes em potencial". Malaika tinha reclamado bastante da observação, mas entendeu a mensagem e mandou tirar o piercing. O salário era bom demais, e morar em Fort Greene era ainda melhor.

— Tudo bem, nada de cabelo colorido, então. Mas você queria mais alguma coisa deste corredor? Pomada para cabelo ou algo assim?

— Amiga, você sabe que não acredito em comprar pomada para cabelo. É como comprar molho para churrasco.

— Você começou a preparar seu próprio molho de churrasco também?

— O Pinterest é um recurso fantástico.

Nella deu uma risada de verdade dessa vez e bateu de leve no braço de Malaika.

— Vamos, Mal. Quero dar uma olhada no livro da Iesha B. antes que esse negócio comece.

— Miss Iesha B.! Ah, claro, por favor.

Malaika precipitou-se à frente de Nella, fazendo dos logotipos rosa-neon de seus Air Jordan a única parte visível de sua sombra. Nella seguiu-a com passo acelerado. As duas tinham passado um tempo enorme zombando de Miss Iesha B., se perguntando se ela comia carne ou acreditava nos Illuminati, ou mesmo se estaria presente na leitura daquela noite. Foi esse último motivo que levou Malaika a comparecer ao evento, já que o apelo de Nella para que Malaika "fosse pela cultura" não havia surtido efeito. Pelo menos não em uma noite no meio da semana.

— Ainda temos algum tempo antes do início desse negócio de poesia? — perguntou Malaika. — Quero ver se os livros valem mesmo os dez dólares que ela cobra.

Nella fez um sinal positivo com a cabeça. Ela tinha identificado a estante de livros e o banheiro assim que chegaram, um hábito que praticava sempre que entrava na casa de alguém, e logo se dirigiu para os fundos da loja, desviando-se com destreza de duas outras jovens negras que examinavam de perto uma seleção de sprays brilhantes que eram ao mesmo tempo perfume e hidratante. Uma usava aparelho na boca inteira; a outra tinha o cabelo bem baixinho, o que fez Nella lembrar-se do seu depois que mandou cortar toda a parte alisada durante a transição capilar.

— Este é bom para diminuir a ansiedade — disse a garota de aparelho, cuja boina preta e as box braids eram uma óbvia homenagem a

Janet Jackson em *Sem Medo no Coração.* — Talvez me ajude na prova pra entrar no colégio técnico, o que você acha?

— Acho que não, hein — respondeu a amiga. — Vá de Spray de Serenidade. Minha irmã jura que é o melhor. E você sabe que ela estuda Direito na Fordham.

Nella se segurou para não rir da ideia de um spray que prometia serenidade em um mundo condenado por tiroteios horríveis em escolas, bombardeios absurdos em igrejas e aquecimento global irreversível. Mas quando ela e Malaika viraram em um corredor, seu divertimento com aquela conversa tão sincera se converteu em inveja ao pensar em todos aqueles anos de cabelo saudável que ela havia perdido na juventude por conta do relaxamento. Como seu afro estaria *enorme* agora se ela não tivesse odiado tanto suas raízes naquela época.

Ela não conseguiu pensar muito nisso, no entanto, porque Malaika parou de repente e soltou um grito alto e estridente.

— Meu Deus! É ainda melhor do que imaginei que seria!

Nella aproximou-se para ver o que provocara tal reação na amiga. O grito tinha sido mais do que justificado. De pé na frente delas, sob um facho de luz branca, havia um recorte em papelão laminado em tamanho real da própria Miss Iesha B. No alto da cabeça, ela tinha dois coques cor de mel, um de cada lado, do tamanho de rolinhos de canela. Seus lábios brilhavam com o batom de glitter rosa-dourado, e ela usava luvas: uma de suas mãos repousava no quadril, enquanto a outra segurava um secador de cabelo apontado para cima, no melhor estilo Blaxploitation. Se não fosse pelo avental com estampa de tecido Kente amarrado na cintura, ou pelo balão de fala que saía de sua boca com os dizeres "ESTOU AQUI PARA AJUDAFRO", Nella teria imaginado que essa mulher não era de modo algum Miss Iesha B., mas sim a heroína de uma história em quadrinhos.

— O que é... — disse Nella, tentando segurar o riso.

Malaika não se conteve e deu uma gargalhada.

— Caramba, será que eles vendem esse avental aqui? Prefiro gastar quarenta dólares nele e não comprar o livro.

Os ombros de Nella sacudiam.

— Shhh. Alguém pode nos ouvir.

— "Estou aqui para *ajudafro*". O que mais você acha que são capazes de inventar? "Muito afro-mor pra você"? "Iesha B., a fios-terapeuta do seu bairro"?

— Malaika!

— Desculpe. É muito engraçado. Desculpe — repetiu, com a voz ainda no volume máximo. Virou-se para se posicionar para uma selfie. — Preciso mandar isso para minha prima. Ela estuda cosmetologia.

Constrangida, mas não o suficiente para pedir de novo à amiga que falasse mais baixo, Nella pegou um exemplar de *Afroterapia: Dez maneiras de descobrir o poder de seus cachos* e passou os olhos pelas páginas em busca das grandes verdades que o exemplar no site do Curl Central havia prometido que Miss Iesha B. apresentaria. A escrita não era ruim, mas, a julgar pela fonte — na sua opinião três vezes maior do que devia —, era bastante óbvio que o livro havia sido feito em um lugar qualquer. Ela o virou para examinar a lombada. Era um hábito adquirido na Wagner e que deixava Owen quase maluco toda vez que a via fazer isso, ainda mais se estivessem na casa de outra pessoa. Ela sentiu uma pontinha de alívio por ele ainda não ter chegado ao Curl Central.

Nella largou o livro, e estava pronta para correr para a foto com Malaika e Miss Iesha B. quando ouviu uma voz:

— Lembrem-se, todos os lucros vão para a escola!

Elas se viraram depressa, pegas no flagra. Era Juanita Morejón em pessoa, igualzinha à foto que Nella vira on-line, com saia de cintura alta, top curto e tudo, exceto que, dessa vez, seu conjunto tinha listras horizontais em preto e branco.

— Além disso, todas as compras dão direito a uma bebida pela metade do preço!

— Sim, ouvi falar — disse Nella, estendendo a mão com um sorriso animado. — Isso é incrível. Juanita, acertei? Sou a Nella. Trabalho com a Hazel na Wagner Books.

— Ah! *Você* é a Nella. É um prazer enorme conhecê-la! Já ouvi falar muito de você. — Antes que Nella pudesse se preparar, Juanita puxou-a para um inesperado abraço apertado que ela não imaginava merecer. O abraço era caloroso e tinha cheiro de manteiga de cacau, não muito diferente da Brown Buttah que ela e Hazel usavam, e esse detalhe a deixou um pouco mais à vontade. — Hazel ainda não chegou. Acho que ela queria levar as garotas da Jovem, Negra & Descolada para jantar antes da leitura de hoje. Não é simpático?

Ela hesitou por um tempo longo demais, o que levou Nella a acrescentar um relutante "legal".

— Mas nós duas estamos muito felizes com sua presença. Ela comentou que esta noite você teria uma reunião importante com uma *agente*? — Para realçar a última palavra, Juanita ergueu as unhas postiças compridas e pontudas, que cintilaram e se contorceram como se dançassem no ar.

— Precisei remarcar. A pessoa com quem eu devia me encontrar não tinha outro horário livre hoje, e eu não queria perder este evento.

Malaika tossiu ao lado dela, não que estivesse desconfortável por não ter sido apresentada formalmente a Juanita, mas porque havia sido enfática sobre o sacrifício de Nella.

Por um bando de garotas do ensino médio que você nunca viu?, perguntara Malaika.

Pela cultura!, insistira Nella.

— Esta é minha amiga Malaika. Ela também não queria perder o evento. É uma grande fã de poesia.

Duas dessas três afirmações não eram verdadeiras, mas, com a iluminação fraca, Nella sabia que Juanita não conseguia ver o olhar desconfiado de Malaika.

— Bem-vinda, bem-vinda, bem-vinda! Ótimo que tenha conseguido participar também — disse Juanita, afastando uma de suas longas mechas encaracoladas com a unha do dedo mindinho.

Por alguma razão, Malaika não recebeu um abraço tão caloroso; era melhor para as duas que fosse assim, Nella sabia.

— Por favor, se tiverem alguma dúvida sobre qualquer um de nossos produtos, falem comigo. Se for sua primeira vez aqui, recomendo que antes de qualquer coisa agendem uma hora com Miss Iesha B. Ela ficará feliz em orientá-las sobre quais produtos experimentar para passar pelos altos e baixos de seu cabelo.

Juanita ficou em silêncio por um momento e olhou mais de perto o cabelo de Nella.

— A título de informação, temos muitos sprays e condicionadores de hidratação profunda, e sprays que selam as raízes também.

A mão de Nella voou para seu couro cabeludo. Agora que pensava no assunto, ele estava de fato um pouco seco.

— Adorei conhecer vocês! Uma última coisa: se postarem algo no Instagram, por favor, lembrem-se de marcar o Curl Central, se puderem. Mas é importante deixar o que estiverem bebendo fora da foto — acrescentou —, porque ainda não temos licença para vender bebida alcoólica. Entendem? Ótimo! Vejo vocês em breve, senhoras. — Juanita bateu palmas uma vez e foi até as estudantes que continuavam a discutir sobre o Spray de Serenidade.

Nella apalpou de novo as raízes do cabelo, depois olhou para Malaika para ver qual a expressão em seu rosto. Era difícil definir, já que ela não estava exatamente sob o holofote de Miss Iesha B. Mas antes mesmo de Nella perguntar, Malaika riu de leve e disse:

— Ela parece uma das ricaças do *Real Housewives*.

Nella riu também.

— Ela não tem licença para bebida alcoólica e está servindo bebida alcoólica em um lugar onde estudantes de ensino médio vão ler poesia? Quem sou eu para julgar... mas estou julgando.

— Eu também — repetiu Malaika. — Mas até que curti um pouquinho essa.

Owen apareceu apenas dois minutos antes do horário marcado para o início da leitura, quando quase todas as cadeiras já estavam ocupadas. Nada muito fora do padrão dele. Nella fez acenos discretos primeiro, mas, ao ver que esse método não funcionou, levantou as mãos e agitou-as até ele perceber as três cadeiras que ela e Malaika haviam guardado no meio na última fila.

— Os negros é que sempre se atrasam, mas tinha que ser uma das únicas pessoas brancas no evento a fazer isso, né? — observou Malaika enquanto Owen andava até elas.

— Jesse não disse que era para esquecermos essa história de que sempre chegamos atrasados nos lugares?

— Ah, Deus, sim. "'Chegar na hora' é mais um conceito criado e defendido por pessoas que não se parecem em nada comigo. Algumas construções são válidas. Outras construções são criadas apenas para evitar que construções sejam criadas." Olha, definitivamente, ele estava... — Malaika deu uma tragada em um baseado imaginário.

Nella riu e continuou de onde Malaika tinha parado, em sua melhor imitação:

— "Portanto, meus irmãos e minhas irmãs, *precisamos* parar e pensar toda vez que dissermos que negros estão sempre atrasados. Cada vez que dizemos isso, apenas reforçamos o estereótipo de que existe só *uma* hora *certa*, e que os negros têm problema para seguir esse tipo específico de horário. Eu chego quando chego. É um direito meu. Crio minhas próprias construções."

— Que se dane. Falar que a gente está sempre atrasado é tão natural para o povo negro quanto adorar Angela Bassett. Não tem como negar. Talvez seja por *isso* que ele está dando um tempo nas redes sociais agora... porque finalmente aceitou que isso não passa de uma construção também.

Era uma colocação justa, mas Nella estava mais interessada na chegada de Owen do que em insistir em bater na mesma tecla. Ele levara tempo demais para conseguir passar por um casal negro envolvido em um acalorado debate sobre livros; agora, a única coisa em seu caminho era um grupo de quatro mulheres negras com roupas ecléticas. Enquanto se desviava delas com educação e pedidos de desculpas, todas o olharam com curiosidade, como se tentassem descobrir onde aquele jovem branco, com rosto corado e cabelo castanho, e um dos agora dois únicos brancos no Curl Central naquela noite, planejava se sentar. Quando ele parou ao lado de Nella e Malaika, a mulher sentada na outra extremidade da fila disse alguma coisa em um tom de voz baixo demais para que Nella conseguisse ouvir. Outra mulher respondeu com expressão animada, usando as mãos para ajudar a ilustrar o que quer que estivesse tentando insinuar, e todas balançaram a cabeça em consenso e ergueram as sobrancelhas.

Nella procurou não se perguntar o que o tribunal de mulheres tinha decidido e ergueu-se um pouco para dar um beijo no rosto do namorado.

— Você conseguiu!

— Desculpe. Precisei ir ao escritório porque tinha acontecido alguma coisa com a internet. E quando cheguei no cinema, a fila na bilheteria estava enorme, por isso acabei perdendo o primeiro trem. — Nella sentiu um leve cheiro de suor misturado com um pouco de raiva quando Owen tirou a bolsa tipo carteiro e a enfiou embaixo da cadeira dobrável. — O que conta de novo, Mal?

— Nada de mais. Tudo na mesma. Bebendo vinho. Prestes a ser *aculturada*.

— Conseguiu trocar nossos ingressos de *A Bolha Assassina*? — perguntou Nella.

— Que nada. A outra sessão está esgotada e, mesmo que não estivesse, o homem da bilheteria disse que a política de devolução não inclui a opção de troca de horário da sessão.

Nella resmungou.

— Que droga, amor. Desculpe. A gente com certeza vai na próxima sessão que tiver. E por minha conta.

— Não tem problema. Mas espero ouvir umas poesias realmente boas hoje. Digna de *For Colored Girls* — disse Owen, um pouco menos chateado. — É melhor que minha alma crie asas e voe para bem longe quando este evento acabar. Aí, sim, perdoo você. *Talvez*.

— Gostei da referência a Ntozake Shange — disse Nella, em tom de brincadeira — e não a Maya Angelou. Ntozake é uma joia rara.

— Isso mostra a profundidade do garoto — concordou Malaika. — Ficamos com ele, então, o que acha?

— Acho que é o que devemos fazer. — Nella sorriu e apertou a coxa de Owen.

Owen revirou os olhos, embora fosse evidente que a brincadeira das duas o tinha relaxado um pouco. Ele com certeza jamais admitiria, mas Nella sabia que por dentro ele se divertia com a atenção que ela e Malaika lhe dedicavam. Afinal de contas, Owen havia percorrido um longo caminho desde que Malaika se referia a ele apenas como "o mais recente namorado branco da Nella", durante grande parte de seu primeiro ano juntos, e nem sempre pelas costas. Uma mescla da irmã que Nella nunca tivera com a mãe que ela tinha, Malaika desde o início havia sido bem cética em relação às intenções de Owen. Ela mesma tivera bastante experiência com caras brancos, a ponto de acreditar que Owen inevitavelmente acabaria mostrando o ar babaca de superioridade que ela supunha que todos os homens brancos carregavam consigo.

Nella entendia a amiga. Suas colegas de quarto na faculdade a tinham arrastado para tantas festas de fraternidades brancas que, quando ela conheceu Owen pela internet, tinha sido impossível não duvidar dele. Ser uma das únicas garotas negras nessas festas muitas vezes significava ser também o alvo das atenções e, se estivesse sozinha, o que acontecia com frequência, significava ser abordada com interesse exagerado. Ela sabia o que aqueles caras viam quando se aproximavam: uma garota negra de pernas longas vestindo um top curto e apertado e jeans de cintura alta mais apertados ainda. Uma garota negra de pernas longas sozinha e com uma bebida na mão. Um alvo fácil. Nella aguentava a conversa mole deles, que se resumia a perguntar o ano em que ela estava e como tinha conseguido entrar na festa (em geral com Liv, sua colega de quarto; ela praticamente morava no centro acadêmico). Para surpresa dos rapazes, no entanto, e muitas vezes para sua decepção, Nella também fazia perguntas, e não apenas *de onde você é*, mas *quais são seus livros preferidos* e *qual é seu jeito favorito de chegar ao campus*, e de repente o sujeito que imaginava que acabaria em um banheiro com ela, com o zíper da calça jeans de cintura alta entre seus dentes, se via tendo uma conversa franca sobre um de seus personagens literários favoritos. Ele acharia frustrante, mas entraria no jogo, às vezes se abrindo mais do que já se abrira provavelmente em qualquer festa de fraternidade...

... Até ele se dar conta de que o zíper de Nella não tinha intenção alguma de abrir. Esse costumava ser o momento em que o cara caía na real, percebia que não conseguiria nada e ia embora. Em busca de conquistas mais fáceis.

No primeiro e no segundo ano da faculdade, essa mudança de interesse — tão brusca que parecia até acionada por um interruptor — decepcionara Nella. Naquela época, ela ainda se apegava à ideia de que poderia conhecer alguém ali, talvez no refeitório, quando um aluno pedisse a cadeira vaga perto dela, ou no jardim, enquanto estivesse mergulhada em seus pensamentos, refletindo sobre alguma prova que não havia conseguido gabaritar. Talvez até em uma festa de fraternidade, Nella imaginava aos dezoito anos, porque era isso que acontecia com as garotas em filmes e séries.

Então ela conseguiu o diploma, se mudou para a cidade e amadureceu. Baixou alguns aplicativos de relacionamento no celular e não se empenhou muito em bares. Muitos homens ainda acionavam aquele interruptor quando a conheciam, e não apenas homens brancos, até que chegou o dia em que ela encontrou um que não fez isso. Das primeiras conversas que tiveram no OkCupid às cervejas no The Jeffrey, ficou claro para Nella que não havia nenhuma mudança prevista para Owen. Felizmente, ele tinha apenas um modo — "completamente interessado" —, e depois de ficar a seu lado por tempo suficiente para provar que o relacionamento deles era tudo menos interesse passageiro, os sentimentos de Nella por ele se cristalizaram.

As rédeas de Malaika também se afrouxaram. Ela não parou de se referir a ele como *o mais recente namorado branco da Nella*, mas passou a tratá-lo como um pretendente que valia a pena, e até começou a brincar na frente dele sobre seus pontos fracos como homem cis branco. Por mais paradoxal que fosse, Owen, por sua vez, parecia à vontade com aquilo. Se as pessoas zombavam dele, preferia entrar na delas, e por isso Nella se sentiu confortável em repetir a história de Malaika sobre o atraso diretamente para ele.

— Acho que você está me contagiando — ele devolveu a brincadeira, rindo. — Ei, como foi no trabalho? E o encontro com a agente literária? Ela vai começar a te mandar um monte de "merda comercial, mas ainda assim literária"? Palavras dela para o gênero, não minhas — acrescentou Owen em resposta à sobrancelha erguida de Malaika.

Nella evitou contato visual com a amiga, pois sabia que a expressão no rosto dele tinha menos a ver com o comentário de Owen e mais com a verdade.

— Tudo bem no trabalho — mentiu. — E na volta eu te conto tudo.

— Ótimo. — Owen abriu o zíper da jaqueta preta e deu uma olhada geral ao redor, examinando primeiro as cerca de quarenta pessoas ali presentes, depois a fileira de quatro pias para lavar o cabelo cheias de gelo e latas de cerveja. — Inovador. Acha que dá tempo de pegar uma bebida?

Os três pares de olhos seguiram juntos até a frente da sala, onde a fila de cadeiras reservadas para Hazel e as leitoras continuava vazia. Outra avaliação dos brancos sentados na plateia sugeria que Richard também ainda não havia chegado.

— Tempo de sobra — suspirou Nella.

Owen não parecia convencido.

— Não é a Hazel ali? — perguntou ele, indicando Juanita com a cabeça.

Ela estava inclinada sobre uma pessoa na plateia, algumas fileiras adiante, rindo e ainda empurrando o cabelo para trás com várias unhas brilhantes. O líquido rosa em seu copo plástico transparente balançava na mão livre de vez em quando e ameaçava respingar em sua roupa, mas ela não parecia preocupada com isso. Também não parecia incomodada com o fato de Hazel ainda não ter chegado.

— Não. Aquela é a proprietária do Curl Central.

— Ah. — Owen se levantou. — Ótimo, então. Vou pegar uma bebida. E para as senhoras, algo mais?

— Outra cerveja, por favor. — Nella apertou de novo a coxa do namorado, dessa vez com um pouco mais de força.

Se Owen sentiu as unhas cravarem quase fundo demais em sua perna, não demonstrou, porque disse apenas:

— Beleza. E você, Mal?

— Estou bem, mas obrigada.

Owen passou por cima dos joelhos de Nella e de novo pelos das quatro mulheres, que foram muito menos compreensivas do que da primeira vez. Todos começavam a ficar impacientes. As pessoas sentadas à frente das duas há muito não tinham mais o que falar com os vizinhos, e estavam cansadas de procurar assunto. Eram sete e quinze, e Juanita ainda não tinha feito um anúncio reconhecendo o que todos já pareciam saber: estavam atrasados.

— Ele sabe alguma coisa do que está acontecendo no trabalho? — perguntou Malaika.

— Bem... Não exatamente falei para ele.

— Você *não contou para ele* sobre os bilhetes? Nem sobre como Hazel a prejudicou de todas as maneiras possíveis? Como ela a afastou daquela recepcionista dos lenços? Como ela inclusive ficou com a Vera... mesmo que a gente não a quisesse de verdade?

— Não.

— Mas por que não?

— A história da Hazel não tenho certeza se ele entenderia. Quanto aos bilhetes... sei que ele vai pirar e dizer para eu fazer algo que não quero. — *Ele questionaria o fato de eu ter ligado para o número de telefone*, pensou Nella, *e você também.*

— Que é o quê, exatamente?

— Comunicar ao RH.

— E isso não parece uma boa ideia, a esta altura?

— Já falei para você. Ainda tenho a sensação de que estou por um fio com o alto escalão da empresa. Talvez eu devesse resolver isso sozinha.

Malaika cruzou as pernas e balançou o pé, em claro sinal de impaciência.

— Quer saber de uma coisa?

— Já sei. Estou sendo irresponsável.

— Errado. Bem, sim. Mas o que eu *pretendia* dizer era que você ainda podia ter se encontrado com aquela agente. Vê que horas são?

— Por favor. Não — resmungou Nella.

Ela estava prestes a consultar a hora no celular quando a porta da frente do Curl Central se abriu. Hazel surgiu, como se fosse uma divindade literária, com suéter preto de gola rulê, óculos de aro dourado e um macacão bem justo de veludo cotelê violeta. As jovens leitoras vinham logo atrás dela, todas com rostos corados e sorrisos culpados enquanto rapidamente tratavam de ocupar as quatro cadeiras vazias na primeira fila.

Num piscar de olhos, a tensão que reinava na sala se transformou em uma chuva de aplausos. Alguém gritou:

— Aí está você, Hazel-May!

Outra voz exclamou:

— Vai fundo, garota!

Nella demorou a aplaudir.

— Ele não está aqui — disse, precisando de um esforço extra para ser ouvida por cima dos aplausos.

— *Quem* não está aqui?

— Richard Wagner.

Malaika olhou para ela com uma expressão vazia. Ela não era do tipo que aplaudia ou esperava, e tinha interrompido as palmas após alguns segundos e voltado a repousar o braço livre no colo.

— Meu chefão. O real motivo para eu ter vindo até aqui e não ido me encontrar com aquela agente.

Malaika deu de ombros.

— Achei que sua principal missão fosse confrontar a nova garota negra. Você não pretende recuar agora, espero.

— Não. E posso ter *duas* missões — rebateu Nella, soando um pouco infantil enquanto Owen passava mais uma vez à sua frente para conseguir se sentar. Ele olhou para ela com curiosidade ao lhe entregar a cerveja, mas não disse nada.

— Pessoal, peço *mil* desculpas a todos! — Alguém passou para Hazel um fone de ouvido com microfone e ela então começou a caminhar de um lado para outro na frente da sala, como se estivesse pronta para dar uma palestra. — Fui comer alguma coisa com essas garotas incríveis e acabamos nos atrasando por causa dos trens. Transporte público, minha gente, cês sabem, né?

A plateia concordou com um murmúrio coletivo.

— Muito bem, antes de começarmos, eu queria contar uma coisa para vocês. Pode ser? Alguém se incomoda de eu contar uma coisa para vocês primeiro?

— Conte, irmã — respondeu uma mulher, talvez a mesma que tinha gritado "Vai fundo, garota!" para Hazel.

— Estávamos no Peaches antes de vir para cá. Todos conhecem o Peaches, certo? — Manifestações animadas vieram da plateia. — E comemos bem demais, isso eu garanto. Tomates verdes fritos, peixe... tudo a que tínhamos direito. Eu juro que quando alguém me pergunta quem tem a melhor cozinha, Harlem ou Bed-Stuy, sou obrigada a trair minha avó, que Deus a tenha, e dizer que Bed-Stuy ganha a disputa.

Mais alguns vivas e um *aaah, não*. O estômago de Nella roncou. Os cubos de queijo que Juanita tinha preparado para o evento não eram nenhuma maravilha culinária, mas ela começava a se arrepender de não ter embrulhado alguns em um guardanapo como Malaika fizera ao chegar. Ela tinha resistido à tentação porque não queria estar com mau hálito na hora de falar com Richard. Mas agora, sem Richard à vista, ela sentia que poderia comer uma mãozona de pepper jack e cheddar, com palito e tudo.

— Aposto que ele não vem — resmungou Nella, inclinando-se para cochichar no ouvido de Malaika.

Malaika ergueu as mãos como se dissesse: *O que você pode fazer?*

— ... ao Peaches, com um cavalheiro para quem comecei a trabalhar há quase dois meses — continuou Hazel. — Richard Wagner. Alguém aqui o conhece? Talvez não diretamente. Mas conhecem seus livros e seus autores, tenho certeza. Conhecem *Céu azul*, *Indo embora*. Conhecem *Abandonando Jimmy Crow*. E sei que todos também conhecem *Coração em chamas,* de Diana Gordon.

Alguém atrás de Nella deixou escapar um gritinho. Ao ouvi-lo, Hazel ergueu a bebida que chegara às suas mãos em algum momento durante o discurso. Uns poucos participantes também levantaram os copos em solidariedade.

— *Coração em chamas* foi uma luz brilhante em um vale de escuridão. Ou de *branquidão,* talvez eu devesse dizer — retomou Hazel, e algumas pessoas concordaram com a cabeça. — O livro abordou temas muito difíceis, e por isso agora todos nós estamos em uma condição muito melhor. Então, quando finalmente fui trabalhar na Wagner, criei coragem e perguntei o que ele achava de ajudar no patrocínio de nossas garotas. Uma pequena curiosidade que alguns de vocês talvez já saibam: a senhorita Gordon *e* sua editora, Kendra Rae Phillips, eram adolescentes quando descobriram a paixão pela palavra escrita. É uma época muito suscetível a influências, não concordam? Enfim, o que eu estava pedindo a Richard parecia grande. Mas, para minha surpresa, ele não só ficou animado com a ideia, como doou dez mil dólares.

O público gritou.

— Meu Senhor Deus — disse uma mulher careca sentada à frente de Nella para ninguém em especial.

Malaika tentou chamar a atenção de Nella, mas ela não percebeu.

— Também estou muito feliz em anunciar que, para cada dólar que arrecadarmos esta noite com a venda de produtos para cabelo, Richard pretende doar outro! E...

Mais uma animada salva de palmas surgiu da plateia. Hazel esperou que os aplausos cessassem, sorrindo e fechando os olhos, satisfeita, ao estilo de um político experiente. Quando o barulho por fim parou, ela prosseguiu.

— Eu sei, isso é ótimo. Dinheiro é ótimo. Mas tem algo mais. Algo ainda mais duradouro e valioso. Richard Wagner também se comprometeu a repensar a maneira como os editores de sua empresa contratam novos candidatos. Isso agora passará a ser feito com foco em novos critérios. Com uma abordagem mais holística. E ele fará uma análise completa de cada livro adquirido pela Wagner ao longo dos últimos dez anos para verificar em que medida ele se compara com a demografia do nosso país. Pessoal, para aqueles que desconhecem a dificuldade do mercado editorial para solucionar o problema de diversidade no ramo, eu garanto: isso é enorme. *Enorme*. A Wagner Books tem sido predominantemente branca há algum tempo e, bem... todos nós sabemos que a espera por nosso próximo *Coração em chamas* tem sido longa demais. E como a Wagner está sempre na vanguarda, sem dúvida o impacto também será grande no modo como outras editoras pensam sobre o mercado editorial! Minha gente... isso é *apenas. O. Começo.*

— Uau! — O tom de surpresa na voz de Owen mal podia ser ouvido em meio à festa estrondosa que tomou conta da plateia. Ele segurou o joelho de Nella e disse: — Isso é uma grande coisa, né?

Nella assentiu, mesmo quando seu sangue esfriou. Pela segunda vez naquele dia, ela sentia seus olhos começarem a arder enquanto as pessoas aplaudiam bem a seu lado. As que estavam com copos plásticos nas mãos batiam freneticamente na coxa para incentivar Hazel. Até Malaika sorria e estalava os dedos, como fazia sempre que escutava *The Read*.

O normal seria que Nella estivesse em êxtase também. Não, não apenas em êxtase; ela devia ter aplaudido Hazel de pé, batido os pés no chão, balançado os quadris e dado um daqueles assobios com dois dedos na boca que não sabia dar, mas sempre desejou saber. *Ou* ela poderia até ter dado um depoimento, indo para a frente da sala, pegando o microfone de Hazel e botando para fora tudo que tinha vontade. Poderia contar a todos sobre sua tentativa frustrada de instalar um comitê de diversidade na Wagner; revelar que a única vez em que seus colegas de trabalho se mostraram mais atentos à noção de diversidade foi durante o Mês da História Negra, quando lhe pediram para *negrificar* as contas da Wagner no Twitter e no Instagram ao longo de todo o mês de fevereiro. Poderia contar tudo a respeito do pequeno grupo de pessoas que tomavam grandes decisões sobre quais livros valiam e quais não valiam a pena publicar, e como isso, por sua vez, influenciava os tipos de livro que o público veria nas prateleiras nos anos subsequentes. Poderia apontar quais títulos haviam sido cortados de cara, apenas porque aquele grupinho que tomava decisões não conseguia prever que determinado grupo demográfico os compraria.

Poderia falar para eles sobre Shartricia.

Algumas vezes, em especial logo que começara a trabalhar na Wagner, Nella tinha tentado defender livros escritos por autores negros sobre pessoas negras. Havia sido educadamente rejeitada. Vozes brancas discordantes não vieram apenas de Vera, mas também de outros editores, assim como de Amy. As razões apresentadas eram vagas e pouco específicas, mas bastavam para aplacar suas inquietações, pelo menos até a próxima vez que se encontrasse com Malaika para relembrar o episódio mais recente. Entre uma bebida e outra, ela fazia sua melhor imitação dessas vozes brancas — o que, por algum motivo, muitas vezes significava incluir um sotaque britânico chique, ainda que nenhum de seus colegas fosse inglês. *Do ponto de vista financeiro, este livro simplesmente não parece compensar a aposta. Eu simplesmente não me conectei com os personagens. A escrita simplesmente não era forte o suficiente.*

Nella achava essa última desculpa bem divertida, já que era uma frase que podia ser, e muitas vezes *era*, dita por qualquer um que lesse qualquer coisa, em qualquer momento, na Wagner. Como se todo texto *não fosse* subjetivo; como se qualquer um que lesse um manuscrito inicial de qualquer livro pudesse estar 100% seguro de que ele se tornaria um best-seller. A maneira como seus colegas "faziam as contas" a surpreendia; como eles comparavam os livros que pensavam em comprar com os que já haviam sido publicados, como se a cultura fosse algo estático e previsível, como se um conjunto específico de números no passado pudesse ditar um sucesso no futuro.

Nella, no entanto, tinha ficado de boca calada. Devagar e sempre, na esperança de tornar sua trajetória um pouco mais tranquila, na esperança de conseguir uma promoção, aceitara todas as desculpas. Tinha escolhido suas batalhas, se é que ousara escolher alguma, com sabedoria. Afinal, era isso que haviam lhe ensinado: ficar parada por tanto tempo que, quando começasse a correr, todos ficariam tão perplexos que sequer a seguiriam. Bem, era isso que Nella decidira fazer. Ficar parada.

E agora aqui estava Hazel, quilômetros à frente.

Naquele momento, não importava que sua nova colega de trabalho tivesse descoberto sozinha como virar o status quo de cabeça para baixo em apenas um mês. Também não importava que Hazel tivesse encontrado um modo de abrir a porta para outras minorias étnicas na Wagner. A única coisa em que Nella conseguia pensar era que ela se sentia redundante.

Total e dolorosamente redundante.

Era impossível ficar a sós com Hazel depois da leitura. Nella tentou duas vezes.

Na primeira, Hazel acenou um *olá* silencioso antes de continuar a conversa com uma mulher que parecia ser mãe de uma das alunas. Nella desistiu.

Na segunda, cerca de quinze minutos depois, viu Hazel encaminhar-se para o banheiro no fundo da loja. Pediu licença a Malaika e Owen e alegou que precisava ir ao toalete também. Imaginou que esperaria por Hazel na fila e então daria o bote. Mas um puxão em seu braço quando ela estava a apenas cinco passos do banheiro a impediu de levar a missão adiante, e, de repente, viu-se envolvida em uma conversa com Juanita e um jovem negro de pele clara que ela vira organizando as cadeiras antes de começar o evento. Ele tinha um rosto juvenil, cabelo alto no topo da cabeça e raspado na lateral e usava o que pareciam ser grillz nos dentes inferiores.

— Ei, garota! Pensei que talvez você pudesse dar algumas dicas para Andre — disse Juanita para o espaço acima da cabeça de Nella. Ela estava obviamente bêbada, talvez até um pouco chapada de cocaína, e o líquido rosa que mais cedo estivera em sua mão tinha sido substituído por uma cerveja. — Andre, esta é Stella. Ela trabalha com a Hazel-May na Wagner. Nicole, este é Andre, um de meus melhores varredores aqui. Ele é calouro na Brooklyn College e está tentando publicar um romance.

— Estou no segundo ano — corrigiu-a Andre, ao mesmo tempo em que Nella também a corrigia:

— Nella.

Os dois se encararam com olhar vazio, sem saber o que o outro acabara de dizer, mas sem nenhuma vontade de saber também.

— Perfeito! Então, que tal vocês baterem um papo? Falem! Conversem! *Parlez!* Tenho a sensação de que será muito produtivo. — Juanita deu um tapinha nas costas de cada um e se afastou.

Nella tinha gostado da vibe tranquila de Andre. Ele lembrava um pouco um primo seu, e por isso lhe deu quinze minutos. Foi tempo suficiente para ele contar a sinopse de seu livro — "uma espécie de *Faça a Coisa Certa*, mas uma continuação, e mais ou menos como o que aconteceria se Mookie matasse Sal depois de Radio Raheem ser morto pelos tiras, em vez de ajudá-lo, e se a coisa toda se passasse em Baltimore" —, e tempo suficiente também para ela dizer a ele o que dizia para todo escritor ou escritora que tentava promover seu romance: que conseguisse um agente antes de pagar oitocentos dólares para um desconhecido qualquer da internet criar uma capa "irada".

Nella desejou-lhe boa sorte e começou a se afastar, ainda sem saber se aquele brilho em sua boca era mesmo um grillz ou apenas alguns dentes de ouro. Mas então ele perguntou se ela daria uma olhada no texto dele. Quando ela concordou e lhe deu seu e-mail do trabalho, ele sorriu. Ela voltou para perto de Malaika e Owen sentindo-se vingada e muito mais calma do que quinze minutos antes.

— Legal — disse Malaika quando Nella falou para ela sobre *A vingança de Mookie* e principalmente sobre o grillz de Andre. — Mas você conseguiu falar com a nossa garota? Está ficando tarde e quero começar a pensar em como voltar para casa.

Nella pegou o braço de Owen para consultar seu relógio. Eram quase dez horas e os trens já deviam estar redirecionados por causa das obras feitas tarde da noite. A cada minuto, o caminho para casa se tornava menos uma viagem e mais uma odisseia.

— Tenho que falar com a Hazel. Só preciso de dez minutos, pode ser? Owen, tudo bem para você?

Owen passou a mão no queixo.

— Ah, Nell. Estou tão cansado... e você sabe que preciso acordar cedo amanhã...

— Dez minutos — prometeu Nella. — Se demorar um minuto a mais, eu pago o carro. Combinado?

Malaika ergueu as sobrancelhas.

— Para *todos* nós — completou Nella.

— Tudo bem — concordou Malaika. — Mas *só* dez. Também preciso acordar cedo amanhã, com Igor. — Malaika observou a plateia, o que não levou muito tempo, já que ela estava reduzida a não mais de um terço de seu tamanho original. Muitos tinham começado a sair meia hora antes, depois de irem até Hazel para um abraço e votos de boa sorte. — A cobra está ali.

Nella se virou. Hazel e Juanita estavam em pé junto às janelas que davam para a rua, e riam de alguma coisa com as mãos fechadas na frente da boca.

— Obrigada. Volto logo.

— Avise se precisar de ajuda, amiga — disse Malaika, fingindo tirar os brincos de novo. — O quê? — perguntou, quando Owen fez uma careta.

— Por que ela é uma "cobra"? Você tem algum problema com ela, Nell?

— Na volta eu te conto tudo — respondeu Nella, repetindo o que já dissera. Mais uma vez, só parte disso era verdade. Ela contaria para Owen como Hazel a havia ferrado com relação a Shartricia, mas não falaria dos bilhetes.

Ele continuava a encarar Nella, atento, como se pudesse perceber que ela estava mentindo. Porque é claro que ele percebia. Afinal, eles moravam juntos.

— Tenho a impressão de que há algo mais por aqui que eu não sei — observou Owen, devagar.

Pobre Owen: um homem que Nella amava, mas que quase sempre estava meio passo atrás.

— Hazel tem andado um pouco megera nos últimos dias, amor — ela se justificou, com o tom mais tranquilo que conseguiu. — Só quero discutir com ela algumas coisas do trabalho e depois vamos embora.

Nella começou a se afastar, mas Owen voltou a falar.

— Megera? Difícil acreditar. Ela parece muito... — Ele interrompeu a frase, com os olhos fixos em Hazel e Juanita.

Isso fez Nella parar no mesmo instante. Ela não gostou do nervosismo que a invadiu, e acima de tudo não gostou da maneira como Owen olhava para as duas mulheres negras perto da janela. A culpa era dela. Ela havia criado essa ansiedade... não naquela noite, mas semanas antes, quando conheceu Hazel e sentiu inveja de suas roupas e de sua autoconfiança.

E havia também os dreadlocks de Hazel. Nella e Owen estavam na fila para comprar cachorro-quente uma vez em Coney Island, com mais ou menos um ano de namoro, quando ele perguntou se ela já havia pensado em fazer dreads no cabelo. *Você ficaria muito sexy com eles*, ele observara.

Não tinha sido um comentário completamente aleatório: na fila, na frente deles, estava uma mulher um pouco mais velha que ela, com um vestido colado no corpo e dreadlocks grossos e longos até abaixo da cintura.

Nella também ficara impressionada com os dreads. Antes do comentário de Owen, ela até tinha pensado em perguntar à mulher se era ela mesma quem os fazia. Mas o comentário, atenuado em parte pela mão carinhosa de Owen em sua cintura, a deixara insegura em relação ao próprio cabelo, à própria sensualidade. Fazia pouco tempo que ela abandonara a química, e seu cabelo, com cinco centímetros de comprimento, ainda não tinha um padrão de cacho definido. A última coisa de que Nella precisava era da possibilidade de seu namorado imaginá-la com cabelo comprido, natural ou não.

— Ela parece muito o quê? — perguntou Nella. — Como você pode saber?

— É que conversamos um pouco. Quando você saiu para fazer alguma coisa, ela comentou sobre a possibilidade de unir forças entre a JND e a App-Explicadora para um projeto futuro, e pensei...

— Unir forças — repetiu Nella, incrédula.

— Ela parece muito tranquila. E muito otimista quanto a estar na Wagner também...

— Ao contrário de mim, né? Porque reclamo do trabalho o tempo todo. *Né?*

Ela cruzou os braços. Detestou o jeito como aquilo tudo saiu — rápido, brusco, como aquelas namoradas obsessivas das quais os amigos de Owen sempre reclamavam —, mas também não gostou da maneira como seu namorado estava falando sobre Hazel.

Owen desviou os olhos da namorada um pouco depressa demais.

— Só falei que ela parece legal. Só isso. Deixa pra lá. Vai.

O encanto estava quebrado.

— Desculpe, O — disse ela, aproximando-se um pouco mais para conseguir segurar sua mão. — Eu não devia... Eu...

— Está tudo bem. Agora vai — repetiu ele, mas dessa vez seu tom foi muito mais suave. Owen olhou para o relógio. — Começa agora a contagem regressiva.

Nella assentiu. Precisaria ser mais carinhosa com ele. Ela deu meia-volta e seguiu em linha reta para onde havia visto Hazel e Juanita momentos antes. Só que agora apenas Hazel estava lá, com os braços caídos ao lado do corpo e os olhos fixos em Nella enquanto ela se aproximava. Era um poço de tranquilidade, como se tivesse esperado que acontecesse exatamente isso no momento preciso em que acontecia.

— Nella! Você conseguiu.

Hazel sempre parecia tranquila e serena, mas ainda assim Nella espantou-se com o total equilíbrio de sua voz. Tentou pensar na coisa certa a dizer e sentiu-se de repente imbecil por não ter planejado um discurso no caminho. Nada lhe vinha à mente.

— Estou feliz que pelo menos *uma* de minhas colegas tenha conseguido vir hoje — continuou Hazel. — Poxa. Tanto Gina quanto Sophie mandaram mensagens com *desculpe, não posso mesmo ir*, isso no minuto em que saíram do escritório de tarde. Muito chato, né? Acho que ficaram apavoradas de vir para Bed-Stuy depois de escurecer.

Nella havia se esquecido delas. Mais cedo tinham parecido muito animadas com a ideia de comparecer ao evento. As três tinham até trocado números de telefone, coisa que ela nunca havia considerado fazer com Gina ou Sophie.

— O que achou da leitura? — perguntou Hazel. Pela primeira vez, Nella percebeu que ela tinha substituído o piercing da sobrancelha por uma pequena argola. — E o espaço? Ótimo, né?

Nella deu meio passo à frente e sussurrou, antes que perdesse a coragem:

— Qual é a sua, porra?

— Como?

— Qual é a sua, porra? Com Richard, com aqueles bilhetes, com o livro do Colin...

Nella tremia agora; não conseguia evitar. Estava chateada que o constrangimento tivesse prevalecido sobre todas as outras emoções, dez vezes mais, e sua vontade era recomeçar a interação do início. Queria analisar todas as suas queixas com calma, uma por uma. Queria não ter dito "porra". Mas como ela e Hazel não estavam na copa nem em suas baias, o palavrão tinha escapado com a maior facilidade, com a maior naturalidade.

— O quê? Foi mal, garota, mas você precisa me explicar isso um pouco melhor. — O brilho no olhar de Hazel era consciente demais, deliciosamente satisfeito demais, para sugerir que alguma explicação seria necessária.

Mas Nella prosseguiu.

— E todas aquelas coisas sobre Richard. É verdade? Ele vai mesmo tentar fazer com que haja mais diversidade na Wagner?

— Claro que sim! Já começamos a discutir maneiras de recrutar pessoas de minorias étnicas.

Era isso. Suas suspeitas estavam corretas. A lista que ela encontrara na impressora *era* mesmo de nomes de jovens negras que Richard pensava em contratar.

Hazel estreitou os olhos.

— O que foi? Não ouvi o que você disse.

Nella não havia percebido que tinha verbalizado o que estava pensando.

— Eu disse... que não entendo.

— Não entende o quê? — Um vestígio de sorriso insinuou-se por trás da expressão perplexa de Hazel. — Vamos devagar. Você deve estar se referindo à reunião de marketing de hoje.

— Fiquei com cara de idiota — protestou Nella. — O que a fez mudar de tom tão depressa?

Hazel riu.

— Aquilo não tinha nada a ver com você. Finalmente acabei *Entre agulhas* hoje de manhã e, quer saber? Não detestei a história. Escute, vamos nos sentar e conversar por um minuto. Pode ser? Você tem um minuto?

Ela apontou na direção das cadeiras dobráveis que tinham sido montadas para a leitura. Andre começara a separar algumas, mas havia sido afastado de sua tarefa pela única garota da Jovem, Negra & Descolada que continuara no local depois do evento principal. Em um canto, cada vez mais próximos um do outro, os dois dividiam goles de um líquido cor-de-rosa com grandes chances de não ser limonada. Contrariando o bom senso de Nella, ela se sentou na cadeira diante de Hazel.

A única outra pessoa que ainda poderia ouvi-las era a mulher que invocara Deus durante o discurso de Hazel. Ela olhou por cima do ombro por apenas um segundo para ver quem havia sentado por ali, mas logo voltou a se concentrar no celular. No lado direito de sua cabeça quase raspada, Nella conseguiu identificar uma cicatriz rosada de tamanho médio. Tinha a forma de uma pequena meia-lua, como se alguém tivesse enfiado uma unha de gel bem fundo na parte de trás de sua cabeça. Pensar naquilo fez o couro cabeludo de Nella doer.

Hazel também olhou para a mulher. Franziu a testa por um segundo, talvez por também ter reparado na cicatriz rosada, e logo se sentou.

— Nella, vou ser sincera com você, ok? — disse Hazel, agora com voz tranquila. — De garota negra para garota negra. O livro sobre Shartricia não é uma maravilha. Para falar a verdade, é muito mal escrito. Artificial. Caricato. Você sabe disso. *Eu* sei disso. E tenho certeza de que qualquer pessoa fora deste lugar que tenha um pouco de bom senso perceberá isso também. Aquela merda é ofensiva. É constrangedora.

Nella engoliu em seco. Depois da reunião de marketing, um punhado de colegas tinha enfiado a cabeça na sala de Vera só para dizer que adorava os livros de Colin. Esses mesmos colegas tinham depois enfiado a cabeça na baia de Hazel e feito perguntas pessoais sobre ela e sobre a vida de seus pais na década de 1980 no Harlem, perguntas que para Nella soavam invasivas, mas que Hazel parecera bem feliz em responder.

Nella ficara escutando, um pouco sem jeito, a poucos metros de distância. Tinha tentado se lembrar da última vez em que alguém lhe perguntara sobre sua vida pessoal, e chegado à conclusão de que provavelmente havia sido quando ela própria era novata, mas mesmo naquela época as perguntas não tinham passado de "Você vem de onde?".

— Então, espere — disse Nella, confusa. — O que você falou na reunião de marketing foi...

— Teatro? — perguntou Hazel. — Não, não exatamente.

— Então por que fazer aquilo?

— Bem. — Hazel olhou ao redor. Satisfeita com a distância que estavam do alcance de qualquer pessoa, ela baixou o tom. — Vou contar tudo para você. Mas não pode comentar com ninguém.

— Ok.

— Nem com a sua amiga. *Nem* com Owen.

Nella mordeu o lábio. Ouvir o nome do namorado na boca de Hazel não soava mais normal agora do que havia soado na reunião de marketing mais cedo.

— É sério... — insistiu Hazel.

— Ok. Só conte.

— Tudo bem. Isso vai parecer loucura, então apenas me escute, ok? — Hazel torceu um de seus dreadlocks e olhou para o teto. Depois de uns cinco segundos assim, falou com voz apreensiva: — Tem uma coisa. Não sei ao certo se você já ouviu falar.

Hazel virou-se para a jovem sentada de costas para elas. A cicatriz continuava visível para ambas, e seu rosto estava enfiado no celular.

— Essa coisa a que me refiro é uma espécie de fenômeno social. Chama-se... — Ela respirou fundo, depois soltou o ar pelos lábios franzidos e inclinou-se à frente. — ... alternância de código linguístico.

As pontas das orelhas de Nella começaram a queimar enquanto Hazel caía na gargalhada.

— Deixe pra lá — murmurou Nella, e começou a se levantar.

Hazel enxugou uma lágrima.

— Desculpe, desculpe. Mas você precisa admitir que foi engraçado. Foi fácil demais. — Parecendo ter percebido que Nella nem sorria, acrescentou: — O que é, então? Você se arrepende agora de ter dito o que achava do livro do Colin Franklin? É isso que está acontecendo?

— Não — respondeu Nella. Pelo menos, ela não achava que era.

O que realmente incomodava Nella, depois de muito refletir sobre o assunto, era a sensação de que o fato de Hazel não detestar o livro de Colin Franklin, e ativamente olhar para Nella sem detestá-lo, havia quebrado algum tipo de promessa implícita e inerente. Inerente devia ter sido a aversão de Hazel pelo livro de Colin Franklin. E a promessa implícita era de que Hazel apoiaria Nella mais ou menos publicamente em todas as questões raciais que surgissem no escritório, ou que, pelo menos, discutiria o assunto com ela primeiro. Não era isso que as pessoas negras deveriam fazer, se unir? *Hazel* não tinha insinuado essa lealdade quando pedira a Nella que a ajudasse com Maisy?

Nella não sabia o que dizer.

— Eu só gostaria de ter sido informada de que você falaria dele com tanto entusiasmo.

— Não me dei conta de que arruinaria *tanto* as coisas com Vera — explicou Hazel com um suspiro. — Desculpe. E não se preocupe. Com certeza direi a Vera em quais momentos de Shartricia o Colin pode dar uma melhorada. Só serei um pouco mais gentil com ele, nada além disso. É o único jeito de fazê-lo ouvir.

Nella encarou Hazel com uma expressão impassível.

— Se quiser, pode me mandar suas anotações que eu junto com as minhas antes de compartilhá-las. O que acha? Não direi para Vera que são suas.

Nella não gostou da ideia de não receber crédito pelo longo tempo gasto com a leitura do manuscrito, ainda que a intenção de Hazel fosse ajudá-la. Além disso, de modo geral ela ainda não se sentia à vontade com Hazel. Será que Hazel era tão boa em alternância de código linguístico que conseguia se transformar em alguém que escrevia coisas odiosas para sua colega de trabalho negra? Nella não tinha certeza.

Sua única certeza era que estava ficando tarde e ela tinha que voltar para casa.

— Preciso ir — limitou-se a dizer e ficou de pé. — Estão me esperando.

— Entendo. Mas Dick está aqui agora, caso queira se despedir dele ao sair.

— Quem?

— Ah, desculpe... — Hazel levou a mão ao rosto como se estivesse constrangida. Também ficou de pé. — Eu queria dizer Richard.

— Ele está aqui?

Nella se virou. Dito e feito. Richard Wagner acabara de entrar, com uma jaqueta jeans escura jogada informalmente sobre o ombro direito. Caminhava com passo firme na direção delas, como se não tivesse chegado três horas atrasado para o evento principal, como se o atraso não tivesse importância, já que havia doado dez mil dólares para a organização.

— Richard! Quais as novidades?

— Olá, Hazel! — cumprimentou-a, animado, sem sequer dirigir o olhar para Nella. — Desculpe ter perdido o evento. Cometi o erro de me envolver em uma longa conversa com um autor sobre os prós e os contras de incluir um "o" no início do título de seu próximo romance. Nem preciso dizer que conversamos por mais de uma hora, e depois ainda tive outros assuntos importantes para resolver e... bem, o tempo voou.

— Uau! — exclamou Nella

Ao mesmo tempo, Hazel perguntou:

— Era Joshua Edwards?

Richard riu e deu um tapinha no ombro de Hazel.

— Você adivinhou.

— Joshua Edwards? Ele é mesmo uma peça! — Nella se ouviu dizer, um pouco alto demais e com voz animada.

Richard olhou para ela pela primeira vez e deu um leve sorriso.

— Nella! Que surpresa agradável. — Então se virou de novo para Hazel com olhos iguais a duas safiras polidas. — Por favor, diga que gravou um vídeo da leitura das meninas. Eu gostaria de incluí-lo de algum modo no site da Wagner, talvez até em nossas redes sociais.

— Parece uma ideia ótima! Acho que Juanita gravou tudo. Vou apresentá-lo a ela daqui a pouco.

Richard juntou as mãos, satisfeito.

— Ótimo. A propósito, e este lugar? É ainda melhor do que a descrição que você fez dele. Sabe, estar aqui até me faz lembrar daquele filme... Qual era mesmo aquele filme da década de 1990, sobre um jovem afro-americano que é poeta e a mulher por quem ele se apaixona, que é fotógrafa?

— *Uma Loucura Chamada Amor*? — arriscou Hazel.

Richard bateu com a mão na coxa.

— Isso mesmo! Este lugar lembra muito aquele filme.

Hazel concordou com a afirmação dele enquanto Nella o estudava com olhos atentos. Ele parecia muito *comovido*. Quase a ponto de chorar. *O que você sabe sobre* Uma Loucura Chamada Amor*?*, perguntou uma Angela Davis irritada na cabeça de Nella. *Coisa nenhuma.*

Mas Nella não ousou se manifestar. Talvez ele tivesse uma queda por comédias românticas da década de 1990, ou por Nia Long.

Ou... talvez Richard estivesse saindo com sua *própria* Nia Long. Talvez a agente de Kenny, sua amante, fosse do lado da melanina. Nella sorriu sem querer enquanto Hazel perguntava para Richard:

— Não é mesmo ótimo este espaço? Preparei uma lista na minha cabeça de todos os autores que poderíamos trazer aqui para leituras e outros eventos, caso você queira considerar a ideia.

— Podemos falar sobre isso. Que tal antes do fim da semana?

Nella deu um bocejo alto e falso, e abotoou sua jaqueta com gestos exagerados.

— Bem, já é tarde.

Richard assentiu enquanto dirigia sua atenção para alguma coisa na parede atrás dela.

Curiosa, Nella virou-se para ver o que havia de tão importante. Era um pôster enorme de uma mulher linda, com cabelo muito liso escovado. Uma mulher linda de pele *ébano*.

— Humm... Vou para casa agora — insistiu Nella. — Foi ótimo ver vocês.

Ela se demorou ali o máximo que sua dignidade permitiu, que por acaso foi o mesmo tempo que Richard levou para apontar para o pôster, virar-se para Hazel e perguntar:

— Essa mulher trabalha aqui?

Nella afastou-se devagar, enojada. O menosprezo de Richard doía mais do que o de Vera havia doído, ou mesmo o de India, porque não tinha sido apenas um menosprezo. Tinha sido um puxão de orelha, um castigo, uma resposta à pergunta que a vinha incomodando há semanas: sim, Richard *tinha* sido informado dos problemas dela com o livro de Colin, talvez por Vera, mas possivelmente por Hazel também. *Eu gostaria que todos os nossos assistentes editoriais trabalhassem com tanta dedicação quanto você*, ele dizia para ela com um brilho nos olhos no seu primeiro ano na Wagner sempre que a via trabalhando até tarde em sua mesa. *Vera tem muita sorte de poder contar com você.*

Essa opinião parecia ter sido levada pelo vento.

Sentindo-se um pouco deslocada, Nella percorreu a sala com os olhos até avistar o namorado e a melhor amiga. Eles acenaram para ela, animados com a perspectiva de saírem logo dali, mas de repente baixaram as mãos. Owen inclinou-se e murmurou alguma coisa para Malaika, que balançou a cabeça e fechou os olhos.

Nella sentiu um toque no ombro.

— Ei, garota.

Nella se virou. Era Hazel de novo. Ela segurava um frasquinho azul brilhante que não estava em suas mãos antes.

— Eu queria te dar isto antes de você ir embora. Lembra de ter comentado que as pontas do seu cabelo ficam ressecadas no outono? Isto vai ajudar.

Nella aceitou o frasco e girou-o sob a luminária mais próxima. Não havia rótulo, nem a lista de ingredientes. Só o azul do plástico.

— O que é? — perguntou, tirando a tampa para cheirar o conteúdo. O cheiro lembrava Brown Buttah, mas um pouco mais doce. Uma aspirada mais profunda trouxe um aroma denso de melaço.

— Chama-se "Amaciada". Garanto que é ótimo. Juanita também usa.

Então *essa* era a pomada para cabelo que Hazel sempre usava. Mais creme do que pomada, Nella percebeu ao mergulhar a ponta da unha do mindinho na substância.

— É um *leave-in*?

— Sim. Use duas vezes ao dia, ou só uma, se preferir. É muito bom.

— Obrigada. — Nella tirou o creme que ficara em sua unha com o guardanapo que ainda estava amassado na mão. — Talvez eu experimente quando minha Brown Buttah acabar.

— Não deixe de experimentar. Para ser sincera, se eu fosse você, começaria logo o tratamento. Ele retém a umidade e prepara o cabelo para o ressecamento do inverno, sabe? E é *muito* melhor do que Brown Buttah. Você pode usar meio a meio no início, até.

Era a versão de Hazel de uma oferta de paz, mas Nella não disse mais nada e apenas jogou o frasco na bolsa. Quando voltou a erguer os olhos, reparou que a mulher quase careca havia se aproximado da porta do Curl Central. Seus olhos se encontraram por um breve momento antes de Hazel começar a falar de novo.

— Sei que as coisas ficaram um pouco estranhas entre nós, mas eu só queria dizer que não precisa ser assim.

— Eu...

— Espere — interrompeu Hazel, com um dedo no ar. — Deixe eu terminar. — Ela suspirou e olhou para Richard por cima do ombro. Depois baixou a voz. — É que... é realmente muito *injusto*. Os brancos nunca precisam ser tão superconscientes de si mesmos como nós precisamos. Quando entram em uma sala, não têm que analisar as pessoas presentes, procurar semelhantes. Não precisam se preocupar em ter que representar as não sei quantas milhões de perspectivas negras que existem neste país só porque os responsáveis pelas contratações tiveram preguiça de trazer outras. Podem entrar em uma lojinha qualquer sem ter medo de serem seguidos. Não precisam ficar preocupados com a ideia de o carro dar algum problema no sul do país enquanto dirigem à noite em estradas secundárias. Ou a qualquer hora do dia, para falar a verdade. Você sabe como é, né?

Nella concordou com a cabeça.

— A maior parte do tempo, nem penso nessas coisas — continuou Hazel, com o queixo erguido. — Não conscientemente. Mas esse estresse, essa ansiedade... esse peso por trás de tudo... ele existe. Sabe?

— Eu sei como é — respondeu Nella —, de verdade. Mas, voltando ao assunto Shartricia... você *precisa* entender por que sinto que você me transformou na vilã no trabalho. Todo mundo está falando sobre...

— Eu *entendo*, confie em mim — disse Hazel —, mas esqueça os outros. O mais importante é que, no fim do dia, o livro do Colin estará melhor. Graças a você e a mim. *Nós* fizemos isso, minha irmã. Juntas. — Ela fez uma pausa, depois continuou: — Enfim, imagino que esse seja meu jeito de dizer que não precisamos nos ver como concorrentes. Já temos estresse suficiente por sermos duas mulheres negras em um ambiente branco maluco. Então... — Hazel colocou a mão no ombro de Nella —, o que você tem para fazer no dia vinte e cinco de outubro?

A pergunta a pegou de surpresa.

— Vinte e cinco de outubro? Bom... não sei.

— Convidei algumas amigas para uma festa do cabelo natural lá em casa. Uma reuniãozinha. Uns vinhos, uns queijos. Uma musiquinha. Juanita vai nos mostrar alguns produtos novos do Curl Central, e minha prima Tanya vai fazer tranças de graça em quem quiser. Posso até pedir para a Juanita levar uns lenços também, se você quiser aprender a amarrá-los.

— Parece divertido — concordou Nella. E achava que seria mesmo, ainda que doesse um pouco admitir.

— Ótimo. Conversamos mais sobre isso amanhã no trabalho. Pode levar sua amiga. Qual é mesmo o nome dela? Começa com M, não?

— Malaika.

— Malaika. Isso.

Hazel deu um tapinha no ombro de Nella, que o interpretou como um sinal de que a conversa estava encerrada. Antes que ela conseguisse dar boa-noite de novo, porém, Hazel recomeçou a falar.

— A propósito — disse, mexendo em um de seus dreads —, você falou alguma coisa sobre "bilhetes", e fiquei me perguntando que história é essa.

— Bilhetes?

— Você disse algo como: "Qual é a sua, porra, com Richard, com aqueles bilhetes..."

— Ah. Certo. — Nella não tinha a intenção de deixar isso escapar, mas as palavras já haviam saído de seus lábios e sido absorvidas por Hazel. — É que ando recebendo uns bilhetes estranhos de alguém anônimo — explicou, com a expressão mais natural que conseguiu.

— Bilhetes estranhos? Estranhos como?

— Basicamente, bilhetes que dizem para eu ir embora.

— Ir embora *da Wagner*?

Nella estudou Hazel. A garota tinha empalidecido, e seu rosto passara de um saudável tom de nogueira para o de uma noz desconfortável. Pela primeira vez durante a interação das duas naquela noite, Nella percebeu que o batom vermelho escuro em seu lábio superior, que quase sempre se mantinha impecável, havia perdido a cor.

— Sim — confirmou Nella. — Um deles dizia para eu ir embora da Wagner.

Hazel a encarou. Depois, de maneira inesperada, riu. Eram gargalhadas profundas, com vontade, mais altas do que qualquer som que Nella já a ouvira fazer.

— E você acha que *eu* mandei? — ela quase gritou. — Que loucura! É óbvio que não fiz nada disso. Você sabe que não, certo? Agora você já deve saber disso, pelo menos.

Nella encarou a colega por um momento.

— Sim. Sei — disse por fim, embora na verdade não soubesse.

— Isso é algum crime de ódio maluco, você sabe — insistiu Hazel, enfiando as mãos nos bolsos do macacão de veludo cotelê.

Nella deu de ombros e disse a única coisa que lhe veio à mente:

— Não tinha a palavra *crioula* nem nada.

— Mas... ainda assim...

Naquele momento, Nella lembrou-se do avô de Hazel, aquele que havia morrido no protesto em 1961. É, *ainda assim*.

— E *você* não recebeu nenhum bilhete como esses, certo?

— Não recebi. Mas sabe de uma coisa? Agora que você tocou no assunto, há bem pouco tempo ouvi sem querer algumas pessoas no banheiro feminino comentando sobre sua história com Colin. Pareciam bem chateadas.

— As notícias voam na Wagner.

— É verdade. Mas tenho a impressão de que um simples pedido de desculpas para ele acabaria com o mal-estar. É só pensar nisso como um exercício de alternância de código linguístico.

Nella sentiu um arrepio.

— Estou pensando nisso.

— Ótimo. Quer minha opinião? Esqueça o RH. Vá direto falar com Richard sobre os bilhetes. Só para ele saber o que está acontecendo. Talvez — disse Hazel, com a voz cada vez mais alta pelo entusiasmo — ele pudesse até incluir isso que você está passando em alguma discussão sobre diversidade entre todos os empregados da Wagner. Transformar essa experiência em um momento de aprendizado, digamos. A questão com o Colin também.

Nella queria balançar a cabeça e dizer que não, que aquela ideia parecia péssima, mas agora ela já não sabia mais o que era e o que não era uma péssima ideia.

— Certo. Bem, sei que já está ficando tarde, então só me resta te desejar uma boa noite. — Hazel olhou por cima do ombro para localizar

Richard de novo. Mesmo depois que o encontrou, no entanto, não saiu do lugar.

Nella também não. Estava ocupada demais analisando os movimentos de Hazel. Alguma coisa não parecia ter funcionado durante aquela conversa... durante a noite toda, na verdade. Mas logo ouviu chamarem seu nome às suas costas.

— Até amanhã — disse Nella, e deu meia-volta para se juntar aos amigos. — E obrigada pelo creme.

Shani

27 de setembro de 2018
Barbearia do Joe

Regras. A Resistência tinha muitas regras. Mas nenhuma era tão incrustada em nós quanto as duas mais importantes: *Fique fora do radar* e *Não conte nada a ninguém*.

Logo depois que falei para Lynn que viria para Nova York, ela passou quase uma hora me explicando por que eu devia prometer que seguiria essas duas regras fundamentais. Talvez mais tempo até. Qualquer que tenha sido a duração de nossa conversa, quando ela por fim parou de falar, eu tinha começado a me perguntar se queria *mesmo* me meter com a Resistência, se eles fossem ser tão tensos com tudo.

Mas, então, ela me mandou a lista das diversas identidades de Eva, o mapa documentando sua trajetória maluca e a destruição que ela de alguma forma sempre deixava para trás. Foi o suficiente para mim. Excluí minhas contas no Twitter, Facebook e Instagram. Cortei o cabelo que deixei crescer por anos. *Anos*. E disse para minha mãe que o motivo para eu sair de Boston tão depressa quanto saí era que eu tinha passado por uma situação "incrivelmente racista" no trabalho. *Quero recomeçar*, falei para ela, *e qual o melhor lugar para isso senão Nova York?*

Foi surpreendente a tranquilidade com que minha mãe recebeu a notícia. Imaginei que seria assim, já que ela mesma tinha "recomeçado" várias vezes, uma delas quando se mudou para Detroit logo depois de engravidar de mim. Quando eu era criança, ela sempre contava que Nova York havia sido sua opção número um.

— Teríamos ido parar no Queens com sua tia Whitney, para tentar construir uma vida por lá — dizia. — Mas não pude.

Minha mãe não me fez muitas perguntas quando falei para ela não apenas que eu *podia* fazer isso, mas que de fato faria. Eu já tinha a passagem. E quando minha tia Whitney foi me buscar na Penn Station e seus olhos passaram dos meus para minha cabeça raspada e de volta para meus olhos sem uma palavra, ela também não me fez perguntas.

Fiquei feliz com isso. Eu não sabia por quanto tempo conseguiria me manter calada se tia Whit tivesse me perguntado por que meu cabelo longo e tão bonito não podia mais fazer aquela trança que passava da minha cintura. Ou, caso nossa conexão no Skype estivesse menos pior, se minha mãe tivesse percebido vestígios de algo terrível em meus olhos. Um simples "o que houve?" teria acabado comigo, porque minha saída da *Cooper's* continuava fresca e ao mesmo tempo ardendo em minha memória. A traição. A vergonha. A manobra ardilosa de Eva ao mandar aquele artigo por e-mail, às escondidas, para todos da *Cooper's* bem quando eu estava na ligação mais importante da minha carreira... o que explicava por que não o vi, o que explicava por que, quando Anna me puxou para sua sala, eu não tinha ideia do motivo para ela estar tão brava.

Meu Deus. Que idiota eu devo ter parecido, sentada em seu escritório de vidro com um sorriso bobo e apreensivo no rosto depois de ela ter dito para eu arrumar minhas coisas.

— Mas acabei de conseguir falar pelo telefone com alguém da Agência Habitacional de Boston — eu tinha explicado a Anna. — Quatro pessoas diferentes que vivem em habitações sociais se inscreveram para falar comigo. O que vai acontecer com a matéria? Íamos colocá-la como *o* destaque de fevereiro.

Mas você precisa de mim, eu estava dizendo de forma bem objetiva, *porque quem mais escreverá histórias de negros? Quem mais trará vozes negras de Boston para você?*

— Vamos achar outra pessoa para essa matéria — respondera Anna. — Além disso, não consigo imaginá-la feliz aqui por nem mais um dia, trabalhando para um bando de... como foi mesmo que você nos chamou?

"Salvadores brancos presunçosos, vampiros cuja definição de diversidade é escrever sobre pessoas negras e outras pessoas não brancas e que não fazem nada além de ferir e curar?"

Ela havia jogado essa última frase em mim tão rápido que quase pude senti-la no fundo da minha garganta, presa na minha traqueia. Era uma citação direta; algo que eu tinha dito na noite anterior. No Pepper's. Para Eva.

Eva.

Eu tinha olhado para a esquerda e depois para a direita, procurando por ela no mar de rostos que num instante havia se acumulado do lado de fora do escritório de Anna. Eu era o animal em exposição ali, e pessoas com quem eu havia trabalhado durante quase dois anos — pessoas que em público eu chamava de amigas, mas que na minha vida privada chamava de "vampiros presunçosos", porque no mundo corporativo essas coisas não eram mutuamente excludentes — estavam com os narizes pressionados contra as paredes enquanto se divertiam me vendo comer minha própria merda.

A única coisa pior do que isso era saber que dezenas, talvez centenas, de outras jovens negras também sofriam esse tipo de humilhação... e que jovens negras eram a causa disso. Centenas de jovens negras, provavelmente até mais, estavam passando por graves mudanças de personalidade em todo o mundo. O grau em que essa mudança ocorria variava de pessoa para pessoa. Algumas falavam de maneira diferente, outras se vestiam de modo diferente. O mais importante, porém, era que a mudança não era superficial. Ela atingia a alma de cada uma delas.

OGNs. "Outras garotas negras", Lynn as havia apelidado "porque elas não são da *nossa* espécie". Elas eram algo inteiramente diferente. Algo próximo a alienígenas, embora Lynn não fosse maluca a ponto de suspeitar que essas OGNs, ou o que quer que as estivesse mudando, tivessem vindo do espaço sideral. Ela sabia apenas que havia uma explicação maior para essas jovens de repente sentirem que não tinham uma obrigação moral com mais ninguém além delas mesmas e dos brancos para os quais trabalhavam. Para estarem tão obcecadas pelo sucesso — e por derrubar qualquer mulher negra que se metesse em seu caminho.

Duas vezes por mês, Lynn realizava reuniões de manhã bem cedo na barbearia do Joe para nos passar o que ouvia de seu pessoal que monitorava outras regiões do país. O veredito era que as OGNs estavam se espalhando, e muito rápido. A primeira vez que Lynn ouviu falar dessas OGNs, cinco anos atrás, elas se restringiam a poucas cidades do nordeste: Nova York, Boston, Filadélfia. Agora, no entanto, eram vistas em cidades bem mais ao sul, como Miami, no norte, como Portland, e na Costa Oeste, como Los Angeles.

O próprio Joe confirmou isso em nosso último encontro, depois de visitar sua filha na Califórnia. Seus olhos estavam úmidos quando ele parou no lugar de sempre de Lynn, na frente da sala, e explicou que era como se parte de sua garotinha tivesse sido arrancada e substituída por um brilho falso e transparente que em nada se assemelhava à pessoa que ele havia criado.

— E sei que não foi só aquela besteira básica de Hollywood que subiu à cabeça dela — afirmara Joe com veemência. — Seu maldito agente conseguiu testes para ela para três papéis em núcleos de escravidão só este mês. *Três*.

Com a caneta pairando acima de seu bloco de anotações laranja, Lynn tinha pressionado Joe a respeito dos sintomas que sua filha apresentara. Um sorriso vago e indiferente? Um dar de ombros impotente? O olhar inexpressivo?

— O olhar estava um pouco inexpressivo. Mas quando perguntei se ela sabia o que estava fazendo, minha filha respondeu que na verdade não gostava da ideia de fazer o papel de uma pessoa escravizada. E começou a me explicar tudo... a se justificar. Falou todas aquelas babaquices sobre "fazer o jogo deles" até não precisar mais. Disse que deixa *eles* pensarem que estão dando as cartas, quando na verdade *ela* está.

Isso era ruim para Lynn. Para todos nós. Significava que OGNs estavam se integrando com muita facilidade com não OGNs. Integrar-se significava avançar em número. Elas eram radicalmente diferentes agora do que haviam sido vinte anos atrás, quando Lynn suspeitava que as OGNs — ou algum grupo parecido com elas — tinham surgido pela primeira vez. Mas pelo menos eram reservadas naquela época. Andavam de cabeça baixa, focavam no objetivo. Agora, quem quer que interferisse em seu caminho até o topo era pisoteado.

Ou pior, se não tomasse cuidado.

Quando saí para procurar Eva em meio às pessoas reunidas no lado de fora do escritório de Anna, a encontrei nos fundos, com os braços ao redor do corpo e os olhos duros como duas esferas de ônix. Eu havia escutado o som estridente de vida enquanto sabia que ela chegava ao fim; as palavras ditas com tranquilidade, mas segurança, pela mulher que eu conhecera no trem horas antes: *Você falou demais. Você estragou tudo*. Só então, tarde demais, percebi que havia algo de errado com ela. Nenhuma mulher negra jamais faria isso com outra mulher negra. Não sem estar profundamente perturbada. Não enquanto parecia tão deprimida. Tão humana.

Precisaríamos encontrar formas mais complexas de nos separar delas, disse Lynn. E teríamos que ficar ainda mais atentas à Regra da Resistência que menos me agradava: *nunca enfrente uma OGN ou uma potencial OGN a menos que seja orientada.*

Essa regra me impediu de falar com Eva quando a vi com Nella no Nico's em agosto, e também ontem à noite, quando a ouvi pregar sobre solidariedade e diversidade para todos que estavam no Curl Central. Na verdade, precisei me conter para não pular da cadeira, agarrá-la por um dreadlock e pedir que me explicasse de novo aquele maldito discurso arrogante sobre solidariedade.

Eu ainda estava imaginando como seria bom erguer um tanto do cabelo de Eva acima da minha cabeça como uma bandeira roubada do inimigo quando Lynn me chamou pedindo uma atualização.

Engoli o sorriso e levei os joelhos ao peito. Era uma daquelas ocasiões raras em que eu tinha o sofá só para mim, mas estava tão acostumada a me espremer para abrir espaço que agora já fazia isso naturalmente.

— Por enquanto, tudo bem. Sentei na primeira fila e Ev... desculpe, *Hazel* mal olhou para mim. Sabe como é. Gente paranoica não vê o que está logo ali. Só vê o que está nas sombras.

Lynn sabia como era.

— E Nella?

— Nella não está envolvida. Eu as vi em uma conversa bastante tensa no final da noite. Mas tenho certeza de que ela está bem.

Ela fez um som, mas não ergueu os olhos das anotações.

— Então — continuei, tentando parecer neutra —, Pam diz que desde que deixou aqueles bilhetes para ela, Nella tem ficado até tarde no escritório quase todas as noites. Ao que parece, ela está tentando fazer com que Jesse Watson escreva um livro para a Wagner. Duvido que isso aconteça, mas, como ele é imprevisível, fica difícil saber *o que* faria ou não...

Lynn sinalizou para que eu fosse direto ao ponto.

— Estou pensando se não seria o caso de finalmente fazermos contato na próxima semana. Talvez eu pudesse fingir ser uma escritora promissora e tentar agendar uma reunião com Nella. Duvido que ela fosse lidar tranquilamente com uma abordagem no trem, porque parece ser distraída demais, mas se usarmos um livro como pretexto, talvez...

— Não — interrompeu Lynn.

— Por que não?

— Porque "tenho certeza de que ela está bem" não é suficiente. A não ser que você tenha percebido algum outro sinal que eu deva saber.

Dei de ombros.

— Nella ainda tem aquele namorado branco. Owen.

— Isso não quer dizer nada. E se ela já estiver mudada e ele só não tiver entendido ainda? Muitos garotos brancos *gostam* de OGNs — disse Lynn com uma careta.

Mordi o lábio e comecei a mexer na borda descosturada de uma das almofadas próximas a mim. Ao perceber meu silêncio, Lynn finalmente me olhou e perguntou, esperançosa:

— Você viu o namorado branco e Hazel conversarem em algum momento ontem à noite?

— Por alguns minutos. Mas parecia tranquilo.

— Hum. Ok. Voltemos a Nella e Hazel. Você ouviu alguma coisa do que elas falaram?

— Não. Mas Nella *parecia* querer estrangular Hazel durante quase toda a conversa.

Eu tinha visto a coisa aos pedaços, com o canto do olho, claro, para não ficar tão óbvio. Eu continuava a brincar com a almofada quando outra coisa me veio à cabeça.

— Ah!

— O quê?

— Quando eu estava de saída, vi Hazel entregar alguma coisa para ela. Parecia um produto para cabelo, algo assim.

— Você a viu entregar coisas para mais alguém?

— Vi. Se eu estivesse mais perto dela, acredito que teria recebido, também.

— É provável que fossem só brindes promocionais da organização dela. Ou da loja. — Lynn suspirou enquanto fazia uma anotação. — Shani, ainda não podemos deduzir que Nella é boa. Ela continua na Wagner. Até apareceu no evento da Hazel. Já vimos o suficiente para saber que precisamos ser cautelosas ao extremo, não é? Lembra do que aconteceu com você naquela revista? E preciso lembrá-la de quando eu estava na faculdade de medicina? Aquela OGN continua lá, usufruindo de todos os benefícios da pesquisa que *eu* fiz. Todo o dinheiro que gastei para *não* conseguir um diploma...

— Eu sei — falei com os dentes cerrados. Eu conhecia esse discurso de cor. — Mas o que quero dizer é que... ela fez isso com você *cinco anos atrás*. E aqui estamos. Nos escondendo nas sombras. *Ainda* não sabemos nada de novo, Lynn, além do fato de que elas estão fazendo estragos em Hollywood. Não sabemos como garotas negras estão sendo transformadas. Sabemos só que elas são *monstros* egoístas que estão cada vez melhores em suas atuações dignas de prêmios.

— Também sabemos por que elas são tão boas em transformar outras mulheres negras quando querem — acrescentou Lynn —, e é por isso que precisamos manter certa distância.

— Olha. — Deixei as almofadas de lado e endireitei o corpo. — Entrar nessa história toda de espionagem com vocês tem sido... uma experiência. Adorei passar esses bilhetes às escondidas para Pam, ela é a mulher mais doce que existe. E respeito o que vocês estão tentando fazer. Só quero saber por que vim até Nova York se não vamos tomar nenhuma providência quanto a toda essa questão Nella-Hazel. Eu poderia muito bem me concentrar em outra coisa. Em outra *pessoa*. Em mim, por exemplo. Não na Nella, e com certeza não na Hazel. Não quero ficar nem na mesma sala que ela depois do que ela me fez.

Eu não queria que minhas palavras dessem a entender que Lynn e a Resistência não estavam fazendo o suficiente para parar as OGNs. Mas deve ter parecido isso, porque Lynn disse, com voz baixa e fria:

— Respeito sua posição. Mas há mais coisa nessa situação da Nella do que você conseguiria entender.

Depois, ela fechou seu caderno e o devolveu à estante.

No dia seguinte, Lynn pediu que eu fosse à barbearia do Joe assim que saísse do trabalho.

— Precisamos conversar.

Nada mais, nada menos. Concordei.

Na hora em que saí do Rise & Grind, cumprimentei Joe e seus clientes com um aceno e subi como uma flecha os degraus barulhentos da escada dos fundos, já tinha colocado na cabeça que Lynn me diria que meu tempo na Resistência chegara ao fim.

Mas quando abri a porta, não vi Lynn. Vi uma mulher que, a julgar pelos cachos prateados que caíam em cascata sobre seus ombros, parecia muito mais velha do que a faixa etária que costumava circular pela barbearia. Ela estava na frente da estante, de costas para mim, com os olhos voltados para o alto de uma das paredes lotadas da sala, pintadas em tom roxo-acinzentado.

Parei na porta por um instante, em dúvida se devia interromper. Eu também ficara encantada com as paredes na primeira vez que as vi. Estavam todas praticamente cobertas com fotos de vários ativistas negros, alguns familiares para mim, outros desconhecidos. Dos que eu conhecia, Malcolm X era quem mais se destacava; pelo menos 30% das fotos afixadas nas paredes eram dele. Muitas eram imagens em preto e branco que eu tinha crescido vendo em livros de história e jornais, mas algumas eram representações contemporâneas de Malcolm X que eu não lembrava de ter visto antes: Malcolm através de uma lente pop art, em tons de azul e laranja neon; Malcolm em um estilo de super-herói de história em quadrinhos.

A imagem que mais chamava a atenção mostrava Malcolm pensativo, com a mão nas têmporas, e era pintada em tons de vermelho, branco e azul. Para o caso de alguém não saber o que ela homenageava, ao lado havia uma reprodução do tamanho de um cartão-postal dos cartazes do Obama que se tornaram um grande símbolo de sua primeira campanha presidencial, um marco final para uma longa e poderosa mensagem.

— Ele ainda é um de meus heróis. Sinto saudade dele. Ainda me lembro daquele dia...

As palavras eram suaves e baixas, mas a pronúncia, muito clara. Levei um segundo para perceber que era a mulher de cabelo grisalho quem falava, e que era a mim que se dirigia. Na verdade, só percebi isso quando ela se virou.

Meu primeiro pensamento foi que ela me lembrava muito alguém... uma parente, talvez. Aquele tipo de parente que a gente vê uma vez a cada três anos, ou algo assim, em reuniões de família. O segundo foi que ela parecia ótima. Sua pele quase não tinha rugas, e seu corpo esguio parecia em plena forma em um jeans skinny preto sob uma túnica também preta sem mangas.

— Obama? — consegui dizer, quando percebi que tinha demorado tempo demais para falar. — Também sinto saudade dele...

— Não. — Ela me cortou enquanto caminhava até um sofá bege confortável. — Malcolm.

Apenas concordei com a cabeça.

— Ah, Shani... ótimo. Até que enfim vocês se conheceram.

Lynn tinha entrado na sala. Havia algo em seu rosto que lembrava um sorriso, mas ela não parecia particularmente feliz; a expressão que a mulher de cabelo grisalho também tinha no rosto quando se virou e olhou para mim, percebi.

— Na verdade, não chegamos a nos apresentar — admitiu ela.

Na tentativa de remediar a situação, estendi a mão.

— Shani Edmonds.

A mulher estendeu a dela também.

— Kendra Rae. Kendra Rae Phillips.

Ela percebeu quando a surpresa iluminou meus olhos e fez meu rosto esquentar de vergonha.

— Ah, meu Deus! — exclamei, apertando sua mão devagar. — Sra... Phillips. Oi. Não sabia que estava... na cidade.

Ou em qualquer outro lugar, na verdade, pensei.

— Ninguém sabe — disse Kendra Rae, com a mesma firmeza com que seus dedos seguravam os meus —, e pretendemos que continue assim. Não é mesmo?

— Claro que sim.

— Ótimo.

— Então... — fiz um gesto indicando a sala inteira. — Há quanto tempo você... desde quando...?

Interrompi a pergunta, mas a retomei quando percebi que Kendra Rae continuava com os olhos fixos em mim. Ela estava sem maquiagem, mas ainda assim era deslumbrante. O tempo parecia não ter passado para ela, que tinha olhos muito vivos e de um castanho intenso como o de xarope de milho.

— O que faz... *aqui*? — perguntei por fim.

Nesse momento, a expressão impassível de Kendra Rae se transformou em um leve e fascinante sorriso. Sorri também, aliviada. Eu mal conseguia impedir que meus olhos saltassem das órbitas, mas ela não dava sinal de se incomodar com isso. Parecia até animada, feito uma margarida que se virava para o sol pela primeira vez em sabe-se lá quanto tempo.

Kendra Rae tirou um artigo de jornal e um caderno de uma bolsinha de retalhos que eu não tinha reparado que ela carregava e sentou-se no sofá.

— Lynn me procurou algum tempo atrás com informações muito interessantes — explicou, abrindo o artigo no colo. — Por isso estou aqui para contar a vocês duas um pouco sobre o tempo que passei na Wagner Books. Mas primeiro... Shani?

Ela fez uma pausa e olhou no fundo dos meus olhos.

— Sim?

— Você precisa me dizer o que viu Hazel dar para Nella no Curl Central.

13

17 de outubro de 2018

Oi, Nellie!

Antes de mais nada, minhas mais profundas e sinceras desculpas pela demora em responder! Prometo informá-la das próximas datas para nossa saída assim que as tiver.

Nesse meio-tempo, você se incomodaria de me enviar os dados de contato de Hazel-May McCall? (Você a conhece? Ela trabalha com a Maisy, certo???) Acabo de ver aquele artigo maravilhoso sobre seu programa de mentoria no BookCenter e pensei em dar uma palavrinha com ela. Ficarei eternamente grata!

Muitíssimo obrigada! Bjs, Lena

Nella olhou mais uma vez por cima do ombro antes de bater de novo na cafeteira com o punho, mas nem assim a maldita máquina borbulhou ou crepitou como devia. Continuou apenas a assobiar.

De braços cruzados, ela olhou para a cafeteira por um momento, pensando em outras maneiras de fazê-la responder. Com certeza não era isso que Jocelyn teria feito, mas, como ela não voltaria para a Wagner — corria o boato de que a Alemanha a tinha pegado de volta —, Nella considerava justo qualquer método que fizesse a máquina funcionar.

Ela já tinha usado seus punhos, mas se perguntou o que aconteceria se usasse a cabeça. O método parecia particularmente atraente, considerando quão bem ela havia memorizado o e-mail irritante de Lena Jordan. *Sinceras desculpas*, Lena havia dito. *Pensei em dar uma palavrinha com Hazel.*

Além do que talvez fosse a pior parte: *Oi, Nellie!*

Nella tinha cometido o erro de ler e em seguida reler o e-mail de Lena antes de conseguir fazer qualquer coisa razoável naquela manhã, como tomar um café ou pegar um bagel. As palavras de Lena ficaram girando na sua mente como um letreiro luminoso de uma mercearia, de vez em quando mandando *bjs* sem sentido.

Teria sido assim *tão* difícil para Lena informar uma ou duas datas em que estaria disponível? E será que o nome de Nella era assim *tão* difícil de escrever?

Ela deu uma olhada no relógio do micro-ondas para avaliar o prejuízo. Eram dez e quinze, o que significava que não teria tempo de correr escada abaixo e comprar um café do outro lado da rua. Sem opção, encheu sua caneca com água quente e pegou uma caixa de chá verde. Precisaria enfrentar a reunião de capa das dez e meia com Vera, Leonard e Amy com pouca cafeína. Seria horrível, mas não tanto quanto entrar na sala cinco minutos atrasada.

Nella tentou manter as mãos firmes enquanto derramava lentamente um fiozinho de mel em sua caneca fumegante. As reuniões de capa eram o ponto alto de sua semana quando começou na Wagner. Ela em geral chegava alguns minutos mais cedo para garantir aquele lugar no canto perto da janela, com a melhor visão dos protótipos de capa feitos por Leonard para Amy, Richard e os editores. Naquela época, essas reuniões pareciam a parte mais mágica do mercado editorial. Ela chegava a se emocionar quando comparava as interpretações artísticas de um livro feitas pelo designer com as hipóteses que tinham ocorrido a ela durante a própria leitura, e ficava em êxtase com a expectativa que levava à grande revelação da capa.

Ela até participava de discussões sobre capas de livros nos quais não estivesse trabalhando, e ouvia com atenção as conversas entre Amy e os designers quanto a cores, equilíbrio, tamanho da fonte e espaçamento. E fazia inúmeras anotações, as quais procurava interiorizar para o dia em que fosse *ela* a ocupar o cargo de editora-chefe. Claro, havia um ou outro autor que acabava com um pouquinho da magia, mas isso jamais diminuía a sensação única de estar a apenas poucos passos da concepção de uma imagem que adornaria milhares de exemplares de livros e seria distribuída no mundo inteiro. A possibilidade de opinar sobre capas fazia com que ela se sentisse poderosa, mesmo que, no fim das contas, a última palavra fosse de Vera.

Mas essa reunião de capa que aconteceria dentro de nove minutos era diferente. *Essa* reunião era para *Entre agulhas*.

Nella limpou o vapor do rosto com as costas da mão, e ao fazer isso suas narinas se encheram de manteiga de cacau. Ela se encolheu, pega de surpresa. Não tinha pensado em usar o finalizador que Hazel lhe dera até que acabassem todos os produtos que ainda tinha em casa, mas, no elevador, enquanto subia para o escritório naquela manhã, dera-se conta de que fazia mais de uma semana que não hidratava o couro cabeludo. Quando por acaso enfiou a mão no fundo da bolsa e descobriu, para sua alegria, que o pequeno frasco de creme continuava lá, não hesitou e massageou o cabelo com uma porção do tamanho de uma ervilha.

Mas o cheiro é tão *forte*, ela tinha murmurado para seu reflexo no espelho do banheiro, e de novo agora na cozinha, enquanto fazia três respirações lentas e profundas, um hábito que criara naquelas semanas desde que Hazel enaltecera as virtudes de Colin na reunião de marketing. Em parte graças a ela, *Entre agulhas* navegava agora em um mar tão profundo de expectativa que o título passou a ser considerado na empresa inteira um "best-seller infalível" sobre o qual Oprah poderia até tuitar, "se fizermos tudo certo".

Nella cutucou o saquinho de chá com o mexedor fino de madeira, e a quarta cutucada foi tão forte que fez um cantinho se abrir. Ela observou, irritada, as minúsculas partículas de jasmim escaparem e boiarem dentro de sua caneca. A cafeteira apitou atrás dela, um doce e irônico lembrete de quão pouco controle ela tinha nos últimos tempos sobre o que quer que fosse.

Nella recebera essa mensagem também de outras maneiras: para começar, pela ausência de convites para almoçar com Gina e Sophie. Elas tinham parado de convidá-la depois de Nella ter recusado cinco almoços no espaço de duas semanas — porque tinha muito trabalho para fazer —, o que fez com que elas então tivessem optado por convidar Hazel. Algo mágico devia ter acontecido durante o primeiro almoço juntas; a partir de então, elas começaram a rondar a baia de Hazel, fazendo comentários sobre o projeto artístico mais recente de seu namorado ou sobre sua leitura preferida naquela semana. Até mesmo Gina, sempre ambígua, desinteressada, e a quem nada nunca impressionava muito, tinha saído de um desses momentos de conversa em um dia mais fresco dizendo que queria um par de Timberlands de plataforma iguais aos de Hazel. Durante todo o tempo, Hazel absorvera a atenção como uma profissional. Claro.

Nella não sabia como agir. O status de celebridade que Hazel havia alcançado em tão pouco tempo a atingia de um modo que a incomodava, e a incomodava estar incomodada, acima de tudo porque ela e Hazel deviam estar no mesmo time. Detestava a enorme decepção que sentia quando os editores de repente começaram a pedir leituras sensíveis para Hazel, não para ela. Nella nunca tinha recebido um pingo da atenção que todos davam a Hazel. Se fosse para ser sincera, ela diria que nunca havia pensado que algum dia *receberia* essa atenção. E se fosse para mentir, diria que nunca nem a quisera.

Mas o reconhecimento era importante para Nella, e ver Hazel se movimentar pela Wagner com tamanha desenvoltura fez com que ela começasse a questionar sua própria presença ali. *Talvez eu devesse ter dado atenção aos bilhetes anônimos do mês passado*, ela às vezes pensava. Uma vez, tomada pelo desespero, até tentou ligar de novo para aquele número de telefone. Mas para seu alívio, e seu pesar também, ele havia sido desconectado.

De todo modo, de certa forma ela tinha a impressão de já ter ido embora. Seus colegas de trabalho com certeza a tratavam como se isso já tivesse acontecido. Eles rondavam a mesa de Hazel para conversar com ela com cada vez mais frequência, e Nella estava começando a entender exatamente o que Hazel tinha querido dizer quando falou de alternância de código linguístico. Ela sabia o que a expressão significava, claro; de que outra forma seria capaz de ler sobre o último caso de brutalidade policial no noticiário e no dia seguinte aparecer no trabalho às nove da manhã com um sorriso no rosto?

Só que com Hazel a questão era que... tinha alguma coisa errada com ela. Uma vibe diferente. Nella não confiava no modo como ela levava a alternância de código a outro nível, nem em como perguntava a Vera o tempo todo sobre os livros que ela estava editando, ou como sempre elogiava as calças xadrez de Josh. Certa vez, enquanto esquentava as sobras do jantar no micro-ondas da copa, Nella acabara até ouvindo uma conversa de Hazel com Amy sobre seus avós.

— Eles se conheceram em uma passeata? E ele morreu em uma passeata? Meu Deus — tinha sussurrado Amy, fazendo uma rara pausa para tirar os óculos vermelhos e secar os olhos. — Isso é que é arco de personagem.

Nella, que havia fingido estar envolvida em um assunto sério em seu celular, achara aquilo de muito mau gosto. No entanto, para sua surpresa, Hazel tinha concordado.

— Na verdade, estou pensando em contratar alguém para pegar os diários e as cartas deles e escrever uma história de amor sobre suas vidas dedicadas ao ativismo.

E havia também C. J.: deslumbradíssimo por Hazel, obcecado. Ele se debruçava na divisória de sua baia e flertava com ela por cinco, dez minutos, sem parar, sorrindo para ela com aqueles olhões que ele antes só pousara sobre Nella, e Hazel — a gentil e bem-humorada Hazel — sorria de volta. Juntos, formavam uma dupla que merecia estar em uma comédia romântica da década de 1990, e não no décimo terceiro andar de um prédio de escritórios em Midtown.

Enquanto isso, Nella continuava calada no outro lado do corredor, tentando não prestar atenção nas conversas. Mas mesmo assim trechos de informações autobiográficas se infiltravam em sua baia, coisas impactantes que C. J. nunca contara a Nella em seus dois anos de convivência. Ela não pôde deixar de se perguntar o motivo. Tinha sido muito mais amigável com ele do que jamais fora com India. Será que ela não tinha feito as perguntas certas? Ou ele apenas deduzira que Nella, criada em um subúrbio de classe média com pai e mãe presentes — em um casamento problemático, sim, mas ambos presentes —, nunca "entenderia" de fato?

Qualquer que fosse o motivo, não importava. O que mais a tinha preocupado era a sensação estranha que sentia ao ouvi-los lembrar que haviam crescido em bairros negros. Isso a levou de volta aos tempos de ensino médio, quando os alunos negros a viam de mãos dadas com seu namorado branco no corredor ou comendo alguma coisa com amigos brancos em um café, e cochichavam entre si, nada discretos: *lá vai a palmiteira*. Não era culpa *dela* que as turmas avançadas tivessem uma maioria esmagadora de alunos brancos e asiáticos, que eles fossem as únicas pessoas que ela de fato conhecia, então ela simplesmente fingia que não tinha ouvido. Fingia que não se preocupava pelo menos uma vez por dia por não ser "negra o suficiente".

Sua principal fonte de consolo havia sido a convicção de que esse sentimento acabaria quando chegasse à faculdade. Mas agora ele estava de volta, trazendo problemas de novo, jogando na cara todas as inseguranças que acreditava ter superado.

Nella se inclinou para examinar os restos de jasmim que flutuavam em sua caneca. Então voltou a consultar o relógio: dez e vinte e quatro. Ainda dava tempo de pescar alguns pedacinhos.

Assim que esticou o braço para pegar uma colher no escorredor de pratos, o som de passos às suas costas se sobrepôs ao chiado da cafeteira.

— Oi, Hazel! Como vão as coisas?

Nella virou-se e viu Sophie, com as bochechas vermelhas e agora muito constrangida.

— Ah, merda — disse. — *Nella. Mil* perdões. Pensei que você fosse...

— Sim — retrucou Nella, encarando-a. — Acho que sei exatamente o que você pensou.

Ela mergulhou a colher na caneca, tirou alguns pedacinhos de jasmim e jogou-os na pia.

— É que... — Sophie parou. — Bem, você reparou que as duas estão vestindo cores iguais hoje?

— Estamos?

Nella baixou os olhos para o suéter berinjela que havia enfiado de qualquer jeito algumas horas antes. Ela detestava esse suéter; era pequeno demais, áspero demais, e a etiqueta atrás sempre levantava. Mas não tivera tempo de escolher outro. Nos últimos tempos, seu corpo a acordava nos horários mais irregulares possíveis no meio da noite e, quando o sono voltava, em geral faltava não mais de meia hora para ela precisar mesmo sair da cama.

— O suéter da Hazel também é roxo — observou Sophie, embora a pergunta de Nella tivesse sido retórica.

— É um roxo bastante diferente.

— Você acha? Lembro de ser bem parecido.

— Não — insistiu Nella, com um pouco mais de veemência. — Tenho certeza absoluta de que Hazel está usando lilás.

Ela tinha essa certeza porque se pegara olhando com inveja para o suéter com mangas de sino de Hazel mais cedo, quando ela tinha girado sua cadeira para lhe perguntar como fazer uma ligação em grupo. Nella a ajudara, reproduzindo a mesma lenga-lenga que repetia para os novos assistentes, mas tinha sido difícil. Sua autoestima definhante começara a interferir em sua sanidade; sua sanidade, em seu sono; e seu sono, em sua capacidade de se mostrar um ser humano funcional no trabalho. Um ser humano funcional, capaz de deixar para lá que uma colega a tinha confundido com uma garota que usava dreads e era dez centímetros mais alta que ela.

Uma espécie de fenômeno social. Chama-se alternância de código linguístico...

Semanas tinham se passado desde que Hazel dissera essas palavras, mas isso não impedia que uma pontada de raiva atormentasse Nella mais uma vez. Sim, ela sabia tudo sobre alternância de código linguístico e sobre ser flexível e descontraída e não levar nada para o lado pessoal, mas enquanto Sophie ainda tentava contornar sua gafe, dissertando sobre um artigo que tinha lido sobre como os olhos veem os tons de cores, Nella se sentiu cansada demais para continuar o jogo. Nem se preocupou em prestar atenção ou rir das tentativas de piadas de Sophie. Continuou onde estava, com o rosto impassível, catando jasmim de sua caneca pedacinho por pedacinho, esperando que a garota parasse de falar ou, pelo menos, deixasse a ansiedade de lado por tempo suficiente para perceber que não conseguiria desfazer o que tinha feito.

Por fim, Sophie parou para respirar. Olhou para a esquerda e pareceu reparar que a cafeteira vinha fazendo ruídos estranhos por trás de seus próprios ruídos estranhos nos últimos minutos.

— A cafeteira está quebrada de novo? — perguntou Sophie, ainda visivelmente constrangida. — Maldita máquina. Tenho uma amiga na J. F. Publishing que disse que a Nespresso deles nunca dá problema, não que nem essa. Talvez pudéssemos pedir ao Richard para trocar.

Nella resmungou. Então largou a colher na pia e seguiu apressada pelo corredor.

— Nella, espere, desculpe de novo pela confusão — gritou Sophie atrás dela.

Nella não se virou nem diminuiu o ritmo.

— Tudo bem, *Gina* — respondeu em tom ríspido, e depois de desferir esse golpe final, caminhou mais depressa, indiferente às gotas de chá quente que respingavam em sua mão a cada passo.

Quando entrou na reunião de capa alguns minutos depois, não ficou nem um pouco surpresa ao encontrar Hazel sentada no lugar que devia ser seu, mexendo no telefone de Vera.

— Meu Deus, o pincel! Vera, ele é tão fofo. E quantos anos você disse que o Brennerzinho vai fazer amanhã?

— Cinco. — Vera chegou mais perto para ver qual foto Hazel estava olhando, como se não tivesse sido ela quem tinha tirado, e sorriu.

— Ele tem um tamanho perfeito! E é seu há quanto tempo?

Vera abriu o sorriso ainda mais.

— Três anos. E cada dia é uma nova aventura com ele, até hoje.

Nella avaliou a péssima situação das cadeiras. Ela não tinha chegado cedo o suficiente. Amy, Josh e Richard já haviam ocupado seus lugares habituais na cabeceira da mesa ou perto dela; à esquerda de Amy estava Vera; do outro lado de Vera, Hazel. O único lugar vago mais ou menos perto da ação era do outro lado da mesa, na frente de Hazel e ao lado de Leonard, o Rabugento.

Nella puxou a cadeira. Leonard continuou curvado sobre o bloco de anotações, uma das mãos cobrindo metade do rosto, a outra segurando um lápis pequenininho. Ele não parecia querer ser incomodado; talvez estivesse até cochilando. Mesmo assim, Nella balbuciou um *como estão as coisas, Len?* enquanto se sentava ao seu lado. Estava desesperada por algum tipo de contato humano normal, e ela o conseguiria, isso sim.

Leonard ergueu os olhos. Ela engoliu em seco, observou seu olhar irritado e o rabisco preto furioso no papel à sua frente.

— Como você *acha* que estão as coisas? — disparou ele. — Este lugar está acabando comigo, como sempre. É assim que estão as coisas.

Nella balançou a cabeça para indicar que o entendia.

Vera olhou para a assistente.

— Ah, Nella! Oi!

— Oi, Vera — respondeu Nella com a voz tão animada quanto pôde, ao mesmo tempo que estudava a chefe.

Sua roupa de hoje era um vestido longo e soltinho de juta sem mangas, por cima de um suéter branco feito casca de ovo. O vestido era lindo, parecia muito confortável, muito 1993, muito uma coisa que Nella compraria se achasse que conseguiria pagar, embora soubesse que não conseguiria. Mas Nella tinha quase certeza de que, assim como a franja recém-cortada que batia na metade de sua testa, o vestido era mais uma influência de Hazel. A última vez que Vera tinha usado uma roupa que não se ajustava perfeitamente à sua cintura fina, era porque tinha pegado pneumonia.

A própria Vera também parecia ciente desse fato; ela ficava passando as mãos nas alças do vestido, como se para verificar que o tecido continuava no lugar.

— Estou muito feliz que tenha conseguido vir. Você não estava na mesa dois minutos atrás, então decidi ser um pouco egoísta e perguntei a Hazel se ela cederia um pouco de seu tempo para esta reunião.

Nella já ouvira essa mesma ladainha antes. Durante semanas, ela e Vera tinham se encontrado pouco e se comunicavam a maior parte das vezes por e-mail e telefone, quase sem contato pessoal. Sempre que Nella encontrava Vera sem a porta fechada, ou ela estava lhe pedindo para fazer alguma coisa, ou conversando com Hazel, ou falando sobre Hazel com outra pessoa. Elogios ao seu novo guarda-roupa, que tinha pouco a pouco deixado de ser apenas preto e azul-marinho e passara a incluir alguns tons terrosos e até alguns padrões que beiravam o "extravagante", eram atribuídos a Hazel. Aqueles reflexos vinho em seu cabelo, que davam para ver de vez em quando, dependendo muito da luz, mas ainda assim visíveis? Obra de Hazel também.

Nella nunca vira sua chefe se abrir com algum funcionário na Wagner de nível inferior ao dela.

— Egoísta? — perguntou Hazel a Vera com os olhos ainda grudados em uma foto de Brenner. — Não foi nem um pouco egoísta. Estou animadíssima de poder participar da reunião.

— Eu também — disse Nella, entre dentes cerrados.

Vera bateu na mesa com a palma da mão.

— Assim é que se fala! Lembro que quando comecei a trabalhar aqui, participava de todas as reuniões de capa que conseguia.

— Isso é verdade. Todas elas — interrompeu Amy da cabeceira da mesa. — Ela começou poucos anos depois de mim, e não esqueço que sempre roubava minha cadeira. Para ser sincera, eu queria matá-la.

Richard riu, jogando a cabeça para trás.

— Isso também é verdade — disse ele, menos para Hazel e Nella e mais para Amy e Vera. — Ainda me lembro do dia em que Amy entrou direto no meu escritório e perguntou: "Onde foi que você encontrou aquela tal Velma? Onde quer que tenha sido, pode mandá-la de volta agora mesmo."

— Ah, sim — admitiu Amy, corando um pouco. — Não foi meu melhor momento. Mas olhe para nós agora! Somos *grandes* amigas.

— *Grandes* amigas — concordou Vera em um tom neutro.

— Hummm. — Hazel colocou o celular de Vera sobre a mesa. — Parece que um pouco de competição pode ser uma coisa boa, não?

— Você está certa — concordou Amy.

Josh enfim parou de examinar os dentes na câmera do celular à procura de resíduos de granola.

— É provável que não estivesse aqui sem isso.

Nella ergueu os olhos para o relógio enquanto Amy batia palmas e tirava os óculos de lentes vermelhas.

— Muito bem, pessoal, prontos para começar? Vai ser uma reunião bem rápida. Len, você recebeu o recado do Alexander sobre reagendar a reunião de capa dele de hoje, certo?

Leonard olhou para Amy e inclinou a cabeça, mas não disse nada. Membro da velha guarda de funcionários de cargos mais altos da Wagner, Leonard chefiava o departamento de design fazia quase quatro décadas e até havia recebido vários prêmios por seu trabalho inovador em capas de livros que se tornariam clássicos. Mas ele parecia completa e profundamente infeliz, carregava um estoque limitado de sorrisos — pelo menos quando estava no escritório — e só os exibia em ocasiões muito específicas. Nella tinha quase certeza de que ele guardava a maior parte dos sorrisos para si mesmo, para quando estivesse sozinho no escritório, com a porta fechada e as engrenagens criativas a toda.

Nella estudou Leonard um pouco mais: sua camisa xadrez despretensiosa, o lápis pequenino atrás da orelha, o cabelo grisalho que teria crescido em tufos espaçados em seu couro cabeludo se não o raspasse com frequência. Sua cabeça, que quase sempre estava baixa. Ela podia garantir que o salário dele era três vezes o dela, provavelmente até mais. Também estava quase certa de que ele não tinha filhos. Por que não se aposentava logo, então? Estava só esperando que seu físico não aguentasse mais? Como podia alguém ser tão decidido, mas tão nitidamente infeliz?

Amy quebrou o silêncio constrangedor que tomara conta da reunião desde sua pergunta.

— Ótimo. Vera, temos algumas propostas de capa incríveis para apresentar hoje! Você vai adorar todas elas, tenho certeza. Len, querido, quer nos mostrar o que pensou para *Entre agulhas*?

— Sim! Mostre o que criou para nós, Leonard! — Vera deu uma piscadela enfática para ele, como uma oferta de paz depois de todo o drama de Sam Lewis que ela havia jogado nele. Nella achou um pouco forçado, mas notou uma leve melhora na postura curvada de Leonard.

— Claro.

Leonard pegou uma pasta de papel em seu colo e, com um gesto exagerado, tirou dela três folhas de um papel brilhante. Levantou-se e colocou uma por uma em cima da mesa, girando-as de modo a ficarem de frente para Vera, com uma leve inclinação para Richard.

— Então, usei alguns enfoques diferentes aqui — explicou Leonard, balançando de leve o corpo para a esquerda e para a direita. — Estes dois primeiros seguem uma linha semelhante à de seus últimos livros: dicotomias de cores minimalistas e marcantes, fonte sem serifa. Se quisermos manter a identidade visual que começamos a criar para ele em 2011, talvez devêssemos seguir este caminho. Acredito que leitores acostumados com os livros dele tendo uma determinada aparência, além de leitores que gostam de livros que combinem entre si, vão tender para algo simples como isto: palavras vermelho-melancia contra um fundo preto.

Devia ter usado a cor chartreuse nas palavras, pensou Nella com amargura.

— Boa — disse Vera.

— O fundo preto com certeza funciona bem com este tema. É a desolação. O desespero. *A crise dos opioides* — acrescentou Josh.

Nella revirou os olhos e baixou-os.

— E temos ainda outra opção, caso ele decida que quer acabar por completo com o formato que funcionou para os últimos livros. Aqui. Este não passa nem perto do caminho que normalmente seguimos com os livros do Colin, mas acho que vale a pena explorar.

Nella examinou a folha para a qual Leonard apontava. O fundo era uma reprodução em aquarela da bandeira norte-americana, com ilustrações de vários rostos entrelaçados com as listras vermelhas e brancas, de modo que apenas pedaços de rostos estavam visíveis.

Nella se sentiu imediatamente atraída pelo terceiro desenho, pelo quão fragmentado e desconexo parecia. Inclinou-se à frente para examinar os rostos mais de perto, um indicativo razoável, ela reconhecia, de que alguém poderia fazer o mesmo em uma livraria. Mas de repente ela se encolheu e recuou em sua cadeira tão depressa quanto havia feito o movimento para a frente.

Foi quando de fato o viu: o rosto escuro. O nariz largo. Os lábios grossos. Os olhos arregalados, quase assustados. Os tufos rebeldes de cabelo crespo presos em coquinhos. Tudo apresentado em pedaços espalhados entre as listras, mas bem visíveis.

Shartricia.

Nella lançou outro olhar vacilante para a capa, confirmando que seu instinto estava certo. Nenhuma outra personagem do romance havia sido apresentada com tanto destaque quanto a negra. Shartricia era a mais em evidência, a mais em foco da página.

Nella olhou para Hazel, do outro lado da mesa, que em resposta ergueu a sobrancelha do piercing.

— Achamos que pode ser inteligente optar por um novo enfoque aqui — explicou Amy, enquanto Vera olhava a capa não tradicional com alguma hesitação. — A crise de opioides tem sido muito debilitante para o país. Ela tem retratado muitos americanos como menos que humanos. Nossa ideia é que, se os leitores pegarem este livro e virem já na capa a diversidade de pessoas sobre as quais Colin escreve, terão vontade de passar mais tempo com ele nas mãos.

— Entendo. — Vera balançou a cabeça, embora ainda não parecesse muito convencida. Seus olhos continuavam grudados na capa. — Bem, eu diria que é de fato um... enfoque diferente. Muito mais artístico que os outros.

— E as capas artísticas às vezes podem ser um risco — ponderou Josh. — Mas gosto muito desta, pelo menos sob uma perspectiva de marketing. Alguém viu aquele artigo recente no *BookCenter* sobre como são poucos os livros que têm personagens de minorias étnicas na capa? — Nella ergueu a mão diretamente na linha de visão de Josh, mas ele a ignorou. — Isto se destacará do resto. Com certeza será um atrativo para os públicos mais amplos de hoje, mais ou menos como discutimos na reunião de marketing da semana passada. Mas também lança um olhar firme para o passado, nos forçando a levar em conta as raízes racistas de nosso país.

Você acha?, pensou Nella, alimentando uma irritação desencadeada pelo discurso exibicionista de Josh. Olhou de novo para Hazel do outro lado da mesa. Dessa vez, porém, Hazel estava olhando para Amy.

— Por favor, se me permitem?

Todos os olhos se voltaram para Hazel. *Sim*, pensou Nella. *Por favor, faça o que é preciso. Exponha essa caricatura racista pelo que ela de fato é.*

— Acho fantástico — opinou Hazel.

— Acha mesmo? — Vera parecia tão surpresa com a afirmação quanto Nella.

— Sim. Acho que você acertou em cheio, Leonard.

— Então você pegaria este livro se o visse exposto em uma bancada?

Era Richard quem falava agora. O interesse aguçado deixava seus olhos azuis ainda mais penetrantes.

— Com certeza. É impressionante. Leonard, acho que você fez um trabalho maravilhoso, como a Amy disse.

Richard concordou com a cabeça. Vera ficou visivelmente animada. Até Leonard, sempre fechado e pessimista, dava a impressão de que a opinião de Hazel o libertara de sua própria prisão.

Nella estremeceu enquanto olhava para a capa, em busca de algum elemento revolucionário que ela talvez não tivesse percebido, algo que iniciasse uma conversa e lançasse as pessoas em um debate sobre raça, colorismo e classe. Mas tudo o que havia ali era a caricatura de Colin. Ao vivo e a cores. *Você não pode simplesmente fazer isso*, pensou, furiosa. *Não pode colocar uma imagem como essa sem mais nem menos na capa de um livro sem dar um contexto.* Ela viu crianças negras, brancas e de outras etnias não brancas caminhando até a bancada de Novos Lançamentos da livraria e pegando um exemplar, atraídas pelas cores vivas. Viu as engrenagenzinhas girando na cabeça dessas crianças por dois segundos, ou o tempo necessário para as imagens ficarem gravadas em seus cérebros jovens e impressionáveis. E viu essas mesmas crianças correndo de volta para suas famílias, abaladas para sempre pela imagem racista e perturbadora de Shartricia, sem nem perceber.

Os coques no alto da cabeça. Aqueles olhos. Aqueles lábios.

Estas pessoas.

— Mais alguma consideração? — perguntou Amy.

— Vocês são inacreditáveis, porra.

Nella não se deu conta de que pensara isso, muito menos de que tinha expressado seu pensamento em voz alta. Mas tinha, a julgar pela corrente de atenção que de repente despertou.

— Você disse alguma coisa, Nella?

O lábio superior de Amy tremia. Leonard parecia estarrecido. Vera segurava frouxamente a nuca enquanto o constrangimento ruborizava seu rosto. Até a imperturbável Hazel parecia ter sido pega de surpresa.

Richard, no entanto, mantinha as mãos cruzadas sobre a mesa enquanto aguardava que Nella respondesse à pergunta de Amy.

— Eu... não. — A sala sempre tinha estado tão quente? Ela começou a se abanar com a mão. — Só disse que seu trabalho é inacreditável. Com certeza vai chegar às listas das dez melhores capas, Leonard. É mesmo um trabalho esplêndido.

— Verdade. — Vera pigarreou, pronta para prosseguir. — Bem, vou pensar mais um pouco no assunto. Len, quando tiver um tempinho, pode me mandar a versão em alta resolução dessas capas? De todas, por favor.

— Claro. — Leonard ainda parecia irritado enquanto recolhia as sugestões de capa, pegava um clipe para prendê-las e as entregava.

— Ver, depois nos conte a opinião do Colin. Posso pedir a Hilary que envie para ele os números das vendas de livros que têm capas com estilos semelhantes, se você achar que isso pode acalmá-lo um pouco.

— Você o conhece tão bem — disse Vera, com um leve sorriso.

— Ah, *todos* nós conhecemos — acrescentou Richard.

Todos, exceto Nella, riram com gosto. Tudo estava bem com o mundo de novo.

— Ótimo. Fantástico. Excelente material, pessoal! — Amy colocou os óculos e encerrou a reunião. Todos recolheram rapidamente suas coisas. A dois passos de distância, Hazel perguntava a Vera como ela e o marido planejavam comemorar o quinto aniversário de Brenner.

Nella manteve o olhar baixo e fingiu escrever em seu caderno em branco. Queria que todos saíssem da sala antes dela, para não passar pelo constrangimento de ter que ouvir a discussão de Vera e Hazel sobre os melhores lugares para comprar cupcakes para cachorros, ou a explicação detalhada de Josh sobre aquele artigo do *BookCenter*. Além disso, ela sempre achara extremamente reconfortante sentar no silêncio de uma sala de reuniões depois de todos saírem, mesmo que fosse só por um instante.

Passados cerca de trinta segundos, sentiu-se pronta para voltar à sua mesa e talvez até ligar para o serviço de manutenção do prédio para verificar se alguém poderia ir consertar a cafeteira. Quando ergueu os olhos, no entanto, percebeu que Richard continuava sentado na cabeceira da mesa, digitando em seu celular.

— Ah — murmurou Nella, constrangida. — Desculpe. Só vou...

Colocou as mãos na mesa, preparando-se para se levantar e sair. Antes que conseguisse escapar dali, porém, Richard largou o celular virado para baixo e olhou-a nos olhos.

— Não, sou *eu* que peço desculpas. Por favor, sente-se, Nella. Você tem um tempinho para conversar? Pode ser? Eu gostaria de discutir alguns assuntos com você, aproveitando que a reunião acabou cedo.

— Hum... — Nella olhou para a porta. Alguém a fechara sem que ela percebesse. — Claro. Tenho tempo, sim.

— Ótimo! — Richard guardou o celular no bolso da frente do casaco. — Eu só queria fazer uma análise rápida. Ver como estão as coisas.

— As coisas estão muito bem — respondeu ela, sem saber ao certo o que ele queria dizer com "coisas". Pensou em alguma novidade para partilhar com ele. — Imagino que você já saiba, mas finalmente conseguimos que Sam Lewis definisse uma capa. Um grande alívio. Obrigada por assumir esse caso. Sei como ele pode ser; a agente dele o deixa ir longe demais. Ah, por falar nisso... tenho certeza de que alguém já contou, mas Darrin nos mandou um novo projeto hoje de manhã, e ele garante que será rápido. É sobre uma cidadezinha no norte de Dakota do Norte que não acredita em...

— Isso é ótimo. Escute, Nella, vou direto ao ponto.

Nella piscou. Será que ele havia descoberto que ela estava rondando sua sala e que ficou sabendo que ele traía a esposa? Ou será que ele teria ouvido o que ela *realmente* dissera na reunião?

Richard afastou sua cadeira alguns centímetros para poder cruzar a longa perna esquerda sobre a coxa direita.

— Hazel me confidenciou algo pouco tempo atrás. Algo que vem acontecendo com você aqui e que, devo dizer, é extremamente preocupante. Quero saber se você gostaria de falar sobre isso. A palavra é sua.

Nella se endireitou na cadeira.

— Preocupante?

— Sim. Bem, sei que o assunto talvez a deixe constrangida, e por isso decidi não envolver Vera. A não ser que você mesma me diga que quer que eu fale para ela.

— Não tenho certeza do que... — Nella se conteve. Sentiu primeiro um grande alívio, depois apreensão, e por fim raiva. Hazel tinha dado com a língua nos dentes de novo. — Você se refere aos bilhetes.

Richard apoiou um dos cotovelos na coxa e repousou o queixo na palma da mão. Olhou para ela em expectativa nessa posição por uma eternidade, sem dizer uma palavra.

— Pode me contar o que os bilhetes diziam exatamente? Consegue se lembrar?

Nella fechou os olhos. Já fazia algum tempo que ela os lera, e ainda nem tinha conseguido pensar a fundo neles. Mas como poderia não lembrar?

— O primeiro dizia "saia da Wagner agora". E o outro dizia algo como: "Quanto mais tempo você ficar, pior será. Vá embora." — Ela tinha omitido de propósito a parte sobre o número de telefone, ciente de que pegava muito mal ela *ter* um número de telefone e não o informar à polícia.

Richard balançou a cabeça.

— E não estavam assinados?

— Não — confirmou, surpresa e até um pouco satisfeita por ele parecer tão indignado. — Não estavam assinados. Só deixaram na minha baia.

— Meu Deus! — exclamou Richard, batendo na mesa com o punho. — Covardes de merda.

Nella olhou para seu rosto rosado e contraído, intrigada com essa nova e desconhecida versão do editor-chefe da Wagner. Nunca o tinha ouvido xingar antes, e aquilo não combinava com seu elegante suéter de caxemira cor de abacate.

— Você falou para alguém sobre essas cartas? — perguntou ele. — Além da Hazel, claro. — Ela balançou a cabeça. — Não? Não tuitou a respeito, ou algo assim? Ou contou para amigos ou amigas que pudessem talvez ter escrito alguma coisa?

— Desculpe... não estou entendendo — disse Nella, confusa. — É claro que não contei para ninguém. O que Hazel falou?

— Deixe pra lá. Não se preocupe com isso — Richard apressou-se a dizer. Seu tom estava bem mais brando. — Posso ver?

— Ver o quê?

— As cartas. Gostaria de vê-las.

— Bem, são mais "bilhetes" do que "cartas".

Richard olhou para ela com curiosidade. Parecia querer comentar sobre a diferença entre um e outro, ou sobre a necessidade de ela fazer a distinção, mas permaneceu calado.

— Já se passaram quase dois meses desde que recebi o último, e até já me desfiz deles — acrescentou Nella, deslizando uma das pernas sobre a outra enquanto a mentira escapava entre seus dentes sem nenhuma dificuldade. Na verdade, ela tinha colocado os bilhetes no bolso de uma capa de chuva que ficava pendurada no fundo de seu armário, mas a primeira explicação parecia muito mais fácil.

— Bem, seja como for, quero que você saiba que temos tolerância zero para esse tipo de comportamento aqui na Wagner. Você entende?

— Entendo.

— Natalie está tratando do assunto enquanto conversamos. A partir de amanhã ela falará com toda a equipe de correspondência, um por um.

— Obrigada, Richard. Agradeço muito. — Nella largou a caneta depois que percebeu que a estava clicando em seu colo por puro nervosismo.

Ela pensou em C. J., com seu sorriso largo e despretensioso e um charme cativante. A sala de correspondência estava cheia de pessoas como ele... gentis, prestativas, que mantinham a cabeça baixa e desviavam o olhar. Pessoas com diferentes origens, mas quase todos os membros da equipe tinham um tom de pele que se encaixava em algum ponto da parte marrom do círculo cromático. Todos a conheciam também. Talvez não tão bem quanto C. J., mas bem o suficiente para cumprimentá-la.

— Embora, com todo o respeito, eu não acredite que alguém da equipe de correspondência seja responsável por essas cartas.

Richard deu de ombros.

— Talvez não. Mas podem lembrar se alguém entregou os envelopes e pediu que fossem encaminhados a você.

— Imagino que isso talvez seja possível.

— Certo, então. — Richard fez uma pausa, tirou os óculos tartaruga e ergueu-os contra a luz. Esfregou algo nas lentes com o polegar antes de colocá-los de novo. — Fico feliz de termos batido este papo e por você saber que já estamos trabalhando nisso. Tudo bem?

— Tudo bem — concordou Nella. — Obrigada.

— De nada. E mais uma coisa, só entre nós: vamos fazer algumas mudanças por aqui.

Nella enrijeceu.

— Mudanças? — Sua mente voou para a lista de nomes que ela havia encontrado na impressora.

— Mudanças. Mais ou menos no próximo mês, Natalie enviará um e-mail a toda a equipe da Wagner, reintroduzindo uma série dos Encontros sobre Diversidade. Eles serão obrigatórios para todos os empregados.

Coisa de Hazel.

— Isso é fantástico — disse Nella, como um robô, tentando esconder sua irritação, embora *fosse* realmente fantástico.

— Não é? Será uma excelente maneira de... de *conversarmos* uns com os outros. — Richard apoiou-se na mesa e se levantou. — Entende o que quero dizer? Sinto que não se conversa o suficiente aqui. Nós estamos conversando. Certo. Mas não estamos *conversando*. Se estivéssemos *de fato* conversando, não acho que você estaria recebendo bilhetes como os que tem recebido. Entende?

Nella deu de ombros. Alguma coisa na fixação que ele demonstrava pelos bilhetes e pelas conversas a deixava inquieta. Aquela fixação em fazê-la concordar com ele também não ajudava.

— Entendo.

— Tenho outra mudança para você também. É uma notícia ainda mais importante e que eu gostaria que você mantivesse em segredo. Promete?

— Claro. — Uma cãibra começava a se espalhar por seu pescoço de tanto balançar a cabeça para concordar com ele, mas mesmo assim ela continuou.

— O profundo e inigualável Jesse Watson virá ao escritório na próxima semana para um encontro com alguns de nós. E eu gostaria que você fosse uma das pessoas nesse encontro.

Por um milissegundo, Nella se esqueceu de respirar em um ritmo razoável. O "profundo" Jesse Watson?

— Ele vem... *aqui*?

— Sim. Você já ouviu falar nele, imagino.

Nella concordou.

— Ouvi, sim. Só pensei que ele estivesse... hum... tirando uma folga dos holofotes.

— Ele estava. Está. Mas Hazel por acaso o conhece... mundo pequeno, não é? E ela percebeu que esse hiato veio do desejo que ele tinha de finalmente escrever um livro. Ele tem esse desejo há algum tempo e, bem... uma coisa levou a outra, e agora agendamos uma reunião com ele antes mesmo que as outras editoras tenham a chance de pensar em entrar em contato.

É claro que Hazel o conhece, pensou Nella, com petulância e infantilidade. Por um momento, foi essa a única informação que ela reteve da fala de Richard.

— Mundo pequeno, de fato.

Richard estudou-a por alguns instantes, na tentativa de ler sua expressão vazia.

— Desculpe minha franqueza, Nella, mas eu diria que você ficou perplexa. Você gostaria de conhecê-lo, não? Sem dúvida, um homem desses, de tal calibre...

— Claro. Eu adoraria conhecê-lo. Jesse parece... como eu poderia dizer...

— Sei exatamente o que está pensando — interrompeu Richard, com um leve sorriso de cumplicidade. — Você acha que ele é jovem demais e moderno demais para nós. Entendo.

Mais para negro demais, pensou, lembrando-se da vez em que Vera tinha chamado Jesse de "terrorista emocional". Estava surpresa que Richard não achasse o mesmo; mas, pensando bem, o interesse dele em Jesse também apoiava sua teoria da amante negra.

— Eu sei... tudo isso é meio fora do comum. Todas as controvérsias em torno desse rapaz... — Richard balançou a cabeça. — Ele é tão jovem. Tão sincero. Mas como eu disse: vamos fazer muitas mudanças por aqui. E quem sabe poderíamos ter nosso próprio best-seller com ele. E você... — Richard apontou para Nella. — Você, Nella Rogers, tem a oportunidade de fazer parte disso. Você vai se unir a nós, certo?

— Sim, claro — respondeu Nella de forma entusiasmada. Sentia-se muito mais revigorada com essa conversa do que poderia imaginar. — Seria possível eu mesma trabalhar nesse livro? Por exemplo... ser a editora?

Richard assentiu.

— Vera e eu conversamos sobre essa opção. E nós dois concordamos que você fez mais do que o suficiente para mostrar seu valor.

Até que enfim! Ele não tinha *dito* que ela seria promovida, mas ela já podia se ver fazendo login em sua página do LinkedIn e atualizando seu cargo para "editora assistente". Tinha só uns vinte contatos na rede, mas isso dava para mudar. Talvez pudesse adicionar Lena, apenas para lembrá-la de que ela existia — e para lembrá-la de como soletrar seu nome.

Ela sorriu.

— Estou... uau. Ficaria muito honrada. Obrigada, Richard!

— *No entanto* — continuou Richard, ajeitando o colarinho —, seríamos omissos se não déssemos uma oportunidade também a Hazel. Uma vez que foi ela quem nos apresentou a ele, claro.

O sorriso de Nella desapareceu. Ela não teria ficado mais surpresa se Richard tivesse pegado uma das cadeiras e a jogado contra ela. *Mas Hazel praticamente acabou de chegar aqui!*, teve vontade de gritar. *Eu tomei a iniciativa e enviei um e-mail para Jesse, e desde sempre é isso o que mais quero!*

Por um instante fugaz de raiva, imaginou-se pegando ela mesma a cadeira. Mas empurrou a fantasia para longe, com medo de que pudesse se concretizar como acontecera com sua explosão minutos antes.

— Então... como vai ser? Seremos coeditoras?

— Não precisamos nos preocupar muito com "editor isto" e "editor aquilo" — cortou Richard. — Vamos ver como será a reunião, certo? Ver o que Jesse acha de nós. Talvez ele acabe querendo alguém mais experiente, talvez eu mesmo, talvez a Vera. Pode ser até que prefira escolher outra editora. Há também a possibilidade de ele nem sequer estar pronto para escrever um livro. Você sabe como são essas coisas. Sempre imprevisíveis.

Nella tentou manter o rosto o mais imparcial possível, embora o tom indiferente de Richard sobre algo de tamanha importância a irritasse.

Nada precisava ser tão imprevisível. Richard tinha o poder de escolher entre ela e Hazel; simples assim.

Richard afastou-se da mesa parecendo ter satisfeito seu propósito.

— Bem, preciso correr para outra reunião — disse —, mas espero que esta conversa tenha sido útil para você. Queria deixá-la informada de tudo que está acontecendo nos bastidores assim, de forma privada.

Nella cerrou os punhos no colo enquanto observava Richard dirigir-se para a porta, louca para que ele andasse mais depressa. Queria que ele fosse logo embora, para poder se enfurecer em paz. Ele estava com a mão na maçaneta quando parou e se virou para falar com ela mais uma vez.

— Ah. E uma última coisa, Nella. Ainda me lembro de quando você me contou, tempos atrás, sobre seu desejo de ser a próxima Kendra Rae... e acredito que você esteja no caminho certo.

Ela engoliu em seco.

— Acredita mesmo?

— Não consigo não pensar nela quando vejo o quanto você se esforça no trabalho — continuou Richard. — Como está sempre atenta aos detalhes. E digo mais... — Ele balançou a cabeça com expressão séria e fechou os olhos. — Conversei com a Vera outro dia sobre a possibilidade de você receber uma promoção no decorrer das próximas semanas.

— Você fez isso? — perguntou Nella, incapaz de esconder seu espanto.

Entre Richard colocar Hazel no mesmo patamar que ela e suas últimas semanas na Wagner, ela não tivera a sensação de que alguém pensava que ela estava fazendo um bom trabalho, apesar do quanto de sua vida social ela havia abandonado, apesar da rapidez com que atendia o telefone (uma impressionante média de 90% ainda na metade do primeiro toque). Ela até tinha consertado alguns problemas catastróficos de produção na surdina e impedido que eles chegassem ao conhecimento de Vera. Ela se sentia — se fosse capaz de sentir tamanho orgulho — a heroína anônima do setor editorial naquele momento.

Nada disso, porém, se comparava ao seu pedido de desculpas por escrito para Colin Franklin. Isso sim exigira uma enorme força de vontade, já que para Nella ele não parecia necessário, mas mesmo assim o fizera. Só porque Vera havia pedido.

Mas Vera não dera a menor atenção para o alcance daquele gesto de paz. Não que Nella esperasse ganhar pontos por colocar o rabo entre as pernas, nem um *Oba! Você deixou seu orgulho de lado para tornar este projeto mais tolerável para todos, exceto para você,* mas tinha esperado pelo menos uma espécie de tapinha nas costas; no mínimo, um *muito obrigada*. Em vez disso, Vera tinha dito "ótimo", e logo lhe entregado outro manuscrito de quatrocentas páginas para ela ler em menos de quarenta e oito horas.

Depois de meses de extrema dedicação a esse trabalho, ela ainda tinha a sensação de estar condenada, presa para sempre no purgatório dos assistentes, assim como Donald. Podia ver seu futuro à sua frente — manchado e precário e cheio de lembretes de mensagens, ligações e compromissos perdidos — e detestava a total falta de controle que sentia ter sobre tudo aquilo.

Naquele momento, porém, ali estava Richard, abrindo seu melhor sorriso e dizendo que sim, achava que ela merecia uma promoção. E que — possivelmente — também merecia trabalhar com Jesse. Se não diretamente, pelo menos *se reunindo* com ele.

Ela ainda tentava encontrar algo para dizer quando Richard voltou a falar.

— Quero que você saiba que vemos muitas coisas incríveis em seu futuro, Nella. Também a *valorizamos* como parte da equipe, e seria uma pena se nos deixasse só porque temos uma maçã podre no cesto.

Nella franziu a testa, confusa.

— O quê? Sair da Wagner?

— Não *queremos* que você vá embora — justificou-se Richard. — Só quis dizer que receber cartas, ou *bilhetes*, como você recebeu... poderia ser um motivo para fazê-la pensar em sair. Só isso.

— Ah... mas eu não...

— Apenas prometa que vai me informar se receber qualquer outra carta ameaçadora. Combinado?

— Hum... — Nella se mexeu na cadeira, desconfortável. — Combinado.

— E por favor, se receber mais alguma, não jogue fora. Entregue para mim. E se ela... desculpe, se *essa pessoa* entrar em contato com você usando outros recursos, como e-mail, mensagem, seja lá o que for, talvez possamos usá-los em nossa investigação. — Richard riu para si mesmo. — "Investigação." Olhe só para mim. O próprio senhor *Assassinato por Escrito*. Mas, enfim, você sabe o que quero dizer. Certo?

— Certo. Sei o que quer dizer. — Nella também se levantou.

— Ótimo. — Richard se aproximou e apertou sua mão. — Faremos contato em breve sobre essa história de promoção; só precisamos nos organizar antes de ir em frente com a mudança oficial do cargo.

A expressão de Nella se iluminou, mesmo que a mão fria e úmida de Richard quase esmagasse a sua.

— Parece maravilhoso.

— Foi bom conversar com você, Nella, como sempre. E lembre-se: toda essa conversa... Jesse, os bilhetes, a promoção...

— Fica entre nós.

Richard fez uma pequena reverência.

— Até a próxima.

Nella continuou a balançar a cabeça, mesmo depois de ter sido deixada sozinha com seus pensamentos. Tentou se controlar, um pouco envergonhada e com muita dor, agora apertando o lugar onde sentia cãibra, que já havia ultrapassado o pescoço e descia até a escápula direita. Depois, pegou seu celular e jogou "Wagner Books" no Google. Por sorte, não apareceu nenhum artigo sobre seu empregador, apenas algumas postagens nas redes sociais sobre livros recém-publicados.

Nella expirou devagar e a onda de alívio inundou-a como um raio de sol. Mas esse raio, ela sabia, podia ser passageiro, por isso no mesmo instante criou um alerta no Google para seu nome. Por via das dúvidas.

14

20 de outubro de 2018

— Nala? — O barista a encarou com os olhos arregalados sob a franja, a caneta mal equilibrada sobre um copo de papel branco. — Como no *Rei Leão*? Que legal!

Nella passou seu peso para a outra bota.

— Não exatamente. *Nella*.

— Bella? Desculpe. — Ele começou a escrever.

— Não. É mais ou menos como Bella. Só que com N.

Ele piscou para ela.

— Entendi. Então, *Mella* — disse, riscando o B. — Esse também é um nome legal. Eu acho.

— Na verdade... — Nella fez uma pausa. Era quase impossível alguém se fazer ouvir em meio à música natalina que, na sua opinião, não fazia sentido tocar em outubro.

Atrás dela, um carrinho de dois andares continuava a se chocar contra suas panturrilhas, pressionando-a para mais perto do balcão. Ela nem sabia por que gastar tanto tempo com essa história de querer que o pobre rapaz acertasse seu nome, se o pedido já estava anotado. O único trabalho dele era defender aquela Starbucks específica de Midtown dos bandos de turistas e dos malucos que trabalhavam aos sábados.

Nella, que fazia parte do último grupo, desistiu.

— Mella está bom. Obrigada.

Ela se afastou depressa para escapar de mais um potencial golpe do carrinho e tentou encontrar um lugar seguro para esperar por seu latte.

Nella não conseguia se lembrar de quando vira pela última vez aquele café tão lotado... por outro lado, o dia estava bem frio, o final do ano se aproximava a passos largos e a Macy's da Herald Square ficava a apenas seis quarteirões de distância. Ela imaginou que aquilo era o que merecia por sair do Brooklyn em um sábado.

— Logan! Venti chai latte sem espuma no bar para Logan!

Uma mulher loira miúda com um casaco de pele bege adiantou-se para pegar seu copo. Seus adornos balançaram com estardalhaço enquanto ela saía marchando, aparentemente furiosa por ter que esperar por alguma coisa em Midtown em um fim de semana.

Nella não queria se tornar uma daquelas pessoas que achavam que seu precioso tempo havia sido desperdiçado, então tirou o tablet da bolsa e começou a ler. Ainda não tinha acabado a primeira página quando sentiu um toque no ombro.

— Com licença, senhorita?

Nella se virou. Um homem negro alto, de ombros largos, com um casaco verde e um café gelado nas mãos olhava para ela. Em questão de segundos, ela decidiu que ele devia ter uns trinta e tantos anos e que, considerando seus olhos amáveis e a barba, era bastante atraente. Uma vantagem adicional era que ele optara por puxar o gorro preto até as orelhas, em vez de deixá-lo mais solto na cabeça como um hipster descuidado. Ela não tinha certeza se o conhecia de algum lugar, embora ele se parecesse muito com Marvin Gaye em sua fase *What's going on*.

Quando ficou claro que ele não diria mais nada, ela sorriu e perguntou, sem muito entusiasmo:

— Sim?

— Desculpe — disse ele com ar tímido, passando a mão na nuca. — Você é tão... *tão* bonita. Uau.

Nella sentiu uma onda de calor por baixo de sua gola rulê.

— Ah — respondeu, como se as pessoas lhe falassem isso em cafés o tempo todo. — Obrigada.

Ele inclinou a cabeça para o lado sem desgrudar os olhos dela e parou de sorrir apenas pelo tempo necessário para tomar um gole de seu café gelado. Seus dentes brancos como pérolas reapareceram assim que ele tirou o canudo da boca.

— De nada. Então... é... eu só queria dizer... bem, que você é linda. E também... acho que você deixou cair isto.

Ela estendeu a mão. Ele lhe entregou um guardanapo da Starbucks.

— Tenha um bom dia — disse o homem com uma piscadela. Em seguida, deu meia-volta e abriu caminho em direção à porta.

— Obrigada — repetiu Nella.

Ela olhou para o guardanapo de papel, pronta para amassá-lo e jogá-lo no lixo. Mas então percebeu nove dígitos e três traços.

Esse cara acabou de me convidar para sair em um guardanapo da Starbucks? Aquele pensamento a fez se sentir ao mesmo levemente horrorizada e levemente emocionada. Tentou localizar o homem negro alto de novo. Ele estava agora chegando na porta, abrindo-a e se espremendo com delicadeza pelo meio de uma família de turistas. Malaika ia adorar essa história, ela tinha certeza. Contaria para Owen também, mas talvez minimizasse quão atraente era o desconhecido. Só um pouco.

Nella baixou de novo os olhos para o guardanapo, na expectativa de dar uma última risada antes de voltar à sua leitura, mas o que viu fez seu sangue gelar. Por alguma razão, ela não havia visto antes as palavras que tinham sido escritas acima do número de telefone, tudo em maiúsculas:

A WAGNER É PERIGOSA. SEU TEMPO ESTÁ ACABANDO.

Nella olhou para os três primeiros dígitos do número de telefone, preparada para ver o número para o qual ligara no mês anterior. Mas o código de área era diferente: 617. Era de Massachusetts, algo que ela sabia porque, mesmo sem querer, o tinha memorizado depois de um casinho rápido com um cara do MIT, quando fazia pouco tempo que estava em Nova York.

Não era, então, a mesma pessoa para quem ela havia aberto seu coração um mês antes. Pelo menos aparentemente.

A não ser que quem a estava seguindo tivesse trocado o número do telefone.

Ela esticou o pescoço para ver se o sósia de Marvin Gaye ainda estava do lado de fora, a observando. Mas a única coisa que conseguia ver era o fluxo de turistas encasacados andando pela calçada, de mãos dadas, balançando sacolas de compras, com os olhos grudados nas telas de seus celulares. Nem sinal do cara.

Nella voltou a se virar, tomada por um alívio que quase no mesmo instante se transformou em medo. Ela *queria* ver alguém a observando. *Queria* respostas. Já tinham se passado semanas desde que recebera um bilhete, e havia sido ingênua o suficiente para pensar que ligar para aquele número na última vez significava que as cartas cessariam. Mas agora que ela tinha recebido outra — não, não recebido, ela tinha sido praticamente *jogada* em sua cara —, sentia-se uma perfeita idiota.

Aquilo estava ficando ridículo. Aquele cara não era um *stalker* racista. Era o tipo de cara para quem você ligava quando precisasse de proteção *contra* um *stalker* racista. Ele parecia mais estar... *dando um alerta.*

Nella pegou o celular e digitou rapidamente uma nova mensagem. Ela precisava ignorar seu outro eu, a Nella que tinha juízo, a Nella que a faria lembrar que já tinha visto uma quantidade enorme de filmes de terror e episódios de *Dateline* em que garotas eram perseguidas, o suficiente para não se deixar cair por vontade própria em uma armadilha dessas.

Quem é você?

A mensagem ficou azul. Quase no mesmo instante apareceram abaixo dela três pontinhos cinza que sinalizavam uma resposta.

Conto se você me encontrar em quarenta e cinco minutos. 100 e Broadway.

Burrice. Seria burrice ir. Nella não conseguia sequer acreditar que tinha enviado uma mensagem para esse estranho sem tentar descobrir como bloquear seu próprio número primeiro. Quem quer que a estivesse seguindo se dera a esse trabalho todo para ter seu número de telefone, e agora o tinha. Qualquer vantagem que Nella tivesse antes já não existia. Encontrar essa pessoa não seria apenas burrice; seria uma *completa estupidez.*

E ainda assim.

Ela mordeu o lábio. Digitou algumas letras, apagou e digitou outras. *Pode pelo menos me dizer do que se trata?!*, escreveu por fim.

Mais uma vez, os pontinhos cinza logo se materializaram. Mas em seguida sumiram.

— Vamos — sussurrou Nella.

Ela deu uma sacudida violenta no celular, como se isso pudesse ajudar a extrair dele uma resposta. Mas nada de pontinhos. Nenhuma sorte.

Nella jogou o aparelho na bolsa, pronta para sair para a calçada e dar uma necessária respirada no agradável ar de outono. Seus dedos estavam na maçaneta quando sentiu a leve vibração de uma nova mensagem:

O nome dela não é Hazel.

Shani

20 de outubro de 2018

Quando virei na Broadway, tentando abrir caminho entre a multidão de turistas sem rumo, uma sucessão de pensamentos confusos começou a pipocar na minha cabeça: *Não preciso ser uma heroína. Também não preciso ouvir o lado de Nella das coisas. Posso ir para casa agora, desaparecer para todos e ainda escrever uma porra de um artigo.*

Eu devia ter sido grata. Grata a Lynn. A única coisa que tornara Boston suportável era a *Cooper's*; sem aquele emprego, eu teria me enfurnado no meu apartamento com uma garrafa de uísque e uma tigela de cereal.

Mas para mim já tinha dado. Como eu poderia cruzar os braços e deixar Nella cometer o mesmo erro que tantas outras garotas negras tinham cometido, ainda mais agora que eu havia conhecido Kendra Rae?

Observei a mãozinha vermelha parar de piscar, fiz uma pausa na extremidade da faixa de pedestres e me lembrei do olhar suplicante que vira no rosto de Kendra Rae horas antes. Tinha sido o suficiente para me convencer a não deixar Nova York. Ainda não.

Mas foi esse mesmo olhar — o olhar que fez com que eu me rebelasse e enviasse uma mensagem para Nella hoje de manhã, apesar das ordens de Lynn — que me fez querer pegar o próximo ônibus e voltar para Boston: olhos castanhos preocupados, com os cantinhos voltados para baixo. Os cantos dos lábios também voltados para baixo. Sem dúvida, Kendra Rae ainda parecia bem... não, ótima para sua idade. Mas havia um brilho faltando ali. Algo não estava legal dentro dela, e esse algo a fizera passar mais de trinta e cinco anos escondida.

Eu já conseguia ver a manchete entre os assuntos em alta... alguma coisa inteligente sobre a massa de negros obedientes que sustenta o cintilante reinado do corporativismo americano branco. O artigo poderia ser minha porta de entrada para depois contar a história de Kendra Rae, traída não apenas por uma amiga, mas por um setor inteiro.

O sinal mudou para um homenzinho branco. Forcei-me a seguir em frente, mas minhas pernas pesavam como chumbo. Atrás de mim, uma jovem hispânica que achou que eu estava andando devagar demais murmurou algum xingamento baixinho quando passou por mim. Eu cometera o pior dos pecados para quem morava em Nova York.

Esse pensamento me fez rir alto — para mim mesma, para ninguém. Pecados. O que eu sabia sobre pecados? Nada.

Agora, Kendra Rae, *aquela* mulher sabia muito sobre pecados. Ela cometera um dos piores pecados de todos ao tentar ser ela mesma: negra. Sem papas na língua. Era alguém que falava o que tinha que falar. Alguém que rejeitava o que era esperado dela como mulher negra em um mercado predominantemente branco.

Pensar nisso ainda mexia comigo. Que mulher *incrível*. Quem mais diz a um entrevistador que nunca mais vai trabalhar com nenhum escritor branco bem quando está começando a fazer sucesso?

Ela tinha um sorriso nos lábios quando me entregou o recorte do artigo. Como se estivesse orgulhosa. Não pude evitar um leve sorriso, também, quando comecei a ler em voz alta: "Estou cansada de trabalhar com escritores brancos. Detesto fazer isso. Já tivemos um número suficiente deles. Não quero ofender nenhum deles, mas não preciso que um especialista branco me fale sobre a Grande Migração. Não preciso que um judeu me diga por que Miles foi o maior músico de jazz que já existiu, nem por que os negros comem feijão-fradinho, pão de milho e couve no Ano-Novo. Não preciso de nada disso."

Eu tinha erguido os olhos para Kendra Rae quando acabei de ler, o pedaço de jornal amarelado e desbotado ameaçando se desintegrar em minhas mãos. Enquanto eu lia, ela tinha pegado da prateleira um exemplar de *Coração em chamas* e começado a folhear, virando as páginas com a unha curta, bem tratada e sem esmalte do dedo indicador. Ficara tão envolvida com o livro que nem tinha percebido que eu estava pronta para falar de novo, por isso respirei fundo e perguntei, em voz baixa para não a assustar:

— Isto foi tirado de contexto?

— Na verdade, não. — Kendra Rae não tinha desviado os olhos do livro.

— Ah. Bem... parece bastante moderado para os padrões de hoje... mas imagino que os leitores não tenham ficado muito entusiasmados naquela época.

— Não ficaram — zombara Lynn. — Ninguém na Wagner Books gostou também. — Ela caminhara até o sofá com duas canecas fumegantes e as colocara na mesinha de centro. — Fale para ela sobre a Diana, se estiver a fim.

— Espere. *Diana Gordon* está envolvida nisso, também? — Eu não conseguia imaginar a bela e enigmática autora dos outdoors que anunciavam a adaptação cinematográfica de seu último best-seller envolvida em uma operação tão nefasta.

— A gente tem uma história. Éramos mais novas do que vocês quando ficamos amigas. Mas na noite em que fui embora, ouvi Diana falar ao telefone sobre algo que Imani disse.

— Imani é outra amiga de infância delas — explicara Lynn.

— Então você acha que ela...?

Kendra Rae tinha franzido os lábios e balançado a cabeça.

— Aquela mudança que vocês têm visto acontecer com as nossas... Acho que alguém *a* mudou também. — Ela tinha tomado um gole rápido de café. — Imagino que tenha sido Richard. Era com ele que Diana estava falando ao telefone. É a única explicação que consigo imaginar para ela tentar fazer aquilo comigo. E para não ser mais vista comigo em público depois do que eu disse.

— Richard Wagner era chefe da Kenny — dissera Lynn, antes mesmo que eu chegasse a perguntar. — E é chefe da Nella agora. Eu vinha sentindo que havia alguma coisa por trás da ligação entre Diana e Richard... ele está sempre à disposição dela e aparece em seus agradecimentos com uma frequência exagerada.

Eu tinha piscado os olhos. Hazel era tóxica; até aí eu sabia. Mas não imaginava que Richard Wagner e Diana também eram. E quanto aos meus chefes? Será que Anna tivera participação no que aconteceu na *Cooper's*? Será que todo mundo estava envolvido, menos eu?

— Por que não me contou sobre isso antes?

— Porque eu não estava 100% segura antes de Kendra Rae confirmar a ligação. Além disso, não queria que você fosse contar para Nella alguma coisa só para depois descobrirmos que a garota *está mesmo* trabalhando para o outro lado. E ela *ainda* não pode saber de nada — Lynn se apressara a dizer.

— Você não confiou em mim — eu retrucara, magoada.

— Não faça isso, Shani. Você sabia como era: falar apenas o necessário. Só contei agora porque você precisa saber.

Eu tinha me virado para Kendra Rae. Aquele não era o momento.

— E vocês acreditam que ele é quem está por trás de tudo?

— Eu não ficaria nem um pouco surpresa — respondera Kendra Rae.

Eu havia pensado em Diana de novo. Só tinha lido um dos primeiros romances dela, já que a maioria das pessoas concordava que suas histórias estavam ficando mais artificiais a cada novo livro lançado. O que eu li, porém — uma história sobre amadurecimento e amizade entre pessoas negras, que se estendia por um período de quarenta anos —, era tão sincero e tão comovente que tinha me feito chorar em um ônibus.

Minha voz tinha soado esperançosa quando voltei a usá-la, mais como a de uma criança do que a minha própria.

— Mas por que Diana faria isso? — eu perguntara. — Você não disse que ela era sua melhor amiga?

O pior dos pecados.

Ela não havia usado essas palavras para descrever o que Diana tentara fazer com ela, mas eu não precisava saber de tudo para entender o que tinha visto em seus olhos. Que sua melhor amiga, a autora best-seller Diana Gordon, tinha cometido o pior dos pecados.

Um caminhão buzinou para um entregador de comida que havia saído da ciclovia. Olhei para a placa de rua mais próxima, ainda com aquelas quatro palavras reverberando em minha mente. De alguma forma, sem perceber, eu tinha conseguido chegar à rua 100. Agora era tarde demais para dar meia-volta, mesmo que eu estivesse me sentindo mal. E com medo. E se um dia eu aparecesse na barbearia do Joe e Lynn tivesse se transformado? O que eu faria, então? Será que eu conseguiria saber de cara?

Eu não podia cruzar os braços e ver isso acontecer com outra pessoa. *Precisava* contar para Nella. Além disso, a própria Lynn já havia dito que não confiava em mim.

Examinei a calçada, mas nem sinal dela, então cheguei para o lado e me encostei na vitrine de uma loja na esquina para não ficar no meio do caminho. Desabotoei meu casaco preto, numa débil tentativa de esfriar um pouco as coisas. Mas era tarde demais para isso. O vão entre meus seios tinha ficado completamente molhado de suor. Minhas entranhas pareciam estar se consumindo.

Estou ficando doida, pensei, mas no mesmo instante percebi que isso não era verdade. Minha sanidade finalmente estava 100%. Há meses eu não via algo com tanta clareza.

Estava planejando o argumento de meu artigo que ia falar para Nella quando meu celular começou a vibrar. Achei que fosse ela, então o peguei depressa, preparada para dizer *chego aí daqui a pouco*. Mas não era Nella. Era Lynn. E estava me ligando.

Sua voz parecia distante.

— Shani! O que é que você está fazendo?

Droga.

— Nada. Só estou...

— Está tentando encontrar a Nella, depois de tudo que falamos? Qual é o seu problema?!

Dei voltas ao redor de mim mesma, desorientada.

— O quê? Como você sabe? — perguntei, embora na mesma hora ficasse claro para mim que Will havia contado. Nem em um milhão de anos ele ficaria do meu lado e não no de Lynn. Era uma relação completamente diferente. — Você mandou alguém me seguir?

— Sim — respondeu Lynn em tom mordaz —, e você tem sorte de eu ter feito isso. Você precisa sumir agora. Repito, *sumir*. Você está por sua própria conta.

Merda.

— Não! — falei, com um soluço forçando caminho por minha garganta. — Você não pode simplesmente me deixar aqui desse jeito, Lynn. Por favor!

— Suma! — gritou Lynn de novo. — Kenny está aí na esquina. Só...

Relutante, mas sem outra opção, deixei meu celular em uma lixeira aberta perto de mim e dei meia-volta para correr. Mas em algum momento durante a ligação, um carro tinha parado. Eu não percebera o clique suave da porta se abrindo, nem o som dos passos na calçada. Só senti a mão firme que segurou meu braço e me forçou a entrar no banco de trás.

15

20 de outubro de 2018

Nella sabia que estava uns dez minutos adiantada quando chegou ao ponto de encontro, mas mesmo assim olhou de novo para o celular. Por pura ansiedade. Também era por ansiedade que não parava de andar pela calçada, dez segundos parada ali, quinze acolá. Virava para o sul, depois para o norte, enquanto um vento gelado fazia mechas de seu cabelo entrarem em seus olhos.

Os clientes que por acaso tivessem reparado em Nella pela janela do restaurante talvez deduzissem que ela estava aprontando alguma, ou talvez que apenas estivesse um pouco fora de si. E Nella não teria discutido com eles. Ela se sentia uma doida. As pessoas passavam e ela olhava cada uma nos olhos, desesperada. Muitas a ignoravam. A maioria a olhava de um jeito estranho. Um homem aparentemente inofensivo de bandana tingida cuspiu na calçada na frente dela e rosnou:

— *Cai fora e não incomoda, vadia.*

Nella interpretou essa última interação como um sinal. Mandou uma mensagem para Malaika para que ela soubesse que a pessoa misteriosa ainda não havia aparecido.

Ótimo!!! Agora vá para casa, porra. Sério. Você está dando uma de maluca.

Nella olhou para as palavras de Malaika por um momento, assimilando-as. Maluca. Sim. O que ela pretendia fazer, afinal? Lutar contra quem quer que fosse que a vinha aterrorizando nas últimas semanas? Lembrou-se da expressão perplexa de C. J. quando ele fizera essa mesma pergunta na manhã em que ela lhe contou sobre os bilhetes. Ela não estava pensando em termos lógicos. Ali fora, era um alvo fácil. Se quem tinha enviado os bilhetes fosse um monstro manipulador, ela não estaria ferrada?

Nella olhou ao redor, concentrada no fluxo de pessoas próximas. Então se virou e entrou apressada no restaurante diante do qual estivera andando de um lado para outro.

As paredes amarelas berrantes do estabelecimento e o cheiro de hambúrguer não a tranquilizaram muito, mas ela puxou um dos bancos altos de frente para a janela e se sentou. À sua direita, dois sujeitos que a tinham observado ostensivamente voltaram a se preocupar apenas com seus hambúrgueres e em saber se Rob já recebera resposta de seu senhorio.

Nella suspirou e se preparou para pelo menos mais oito minutos dessa conversa, mantendo os olhos fixos no local onde tinha ficado à espera.

Mas não demoraria tanto. Menos de um minuto tinha se passado quando ela reparou em uma jovem negra que caminhava devagar para a esquina da rua 100 com a Broadway. Era alta, quase um metro e oitenta, talvez, e sua pele tinha um tom incomum de cobre.

Era ela. *Tinha* que ser. Não só pelo fato de ela ter parado exatamente onde Nella estivera poucos instantes antes, ou de parecer mais determinada do que qualquer uma das outras pessoas a seu redor. Era isso tudo, combinado com um casaco preto longo que chegava quase ao tornozelo e só deixava à mostra uma calça preta e um par de Doc Martens pretos. A garota parecia estar a caminho de um encontro com Bobby Seale.

Ela também dava a impressão de que conseguiria acabar com Nella sem dificuldade, se quisesse.

— Olá, senhora. Como está hoje?

Nella desviou os olhos da calçada. Um homem branco mais velho, de avental, limpava o assento vazio ao lado dela, com um grande sorriso que parecia perguntar: *por que ainda não pediu nada?*

— Oi — respondeu Nella, depois de dar mais uma olhada na garota do lado de fora. — Estou bem, obrigada.

— Só queria lhe dizer que nosso especial de sábado vale até as dezesseis horas. Ainda tem vinte minutos para fazer o pedido, se quiser.

— Obrigada. Estou só esperando uma amiga. Ela deve chegar antes disso.

— Fique à vontade. Gostaria de ver o cardápio enquanto espera?

— Eu... — Nella olhou de novo para a calçada para confirmar que a garota continuava lá. Seu cérebro foi tomado primeiro pela frustração e depois pelo alívio quando viu que sim, ela continuava lá. — Claro — respondeu, com um suspiro.

— Ótimo. Volto já. Pode fazer o pedido no balcão depois de escolher.

No momento em que ele desapareceu, ela voltou a olhar pela janela e quase caiu do banco. A garota havia se deslocado na calçada, e estava agora mais afastada do meio-fio e mais perto de Nella. Tão perto que, se não houvesse um vidro entre as duas, ela conseguiria estender o braço e tocar na cicatriz rosada que havia na parte de trás da cabeça da desconhecida.

Nella inclinou-se um pouco para olhar mais de perto. A cicatriz, no formato de uma pequena lua, parecia familiar.

As duas continuaram assim por mais algum tempo: Nella com os olhos na cabeça da desconhecida; a desconhecida com os olhos na rua. Por fim, depois do que pareceu uma eternidade, a garota pegou o celular. Nella pegou o seu também, na expectativa de receber uma mensagem exasperada. Para sua surpresa, no entanto, ele permaneceu quieto.

— Desculpe a demora. — O homem de avental reapareceu de repente, com alguns cardápios na mão. Colocou-os na frente de Nella com tanto cuidado que ela sentiu seu coração doer. — Aqui estão.

Nella inclinou a cabeça e sorriu de leve. Ainda assim, manteve os olhos à frente, tentando fixar-se na cicatriz na cabeça da garota, procurando imaginar com quem essa pessoa poderia estar falando. Um cúmplice? A própria Hazel? Revigorada e já pronta para algumas respostas, desceu do banco e caminhou em direção à porta. Mantinha os olhos fixos na cicatriz até que, de repente, a cicatriz começou a se movimentar.

Nella parou na porta do restaurante, surpresa, enquanto observava a jovem jogar com um gesto rápido o celular em uma lixeira.

Então, do nada, apareceu uma mão.

Uma mão negra, que parecia pertencer a uma mulher negra, vestida com o que se assemelhava a uma roupa de ginástica.

Uma mão negra segurando o braço da garota e puxando-a da calçada para a rua e dali para o banco de trás de um sedan preto.

E então, sem mais nem menos, a mão, a cicatriz e a garota sumiram.

Parte IV

Diana

22 de outubro de 2018
Locke Hall, Universidade Howard
Washington, D.C.

Por um tempo, achei que ela tinha se suicidado.

Se eu acreditava nisso para o meu bem ou o dela, não sei. Só sei que, durante meses depois de ela desaparecer em dezembro de 1983, sonhei que se suicidava em qualquer que fosse seu destino final: na costa de Connecticut, para onde Dick tinha certeza de que fora, ou na costa da Carolina do Sul, onde sempre quisera morar. Aonde quer que tivesse chegado, não importava. Eu imaginava a água a envolvendo. E a imaginava morta.

Se ouvisse isso, minha mãe, que descanse em paz, ia me deserdar, mas realmente acredito que teria sido mais fácil. Se ela efetivamente *tivesse* feito isso, significaria que ela não havia visto de quanta coisa abri mão. Significaria que não havia lido as bobagens que ando escrevendo para apaziguar minha necessidade de não apenas me sustentar, mas me sustentar *bem*. Significaria que não havia sofrido com o filme de *Coração em chamas* feito para a televisão, que eu nunca deveria ter aprovado.

Inclinei a cabeça para trás, avaliando a notícia que Dick tinha acabado de me dar. Quer dizer que Kenny esteve viva e bem durante todo esse tempo. Ela havia me visto diluir a mim mesma e à minha carreira. Pior ainda, tinha lido o que eu contara em uma entrevista em 1984, um ano após seu desparecimento: "*Convivi com Kendra Rae Phillips como amiga — e irmã — durante anos. E, apesar de a amar muito, acredito piamente que ela tem graves problemas de instabilidade mental. Por favor, perdoem minha amiga por qualquer dor que ela possa ter lhes causado. Todos os escritores importam. Todas as histórias importam."*

Dick poderia estar enganado. *Eu devia ligar para ele e tirar a dúvida*, pensei. Mas ele pareceu *tão* seguro. Nos últimos trinta e poucos anos, posso ter guardado lá no fundo a ideia de que Kenny estava morta, mas Dick e eu vínhamos de fato tentando localizá-la. Era natural que um dia a encontrássemos.

A pergunta era: e agora?

Um aviso tocou pelos autofalantes do meu computador. Imani tinha me enviado um e-mail com o assunto *LOL você viu isso?*

Abri o e-mail porque estava precisando mesmo rir um pouco, e bufei quando a página entrou: *Editor-chefe de longa data da Wagner Books doa considerável quantia em dinheiro para iniciativa voltada para a diversidade*. Lá estava Dick em ação de novo. Ele sempre se preocupara com as aparências. Foi esse o único motivo por que insistira em se manter de olho em Kendra Rae esse tempo todo. Ela sabia demais. E representava um risco.

Analisei a foto de Dick com aquela Condicionadora Líder que havíamos direcionado da *Cooper's* para a Wagner não havia muito tempo. Os dois pareciam bem íntimos e, por um minuto de egoísmo, me arrependi de não ter ido a Nova York para o evento, em que Dick tinha implorado para eu aparecer. Ele sentia saudade do meu cheiro, me dissera, mas o que ouvi mesmo foi: "Agora que seu marido, enfim, se divorciou de você, podemos finalmente aparecer em público." Dick era assim — agarrava qualquer oportunidade que encontrasse.

Dando um puxão em um dos cachos curtos e secos perto da minha orelha, continuei a dissecar a foto. Um terço da camisa de Dick estava desabotoado na foto, como eu lhe dissera para fazer sempre que aparecesse socialmente, porque dava a ele uma aparência menos yuppie. Quando o conheci, no início dos anos 1980, ele usava a camisa abotoada até em cima, tão apertada que parecia que sua cabeça estava prestes a se desgarrar.

Ainda assim, senti um arrepio quando aquele yuppie me contou que achou *Coração em chamas* incrível e quase desmaiei quando ele disse que acreditava que o meu livro — o *meu* livro — poderia mudar o mundo. Por baixo da mesa, um dos seus sapatos pretos e tremendamente caros havia se esfregado contra meu tornozelo nu.

Eu não me importara. Só havia recuado depois de ele acrescentar, entre goles de conhaque: *porém, acho que seria melhor para nós dois que ele fosse editado pela Kendra Rae.*

Sentindo meu desalento, ele continuara dizendo como autores negros estavam "na moda". Citou Alex Haley e Alice Walker.

— Absolutamente *tudo* negro está na moda. Olhe o que Michael e Quincy fizeram. Então por que não colocamos você com uma editora negra também?

Não me fariam trabalhar com uma editora negra, apenas. Ela era minha melhor amiga — alguém que eu conhecia havia anos e em quem confiava. Ainda assim, fui um tanto cética, porque *eu também* me importava com as aparências. Foi por isso que tentei de todas as maneiras fazer o Dick mudar de ideia. Não era nada pessoal contra Kenny; era só que ela ainda era muito *nova* no mundo editorial. Sua experiência se resumia a três livros, cujos nomes eu não conseguia me lembrar. Por que eu não escolheria chegar ao topo com alguém como Dick, alguém que se tornou uma lenda aos trinta anos e que conhecia a indústria editorial tintim por tintim? Uma vez que fizesse sucesso, eu sabia que conseguiria levar Kenny comigo.

Entretanto, não foi bem assim que aconteceu. Para minha surpresa, Dick tinha razão. Kenny e eu nos saímos muitíssimo bem juntas. Muitíssimo bem não — maravilhosamente bem. Tudo deu certo: a história, o marketing, o posicionamento. Kenny pegou *Coração em chamas* e o elevou a novos e fantásticos patamares — patamares que eu nem sequer imaginava quando comecei a escrevê-lo ainda em Howard. "Você está jogando na sua zona de conforto nesse rascunho, Di", Kenny tinha escrito em seu primeiro conjunto de anotações de feedback. "Você precisa investir mais e pensar a longo prazo. Escreva para si mesma, mais ninguém. Não se acanhe com a Evie. Dê mais vida a ela."

Foi o que fiz. E, após algumas revisões, conseguimos criar um livro que os leitores devoraram. Ficou difícil encontrar um exemplar de *Co-*

ração em chamas em qualquer biblioteca ou livraria depois de seu lançamento; e quando as escolas de ensino médio começaram a banir o livro por conta de seu conteúdo explícito, por vezes até chocante — estávamos no governo Reagan, afinal —, ele foi comparado a *O filho nativo*, o que fez com que clubes de leitura surgissem em locais inesperados: casas de famílias em subúrbios brancos, mas também de negros de classes média e baixa. Aparentemente, algo naquelas duas mulheres negras — uma clara, uma escura, ambas com formação universitária — havia capturado o coração da América.

Saí da página da matéria e abri a última planilha de jovens negras que precisavam ser corrigidas. Professoras de uma universidade para mulheres em Atlanta, notei. A ideia não era atraente — universidades para mulheres constituíam um território novo para nós, e não tínhamos tanta experiência com pessoas na faixa dos quarenta anos como tínhamos com as da faixa dos vinte ou trinta —, mas, se Dick não tinha dado uma resposta negativa ao reitor, eu também não poderia.

Cliquei em "imprimir", girei a cadeira e olhei pela janela, tranquilizada pelos sons mecânicos de engrenagens ocultas e papel se movendo. Contudo, em vez das águas azuis frias e cintilantes do Reservatório McMillan, a imagem que vi foi a de Kenny na última vez em que a encontrei: o rosto escuro e doentio sustentado por olhos rasos e apáticos. Uma voz monótona e sem vida. O efeito deveria ser meramente emocional, segundo Imani havia me prometido. Mas ambas estávamos assustadoramente otimistas na época, imagino. Nenhuma de nós tinha como saber que ela levaria anos para criar uma fórmula menos severa.

Um tinido indicou que a impressão estava pronta — a mais recente de muitas. Às vezes, quando Dick me dava tarefas que pareciam especialmente difíceis, eu pensava em pular fora. Dizer a Dick que ele mesmo tinha que encontrar um novo contato — algo que ele nunca fora capaz de fazer porque Imani sempre fora bem-sucedida em manter as questões do laboratório guardadas a sete chaves. Mas como eu poderia fazer uma coisa dessas com Dick? Ele tinha cuidado de mim depois de Kenny desaparecer. Havia me posto em contato com um novo editor para que eu pudesse começar do zero. Havia me ajudado a conseguir entrevistas, adaptações para a televisão, contratos de filmes.

E, mais importante, havia financiado a coisa toda. Assim que consegui convencê-lo a acreditar que daria certo.

— Eu sei, eu sei — eu havia falado ao telefone, naquela noite de inverno de 1983, mantendo um ouvido atento aos roncos de Elroy no quarto ao lado. — A coisa toda parece improvável.

— Mais para impossível. O que Kendra Rae precisa fazer é só engolir. Pedir desculpas pelo que disse e ficar agradecida pelo que conseguimos conquistar; e aí podemos voltar ao trabalho, como sempre. Tenho quatro, não, *cinco* escritores que me disseram que estão segurando seus trabalhos até Kendra Rae fazer o que se espera dela. Um deles é negro, também, você vai gostar de saber.

— Mas a Kenny *não vai* pedir desculpas — eu havia argumentado, sem morder a isca. Eu não quis saber quem era o escritor traidor. — Ela faria literalmente qualquer coisa na face da terra para não pedir desculpas, mesmo que isso signifique ser boicotada por todo o setor. Nós dois sabemos disso. E nós dois sabemos de onde ela vem, certo? Você mesmo disse como aquele lugar podia ser sufocante. Se *você* estivesse no lugar dela...

— Eu não estaria. Eu jamais ia cuspir no prato em que comi, e foi bem feito para a vagabunda.

— *Meu Deus*, Dick. Ela está recebendo ameaças de morte. Está sendo triturada por todo mundo, e...

— Ah, *ela* é que está sendo triturada? Depois de toda a bosta que ela falou para as pessoas sobre o "clima racial frígido" daqui, você acha que *ela* é que está sendo triturada?

Foi por isso que eu havia tocado no assunto com ele pelo telefone: eu sabia que apenas a menção do nome dela o deixaria irritado, e sabia que sua explosão me faria querer bater nele, com força. Não era como se ele não tivesse empatia. Não. Mas ele a usava como uma arma sempre que lhe era benéfico. Eu sabia disso por experiência própria.

Mas será que eu podia julgá-lo? Ter passado tantos daqueles dias sussurrando em seu pescoço como me sentia culpada por deixar Kenny se virar sozinha não tornava meu comportamento menos ruim. Não me posicionei contra ela, mas tampouco a defendi, porque sabia que era melhor para todos não me envolver.

— Tudo bem — disse Dick. — Se ela não vai se desculpar, então você sabe o que precisa fazer.

— Já conversamos sobre isso. Também não vou censurá-la.

— Por que não?

— Não funcionaria nunca. Algumas pessoas negras vão me considerar uma traidora e não vão comprar meu livro se eu fizer isso. Escute — eu havia tentando mostrar um lado prático —, você quer acabar com o circo midiático ou não?

Eu havia imaginado Dick enfiando o dedo mindinho na orelha e girando-o ligeiramente, um tique com o qual nunca me acostumei, nem mesmo depois de observá-lo fazer isso de tantas maneiras diferentes, tantas vezes, com as expressões mais inescrutáveis.

— Ok — ele tinha concordado por fim, após uma pausa prolongada. — Que diabos você quer fazer?

Então lhe contei que havia voltado a Newark recentemente e topado com Imani, uma amiga da infância que também frequentara a Howard comigo, no corredor de congelados do supermercado. Que eu lhe perguntara o que ela vinha fazendo, já que tínhamos perdido contato desde a formatura. E aí eu soube que ela tinha acabado de concluir seu doutorado em química na Universidade George Washington, e começado a trabalhar em uma empresa de cosméticos apenas alguns meses antes.

Esse sempre foi o sonho tanto dela quanto dos pais, que ela nos contava quando conversávamos sobre os planos para o nosso futuro nos degraus em frente à casa de Kenny. Fiquei muito orgulhosa dela. Muito *mesmo*. Parabenizei Imani por aquele sucesso, e ela também me parabenizou por *Coração em chamas* — o meu próprio sonho daquela época.

Foi aí que eu tinha começado a chorar. Bem no meio do corredor de congelados.

E então eu havia lhe dado um artigo sobre a polêmica de Kenny. Era novidade para Imani, mas não a surpreendeu. *E eu aqui pensando que o mundo da* ciência *é que tinha todos os problemas*, ela havia dito.

E aí, após examinar o corredor para garantir que estávamos sozinhas, ela havia me contado sobre seu projeto favorito, no qual começara a trabalhar paralelamente. Um projeto que poderia tornar a vida das mulheres negras em todo o país um pouquinho mais fáceis.

— Mas não entendo por que qualquer pessoa negra ia querer fazer isso — argumentara Dick. — O Orgulho Negro não está mais na moda?

— É *claro* que ainda está "na moda" — eu havia respondido rispidamente. — E a criação de Imani não vai mudar nem um grama disso. O objetivo é só... ajudar a manter o orgulho intacto. Ajudar mulheres negras a avançar em meio às ondas de racismo, sem aquela sensação de que estamos fazendo um esforço descomunal para passarmos por isso.

— Ondas de racismo? Parece algo...

— Que a Kendra Rae diria. Sim, sei disso. — Eu estava começando a me arrepender de ter levado esse tópico para o Dick. E estava a ponto de lhe dizer para esquecer quando ele inspirou profundamente e soltou o ar devagar.

— E isso supostamente vai corrigir tudo? — perguntou suavemente.

— É o que espero.

— Hum. Não sei, Di... é uma aposta arriscada em uma substância que pode nem funcionar. Principalmente em uma das mulheres mais teimosas que já passaram pela face da terra — Dick havia acrescentado, a voz cheia de ressentimento. Mas eu sabia que o tinha convencido. Teria o cheque nas mãos em uma semana; talvez antes, se Elroy acabasse mesmo indo visitar os pais, como planejava.

— Não estou dizendo que quero que Kendra vire uma grande enganação. Só quero ajudá-la a relaxar um pouco, só isso — eu havia sussurrado. — Ajudá-la a se estabilizar novamente. Acredite em mim: ela fica melhor relaxada do que tensa.

Relaxada. Ajudá-la. Eu tinha falado a mesma coisa para Imani. Era o que eu havia planejado fazer desde o início. Amenizar as esquisitices de Kenny por um tempo, apenas o suficiente para deixar todo mundo contente e tudo voltar ao normal. Nós iríamos investir no futuro e pensar a longo prazo, exatamente como Kenny me dissera para fazer. No final, chegaríamos às alturas, talvez até criássemos nosso próprio selo. Quem sabe até mesmo nossa própria editora para negros. Eu devia isso a Kenny.

Mas então ela havia desaparecido. Algumas semanas depois, Dick me contou sobre o amigo de um amigo que estava tendo problemas com uma redatora negra que espalhava boatos sobre seu chefe branco em uma revista de Tulsa. Passados alguns dias, uma mulher negra, professora adjunta da Universidade de Washington em Saint Louis, alegou ter sido chamada de crioula inúmeras vezes em uma festa de Natal. Recusei os dois pedidos de Dick, apenas para descobrir mais tarde que essas duas pessoas foram demitidas, e encontravam-se desempregadas, com famílias para sustentar e sem nenhuma oferta de trabalho.

Assim, quando o terceiro pedido chegou... bom, não fui capaz de salvar Kenny. Mas talvez eu pudesse salvar outras mulheres.

Agarrei as folhas da impressora, me encolhendo ao ler os nomes de cada professora:

— "Quinnasha", "Rayquelle", "Kasselia" — li, balançando a cabeça. — Meu Deus. Nós continuamos dando nomes desse tipo aos nossos filhos e depois ainda ficamos nos perguntando por que não conseguimos nenhum emprego?

— Ah, droga. Quem temos agora? Involuntárias?

Ergui o olhar para a silhueta alta de Imani, de pé bem ali na porta.

— Parece que é tudo o que conseguimos ultimamente — respondi.

— Humm. — Imani cruzou os braços. — Bem, se você *me* perguntasse, e sei que não perguntou, eu diria que dormiria muito melhor à noite se elas não fossem Involuntárias.

— E *eu* dormiria muito melhor se aquele último lote que você criou não fizesse essas garotas ficarem tão competitivas contra suas iguais — falei rispidamente. — Estou muito preocupada com a frequência com que nossas Condicionadoras Líderes acabam sendo "a última garota negra a sair do escritório". Não é para isso que o finalizador serve.

— Eu sei, eu sei, eu sei. Quantas vezes preciso te dizer que sinto muito? É um efeito colateral infeliz. Mas estou trabalhando nisso, e acho que consegui o equilíbrio certo para o próximo lote. Menos *Exterminador* dessa vez.

— Ótimo. Obrigada. — Entreguei a ela a lista que havia imprimido. — Essas são as mais recentes.

— "Quinnasha"? — O tom de voz de Imani subiu mais que suas sobrancelhas. — Que diabos aconteceu com "Mavis" e "Cheryl" e "Estelle"?

Nós duas rimos.

— Então, o que vamos combinar? Quem é a Condicionadora Líder mais próxima da faculdade?

Imani deu uns tapinhas no queixo comprido e fino com a unha longa e estreita pintada com esmalte cor de pêssego.

— Vou acionar meus contatos na Spelman. Ver o que eles sugerem.

Assenti.

— Ótimo. Me dê notícias, ok?

— Aham. Ah, antes que eu me esqueça — Imani enfiou a mão no bolso e tirou dois saquinhos ziploc com uma substância branca e cremosa até a metade. — Para você. Recém-fabricada. Eu te pago um almoço se adivinhar que flor coloquei neste lote.

Ela deixou as embalagens na minha mesa e se dirigiu para a porta.

— Você é uma deusa. — Não perdi tempo e fui logo abrindo um dos saquinhos para cheirar o conteúdo. — Ah, sim, *isso*. Madressilva?

— Bingo! — Imani deu uma gargalhada. — Meu Deus, avancei bastante desde a primeira leva, não é? Você se lembra do cheiro horroroso daquilo?

De repente, a imagem de Kenny cintilou em minha mente de novo. Dessa vez, porém, não era o seu rosto que eu via. Era seu cabelo escuro e grosso, dividido em oito partes expostas, minha mão direita em uma luva e coberta com a substância fresca e cremosa. *Tenho certeza de que este lote não vai irritar*, Imani havia prometido ao deixar o pote no dia anterior.

Testei só com o dedo mindinho, por via das dúvidas. Para garantir.

— Está tranquilo? — eu tinha perguntado, esperando que ela não reclamasse do cheiro.

— Aham. Só uma coisa: seja lá qual for a sua ideia pro meu cabelo, tranças, cachos, tanto faz, só não me faça parecer uma idiota, Di. Estou confiando em você.

Eu tinha prometido que não faria. Depois, havia levado minha mão até seu cabelo, agarrado uma das partes pela raiz e feito uma breve oração.

16

22 de outubro de 2018

Nella nunca gostou muito de escutar Pitbull. Nem na festa de formatura, e certamente não nas noites que havia passado em fraternidades, bebendo e balançando a cabeça ao som de "I Know You Want Me" como se aquilo estivesse alimentando seu organismo com uma força vital.

Agora, bufando ao lado de Malaika na academia, Nella desprezava aquela música com cada grama ardente de seu ser. Mas ela *realmente* tinha muita coisa para botar para fora: os bilhetes, a explosão na reunião sobre as capas, a capa com a caricatura racista que havia provocado a explosão...

E ainda tinha o possível crime que ela havia testemunhado apenas dois dias antes. Mesmo que a música fosse horrível, lutar para endireitar as costas e erguer os joelhos no ritmo da batida era uma distração temporária bem necessária à sua bizarra realidade. Também a fazia se sentir melhor o fato de Malaika, que passava a maior parte do dia respirando o mesmo ar que as viciadas em academia, estar se esforçando tanto quanto ela.

— Antes que... diga qualquer coisa — bufou a amiga, fazendo polichinelo com agachamento com pouquíssimo gás no exercício número quatorze —, deixe eu falar só... que sinto muito por isso.

Nella franziu a testa enquanto o suor caía em seus olhos.

— Também tenho que dizer... que você está me devendo uma — Malaika estava ofegando. — Eu sinto como... se eu não visse você... há anos.

— Eu... sei... o tempo voa... quando estão te perseguindo... no trabalho — respondeu Nella. — Não tanto... quando você está ouvindo... Pitbull.

Malaika tentou expressar uma desculpa.

— Beyoncé Cardio... já estava cheia... na hora... que olhei... a agenda... hoje de manhã. Esta aqui... era a única aula com vagas.

— Imagino... por quê! — exclamou Nella, apesar de supor, enquanto avaliava a sensação de queimação nas coxas e a evidente camada de suor que já tinha se acumulado ao redor de sua cintura, que uma aula com músicas da Beyoncé provavelmente seria ainda mais pesada. Afinal de contas, a mulher tinha coxas de aço.

Assim como Isaac, o instrutor de bronzeado perfeito da aula, que no momento dava dois socos no ar no ritmo da música, dobrando os joelhos.

— E agora... VAMOS! AGA-CHAR!

Nella obedeceu. Ela abaixou o torso, mesmo que ligeiramente, e fez uma "pausa" para poder checar o restante da turma. A sala de seis por doze metros não estava nada cheia: oito ou nove mulheres e um senhor com ar extremamente sério que decidiram passar a noite de quinta-feira se exercitando com um instrutor diabólico no Flatiron District, em vez de escolher algo sensato, como repor o estoque de vinho ou fazer palavras cruzadas. Talvez fosse por isso que Nella devesse ter optado. E se o sequestrador à solta irrompesse academia adentro enquanto Nella estava no meio de um agachamento e tentasse raptá-la também? E se o sequestrador estivesse esperando do lado de fora, preparado para atacar no minuto em que ela e Malaika tomassem rumos diferentes?

Mas e se *não houvesse* nenhum sequestrador?

Nella nunca vira um sequestro na vida real antes — pelo menos, não que tivesse se dado conta. Pela porta de vidro da hamburgueria, ela não fora capaz de observar o rosto da garota careca. Nem ver se a mão havia apertado o braço da garota com muita força ou não. A única coisa que Nella sabia era que a mão pertencia a uma pessoa como ela. Negra. E sabia também que, aparentemente, nenhum dos pedestres se sentira tocado o suficiente pelo ocorrido para dizer ou fazer qualquer coisa. O que significava que talvez a mulher careca *não* tivesse gritado... o que significava que talvez ela soubesse que não estava em perigo *de verdade*?

Nella enxotou essa linha de pensamento bem rápido. É claro que quem estivesse passando por ali não diria nada. Eles estavam em Nova York. E a garota era negra.

O que quer que tivesse acontecido, o nome da garota ainda era um mistério; logo, Nella não tinha como relatar quase nada a ninguém. Tinha certeza disso: já havia praticado bastante no chuveiro como ligar para um número de denúncias anônimas. "Eis o que eu sei: uma jovem careca me mandou bilhetes estranhos em setembro. Depois começou a mandar mensagens estranhas sobre minha colega de trabalho, que, aliás, também é muito estranha. E a tal garota careca e eu marcamos um encontro, mas aí ela foi puxada para dentro de um carro... porém, não antes de jogar o celular na lixeira. Minutos depois que o tal carro se afastou, outra pessoa esquisita, com um gorro na cabeça, pegou o celular da lixeira e saiu correndo." Nessa explicação hipotética, ela pararia por aí.

No entanto, havia mais.

Horas após o sequestro, enquanto estava na cama relembrando o que acabara de ver, ela recebeu uma ligação do celular que vira ser resgatado.

Pensou em recusar, mas Owen só chegaria em casa dali a uma hora. Ela tinha tempo.

— Nella. — A voz de mulher no outro lado da linha soava preocupada e bem mais velha do que Nella imaginaria. — Você atendeu. Obrigada.

Houve uma pausa.

— Desculpe você ter precisado presenciar aquilo tudo. Nós não estávamos realmente preparados para... Há pessoas observando você, tentando tomar conta de você. Mas acho que não perto o suficiente. Eu já lhes avisei para serem mais cuidadosos — acrescentou, mais para si mesma do que para Nella.

— Quem são essas "pessoas"? Quem é você? E o que aconteceu com a garota?

— Não posso responder a nenhuma dessas perguntas. Apenas saiba que estamos tentando ajudar você. Estou trabalhando nisso. Preciso que você saiba disso, e preciso que você mantenha essa conversa entre nós, certo? Não comente com ninguém do trabalho.

— Você está *trabalhando nisso*? — Ela ouviu uma pancada forte no corredor, provavelmente o vizinho subindo a escada carregando a bicicleta. — Como vou saber se você não é a pessoa com quem devo tomar cuidado? E qual é o nome verdadeiro da Hazel?

Fez-se um silêncio.

— Você ainda não pode saber isso — disse a voz, exaltada. — Hum. Muito bem... você tem duas opções. Pode me ignorar e achar que sou uma louca, ou pode descobrir quem é a Hazel de verdade.

— Mas...

— Pesquise um pouco.

A ligação terminou.

Depois disso, Nella pensou em esmagar o celular com uma panela e se esconder embaixo do seu cobertor predileto. Antes que pudesse ir a qualquer lugar, porém, ouviu um "plim" no aparelho. A mulher havia enviado uma imagem e as palavras: "Tirada no último verão. Continue pesquisando."

Quando Nella ampliou a foto, conseguiu distinguir uma jovem negra de cabelo curto usando uma camiseta com as palavras REVISTA COOPER'S, e, quando aumentou o brilho da tela para o máximo, foi capaz de ver os olhos castanhos cintilantes com nitidez. Um olhar satisfeito, com uma centelha de algo mais — ambição —, e, embora a mulher não tivesse um piercing na sobrancelha ou dreads longos e abundantes, Nella reconheceu o nariz fino e levemente curvado e o brilho de alguém que estava pronta para o jogo.

Nella tinha apertado o celular com tanta força que seus dedos estavam dormentes. A ligação, a foto... tudo aquilo era demais, e, ainda assim, não o suficiente para amenizar uma leve e sorrateira sensação de curiosidade. O que havia acontecido com a mulher careca com vibes de Pantera Negra? Quem estava tomando conta de Nella, e por quê?

E quem era Hazel-May McCall *de verdade*, porra?

— É difícil lá fora, não é? — berrou Isaac, apontando a única minúscula janela da sala. — Não é difícil lá fora? Pode estar difícil aqui dentro, mas é ainda *mais* difícil lá fora. Quero que vocês deem tudo de si. Va--mos aga-CHAR!

— Ah, meu Deus. — Malaika agachou bem baixo uma vez, e depois uma segunda. — Eu não fazia ideia de que isso acabaria virando uma sessão de terapia.

Nella soltou um gemido de protesto tão sofrido e gutural que nem ela mesma reconheceu.

— Se bem que talvez você esteja precisando — continuou Malaika. — Ainda mais depois do que te aconteceu ontem.

Nella tentou estalar a língua como quem dissesse "fala sério", mas sua falta de fôlego fez com que soasse mais como se fosse regurgitar.

— O que você quer dizer com "depois do que me aconteceu ontem"? — perguntou, fraca.

— Sabe, quando você paralisou. Quando esteve tão perto de descobrir quem vem te amedrontando, tipo, literalmente, perto *assim*, mas deixou ela ir embora.

Nella revirou os olhos.

— Temos que falar disso de novo? Agora? Enquanto estamos escutando essa merda de playlist de paradas de sucesso? Eu vim aqui para botar tudo para fora, não para dentro.

Os agachamentos de Malaika tinham deteriorado; naquele momento, parecia só como se ela quisesse ir ao banheiro.

— *Sim*, temos que falar disso de novo. Que merda, Nella... Você devia ter anotado a placa do carro. Você *devia* ter entrado em outro carro e seguido o carro da mulher careca. Mas você não seguiu a mulher careca, e agora voltou à estaca zero.

— Bem... não exatamente.

Mantenha essa conversa entre nós, a mulher ao telefone havia dito, mas o que ela *esperava* que Nella fizesse? Lidasse sozinha com essa nova informação?

— Antes que a mulher careca desaparecesse, ela me contou que o nome da Hazel não é Hazel de verdade. E, depois que ela desapareceu, recebi uma ligação do celular que ela jogou fora.

Malaika congelou.

— Espere. O quê?

— *Pois é.*

— Por que você não me contou antes? O que a pessoa no telefone falou?

— Que eu precisava descobrir mais sobre a Hazel sozinha. Pesquisar.

— Só isso?

— Não... também disse que ela e outras pessoas estão me seguindo. Mas que estão tomando conta de mim.

— Que *porra* é essa? — arquejou Malaika.

— Eu sei, eu sei. Mas a mulher pareceu estar falando sério.

— Nem sei mais o que dizer, Nella. Essa coisa toda está ficando cada vez mais assustadora.

— Como você acha que *eu* me sinto?! Estou sendo seguida, porra!

Malaika ignorou isso.

— Só acho que você tem que ter cuidado, só isso — disse ela. — E se essas pessoas que estão te seguindo forem do mal? E se for alguém que está bem aqui neste exato momento?

Nella deu uma olhada ao redor mais uma vez, os olhos caindo no homem frenético na frente.

— Duvido muito. E não sabemos *qual* lado *é* do mal — Nella lembrou a Malaika.

— Só estou dizendo que você precisa lidar com cuidado com todas as mensagens que essa nova pessoa está te mandando. Por que de repente ela resolveu te contar tudo isso? Por que esse pessoal não teria dito alguma coisa antes, em vez de mandar uns bilhetes criptografados?

— Não sei. Não consegui perguntar — admitiu Nella, irritada com as perguntas de Malaika. Ela já estava confusa o suficiente com as preocupações que borbulhavam em sua própria cabeça, não precisava adicionar as de Malaika ao monte. — Mas sinto que finalmente estou começando a chegar a algum lugar. Não podemos concordar que isso é bom?

— Mas você conseguiu alguma informação na internet sobre cicatrizes cor-de-rosa em formato de meia-lua? Porque parece muito coisa de culto — pressionou Malaika, que, contudo, devia ter finalmente caído em si, porque acrescentou rápido: — Tudo bem, tudo bem. É bom, sim. É que estou preocupada com você, só isso. E não gosto nada desse pessoal mexendo com a minha melhor amiga.

Nella sentiu uma pontada tão aguda, e tão cheia de vergonha, que devia ter sido de culpa mais do que dor muscular. A estranheza que surgira entre ela e Vera desde a chegada de Hazel realmente estava afetando a vida pessoal de Nella, e o pior de tudo era que ela mal tinha reparado o impacto que aquilo tivera em Malaika — não até aquele momento, em que Nella não tinha nenhum e-mail de trabalho para sugá-la, nenhum manuscrito novo para distraí-la. Nos últimos tempos, Nella mal tinha tempo de se encontrar com ninguém; sentia uma obrigação contínua de dizer "não" para todas as atividades não relacionadas a trabalho e de dizer "sim" para todo trabalho que pudesse fazer — porque sempre havia algo do trabalho para fazer. Era tanto trabalho, na realidade, que às vezes ficava absorta a ponto de se esquecer de mandar qualquer resposta para as mensagens de Malaika.

E também havia Owen, com quem Nella não tinha passado nenhum tempo significativo em semanas. Quando jantavam juntos, muitas vezes era algum delivery de comida chinesa, indiana ou tailandesa, e Nella comia enquanto virava páginas e mais páginas, enquanto Owen rolava a tela do celular, lendo um e-mail atrás do outro. Nella não pensou que ele havia notado. No início do relacionamento, era ela que tinha que lutar pela atenção *dele*, que precisava arrancar o celular ou o jornal das mãos do namorado quando colocava a mesa. Owen sempre fora um leitor ávido; esse havia sido um dos motivos por que se sentira atraída por ele, e quando sua startup realmente começou a decolar alguns meses depois de engatarem o namoro, essa característica se intensificou consideravelmente.

— Você sabe que a justiça social não faz pausa para comer — ele havia brincado depois que ela pegou seu tablet, arremessou-o no sofá no outro lado da sala e pediu que ele pegasse umas cervejas na geladeira.

Owen não tinha feito o mesmo quando Nella entrou em seu modo assistente agressiva. Ele a deixara ler seus manuscritos em paz durante as refeições, dissera *sem problemas* quando ela decidiu desistir de um episódio de *Família Soprano* porque tinha que terminar algo para Vera. Ele a havia até perdoado por ter faltado ao encontro com as mães dele. Mas Owen não era bobo. Ele tinha um talento para avaliar o ambiente (outra qualidade que Nella admirava nele), e certa noite, na semana anterior, enquanto abria a tampa de plástico engordurada do arroz com manjericão, finalmente pareceu pronto para dizer algo a respeito.

— É a garota nova, não é? — ele havia perguntado, sem rodeios.

Nella já tinha começado, de forma mal-educada, a comer seu repolho chinês no vapor, e já tinha, de forma mais mal-educada ainda, ligado o tablet para poder continuar a ler a reinterpretação contemporânea e queer de *O senhor das moscas* que Vera havia lhe pedido para dar uma olhada naquela noite. Era tão bom quanto o agente havia prometido, talvez até melhor; assim, ela não conseguiu evitar se sentir um pouquinho irritada quando Owen interrompeu sua leitura.

— Não sei do que você está falando — respondera Nella, esticando o garfo para pegar um repolho desgarrado que havia caído na mesa. Ela não tinha almoçado naquele dia, de novo, e lamentava a ideia de qualquer legume ser desperdiçado.

— O que eu estou *falando* é que você está ralando tanto assim no trabalho por causa da garota nova. Não é isso? — Owen lhe entregou o pote com arroz e começou a empurrar a comida pelo prato com o garfo de plástico.

Aquilo fez um som tão alto e rascante que Nella pôde sentir no estômago. Em vez de reclamar, porém, ela só tinha cerrado os dentes e se servido de arroz, esperando que o som de raspar parasse.

— Hazel não tem nada a ver com isso. Eu só percebi que estava dando bobeira. Fiquei confortável demais com a minha posição na Wagner e realmente preciso dar mais de mim.

— *Besteira.* Fala sério. Essa mana nova te botou numa *roubada.*

Na hora, ela tivera que se conter para não sorrir.

— Em primeiro lugar, você não pode usar essas gírias contra mim — brincara. — E segundo, Hazel já não é mais nova, não exatamente. Ela já trabalha na Wagner há três meses.

— Você não disse que se sentiu como "a garota nova" por seis meses?

— Era diferente. Eu era a única garota negra na época. A única *pessoa* negra — corrigira-se —, e ainda mais sendo mulher.

— É o que estou dizendo. Ela acabou contigo.

— Tenho certeza de que ninguém mais fala "acabar contigo".

— Os caras com quem eu trabalho falam.

Nella deu a gargalhada que ela sabia que Owen estava esperando. A maioria dos colegas de trabalho de Owen achava que "Hey Ya!" era a melhor música do Outkast.

— Mas pode admitir — disse Owen, os lábios formando uma linha horizontal. — Você meio que gostava de ser a única garota negra na Wagner. Não?

Nella tinha roído um pedaço de uma espiguinha de milho e o encarado em silêncio.

— Ei, não se preocupe, amor. Pode ser sincera comigo, porque eu entendo. Entendo completamente. Tudo bem, eu não *entendo* entendo — acrescentou, constrangido, sentindo a força da sobrancelha erguida da namorada. — Mas sabe o que eu quero dizer. Não é horrível ser o único representante de uma minoria. Sempre que sou o único cara hétero em um brunch com todas as suas amigas...

— O que acontece bem raramente...

—... sempre me sinto meio... não sei, excepcional, talvez? Porque todo mundo sempre pergunta minha opinião sobre tudo. "O que *esta* mensagem quer dizer?" "Por que ele usaria dois pontos de exclamação?" — Ele beliscara o nariz para imitar Alexandra, uma garota obcecada por aplicativos de relacionamento, que Nella havia conhecido através de Malaika uns anos antes.

— Entendo o que você está dizendo. Mas, amor... você está *realmente* comparando o fato de você representar uma "minoria" em certas situações com o fato de eu representar uma minoria em certas situações? Sério? Porque, sabe... só não.

Owen tinha baixado o garfo ao ouvir isso.

— O que *quero dizer* é que eu...

— É uma diferença colossal em relação ao que eu estou falando.

Ele ergueu as mãos, visivelmente magoado e imaginando como essa conversa, que tinha começado como uma especulação inofensiva, podia ter dado uma guinada daquelas.

— Uau, Nell. Não. Quem disse alguma coisa sobre comparar? Você sabe que não era isso que eu queria... eu só estava tentando...

Nella o interrompeu.

— Amor, tudo bem. Sei o que você quis dizer.

— Tem certeza? Porque eu *nunca*...

— Tenho certeza — ela havia dito, embora tivesse levado um minuto para perceber que não estava olhando para o namorado, mas para seu prato de comida, que estava esfriando.

Ela se conteve, esticou a mão, hesitante, e apertou a de Owen com o maior carinho possível. Já havia feito o mesmo gesto dezenas de vezes no passado, vezes em que de repente tinham baixado o olhar e se encontrado imersos em uma conversa desconfortável sobre raça, e o gesto sempre aliviava as tensões que surgiam entre eles.

Aquelas outras conversas pareceram diferentes, porém. Aquelas conversas foram em tom muito mais ameno; encorajada pelo álcool ou por maconha ou no banco traseiro escuro de um Uber no final da noite, Nella não tinha problema em dizer a Owen que às vezes se sentia culpada por não viver um relacionamento com outra pessoa negra, e Owen podia admitir que seus avós do Missouri eram ferrenhos apoiadores de Trump.

Na iluminação forte de sua cozinha extremamente apertada, essa conversa sobre ser uma minoria e uma "minoria" pareceu demais.

— Eu te amo — ela havia dito, para não precisar dizer mais nada. Em seguida voltara a pegar o tablet.

— O quê? Já acabamos? Sério?

— Tinha mais alguma coisa que você queria dizer?

Owen a havia encarado.

— Não — ele falara por fim, pegando o próprio celular. — Deixa para lá.

Os dois ficaram sentados naquele clima por quase meia hora, até Owen se levantar, pegar o prato e jogar o resto de comida na lixeira.

— O, me desculpe. — Nella havia girado na cadeira para ficar de frente para ele. — É só que eu realmente quero essa promoção. E estou tão perto. Eu te contei sobre o que Richard me disse na segunda-feira, né?

— Ah, alguma coisa sobre você ter um "futuro brilhante" e estar "no caminho certo para se tornar a próxima Kendra Rae"... sim, acho que me lembro — respondera Owen. Ele não retribuíra o olhar de Nella, mas deu para perceber o breve sorriso que apareceu em seu rosto.

— E talvez *seja* a Hazel que esteja me deixando um pouco maluca — ela tinha continuado. — Não sei. É só que... é difícil.

Owen havia batido as mãos no short da Adidas — que servia como roupa de ficar em casa qualquer que fosse a temperatura do lado de fora, vinte graus positivos ou oito negativos — e se aproximado de Nella. Esticara o braço e começara a massagear o pescoço dela com aqueles dedos abençoados, uma espécie de bandeira branca.

— Você tentou conhecer a Hazel? Tentou, tipo, *de verdade*?

— Almoçamos juntas quando ela começou. E eu fui até aquele evento no Curl Central.

— Não é a mesma coisa. Convide a garota para sair com você e Malaika. Para se conhecerem melhor. — Ele dera de ombros. — Não sei, para mim parece que você gostaria que ela estivesse do seu lado. Todos os contatos que ela provavelmente tem...

Nella tinha erguido o rosto e fitado Owen.

— Como você sabe sobre todos os contatos dela?

Owen havia franzido a testa.

— Foi o que percebi quando nos conhecemos no Curl Central. Fiquei com a impressão de que ela conhecia um monte de gente. — Ele havia retrocedido alguns centímetros, como se a estivesse avaliando pela primeira vez. — Você está se sentindo bem?

— Estou me sentindo ótima. Mas posso te perguntar uma coisa?

Ele assentira, parecendo preocupado com o rumo que a conversa estava tomando.

— Não acredito que vou perguntar isso, mas... ali no Curl Central *foi* a primeira vez que você viu a Hazel, certo?

Owen piscara os olhos.

— O quê?

— Você nunca a tinha encontrado antes daquele evento? Ela não era uma das pessoas com quem você conversava on-line antes de me conhecer?

— O que você está falando?

— O que estou falando é que teve uma vez que ela se referiu a você pelo nome: "Pode trazer o Owen para o Curl Central". Mas eu nunca contei seu nome para ela. Então fiquei pensando se...

— Eu nunca tinha visto a Hazel na vida — dissera Owen, os olhos azuis inflamados, em uma atitude defensiva. — Você provavelmente comentou com ela de passagem e esqueceu.

— Tenho certeza que não. Eu mal falei qualquer coisa sobre você.

Owen havia se retraído.

— O assunto só nunca surgiu — Nella havia dito, como se isso amenizasse a situação.

As mãos de Owen largaram o pescoço de Nella.

— Já pensou que a maior parte dos seus outros colegas de trabalho me conhece de todas as suas festas loucas de fim de ano? Que eles podem ter comentado alguma coisa sobre mim para Hazel em algum momento, já que parece que você está sempre ocupada demais para falar de mim?

Qualquer chance de Nella contar a Owen tudo que estava acontecendo no trabalho saíra da cozinha junto com ele. Ela não o seguira. Só ficara lá sentada pensando sobre como Owen ficara impressionado com os contatos de Hazel. Como Owen pensava que Hazel parecia ter tudo sob controle, e que ela era o oposto.

Owen tinha razão em um ponto, pensava Nella agora, copiando os polichinelos de Isaac, mesmo sentindo como se tivesse sido acertada por um martelo de amaciar carne do tamanho de uma pessoa. Tinha recebido bilhetes misteriosos no trabalho e não contado nada para ninguém, concordado em se encontrar com a estranha que os estava enviando e agora estava fazendo essa aula maluca... além de também estar pronta para correr de qualquer pessoa num estalar de dedos, certo? Ela não tinha nada sob controle. Não ultimamente. Ultimamente, parecia que tudo estava uma completa loucura. E olhe que Owen só sabia que ela estava tendo dificuldades em se adaptar à chegada da nova colega de trabalho negra.

Nella prometeu a si mesma que, assim que começasse a obter respostas, explicaria exatamente por que andava tão tensa.

— Mas uma coisa positiva — disse para Malaika, fazendo corrida estacionária depois de ter se jogado no chão para realizar um burpee, e decidido que não ia fazer outro —: Richard me falou que vou ganhar uma promoção em breve.

— Está de sacanagem! Eu até diria que você estava "escondendo o jogo", mas acho que o sequestro realmente era prioridade.

— Verdade. E adivinha o que mais pode vir com essa promoção?

— Sou incapaz de adivinhar qualquer coisa na minha condição atual, então, por favor, só conte.

— A oportunidade de trabalhar com Jesse Watson.

Malaika parou de se movimentar abruptamente, dessa vez mais por euforia do que exaustão.

— O quê?!

— Ele está considerando publicar um livro com a Wagner.

— Com *vocês*? — soltou Malaika. — Sem querer ofender, mas a Wagner publicar um livro do Jesse Watson é tipo colocar maionese em pão de milho.

Nella se engasgou, em parte por causa da metáfora, mas também pelo fato de que eles tinham passado para flexões, e o latte que ela tomara no final da tarde no trabalho tinha voltado para assombrá-la.

— Bem, por algum motivo... cof, cof, *Hazel*... finalmente entramos no século XXI.

— Isso! Bem-vindos — disse Malaika, perplexa. Ela levou um tempo para rolar de lado, sem se importar com o fato de Isaac já ter feito dez flexões com apenas uma das mãos. — Está cheio de pessoas brancas que acordaram para as injustiças. E tem muito Pitbull.

Nella riu.

— Então, vou adivinhar. Eles querem que você faça um teatrinho quando ele chegar falando "vosmicê vai vê que a Wagner é o mió lugá do mundo pra trabaiá, e num dá pra imaginá trabaiá noutro lugá" — completou ela, forçando um sotaque carregado.

Nella já tinha ouvido Malaika fazer aquela "imitação" de pessoa escravizada inúmeras vezes antes, mas isso nunca a havia deixado tão desconfortável como naquele momento. Não tinha certeza se era a preocupação que alguém da turma pudesse escutar ou o fato de que a escravizada em questão — teoricamente — era a própria Nella. Mesmo assim, tensionou o maxilar, esperando que a amiga terminasse seu breve monólogo.

— Ah, por favor — disse Malaika, quando reparou que Nella não havia achado sua imitação especialmente engraçada —, nós duas sabemos que essa é a única razão para te pedirem para encontrar o Jesse. Não que você não tenha feito por merecer — acrescentou rápido —, mas quando foi que algum dia deixaram você encontrar alguém com o destaque dele nos dois anos e pouco que você trabalha lá? E o Jesse nem tem mais tanto destaque assim, desde que saiu de cena. Meu Deus, como eu queria ouvir a opinião dele sobre aquele tiroteio no Bronx mês passado. E sobre toda aquela merda da Ku Klux Klan acontecendo em Indiana. Sobre... todas as merdas.

Nella assentiu, alheia aos incidentes mencionados pela amiga.

— Então, tenho que perguntar — continuou Malaika. — Eles convocaram os serviços de você-sabe-quem para essa coisa do Jesse também?

Nella bufou.

— Sim. Richard disse que ele talvez até deixe que *ela* edite o livro.

— O quê? Ela acabou de chegar! E *você* não escreveu aquele e-mail para o Jesse? Você contou ao Richard sobre isso?

— Achei que talvez ele não fosse gostar de eu ter feito isso sem ele saber.

— Que burocracia ridícula.

— É, eu sei. É tudo bem idiota.

— Arg. Mas você não estava dizendo que a Hazel tem sido, tipo, a melhor amiga do chefe? — perguntou Malaika. — Eles estavam bem amiguinhos no Curl Central. Tão bizarro. Acha que eles...?

— Ainda não abandonei a ideia de que a amante dele é uma mulher negra... mas Hazel? Já estou enjoada o suficiente sem nem pensar nisso. — Nella suspirou enquanto flashes da reunião sobre a capa de *Entre agulhas* brotavam em sua cabeça. — *Todo mundo* na Wagner está obcecado por ela. Não apenas o Richard.

— Bom, o lado positivo é que você vai se encontrar com o Jesse e, quem sabe, até trabalhar no talvez-livro dele, certo? É bem emocionante. Mesmo que signifique que você vai ter que colaborar com a Hazel. Talvez ele até queira discutir a ideia do livro que você mandou para ele.

— Algo do tipo. O Richard não disse *exatamente* que eu ia trabalhar nisso, mas parece bem promissor.

— Promissor — repetiu Malaika, tentando parecer convencida, ainda que obviamente não estivesse. — Bom. E se *realmente* virar o seu livro... você ainda vai fazer, não vai?

— Por que eu não faria?

— Eu *bem* me lembro de certa pessoa comentando que iria sair do emprego depois que certo autor ficou puto com ela. E que todo mundo na Wagner parece fazer parte de uma seita. Ou devo dizer de uma patota — ela se corrigiu, achando fôlego suficiente para rir com a própria piada.

— Verdade. Mas agora que tenho essa oportunidade...

Isaac bateu palmas três vezes. Pela primeira vez, o som das palmas não fez Nella se sobressaltar. Na verdade, ela ficou aliviada, porque teria mais tempo para pensar em uma resposta.

— Chegou a hora da prancha. Mantenham os braços retos e os abdomens contraídos!

— Tudo bem, agora é oficial — arfou Nella, aliviada de poder parar de se movimentar, mesmo que isso significasse queimar os músculos. — Esse cara é um monstro, porra.

— Excelente, pessoal! — gritou Isaac.

A seu lado, Malaika xingou baixinho, os braços tremendo precariamente. Trinta segundos depois, quando ela voltou a falar, as duas ainda estavam na prancha.

— Você tem uma opção — disse ela. — A meu ver, tem duas, até. Acho que é óbvio o que você *deve* fazer. Ou pelo menos, o que deve *querer* fazer. Você não estava pensando em sair? Não odeia aquele lugar? Você devia ir à tal reunião e botar para foder. Contar ao Jesse como você já tinha falado dele para Vera séculos atrás, mas todo mundo lá achava que ele era negro demais para a Wagner. Contar sobre a Shartricia e como Hazel está montando em cima de você para fazer todo mundo gostar dela. E aí puxar sua caixa de som, pular em cima da mesa de reunião e mostrar o dedo para todo mundo ao som de "Fight the Power".

Malaika sempre dissera que não se importava em ser um porto seguro para Nella e suas reclamações da Wagner, e Nella ficava muito grata por isso. Owen tinha um limite para o tanto que conseguia aguentar sobre microagressões; seus olhos ficavam desfocados depois de quinze minutos de especulação sobre o significado deste ou daquele e-mail não assinado de Vera. Mas Malaika achava o próprio chefe tão frustrante quanto Vera, então estava quase sempre "pronta para ouvir", dando conselhos que a amiga considerava inestimáveis.

Assim, a sugestão de Malaika quanto a mostrar resistência não devia ter surpreendido Nella. Era exatamente o que a outra vinha dizendo desde o primeiro dia, desde que Nella começou a reclamar do emprego: *Se você está infeliz, então foda-se tudo. Vá embora.* Toda vez, Nella concordava: sim, ela devia sair, e faria isso, algum dia. Ela não acabaria como Leonard, Maisy ou mesmo Vera. Toda vez, contudo, depois de rir com Malaika, considerando todas as maneiras como poderia largar o emprego, ela dizia que ainda não tinha chegado ao limite. Que ainda não ficara tão ruim assim.

No atual exemplo, porém, o conselho de Malaika pareceu inteiramente equivocado. A ideia de ameaçar sua carreira, queimando sua rede na Wagner logo após Richard ter lhe dito, apenas alguns dias antes, que ela estava perto de ganhar uma promoção, parecia um absurdo completo. Irritou-a tanto que ela passou os sessenta segundos seguintes tentando se igualar ao ritmo da mulher de sessenta e poucos anos que estava superando todo mundo na fila diretamente à sua frente, em vez de dizer o que ela sentia no fundo do coração: que, com ou sem Hazel, com ou sem Shartricia, ela ainda não estava preparada para desistir. Tinha que haver outro jeito.

Malaika pareceu ter percebido a oscilação de Nella, porque, após o conjunto seguinte de pranchas, pigarreou mais alto que a música do Pitbull.

— Aquela era a opção um — esclareceu Malaika, o tom de voz mais sério do que Nella costumava ouvir na amiga. — Mas nós duas sabemos que não é viável. Então, o que você realmente devia fazer é se preparar feito louca, depois aparecer na reunião e impressionar até não mais poder tanto o Jesse Watson quanto a sua chefe e o chefe da sua chefe. Fazer com que o Jesse queira trabalhar com você e *só* você. E aí, descobrir se ele está realmente namorando aquela garota de cabelo roxo que apareceu no perfil dele alguns meses atrás. Se não, pode dar meu telefone para ele.

Nella se animou.

— Mas, de verdade — continuou Malaika, depois de puxar um bocado de ar para conseguir um pouco de fôlego —, vá à reunião e seja gentil com o Jesse. Conecte-se com ele. Faça isso tão bem que, assim que a reunião acabar, ele suplique para *você* trabalhar com *ele*. E, se não for você, se Richard tentar meter outro editor, então Jesse não vai aceitar um acordo com a Wagner.

— Mas a Hazel...

— A Srta. Hazel-Peida-Cheiroso-May criou a fama de ser a "garota negra legal" da Wagner, certo? Como você acha que seus chefes vão se sentir se de repente ela ficar super... negra?

— Senhoritas ao fundo! — guinchou Isaac. — Sem parar!

Nella olhou para o chão de cara fechada, antes de girar de costas. Ela não tinha pensado nisso antes, mas supunha que *seria* especialmente difícil para Hazel assumir as duas caras na frente tanto de Vera *quanto* de Jesse. Ele identificaria aquela conversa fiada de longe, veria rapidinho Hazel dando dicas de cabelo para Vera e a criticaria de cara.

Nella virou de barriga para baixo e se apoiou nas mãos.

— Você acha que devo participar dessa reunião com o Jesse, então?

— Eu acho que você trabalhou muito para agora não participar. Mas vá preparada. Aguente firme até conseguir o que quer. Incorpore a força da mulher negra e faça Jesse se apaixonar por você. Ou, pelo menos, gostar mais de você do que de Hazel.

Os ombros de Nella começaram a queimar enquanto ela tentava manter as costas retas e o abdômen contraído.

— Mas e se toda essa história de Jesse Watson for só mais uma coisa para motivar? E não existir nada do outro lado, a não ser... mais atrativos?

— Se for o caso — disse Malaika, continuando onde tinha caído —, então pelo menos você tem a sua motivação. E talvez comece a pensar em dar uma movimentada nas coisas. Levar a motivação para outra editora. As pessoas no mercado editorial não fazem isso o tempo todo?

Você não estava me contando sobre aquele assistente insatisfeito que ajudou tanto um dos autores do chefe que, quando mudou de emprego, o autor foi com ele?

Joey Ragowski. A julgar pela maneira como Vera havia lhe contado aquela história antes, a voz respingando cautela, ficara nítido que a questão era vista como o ápice da traição de um assistente. Perto, supôs Nella, de chamar um autor de racista na cara dele.

— Essa opção não é exatamente muito tentadora — disse Nella —, mas sem dúvida melhor do que a primeira.

— Eu sei. Não consigo imaginar começar tudo do zero com um novo Igor. Mas, pelo menos, você teria uma motivação sexy chamada Jesse Watson ao seu lado. — Malaika deu uma risada. — Vá buscar o que é seu. Nós sabemos que você merece, mas antes você tem que fazer seu dever de casa.

17

25 de outubro de 2018

Malaika bateu o pé.

— Eu disse "você precisa fazer seu dever de casa" — gemeu ela. — Não "*você e eu* precisamos fazer seu dever de casa".

— O que eu posso fazer? Você me inspirou. — Nella se inclinou para a frente e estreitou os olhos diante dos botões prateados anexos à porta da frente de Hazel. — Que número eu disse que era?

— Número dois.

Nella apertou o botão uma vez, esperou um segundo, depois apertou de novo.

— Ela me disse para tocar esse, mesmo que o espaço inteiro seja dela. Eu acho.

Ela tinha certeza, mas não conseguia admitir. Estava absorta demais invejando a casa de Hazel. Era exatamente o que ela esperava — quer dizer, era exatamente o que Nella provavelmente nunca conseguiria comprar, mas sempre desejaria: uma casa geminada alta e linda, ocupada por Hazel, seu namorado e Juanita, a uma conveniente caminhada de cinco minutos da estação Classon, da linha G do metrô, a três minutos a pé do Curl Central e a um minuto de distância de um híbrido de bar e loja vintage descolado, cujos proprietários eram negros e que Nella sempre quisera conhecer.

Um ano antes, quando Owen e Nella se viram passeando de braços dados por Clinton Hill, mais do que um pouco zonzos pelos spritzers de maçã superfaturados, ela havia lhe perguntado, brincando, quantos downloads do app seriam necessários para eles terem dinheiro para comprar um imóvel naquela vizinhança.

— Vamos dizer que íamos precisar criar um canal do YouTube, e eu teria que aprender a trançar — Owen tinha respondido.

Nella rira e apertara o braço do namorado, toda alegrinha, em parte por causa da bebida muito cara, mas também pela constatação de que Owen estava assistindo de verdade àqueles vídeos bregas de casais inter-raciais que ela havia mandado para ele. Vídeos que pretendiam ser piadas, mas também eram maneiras de dizer: *ei, olhe para isso: você não está feliz que não somos essas pessoas?*

Agora, porém, conforme subia os degraus íngremes da casa de Hazel, uma casa geminada típica de programas de TV, segurando a saia longa e esvoaçante acima dos tornozelos para não tropeçar, cair e quebrar a cara no caminho, Nella se lembrou por que as pessoas queriam se tornar "aquelas pessoas" em primeiro lugar. Ela queria um vestíbulo que acomodasse um cabideiro de casacos e uma bicicleta. Não eram coisas que ela *precisava* ter de fato, mas gostava da ideia de pelo menos ter a opção.

— Bem, o que você está esperando? — Malaika se inclinou contra a grade. — Quanto mais cedo chegarmos lá em cima, mais cedo podemos confirmar o nome verdadeiro dessa puta, puxar seus dreads falsos e ir embora.

— A versão resumida do plano. Gostei — brincou Nella, embora estivesse começando a se questionar se levar a amiga tinha sido um erro.

Ela tinha demorado muito mais tempo para convencer Malaika a acompanhá-la nessa festa do que para arrastá-la ao evento de leitura no Curl Central, e sua resistência era palpável. Quando se encontraram para jantar rapidinho antes, um garoto porto-riquenho de não mais do que oito anos havia entrado na lanchonete usando um conjunto de moletom azul-marinho da Adidas e uma corrente de ouro. Em um dia normal, Malaika o teria cumprimentado pela roupa, mas desta vez não havia comentado nada. E quando um cara branco passou por elas na rua cantando "99 Problems", Malaika também não ficou esperando para ver se ele cantou a palavra "*nigga*".

Nella a cutucou brincando.

— E-ei. Você me deve uma por todo aquele Pitbull, se lembra?

— Com certeza você já estava me devendo naquela hora. O que significa que agora você vai me dever mais uma. Mas essa aqui vai contar em dobro, eu acho. É. Sim. Então agora você me deve em dobro.

— Isso vai ser tão péssimo para mim quanto para você. Mas se lembre do que conversamos: vamos fingir que não temos problemas com a Hazel, para podermos nos livrar do problema que *é* a Hazel.

— Isso é exatamente o que eu acabei de falar, mas tudo bem.

— Ok. Tanto faz. Tudo bem. — Nella estendeu o braço e apertou as duas campainhas.

Hazel se materializou na frente delas, os dreadlocks presos no topo da cabeça. Os músculos da nuca de Nella relaxaram. Ela não sabia o que faria se uma empregada tivesse atendido a porta. Provavelmente iria para casa e choraria enquanto comia mais um delivery chinês barato.

— Haze! Oi.

— Nell! Você veio! — Hazel correu para abraçá-la, como se não tivessem ficado sentadas uma de frente para a outra havia meras três horas. Ao mesmo tempo, Nella podia sentir a frieza emanando de Malaika a alguns metros de distância enquanto esperava para ser cumprimentada. Ainda assim, ela fez um esforço para segurar o braço da amiga e expressar a Hazel sua animação por estarem ali.

— É uma maravilha — acrescentou Malaika, sem emoção.

— Obrigada! Melanie, não é?

— Quase, mas um pouco mais negro. Malaika.

— Isso. Você trabalha para aquele grandalhão dos exercícios, né?

— Igor Ivanov.

— Isso. Eu adoro o Instagram dele — disse Hazel, endireitando a barra da sua camiseta preta.

Nella percebeu que nunca tinha visto Hazel se vestir de modo tão casual, analisando a calça legging roxa da garota e seu par de meias felpudas verde-limão. Sentiu-se arrumada demais. Na verdade, tinha sido uma tolice usar a mesma roupa com que havia ido trabalhar, uma blusa de renda bege, para ir a uma festa onde muito provavelmente ela ficaria cheia de creme e fios de cabelo. Mas era tarde demais para se preocupar com aquilo.

— Pena que não pudemos nos conhecer direito no Curl Central umas semanas atrás — acrescentou Hazel.

— É. Pois é.

Malaika pigarreou. Nella também, sentindo-se um pouco como uma criança que havia cometido a estupidez de reunir os pais divorciados em um evento escolar chatíssimo. Ela espichou o pescoço por cima do ombro de Hazel. No fim do corredor, viu uma cortina amarela transparente que parecia servir como porta para outro cômodo.

— A festa deve ser ali, né? E também onde está a Anita Baker, pelo visto?

Hazel se animou.

— Aham. Aquele é o saguão. Já falei para o Manny que essa tem que ser uma das primeiras músicas a tocar no nosso casamento — disse, seguindo em direção à música.

Nella praticamente sentiu o ar mudar quando Malaika fez um barulho com os lábios.

— Que ótima escolha. Manny está aqui hoje? — perguntou, esperançosa.

— Não, não, eu disse para ele que era só para as garotas. Ele saiu com os amigos.

Droga. Manny deveria ser porta de entrada. Ela pensou em pedir licença para ir ao banheiro e mandar uma mensagem para a pessoa com quem tinha falado no telefone, dizer que as coisas já estavam saindo do roteiro. Mas não estava segura de que, sem ela, Malaika se comportaria.

Além disso, havia a possibilidade de Nella conhecer várias outras mulheres que ela pudesse observar. Já conseguia ouvir murmúrios de risadas em meio à música de Anita Baker.

— Sou totalmente a favor das noites das garotas — disse ela.

— Ele ficou decepcionado, claro — acrescentou Hazel, guiando-as. Elas passaram primeiro por uma enorme falsa-seringueira, depois por uma mesinha vintage de madeira que abrigava três fotos emolduradas. Nella examinou a maior de perto: uma foto em preto e branco 15x21 de quatro pessoas negras sorridentes que não pareciam ter mais do que uns vinte e cinco anos. Só conseguiu dar uma olhadela rápida nas duas outras fotos, embora fosse óbvio pela cor desbotada que também tinham sido tiradas em outra época. Hazel não aparecia em nenhuma delas. — Ele tem o cabelo comprido e cacheado e cuida muito bem dele. Melhor do que eu cuido do meu, na verdade.

— Melhor do que você? Agora, *isso* eu acho difícil de acreditar — comentou Malaika, de algum ponto atrás delas.

Nella ficou paralisada. Lá estava: o primeiro fora. Foi estúpido da parte dela mostrar para Malaika a foto de Hazel sem os dreads, pensou, mas já era tarde para mudar isso. Quando teve certeza de que Hazel estava ocupada demais conduzindo-as para a sala de estar para perceber, Nella se virou e lançou um olhar fulminante em direção a Malaika. *Pare*, formou a palavra com os lábios sem emitir som.

Malaika fingiu não ver, simulando interesse no espelho antigo pendurado do lado esquerdo do corredor.

— O que foi?

Nella sentiu uma pontada no pescoço quando se virou para olhar à frente mais uma vez. Hazel havia parado e fitava as duas com curiosidade. A música de Anita tinha terminado e uma música mais agitada do En Vogue começou a tocar.

— Só estava admirando essa moldura de bronze. Esse espelho é *tão* lindo.

— Ah, essa coisa velha? Obrigada, Mal. Era da avó do Manny. Essa casa era dela desde a década de 70. Sua filha nos deu quando ela morreu.

Malaika assentiu solenemente.

— Que ótimo. "Malaika", por favor. Não "Mal". Obrigada.

— Hum, *uau!* Olhe para aquilo! São os avós do Manny? — Nella praticamente gritou, apontando para a foto em preto e branco de um casal sorridente que ela estava observando alguns segundos antes.

— Não, são os meus — respondeu Hazel. — Essa foto foi tirada um dia antes de eles viajarem para Washington para a marcha do King. Meus quatro avós foram juntos à manifestação, o que acho bem legal.

Por um breve segundo, Nella se esqueceu de respirar.

— Muito legal.

Hazel inclinou a cabeça de leve. Nella quase podia ver as engrenagens trabalhando na cabeça da garota assim como trabalhavam em sua própria. Em que ano Hazel disse que o avô morrera em um protesto, quando elas estavam no Nico alguns meses antes? 1961?

E o ano da marcha... 1963. Seu pai testava seus conhecimentos sobre esses fatos quando ela era adolescente, mais ou menos na mesma época em que lhe deu a cópia de *Coração em chamas.*

— Minha avó se casou de novo — disse Hazel, quase instantaneamente. — Ele era o segundo marido da minha avó, mas soa tão ruim falar assim.

Mas era tarde demais.

— É mesmo — disse Nella, assentindo com satisfação. — É admirável que ela tenha conseguido tocar a vida.

Malaika olhou da amiga para a inimiga, confusa. Mas Hazel a ignorou e continuou andando.

Nella soltou uma lufada de ar que não percebera estar prendendo.

— Então, quantas pessoas você está esperando hoje?

— Vão ser sete, no total.

— Maravilha. Amigas da faculdade ou...?

— Uma mistura — respondeu Hazel. — São amigas de vários lugares. Você sabe como a gente vai fazendo amizades ao longo da vida: faculdade, empregos diferentes, lugares aleatórios... Tudo isso.

— Humm. É ótimo você ainda manter contato com todas elas, mesmo se mudando tanto.

— É, é sim. Sabe, eu prefiro quando é menos gente, umas três — disse Hazel, finalmente conduzindo-as por um toldo pré-guerra. — Assim todo mundo pode ganhar um pouco mais de atenção. Mas quando eu lancei a isca, todas morderam. E falando em todas... — Ela parou na porta para poder fazer um anúncio para as mulheres que já estavam sentadas sob a luz alaranjada da sala. — Senhoritas, quero que vocês conheçam Nella e Malaika. Nell, Mal... — Ela saiu do caminho para as duas entrarem no cômodo também. — Aqui está todo mundo.

— É Mal-*aika* — disse ela asperamente.

Ao mesmo tempo, Nella ouviu uma risada vindo da poltrona verde estampada no canto direito da sala, que quase engolia uma garota negra com uma cabeleira à la Elaine Brown que folheava uma revista antes de elas entrarem. No chão, uma garota negra curvilínea com a pele da cor das palmas das mãos de Nella revirou os olhos e cutucou Juanita, que estava sentada atrás dela no grande sofá, as mãos no seu cabelo. Juanita apenas balançou a cabeça e continuou a passar creme no couro cabeludo da garota.

Nella mordeu o lábio, ansiosa. Ela ergueu a mão e a agitou de um modo desajeitado, feito uma miss em um concurso de beleza, um gesto típico de quando se sentia deslocada e não sabia o que fazer com seus membros.

— Oi, pessoal.

A garota na poltrona estampada ainda estava dando um risinho quando Juanita falou:

— Caramba, Hazel. Não vai nem falar nossos nomes? Vixe, hein.

— Ela disse: "aqui está todo mundo" — a garota no chão acrescentou, antes de se afastar lentamente de Juanita para que pudesse se levantar e apertar a mão de Nella, depois de Malaika. — Eu sou a Ebonee.

— Kiara — falou a herdeira da cabeleira de Elaine Brown, balançando a revista. Nella não ignorou o fato de que se tratava de uma edição da *Harper's*, nem que ela segurava uma caneta, como se estivesse fazendo anotações.

— E vocês se lembram da Juanita, né?

— Claro. Bom te ver de novo — disse Nella.

Malaika a cumprimentou com a cabeça e soltou um fraco "olá".

Hazel deu uma olhada ao redor enquanto Nella e Malaika iam se sentar em duas almofadas vagas dispostas em cada lado de Ebonee.

— Cadê a Camille?

— Ela teve que sair — disse Juanita. — Alguma coisa sobre ter que ligar para o namorado porque ele estava saindo do trabalho e gosta de conversar com ela durante pelo menos metade do caminho para casa.

Malaika se serviu de um punhado de chips de tortilha de milho azul de uma mesinha quadrada estilo IKEA no centro da sala. Nella notou com interesse que se tratava do único móvel que parecia ser da IKEA; todo o resto ao redor parecia ser mais antigo: objetos que tiveram um dono e foram usados por um tempo. A almofada verde e bege que ela escolhera para se sentar era aparentemente tão macia quanto a poltrona de

Kiara, e as obras de arte nas paredes — muitas figuras negras que deviam representar pessoas em diversos estados de espírito, pintadas contra uma miscelânea de painéis brilhantes — lembravam uma outra época. Entre duas daquelas pinturas, havia uma monguba alta, com talvez cerca de um metro e oitenta, empoeirada mas firme, que devia estar viva desde que Bush era presidente. Talvez até mesmo o primeiro Bush.

— O namorado da Camille sai do trabalho às oito e meia? — perguntou Malaika, incrédula, como se conhecesse Camille a vida inteira. — O que ele faz?

— Ele trabalha em uma companhia de seguros. — Hazel se sentou no lugar vago ao lado da irmã de Manny. — Mas mora em... onde ele mora mesmo, Eb?

— Em algum lugar do oeste. Colorado, eu acho.

— Não é Montana? — perguntou Juanita.

Ebonee bufou.

— Como se eu me lembrasse. Não é praticamente a mesma coisa?

— Ele mora em Missoula — Kiara se meteu na conversa, virando uma página da revista.

Nella quase engasgou com sua batata frita.

— Missoula?

— Aham. Pelo menos, aquele pedaço de mau caminho de quem ela estava me mostrando fotos no telefone mora em Missoula. E ele parecia ter saído de um anúncio de roupas da Patagonia. — Kiara deu de ombros, que mais pareciam simplesmente duas saliências musculosas sob a regata lilás.

— Você já foi a Missoula? — Hazel perguntou a Nella, surpresa.

Nella balançou a cabeça.

— Não, eu só... Camille também é de lá?

— Acredite ou não, é sim. Ela faz parte do 0,5% de negros que cresceram lá.

— *Isso* é que é incrível — disse Malaika.

Nella olhou para a amiga, que parecia à vontade agora que constatara que as amigas de Hazel tinham bocas de verdade em vez de múltiplas fileiras de dentes de sanguessuga como ela presumira antes de chegar lá. Mas quando Malaika encontrou seu olhar, aquela tranquilidade rapidamente se transformou em preocupação. Ela franziu a sobrancelha, como se perguntando: *Você está bem?*

Nella não estava bem. Longe disso.

Ela engoliu em seco e olhou para Hazel, que tinha pegado uma sacola de debaixo do sofá e começava a tirar de lá pedaços de tecido compridos e vibrantes.

— Peguei vários desses lenços no fim de semana passado. Daquela loja de tecidos africanos onde comprei o da India, sabe? — contou Hazel, segurando um lenço preto com várias fileiras de microdiamantes brancos e vermelhos. — Eles estavam em promoção, dois por vinte e cinco. Deem uma olhada e vejam quais vocês querem.

— São lindos — disse Malaika, pegando a sacola de Hazel para passar para Nella. — Nell, esse preto e vermelho ia ficar incrível em você.

Nella aceitou a sacola de maneira desconfortável, ainda pensando em Missoula, e ainda sob o olhar estranho de Malaika. Ela cogitou puxar a amiga de lado e dizer que talvez ir lá não tivesse sido uma boa ideia afinal, mas sabia o que as outras achariam se as duas se afastassem e tivessem uma conversa privada em uma reunião íntima como aquela: no mínimo, rude; no máximo, suspeito.

Nella puxou o lenço que Malaika tinha sugerido e o estendeu na luz.

— Acho que esse é o vencedor — disse, colocando a sacola no chão entre os pés.

— Ótima escolha. Quer trazer aqui? Posso tentar te mostrar como ajeitar o lenço de diferentes maneiras e aí você escolhe quais quer aprender a fazer.

— Boa ideia.

Nella tirou o elástico preto largo do cabelo e deslizou a almofada de modo que suas costas ficassem contra as pernas de Hazel. Só de fazer isso sentiu o choque de uma lembrança nos músculos das costas. Quando Hazel enfiou as mãos no cabelo de Nella, primeiro de modo superficial e depois mexendo por toda parte, Nella não conseguiu evitar a recordação das tantas vezes em que ela tinha feito exatamente a mesma coisa quando criança, com a mãe e também com a avó, sempre que o pai a levava para visitá-la e ela queria que a netinha tivesse tranças recém-feitas. Ela detesıra a experiência quase sempre: quando fez tranças nagô; quando passou a usar alisantes caseiros (no ano em que sua mãe disse que eles precisavam começar "cortar gastos"); quando ela tinha que ficar assistindo a novelas entediantes com a mãe; quando a avó insistia em pressionar o modelador de cachos tão rente à sua testa que ela podia sentir a pele escaldando, mesmo que a avó sempre prometesse que não estava encostando. Nella tinha o couro cabeludo sensível; sempre tivera. E era irrequieta.

Mas também existia algo profundo nesses momentos. Algo intangível. Algo que percebia no olhar das amigas quando lhes contava quantas horas passara sentada entre as pernas da mãe assistindo à maratona de *227* no fim de semana (depois, explicando o que era *227*); algo que estava na natureza desse contato físico prolongado que a maioria das adolescentes não negras não tinha com suas mães, mas ela sim. E estava nas pequenas coisas que tal contato — nas horas que passava com as mãos de outra pessoa em seu cabelo — lhe ensinara sobre as mulheres da família. Cuidados com o cabelo, passados pelos dois lados. Paciência, até que a tênue linha da impaciência tomasse conta da situação. Perfeccionismo.

Nella havia adaptado e incorporado alguns desses elementos à própria rotina de cuidados com o cabelo à medida que foi crescendo. Mas o elemento que ela não se lembrava de maneira consciente de adotar era exatamente o que a levara a fazer o cabelo. Ser capaz de cuidar do próprio cabelo — isso não era parte do que a atraíra na ideia de fazer a transição capilar?

Mesmo assim, ela relaxou os ombros ao sentir o cutucão do pente e, ao sentir alguns grampos aqui e ali, afastou qualquer indício de apreensão. Esqueceu-se de ter sido confundida com a outra garota negra do escritório. Esqueceu-se da garota que foi enfiada no banco de trás de um carro. E esqueceu-se daquela capa horrível com a caricatura racista. Chegou a relaxar tanto que não recuou quando sentiu o choque gelado de algum creme no couro cabeludo. Na verdade, aceitou e aproveitou o momento, como se o produto sempre tivesse feito parte do seu corpo.

— O que é isso?

Nella deu um salto com o som da voz de Malaika tão perto de seu ouvido. Abrindo os olhos — ela tinha fechado? Não se lembrava —, observou sem falar nada enquanto a amiga aproximava o nariz do seu cabelo para cheirar.

— É uma pomada que estou usando há um tempo. E
Amaciada. Acho que dei um pote para Nella quando vocês ma
Curl Central. ao

— Ah, sim — murmurou Nella, quando seus olhos se concentra
no pote azul aberto que Hazel segurava. — É aquele produto que te
um cheiro parecido com o da Brown Buttah.

— Isso. Eu sempre gosto de preparar meu couro cabeludo antes d
colocar qualquer lenço — explicou Hazel. — Mais umidade para ajudar a prender. Você está usando o que eu te dei, não está, Nella?

— *Claro* que sim.

A mentira não convenceu Malaika, que lhe lançou um olhar questionador.

— Bom, o cheiro é incrível — disse a amiga, pegando o pote. — Posso ver o rótulo? Nella não tinha me contado que descobriu um produto novo.

Os olhos de Kiara se deslocaram da revista e se fixaram em Malaika, depois em Nella, mas ela não falou nada.

Um segundo se passou. Finalmente, Hazel pegou o pote e o entregou.

— Claro. A única coisa é que não tem rótulo.

— Você é uma daquelas pessoas que amam ler rótulos, Malaika? — perguntou Ebonee.

— Para falar a verdade, sou sim.

— Kiara também. Eu praticamente tenho que obrigar essa garota a sair do mercado. Às vezes fica complicado. Nós dividimos apartamento — explicou Ebonee.

— Ei — disse Kiara, abaixando a revista em sinal de protesto. — Eu gosto de saber o que estou colocando no meu corpo. Não tem nada de errado nisso.

— Eu entendo — diz Nella. — Ei... pergunta aleatória, mas você compra a *Harper's* sempre? Estou pensando assinar.

Kiara balançou a cabeça.

— Peguei no corredor de saída do Whole Foods. Pensei nisso também, porque foi o que minha professora de escrita criativa sugeriu no último semestre, mas é demais para mim. Além disso, eu já leio a *New Yorker*, a *New York Magazine*, a *Atlantic*... — Ela parou, fitando os dedos ra para enumerar as assinaturas enquanto tentava se lembrar das s. — Tem mais algumas. Mas não consigo me lembrar quais. A oria foi presente da minha família.

— Sei como é. Acaba acumulando — disse Nella. — Eu trabalho em uma editora e fui abençoada com um desconto na *Publishers Weekly*. Um dos muitos benefícios para compensar o salário baixo — acrescentou, revirando os olhos.

— Ei, o salário podia ser pior — argumentou Hazel, esfregando um pouco mais de creme na parte que ela tinha acabado de abrir. — A revista onde eu trabalhava antes me pagava um pouquinho menos para fazer quase o dobro.

— Mas você morava em Boston, não é? O custo de vida lá é diferente daqui.

— Se bem que não necessariamente melhor.

— Em que editora você trabalha? — perguntou Kiara, colocando a revista nos pés.

— Trabalho na Wagner — respondeu Nella.

Exatamente na mesma hora, Hazel disse:

— Nós trabalhamos juntas.

— Ahhhh — exclamou Kiara, assentindo lentamente enquanto gesticulava para que Ebonee passasse a tigela de biscoitos salgados. — Faz sentido. Nossa, eles publicam os melhores livros do mundo. Você deve amar. E o Richard Wagner é, tipo, um deus.

— Ele é bem respeitável.

Malaika levantou uma sobrancelha.

— Sério? Você não estava me falando agorinha que...

— Você deve ser *brilhante* — interveio Ebonee, fitando Nella. — É a coisa mais difícil do mundo conseguir um trabalho lá, pelo que ouvi falar.

— Até conseguir um estágio parece mais difícil do que fazer a Lauryn Hill ser pontual — concordou Kiara, jogando um biscoito para dentro da boca. — Parabéns! É uma façanha e tanto. Você deve ter o maior orgulho.

— Obrigada. — Nella abriu um sorriso. Uma onda de orgulho começou a envolvê-la enquanto resistia a contar a elas o que Richard tinha dito: *Vejo o quanto você se esforça no trabalho.* Nós valorizamos você. — Eu já estou lá há mais de dois anos, e parece que talvez eu possa ter um pouco mais de responsabilidade em breve. Talvez até mesmo editar meu próprio livro!

Nella sentiu um leve puxão em uma das mechas do cabelo, mas, quando olhou para cima, as mãos de Hazel estavam no colo e não na sua cabeça.

— Então, hum, o que vocês fazem? Se não se importam de eu perguntar, claro — acrescentou rapidamente, lembrando que estava em uma festa, não em um evento de networking.

— Tudo bem. Eu acabei de terminar o bacharelado em Inglês — disse Kiara. Ela *realmente* parecia bem nova, não só porque tinha um rosto infantil, mas porque parecia ter passado talvez uns quarenta e cinco minutos na frente do espelho se arrumando, a julgar pela quantidade de delineador envolvendo seus cílios superiores e inferiores, pela base e pelos lábios perfeitamente desenhados com batom mate. — Mas agora estou procurando emprego. Foi assim que conheci a Hazel.

— Mesma coisa aqui — disse Ebonee, gesticulando para pegar de volta os biscoitinhos. — Nós fizemos NYU juntas, mas eu me formei dois anos atrás. Estou estagiando na *Paris Review* há um ano.

— Mas temos quase *certeza* de que eles vão oferecer a Ebonee um cargo de assistente em período integral antes do fim do ano — incentivou Hazel. — Desculpem, mas não dá para não elogiar, Eb... você é foda.

— Uau, ok. Um monte de gente ligada à literatura aqui — observou Malaika, distraidamente. — Nell, você não está sempre falando como o mundo literário é cheio de gente branca?

Nella ergueu uma sobrancelha. Ela estava pensando a mesma coisa.

— Muito — disse com rigidez. — Seria ótimo ter vocês nesse mundo também.

— Ótimo *mesmo* — concordou Hazel. — Nós duas não podemos fazer tudo.

— Bem, eu não estou no mercado de livros ou escrita nem nada do tipo — disse Juanita, com orgulho. — Estou tentando tirar o diploma de técnica de cabeleireiro.

— Boa! — Malaika olhou mais uma vez para o pote que haviam lhe passado. — Já que você entende de cabelo, me fale qual é a dessa gosma que a Hazel está passando no cabelo da Nella. É feita em casa ou coisa parecida? É por *isso* que não tem rótulo?

— É exatamente por isso — disse Juanita. — E olhe, posso fazer o seu cabelo depois de terminar o da Eb. Alguma ideia do que quer fazer hoje?

Malaika girou o pote na mão, procurando por respostas que não conseguiria encontrar no plástico sem rótulo.

— Legal! Obrigada, mas acho que vou ter que dizer não para a pomada. Talvez umas tranças, já que *está* começando a esfriar lá...

— 'Nita faz uns penteados protetores poderosos — disse Ebonee.

— Faço mesmo, é verdade.

Nella escutou um murmúrio de concordância vindo de trás da sua cabeça, seguido por:

— E o Amaciada realmente faz a hidratação se fixar também. Eu recomendo.

Malaika deu de ombros e devolveu o pote.

— Obrigada pela oferta, mas vou passar.

— Por quê? — perguntou Juanita.

— Não sou muito fã de usar produtos de cabelo que não têm os ingredientes listados. Qualquer produto, na verdade, mas principalmente produtos de cabelo.

— É, Malaika é obcecada *mesmo* com esse tipo de coisa.

Nella disse isso quando Hazel estava começando a envolver o tecido em volta de sua cabeça, e não precisou erguer o olhar para o rosto da amiga para saber que ela estava novamente com Aquele Olhar. Malaika tinha razão em só usar produtos para cabelo em que confiava. Ainda assim, Nella não conseguiu reunir coragem para concordar com ela.

Juanita fez um som de desaprovação quando Ebonee se inclinou para examinar o cabelo de Malaika.

— Deve ser bem difícil viver com essa regra. Quer dizer que você faz compras só, sei lá... na Target?

Quase todas na sala estremeceram visivelmente.

— A Shea Moisture praticamente fodeu com o *meu* cabelo — disse Kiara. — Ferrou todas as minhas pontas. Acabei desistindo totalmente da Target.

— Ei, eu usei produtos da Shea Moisture durante anos antes de começar a usar a Brown Buttah — Nella finalmente se colocou. — Não é *tão* ruim assim.

— Olhe, cada cabelo tem um jeito. Eu só sei que o meu é sensível — disse Malaika com tranquilidade. — Uma vez, uns anos atrás, comprei um produto sem rótulo em uma feira de cuidados de cabelo natural no Bronx, e isso fodeu com o *meu* cabelo. Ali acabou para mim. Eu sabia que nunca faria isso de novo. Sei que posso confiar no que tem dentro do *meu* próprio creme feito em casa. — Ela se virou para Hazel. — A não ser que você me diga o que tem no seu. Aí talvez eu mude de ideia.

Nella sentiu o tecido do lenço apertar o contorno do seu couro cabeludo... apertar demais. Mas não disse nada.

— É uma receita secreta — disse Hazel, sorrindo. — A amiga de uma amiga da mãe de uma amiga que fez, e ela não contou a ninguém o que tem dentro. Nunca. Foi mal.

Malaika devolveu o pote.

— Sem problemas.

Ela ainda parecia calma e leve como uma chuvinha de verão, mas Nella sentiu uma tempestade crescendo depois dessa conversa.

— Nell, esse lenço está incrível em você.

— É?

Kiara abaixou a revista.

— Está incrível *mesmo*. Você tem um formato de rosto muito bom para lenços.

— Sério? Eu nunca tinha usado — disse Nella, sentindo-se, contra todos os seus instintos mais inteligentes, lisonjeada pelo elogio. — Nunca por estilo, pelo menos. Só para dormir.

— Deixa eu ver?

Nella se virou para que Hazel pudesse dar uma olhada em sua obra. Ela concordou com a cabeça.

— Você devia usar sempre — disse ela. — E pense só, você está fazendo uma hidratação profunda neste exato momento. 'Nita, tem um espelho de mão?

— Ah. — Juanita deu um soco na coxa. — Eu *sabia* que estava esquecendo alguma coisa. Acho que deixei no carro. Posso pegar quando terminar com a Ebonee?

— Posso tirar uma foto por enquanto — disse Malaika, enfiando a mão na bolsa para pegar o celular. Mas Nella a deteve antes que ela conseguisse fazer isso.

— Não — respondeu, um pouco seca, mantendo os olhos em Malaika por tempo suficiente para ela entender. — Na verdade, eu preciso usar o banheiro, então posso olhar no espelho de lá?

— Claro. É lá em cima à esquerda — disse Hazel, apontando para a porta por onde elas tinham vindo.

Nella agradeceu e, ignorando o olhar suplicante de Malaika para que não a deixasse, levantou-se da almofada. Saiu da sala na hora em que Kiara fez uma piada sobre o que Camille e o namorado deviam estar fazendo no celular.

Camille, de Missoula.

Não podia ser coincidência. Aquela lista de nomes que ela tinha encontrado na impressora algumas semanas antes não podia ser só uma lista de convidados ou uma lista de autores.

Você sabe como a gente vai fazendo amizades ao longo da vida, Hazel havia dito. Era como se tivesse escolhido cada uma delas, tamagotchis em forma de garotas negras.

Nella acelerou o passo, subindo dois degraus de cada vez. Quando chegou ao topo, viu três portas. A da esquerda estava entreaberta, a luz fraca de uma vela mal visível através da fresta. As outras duas portas estavam bem fechadas.

O tempo voava. Provavelmente tinha cerca de cinco minutos para explorar; sete, se Malaika as distraísse direito. Nella examinou o brilho de novo. Depois, sem pensar outra vez, alcançou a maçaneta do lado direito e a girou.

18

Nella teve que praticamente se empurrar para dentro do quarto de Hazel. Ela nunca fora de explorar espaços que não lhe pertenciam. E, para ser sincera, não tinha muito essa oportunidade. Ser filha única significava que basicamente todos os cômodos da casa estavam disponíveis, já que, quando ela era criança, os pais a deixavam assistir a filmes no quarto deles o tempo todo. Mesmo depois de crescer e ficar mais curiosa, evitava entrar de propósito em cômodos que não fossem o banheiro, assim como abrir armários acima de pias que não eram dela.

Esse comportamento não era por nada relacionado à moral, mas sim porque Nella tinha visto *O Massacre da Serra Elétrica* quando era bem nova. Ela sabia o que podia acontecer com quem se metia em lugares que não fossem seus: na pior das hipóteses, um sujeito enorme de máscara apareceria, arrastaria a pessoa até um quarto nos fundos e começaria seu massacre. Na melhor, o enxerido em questão passaria os trinta minutos seguintes preso em uma perseguição, lutando para salvar a própria vida.

Ao abrir a porta de Hazel, Nella não sabia bem o que esperava ver: não um homem com um facão, mas talvez algo tão perturbador quanto, como fotos suas tiradas a distância por alguém à espreita. Ela não tinha motivos para acreditar que Hazel desse a mínima para ela. Talvez todas as outras pessoas na Wagner tivessem sido enganadas, mas Nella era capaz de não se deixar iludir por toda aquela baboseira.

Passou pelo batente rápido, não se esquecendo de girar a maçaneta antes de fechar a porta. Não achava que o som de metal contra metal fosse ser ouvido por cima de Sade cantando "Smooth Operator", mas todo cuidado era pouco: de alguma maneira, Hazel sempre dava um jeito de ficar um passo à frente dela em tudo desde o dia em que se conheceram. Por que aqui seria diferente?

Ela tateou a parede por um minuto até sua mão finalmente encontrar o interruptor. Quando acendeu a luz, os pensamentos de malucos com serras elétricas ainda dançavam em sua mente. Passar do escuro para o claro não revelou uma câmara de tortura, mas o que parecia ser um quarto normal ocupado por duas pessoas de vinte e poucos anos: tinha uma smart TV na parte da frente, junto a uma caixa de som, um Wii e um roteador de wi-fi. Diante da televisão, no centro do quarto, havia uma cama com um edredom vinho que Nella reconheceu ser da Target — ela mesma quase havia comprado um igual antes de Owen achar um preto e cinza em promoção.

Nella foi até a cama, em busca de uma visão melhor do quarto. Devia ter uns cinco minutos antes que as pessoas começassem a fazer perguntas; talvez menos, se Malaika perdesse a calma e começasse a implicar com os dreads de Hazel.

Não. Ela precisava parar de pensar em tudo o que podia dar errado e se concentrar em onde seria um bom lugar para esconder alguma coisa naquele quarto. Dependia de quanto Manny sabia, ela pensou. Se ele soubesse que o nome da namorada não era Hazel, talvez não precisasse se esforçar muito. Se não soubesse, bem... ela esperava ter tempo para procurar o quanto fosse.

Nella abriu a cortina vinho que ficava no extremo do quarto. Atrás dela, havia fileiras e fileiras de roupas, em uma grande variedade de tecidos, todas de padrões escuros, quase exóticos, que provavelmente foram concebidas em outra década. Nella estendeu o braço e pegou a manga de um blazer azul-claro, depois o bolso de uma peça de juta com cara de festival afro-punk e que não parecia ter fim. Nella não tinha certeza se a peça se tratava de um macacão ou um vestido longo soltinho, se bem que só de pensar na primeira opção já começava a sentir uma coceira imaginária entre as coxas.

Ela soltou a peça para poder verificar o outro lado do armário, onde encontrou um par de calças de moletom masculinas verde-floresta, depois um par de shorts de corrida verde-bandeira, depois uma camiseta do Green Bay Packers. *Seu mozão pode ter um cabelo "bom" e ser um artista foda,* pensou Nella, acendendo uma luz para ver se os calçados no chão eram efetivamente só isso (e eram), *mas parece que o senso de moda dele tem só um modo: básico.*

Ainda assim, ela contou os pares de Nikes e Adidas antes de concluir que já tinha visto o suficiente. Recuou e avaliou outros esconderijos óbvios, procurando algum tipo de escrivaninha ou um notebook deixado ao acaso. Não havia uma grande quantidade de móveis. E então percebeu — pela primeira vez — que não havia muita *coisa* no quarto de Hazel e Manny. Nenhum livro jogado. Nenhuma foto instantânea do casamento de alguém. Nenhum cesto de roupa suja transbordando. Apenas o mínimo dos mínimos: um frasco de perfume perto de um frasco de hidratante perto de um tubo azul de desodorante, alguns dos cremes para cabelo sem rótulos e um potinho pequeno com grampos. Uma organização destituída de qualquer personalidade, assim como a mesa de trabalho de Hazel.

Estranho.

Aturdida, Nella voltou a olhar a cama. Valia a pena tentar. Ela se ajoelhou, o carpete alto vinho frio em seus dedos quando enfiou a cabeça por baixo do estrado. Sem que nada digno de nota aparecesse, pegou o telefone para usar como lanterna. Nada ainda.

Ok, tudo bem, pensou, se levantando. *Imagino que aí seria fácil demais.*

Nella se sentiu um pouco em pânico, começando a vacilar. O tempo estava correndo. Será que aquilo ali valia a pena? O que esperava encontrar?

Deu uma olhada ao redor do quarto novamente, à espera de um milagre. Aí reparou nas duas portas de vidro embaixo da televisão, viu alguns frascos do que parecia ser pomada para cabelo e — o mais interessante — uma pasta de arquivo ao lado deles.

É isso.

Nella havia começado a se dirigir para as portas de vidro quando o telefone vibrou. *Por favor, que seja Owen. Por favor, que seja ele perguntando onde estou. Será que eu disse para ele aonde ia? Que seja qualquer pessoa menos a Malaika. Qualquer pessoa menos...*

Duas subindo para o banheiro. Código Kente.

Duas... de uma vez? Por que duas? Isso não era uma balada. Era uma festa para falar de cabelo.

Nella enviou de volta um simples "OK" e tentou relaxar. Ela sabia que as duas garotas subindo as escadas voltariam para o andar de baixo com a novidade de que ela não estava no banheiro. Mas também sabia que "Código Kente" significava que ninguém suspeitava de nada ainda — ou, pelo menos, que *parecia* que ninguém suspeitava de nada. Significava apenas que ela poderia ter companhia.

Nella sentiu uma gota de suor escorrer devagar por debaixo de seu lenço e descer por sua testa. Então, como uma meliante experiente, lançou-se para o interruptor na tentativa de pelo menos evitar que quem estivesse subindo não dissesse a Hazel depois que ela havia se esquecido de apagar a luz do quarto — ou pior, fosse entrar para apagar a luz. *Precisei atender a uma ligação particular*, ela poderia dizer, se fosse pega; e se não fossem convencidas tão facilmente: *É a minha mãe. Ela está doente.*

Munida agora apenas de sua lanterna e aproximadamente dois terços da coragem que sentiu ao entrar no cômodo alguns minutos antes, Nella voltou para o armário embaixo da TV e agarrou uma das maçanetas, tomando cuidado para não deixar nenhuma impressão digital no vidro. Em seguida, pegou a pasta e começou a folheá-la, virando o que pareciam ser vários recortes de revistas.

No entanto, logo quando estava prestes a devolver a pasta a seu devido lugar, fechar a porta do armário e pensar em uma estratégia para sair dali, seus dedos encontraram uma página que não era de papel brilhante. E depois outra. Com um foco mais cuidadoso do facho de luz sobre as folhas, percebeu que um quarto do conteúdo era composto de pedaços de papel comuns, folhas tamanho carta.

Nella se conteve para não soltar um grito histérico de comemoração, mas, ao deparar com as filas de rostos do tamanho 5x8 — todos conhecidos, todos em tons variados de pele negra —, se permitiu comemorar levemente. Ali estavam elas: Kiara, Ebonee e, segundo o nome próximo à foto, Camille. Ao lado de cada foto, havia uma cidade, um número de três dígitos — um sistema de identificação? — e incontáveis anotações escritas à mão.

Ela tinha razão.

O primeiro instinto de Nella foi correr e contar para Malaika, que poderia distrair Hazel, e então Nella poderia contar às outras garotas...

Contar o quê? Ela não sabia exatamente *o que* lhes contar e sabia que não tinha tempo para ler nenhuma das anotações. Não naquele momento. Assim, escutou seu segundo instinto e tirou uma foto para analisar mais tarde. Depois, ainda não satisfeita, continuou a passar as folhas, aumentando a velocidade quando ouviu o som vago da descarga no banheiro a alguns metros de distância.

Ela dera muita sorte. Havia páginas e mais páginas exatamente como aquela, todas com garotas negras. Não reconheceu nenhum dos rostos além daqueles das garotas no andar de baixo, mas continuou a folhear mesmo assim, sentindo cada vez mais a comprovação de que havia jogado a prudência — e o Manual do Panaca Idiota — pela janela. Porque lá estava ela, sentada no chão de Hazel, vasculhando uma pasta no escuro, encontrando respostas para perguntas que pareciam completamente insanas.

E então, para seu horror, ela encontrou mais uma resposta.

As cortinas chamaram sua atenção. Azul-piscina, da casa de sua mãe. E a garota de olhos brilhantes, levemente embriagada de pé em frente às cortinas...

Era ela.

Nella olhou para si mesma, paralisada. A foto havia sido tirada em seu vigésimo quarto aniversário, quando tinha ido para Connecticut comemorar com a família. Nella parecia tão feliz e relaxada que usou a foto no perfil de todas as suas redes sociais logo depois do fim da festa. Nunca havia tirado uma foto tão boa como aquela, e por isso tinha sido a última foto que tinha postado publicamente de si mesma.

Nella não conseguiu deixar de se lembrar de uma mensagem que recebera dias antes, horas após marcar o encontro com a mulher careca na Broadway.

Ela vai atrás de você também.

Havia uma última foto atrás da sua. Nella esperou um décimo de segundo antes de finalmente virar a página (já tinha chegado tão longe;

impossível não continuar) e percebeu que se tratava, sem a menor dúvida, de Kendra Rae Phillips.

Sentiu o peito se encher de pavor e perplexidade enquanto tirava na mesma hora uma foto da mulher. Depois, sem pensar, voltou a página e também fotografou o próprio retrato, o flash do celular iluminando por segundos seus lábios de batom cor de chocolate e o início de um afro bem pequenino que ainda tentava se mostrar. Antes de devolvê-la à pasta, porém, Nella esquadrinhou o restante da folha. Engoliu em seco, tão desesperada para se sentar no chão e ler cada palavra dali quanto para jogar tudo na lixeira mais próxima e tacar fogo.

Fora destinada a ela uma página inteira, não apenas uma linha, como no caso das outras garotas. Colado por trás de sua foto havia um post-it em um tom forte de rosa com as seguintes palavras escritas à mão: *Parece bastante condescendente, mas mais esforços não vão fazer mal — encomenda de 8 potes chegando em 20/10.*

Aquilo era demais. Nella colocou a pasta de volta no lugar e fechou o armário. Então, foi na ponta dos pés até a porta. Estava pronta para sair quando ouviu a descarga do banheiro, seguida do som de vozes.

— Acha que a Nella, tipo, foi embora ou algo assim?

Nella congelou.

— Não faço ideia. Ela é uma Involuntária, não é?

— Aham.

— Acho tão engraçado. *Por que* você não ia querer? Minha mãe teria *matado* alguém para conseguir uma coisa dessas quando era da minha idade.

— Provavelmente ela é uma dessas garotas negras metidas que acham que podem se virar só usando o próprio charme.

— Ai, essas são as *piores*. Legal a Hazel tentar ajudar a Nella.

Me ajudar? Nella mordeu o lábio. Essas garotas não eram vítimas de Hazel. Eram suas companheiras.

Nella esperou, escutando o som da água corrente. Por um instante, pensou que elas já deviam ter descido, mas aí escutou a voz de Kiara:

— Nossa, a Juanita arrumou o seu cabelo *de verdade*.

— Ficou bom?

— Ficou, mas pare de mexer, deixe como está.

— É só que... ficou muito apertado. Eu disse que queria um pouco mais solto.

Nella não conseguiu ouvir se Kiara disse à outra para parar de reclamar, porque as duas garotas já estavam descendo a escada. Quando tudo voltou a parecer silencioso, ela contou até dez uma vez, depois uma segunda, e então se esgueirou para fora do quarto de Hazel tão rápido quanto havia entrado.

— Aquilo foi *horrível* — reclamou Malaika. — Ainda pior do que eu pensava.

Nella permaneceu em silêncio enquanto se acomodava ao lado de Malaika na fila de bancos frios e sujos à espera do trem.

— Elas não se importam com nada que não seja conseguir um emprego e trabalhar "nessa" indústria e "naquela" indústria — continuou Malaika. — E cabelo... tipo, será que elas não têm outras preocupações? Eu também gosto de usar cabelo natural, mas você não me ouve falar disso de dois em dois minutos. Não é?

Nella continuou sem dizer uma palavra.

— E, falando de cabelo, você devia ter *visto* a cara da nossa amiga quando tentei tocar em um dos dreads dela! Ela praticamente...

— Por favor, Mal. Pare — disparou Nella, ela mesma assustada com o som de sua voz. Em toda a caminhada da casa de Hazel até o metrô, ela estava tão pasma que não conseguiu falar. Teve até mesmo dificuldade para andar. Não sentia que conseguia confiar em sua mente ou em seu corpo.

Nella esquadrinhou cada rosto na plataforma. Assim que teve certeza de não ter sido seguida por nenhuma das garotas de Hazel, pegou o celular e entrou no aplicativo de fotos.

— E você tem *certeza* de que ninguém suspeitou de nada?

— Eu mostrei para elas no celular um vídeo idiota sobre cabelo assim que você subiu. Agora, pelo amor de Deus... me diga o que você descobriu! Você ficou lá em cima, tipo, dias.

Nella estreitou os olhos.

— O quê?

— Eu só... — Será que ela podia confiar em Malaika? Analisou sua melhor amiga, se perguntando se Hazel, de alguma maneira, teria conseguido cooptá-la também. Malaika também a encarou de volta, visivelmente preocupada.

— Você está bem, Nell? Está com cara de quem foi pro Lugar Afundado e voltou.

Nella assentiu uma única vez. Em Malaika ela ainda podia confiar. *Tinha* que confiar.

— O que você descobriu? — pressionou a amiga.

— Tirei o máximo de fotos que consegui. — Nella entrou na galeria do celular e passou o aparelho para Malaika. — Esses papéis estavam no quarto dela.

— Caramba — Malaika fez o zoom com dois dedos na tela para olhar mais de perto. — Essa aqui é a Ebonee?

— Ebonee, Camille e Kiara. Todas elas, Mal — confirmou Nella, a voz vacilante. — Não consegui te contar antes, mas essas garotas, todas as garotas da festa, eu já havia visto os nomes delas em outro lugar.

— Já? Onde?

O tempo todo mantendo os olhos atentos nos transeuntes, Nella contou como encontrara a lista de nomes na impressora certa manhã.

— E você acha...

— Bom, *achei* que eram possíveis candidatas para me substituírem na Wagner. A "cota" negra. Mas agora... agora não sei qual é a delas. Ouvi elas me chamarem de "uma Involuntária". Como se eu estivesse sendo, tipo... *convertida* para alguma coisa.

Malaika olhou as fotos mais uma vez antes de responder à própria pergunta.

— Bom, sabe, isso explica *muita* coisa. Elas também estão envolvidas na patota, não é? Espere. O que está escrito perto dos rostos? Parecem biografias.

Ela estava prestes a falar mais quando se calou bruscamente. Nella olhou ao redor para ver o que tinha provocado aquele silêncio. Uma garota negra com dreads cor-de-rosa passou por elas empurrando uma bicicleta e cantarolando baixinho para si mesma.

Nella também a observou, até ela estar a uns bons cinco metros de distância. Só por segurança. Quando a jovem estava fora do alcance de suas vozes, Malaika começou a ler.

— "Kiara é uma escritora incrível e ótima de traquejo social. Bastante tímida, no entanto, com uma compreensão abaixo da média sobre os clássicos." — Ela rolou a tela para baixo. — "O jeito tipicamente negro de falar de Ebonee é tão forte que mal dá para entender várias palavras que saem de sua boca." "Camille trouxe uma energia ótima para o ambiente de trabalho. Mas correu o boato de que ela não estava muito satisfeita com a maneira como nós 'a tratávamos'. Tem uma boa atitude, mas ingrata de modo geral."

— Mas que porra é essa?!

Nella puxou o celular de volta e rolou um pouco mais.

— Essa página é datada de 4 de março de 2017, o que faz sentido, porque Ebonee não tem mais nada desse jeito de falar. Não para mim, pelo menos.

Malaika balançou a cabeça quando Nella começou a deslizar para a direita, pulando outras fotos que havia tirado até chegar à página com seu rosto.

— Mas a pior parte é esta. *Eu* também estou aqui. Com datas dos meus primeiros meses na Wagner. Muito antes de Hazel entrar.

Os olhos de Malaika se arregalaram.

— O quê? Deixe eu ver!

Nella ergueu um dedo e pigarreou.

— "Junho de 2016. NR parece inteligente, original. Tem um namorado branco, Owen, que pode ser útil. Nasceu em Connecticut e se orgulha disso."

Ela estremeceu, mas continuou a ler.

3/9/16. NR mandou um link de Jesse Watson para e-mail externo. Aparentemente, se inscreveu no seu canal.

4/1/17. Tiroteio da polícia. Encontros sobre Diversidade temporários implementados; NR parece condescendente.

— Sério, o quê? — disse Malaika. — "Condescendente"? Que tipo de merda...

Nella continuou, tentando ao máximo separar a pessoa sobre a qual estava lendo de si mesma.

14/7/18. Publicado artigo no BookCenter sobre as agonias enfrentadas por negros em um ambiente de brancos. NR recebeu artigo de SK; conforme e-mails enviados e recebidos, foi a primeira vez que NR viu o artigo (disse que concordava c/ o conteúdo do artigo, mas não tinha sido a autora).

21/8/18. NR visivelmente feliz com Hazel. Parece uma combinação perfeita. Tempo estimado até conclusão do ciclo: ~4 meses.

— "Conclusão"? Concluir o quê?! — cuspiu Malaika, fazendo com que a senhora esvaziando o lixo a alguns metros de distância interrompesse o serviço por tempo suficiente para fitá-las de modo inquisitivo.

Nella baixou a voz e prosseguiu:

— "26/9. Pomada aceita, sem perguntas." E aqui, em letras menores, "Bilhete misterioso parece tê-la deixado aflita; será de KP? Considerar plano alternativo."

Malaika franziu ao máximo as sobrancelhas.

— Foi na noite em que fomos ao Curl Central, não é? E, espere aí, quem é KP?

— Te mostro em um minuto — respondeu Nella, lendo cada vez mais rápido a cada nova linha.

16/10/18. Ainda preocupada com os bilhetes. NR pode saber mais sobre Hazel do que está deixando transparecer. Trabalhando com KP?

17/10/18. Descoberta a pessoa que enviou os bilhetes: Shani (Cooper's). Confirmado: NR ainda no escuro — mais tempo conseguido c/ livro de Jesse e conversa sobre promoção.

— Hazel escreveu tudo isso?

Isso era o mais perturbador. Ela conhecia essa letra, e não era de Hazel.

Nella fechou os olhos, visualizando essa letra cursiva que já vira uma centena de vezes: a assinatura em cada contrato, em cada cartão atencioso de fim de ano feito para os autores da Wagner.

— Richard. É a letra do Richard.

— Como assim, Richard, o seu *chefe*? Eu *sabia* que aquele homem estava escondendo alguma coisa — soltou Malaika. — Mas por que a Hazel está com isso?

Nella cobriu o rosto.

— Porque ela está obviamente ajudando o Richard a fazer... seja lá o que for que ela esteja fazendo. Talvez seja por isso que ela está na Wagner: para me convencer a ser "condescendente". Para... me hipnotizar? Não faço a mínima ideia. Mas o que está acontecendo aqui, seja lá o que for, é horrível, e é grande. Maior do que eu, e provavelmente maior do que a Hazel. Quem quer que ela seja.

Nella fixou o olhar no abismo escuro dos trilhos do trem para tentar desanuviar. Mas ela viu a garota careca, a mão negra. O sedan preto. Se tivesse ficado mais tempo mexendo naqueles arquivos, provavelmente acabaria descobrindo o nome dela também.

— Quatro meses — repetiu Malaika. — E isso foi escrito quando, há três meses? O que será que vai acontecer com você mês que vem?

— Não sei. Mas se isso não for confuso o suficiente... conheça a KP.

Nella rolou a tela até a última foto de sua galeria, a que havia tirado da página de Kendra Rae Phillips. A julgar pela qualidade da foto do arquivo, Nella imaginava que tivesse sido tirada na época da publicação de *Coração em chamas*. Talvez fosse uma das últimas fotos públicas de Kendra. Junto a seu rosto havia mais anotações, também na letra de Richard, com datas que iam da década de 1980 até os dias de hoje. Nella leu algumas em voz alta: *Possivelmente avistada no norte do estado, 5/1/86. 1992 — mudou-se para Paris???* A última anotação, porém, prendeu totalmente sua atenção.

20/10/18, confirmada a presença de KP perto da rua 100 com Broadway. Pegou o celular de Shani, depois se escondeu.

Algo frio como o gelo se infiltrou nas veias de Nella. Adrenalina. Medo. Compreensão. Shani era quem havia sido puxada para dentro do sedan preto.

Mas então a nova mensageira sem nome... a pessoa que disse a Nella que alguém viria atrás dela...

Você escolheu lidar com Kenny daquela forma.

As palavras atingiram Nella no queixo, de repente, como se ela tivesse levado um soco. Tentou desesperadamente se lembrar de onde as ouvira. Do lado de fora da sala de Richard, quando ela havia suspeitado que ele estava conversando com a amante negra.

— O que a Kendra Rae Phillips tem a ver com *você*? Ela não tinha sumido?

Nella olhou para Malaika, sentada pensativa a seu lado, roendo a unha do polegar. Ela queria desesperadamente contar à amiga tudo o que estava sentindo: como estava com medo de ir ao trabalho; como havia falado com alguém com quem supostamente já tinham "lidado". E como em breve poderiam acabar "lidando" com ela também.

No entanto, não fez isso. Simplesmente manteve os olhos fixos nas catracas por onde tinham passado, ponderando sobre aquilo tudo. Hazel devia ter fingido que não suspeitava de nada, mas Nella estava completamente ciente de que desaparecera por um tempo longo demais. Hazel era Hazel: se tinha uma coisa em que era boa era aproveitar o momento certo.

— E agora? Você *vai* largar o emprego, né? Ou contar para todo mundo que Richard Wagner tem vigiado você desse jeito? Você devia escrever um artigo sobre isso. — Malaika bufava, cada vez mais indignada. — Seria bem-feito para esse merda. Talvez aí ele *tivesse* que explicar todo o resto.

Nella estava imóvel feito uma estátua. Ela inspirou lentamente, depois expirou ainda mais lentamente, tentando pensar em uma maneira de colocar o que sentia em palavras. Alguma coisa podre residia entre as paredes da Wagner, e ela vinha notando essa coisa podre a seu redor desde o primeiro maldito dia. Quantas pessoas sabiam? Todo mundo — *tinha* que ser todo mundo. Vera, Maisy, Amy... *todas* tinham que estar envolvidas. De que outra maneira Richard teria tantas anotações?

Ao longe, no túnel, Nella podia discernir as luzes de um trem que se aproximava, devagarinho. Ele a levaria para longe de Clinton Hill. Após algumas estações, ela faria baldeação para outro trem e iria para uma parte diferente e menos atraente do Brooklyn, onde poucos negócios pertenciam a pessoas negras e casas geminadas cediam lugar a apartamentos médios quadradões, sem vestíbulos luxuosos para colocar seu cabideiro e sua bicicleta imaginários.

— A pessoa dona do celular, seja lá quem for, está te protegendo desde o início. Supostamente — disse Malaika por fim. — E você vai enviar essas fotos para a pessoa que vem mandando as mensagens para você. Certo?

Nella assentiu. Ela começou a se levantar, o lenço vermelho e preto que Hazel havia lhe dado de repente puxando suas sobrancelhas desconfortavelmente.

Malaika também se levantou.

— Ótimo. Porque você *sabe* que é a coisa certa a fazer. Pode parecer loucura também, mas o que você tem a perder, certo?

— Certo. — Os olhos de Nella ainda estavam focados nas luzes no túnel.

— Boa! Então... — Malaika apontou para o celular de Nella, que o segurava apertado junto ao peito. — Quer fazer isso, tipo... agora?

— Acho que só quero resolver isso quando chegar em casa — respondeu Nella. — O trem está chegando.

— Temos muito tempo — disse Malaika. — Aqui... você deve estar mesmo apavorada. Posso fazer isso para você. Me passe o aparelho.

Ela esticou a mão para pegar o celular, mas acabou agarrando o braço de Nella, que lhe deu um olhar fulminante.

— Eu *disse* que vou resolver isso, Mal. Só quero fazer quando chegar em casa. No momento, minha cabeça está girando, estou cansada, e queria conversar sobre outro assunto o resto da viagem. Vamos deixar essa história para lá por enquanto. Por favor?

Malaika pareceu magoada.

— Tudo bem, tudo bem. Eu só achei...

O trem chegou fazendo um barulho tão alto que Nella não conseguiu ouvir o resto.

19

26 de outubro de 2018
Wagner Books

Onze e quarenta e três da manhã. Nenhuma mensagem nova ainda, e nenhuma ligação perdida.

Nella enfiou o celular dentro do bolso e suspirou. Será que os últimos meses tinham sido um sonho? Talvez. Talvez houvesse uma explicação para tudo isso: uma explicação meio difícil de ver, mas ainda ali, bem debaixo do seu nariz.

A manhã tinha sido tão normal quanto qualquer outra. Hazel a havia cumprimentado com seu "e aí, quais as novidades?" de sempre quando entrou no escritório, e Nella de algum modo conseguiu retribuir com um cumprimento morno. Vera perguntara se ela podia ler mais dois manuscritos até o fim da semana seguinte. E apenas alguns minutos antes, ela recebera um e-mail de Donald para lembrar que a reunião com Jesse era ao meio-dia, e que seria na sala de reuniões pequena. "A sala mais *íntima* da Wagner", como todos chamavam.

Nella se levantou da mesa com esforço, ajeitou o blazer roxo e começou a caminhada de quinze segundos até a sala de reuniões. Ela chegaria quinze minutos adiantada — mais do que suficiente, já que tinha certeza de que Jesse atrasaria pelo menos meia hora. Como ele disse no vídeo sobre o estereótipo de negros chegarem sempre atrasados: *eu chego quando chegar.*

Nella checava o celular pela terceira vez, cravando o primeiro passo na sala de reuniões, quando reparou que estava errada.

Lá estava Jesse Watson, sentado na cabeceira da mesa com uma caneca do quadragésimo aniversário da Wagner na mão direita e uma caneta esferográfica na outra.

— Ah! — exclamou ela.

Ele tirou os olhos de seu bloco de anotações e a fitou, a boca articulando palavras que pareciam até mais suaves ao vivo do que nos fones de ouvido; e, no segundo seguinte, ele se levantou para cumprimentá-la.

— Você deve ser a Nella — disse ele. — É tão bom finalmente conhecer você. Ouvi falar *tanto* de você.

— Hum... é. Sim, sou. Oi!

Ele não falou que lera o e-mail dela e amara, mas não precisava. Ela estava deslumbrada: Jesse era ainda mais bonito em pessoa do que na tela do computador. E também tinha um cheiro bom, como uma mistura de essências outonais.

— É tão, tão bom conhecer *você*! Obrigada por reservar um tempo para vir até a Wagner.

— Ah, nenhum problema. Eu estou sempre viajando e Nova York é um dos meus lugares preferidos.

Nella olhou ao redor, para os lugares vazios, enquanto Jesse voltava a se sentar. Vendo a hesitação dela, Jesse apontou para o lugar mais perto dele.

— Sente-se.

Ela sorriu.

— Obrigada. Bem que eu queria — desculpou-se, escolhendo um lugar três cadeiras mais adiante —, mas eu acho que meus chefes vão querer esses lugares.

Porra. As pessoas brancas são as últimas a chegar há anos e ainda ficam com os lugares principais.

Mas Jesse não falou isso. Apenas deu de ombros.

— Ah. Entendi.

— E você sabe como é: provavelmente é melhor nós, negros, nos espalharmos. Nos distribuirmos de maneira igual, sabe?

Ela não tinha certeza se usara a quantidade perfeita de sarcasmo, se sua entonação indicou aquilo que suas feições não deixaram transparecer. Mas Jesse a encarou como se ela tivesse sugerido que eles explodissem o prédio inteiro... enquanto ainda estivessem dentro.

Nella engoliu em seco, de repente consciente de um nó na garganta e uma secura na boca. Ela tinha se sentido mais à vontade contando a Richard sobre os bilhetes do que se sentia naquele exato momento.

Richard.

Só pensar no nome dele afastou qualquer chance de ela falar outra coisa. Por sorte, Vera adentrou a sala naquele momento, as bochechas rosadas e a postura indiscutivelmente animada.

— Sr. Watson! O senhor já chegou! Vera Parini. Espero que tenha nos encontrado fácil. Podemos oferecer um café? Chá? Água? — Com essa última pergunta, ela olhou para Nella.

— Estou bem, obrigado — respondeu Jesse, apertando a mão que ela estendera diante do rosto dele. — Donald se adiantou a você.

— Um cara ótimo, não é? — perguntou Vera.

— É. Uma figura também.

— Um furacão — disse Richard, que havia entrado silenciosamente na sala sem Nella perceber.

Ela segurou os próprios braços, um arrepio invadindo seus ossos quando ele e Jesse se cumprimentaram. A sensação se aliviou apenas quando Amy e seu novo estagiário adolescente chegaram, depois. Nella não se lembrava do nome do rapaz, mas ele parecia ter um pingo de sangue não branco, que era o motivo, ela imaginava, de ele ter sido convidado para uma reunião importante como aquela.

Vera perguntou por Hazel. Nella deu de ombros.

— Ela não estava na mesa quando passei por lá. Talvez tenha acontecido alguma coisa, não sei?

Talvez ela tenha decidido não vir hoje. Talvez ela esteja ocupada demais fazendo mais pomada de cabelo hipnótica. Talvez ela...

— Haze! Garota, como você está? — Jesse pulou tão rápido para abraçar Hazel que quase fez a cadeira cair. — Já faz um tempo, hein.

— Tempo *demais*. Eu estou ótima! Melhor agora que temos você aqui.

— Nem foi preciso muito — disse ele, apontando com o braço a cadeira que Nella tinha recusado. Hazel aceitou sem nem pensar duas vezes enquanto Richard sorria para ela do outro lado da mesa. — Obrigado por me colocar em contato.

— Sim, e por *nos* colocar em contato também — disse Vera enfaticamente. — Que grande encontro de mentes isso aqui vai ser.

— Sem dúvida! — reforçou Amy, batendo palmas. — Vamos começar, então?

— Vamos. Mas antes, Jesse, já conheceu a Nella? — Richard perguntou com entusiasmo. — Ela é uma das nossas melhores assistentes. Tem um olhar *bem* aguçado.

Nella engoliu em seco e forçou um sorriso. O alerta no tom de voz dele não passou despercebido para ela.

— Obrigada, Richard. Nós nos conhecemos, rapidamente.

— Sem dúvida! — disse Jesse, radiante. Ele estava praticamente vibrando agora, de tão feliz que parecia. Muito mais feliz do que dez minutos antes, Nella percebeu, como se uma luz tivesse se acendido dentro dele.

Nella afastou esse pensamento, tentando não deixar que isso tirasse o foco de sua tarefa: *Ganhar o Jesse. Fazer com que ele queira trabalhar com você. Sair da Wagner.*

— Jesse, em geral começamos esse tipo de reunião contando aos autores em potencial um pouco sobre o que cada um de nós faz aqui na Wagner — começou Amy, cruzando as mãos na frente de si —, mas Richard e eu conversamos mais cedo e achamos que é melhor você começar. Gostaria de nos contar um pouco por que está aqui hoje?

Jesse concordou com um gesto da cabeça e umedeceu os lábios da maneira como Nella o havia visto fazer inúmeras vezes na tela.

— Com certeza. Como vocês todos devem saber, no último ano eu tenho evitado os holofotes. As coisas começaram a parecer demais. As notícias, o cenário político, os tweets: tudo ficou excessivo. Achei que era mais apropriado fazer uma pausa.

— Teve algum motivo em particular que levou a isso? — perguntou Nella, curiosa. — A gota d'água, ou algo assim?

— Nell... talvez seja melhor deixarmos ele terminar. Não?

Quando Nella olhou para sua chefe, percebeu que Vera estava sorrindo um pouco demais.

— Sim, você está certa — disse ela, constrangida. Desviou os olhos para os rabiscos no seu caderno. — Claro. Me desculpe.

— Tudo bem. Hum, enfim... Onde eu estava?

— Você queria fazer uma pausa — Richard relembrou, lançando olhares rápidos e raivosos em direção a Nella pelo canto do olho.

— Certo. Então, pensei em dar uma pausa. E aí eu estava sentado no Prospect Park, sem fazer nada, e tive uma ideia para um livro. Uma *graphic novel*, na verdade.

Aquela ideia pareceu tão fora do normal que até Raúl, o estagiário de Amy, se ajeitou na cadeira.

— Uma *graphic novel*? — perguntou ele, meio descrente.

Jesse confirmou.

— Uma *graphic novel*.

Percebendo que ninguém tinha repreendido Raúl por falar, Nella disse, confiante:

— Seria incrível! De um jeito socialmente engajado que nem *Persépolis*, mostrando o surgimento do movimento Vidas Negras Importam, algo assim?

A celebridade das redes sociais piscou algumas vezes para ela.

— Não — disse ele, finalmente. — Nada assim.

Nella olhou para seu bloco de anotações, dessa vez lendo os termos que ela havia escrito.

— Algo sobre brutalidade policial, talvez? Ou sistema de transporte, projetos de habitação, acesso a saúde...

— Eu não estava pensando em escrever sobre nenhuma dessas coisas também. Quero alguma coisa mais positiva. Alguma coisa com dois personagens principais que vieram de mundos diferentes. Históricos diferentes. Um é supertranquilo e o outro, sei lá, supertenso. Mas eles se juntam por algum motivo específico. São policiais, talvez. E ensinam coisas um ao outro, apesar das diferenças.

— Então, deixe eu ver se entendi. Você quer escrever algo como... uma adaptação em quadrinhos de *Máquina Mortífera*.

Jesse riu.

— Mel Gibson é meio que meu herói.

— *Sério?* — perguntou Nella, desconcertada demais para esconder sua decepção.

Richard pigarreou.

— Nella...

— É que é tão *estranho*, só isso.

— O que tem de errado com Mel Gibson? — perguntou Vera.

Na mesma hora, Hazel também disse:

— Nella, não acho que queremos empurrar o Jesse para algo que ele não queira fazer. Não é, Jess?

— Obrigado — disse Jesse.

Nella inclinou a cabeça.

— Mas, tipo... Você tem... tem certeza? Essa decisão é porque você não acha que temos as ferramentas certas aqui na Wagner para ajudá-lo a colocar em palavras o que você realmente gostaria de escrever? Porque estamos totalmente preparados para ajudá-lo a escrever uma obra bem sincera, digna de prêmios...

— Ah, acredite, eu acho que *podemos* discutir *um pouco* de política hoje — disse Jesse, levantando as mãos. — Mas não quero que esse seja o foco do meu livro.

— Ah. Tudo bem. — Nella fitou o bloco, estreitando os olhos, sem saber o que fazer em seguida.

Ela tinha passado as últimas semanas imaginando como seria conhecer Jesse Watson em pessoa. Havia repassado todos os cenários possíveis, como se percorresse um bolo de cartas de tarô: celebridade arrogante; hippie negro; excêntrico completamente distraído. Mas nenhuma dessas personalidades se mostrou ali. A pessoa sentada à sua frente parecia uma versão desbotada. Jesse estava diferente, e não eram só os óculos novos de armação de plástico transparente, que Nella nunca o vira usar em nenhuma foto ou vídeo. Ele parecia mais limpo; mais arrumadinho. Sua barba, que ela lembrava ser menos ajeitada e mais rastafári, agora estava bem aparada; não tinha mais as trancinhas que costumava usar. Seu cabelo agora estava mais rente à cabeça, macio e brilhando só um pouquinho, com algum produto. Pomada.

Nella engoliu em seco, de repente compreendendo, de repente consciente daquela força magnética que estava fazendo sua cabeça se voltar para Hazel. Era a última coisa que ela queria fazer. Mas não tinha escolha. Nella inspirou profunda e lentamente três vezes. Depois, ergueu os olhos da mesa para encontrar os de Hazel. O que ela viu foi exatamente o que esperava: um olhar presunçoso de triunfo desenfreado.

Nella começou a tossir, a secura voltando.

— Hum — disse ela, levantando-se. — Vocês podem me... dar licença por um minuto? Eu preciso...

— Pode ir, Nella — disse Richard.

Vera já estava perguntando a Jesse sobre seus livros preferidos quando Nella se apressou para a porta. Ela fez uma pausa longa o suficiente para ouvi-lo dizer, quase ofendido:

— *Graça infinita.*

Alguém soltou uma exclamação positiva. Richard. Foi o que bastou para lançar todos em um frenesi empolgado, concordando, os ecos de seus grasnados estridentes perseguindo Nella por todo o caminho ao longo do corredor.

Nella encarou seu reflexo no espelho do banheiro sobre a pia, analisando quem a encarava de volta. A melatonina que ela tinha tomado na noite anterior a deixou se sentindo mais descansada do que se sentia havia semanas. Seu blazer combinava bem com os brincos de opala que o pai havia lhe mandado justo para parabenizá-la por conseguir o emprego na Wagner. Até mesmo seus cachos estavam extra macios, caindo com um estilo ordenado, hidratado.

Mas tudo parecia errado.

Nella abriu a torneira e começou a encher as palmas das mãos com água gelada. Ela normalmente não era adepta a banhos frios, mas sua testa melada encontrou conforto no toque do líquido. Foi bom da segunda vez, e assim ela tentou uma terceira também. Estava esticando a mão para pegar o papel-toalha, gotas de água ainda embaçando sua visão, quando sentiu alguma coisa cutucando seu quadril.

— Deixa comigo.

Nella piscou algumas vezes. Quando abriu os olhos, deu de cara com Hazel, os olhos arregalados, um sorriso no rosto e vários papéis-toalhas na mão.

Nella encarou os papéis, depois o brilho de astúcia no olhar de Hazel e novamente os papéis.

— Pegue. Seu rosto está pingando, garota.

Nella fitou os papéis-toalhas com cautela.

— Obrigada — disse finalmente, pegando-os e enxugando o rosto.

— De nada. — Hazel foi até a pia e viu se tinha alguma parte molhada antes de se apoiar ali. — O que está acontecendo, Nell? Você pareceu muito nervosa lá dentro.

— Estou bem.

Hazel deu uma examinada geral na outra. Nella retribuiu o gesto, notando que Hazel também tinha decidido escolher um blazer para a reunião com Jesse — o mesmo azul-claro pelo qual Nella tinha passado os dedos no dia anterior.

— Sabe... Eu estava ansiosa por essa reunião há um tempo. E sei que você também. É a única razão que consigo imaginar para você ainda estar aqui.

O corpo de Nella enrijeceu.

— O que você quer dizer?

— Quero dizer que você não teria vindo trabalhar hoje se não quisesse tentar a sorte com Jesse Watson.

— O quê? — perguntou Nella, fingindo ignorância, porque *claro* que esse era o plano que ela e Malaika tinham arquitetado na noite anterior: conhecer o Jesse. Mostrar ao Jesse tudo o que Nella tinha no celular. Depois sair da Wagner com Jesse, e nunca mais olhar para trás. — Por que eu não teria vindo trabalhar hoje?

— Acho que estou sendo legal demais. Deixe-me colocar assim. — Hazel cruzou os braços. — Você não devia ter vindo trabalhar hoje, Nella. Você devia ter pedido demissão. Não precisamos mais de você aqui.

Nella abriu a boca em protesto, mas Hazel acrescentou:

— E não, Richard não valoriza você de verdade. Isso é besteira. Ele só estava falando o que você queria ouvir. Ele só está mantendo você aqui para ficar de olho em você. Além disso, agora que ele sabe que você sabe...

— Ele sabe que eu sei o quê?

— Pare — vociferou Hazel. — Não se faça de boba. Não aja como se não soubesse. Você estava espionando o meu quarto. Você acha que eu sou tão idiota assim? Sério? Depois de *todo* esse tempo? — Ela bufou. — Eu *queria* que você encontrasse aqueles arquivos. Eu queria que você encontrasse porque queria ver o que você faria. Eu queria ver que escolha faria. E agora, aqui está você.

Nella se sentiu humilhada. Ela sentiu o estômago despencar, enquanto pensava no que fazer em seguida. Mas na verdade não teve tempo de fazer nada. De repente, Hazel estava diante dela, enfiando uma unha na sua clavícula. O cheiro forte e inebriante de seu finalizador de manteiga de cacau queimava no nariz de Nella.

— Eu sei que foi uma grande aposta da minha parte, porque você podia ter aberto o bico para Shani. Mas nós lidamos com aquilo. E antes que você *pense* em contar a alguém — Hazel soltou com rispidez, sua voz suave e charmosa se transformando em algo completamente irreconhecível —, ninguém acreditaria. Todo mundo ia achar que você está louca.

— E eu concordaria com eles — rebateu Nella, colocando uma das mãos na têmpora. Havia tantas coisas rodando em sua cabeça; havia tanta coisa que ela queria saber. Mas ela estava atordoada demais para perguntar outra coisa que não: — Aquelas garotas concordaram por conta própria?

Hazel ainda não tinha se afastado, então Nella pôde ver uma ruguinha de incompreensão se instalar no piercing da sua sobrancelha.

— As garotas. Aquelas das suas listas. Todas elas pediram para fazer parte desse... seja lá o que isso for?

Hazel estudou Nella com tanto afinco, e com tanto ódio, que Nella quase teve certeza de que iria levar um tapa. Mas, após um longuíssimo momento, Hazel piscou os olhos.

— Que triste — disse ela, pensativa.

— O quê?

Hazel riu.

— Que triste que Shani não conseguiu deixar você a par das coisas.

Nella resistiu ao desejo de se proteger quando Hazel alcançou sua bolsa e puxou dois potes: um azul brilhante e outro rosa-choque.

Finalizadores.

— Esse produto é *tudo* — disse Hazel. Seus movimentos de repente ganharam uma aura teatral; era como se alguém tivesse pegado um controle remoto e trocado de um canal de variedades para um de vendas. O que era estranho, já que Nella ainda podia sentir a unha da outra em sua clavícula. — Vamos chamar de... lubrificantes sociais. Você se lembra deste, né? Amaciada? Claro, você tem usado desde aquele dia no Curl Central... mas não o suficiente, eu acho. Por sorte, coloquei bastante no seu cabelo ontem à noite. Está bonita hoje, aliás. — Ela deu uma piscadela.

Nella olhou com curiosidade, mas não tentou pegar o frasco.

— E esse rosa, Sem Problemas... na verdade, talvez eu dê este aqui para você. Só precisa usar um pouquinho dele. Só um pouco. Ele ajuda você a manter sua essência. Sua negritude. É opcional. Nem todas as garotas se preocupam tanto em usá-lo, mas é bom ter em situações como essa reunião com o Jesse.

— Pera aí — disse Nella, finalmente reencontrando a voz. — Lubrificantes sociais?

— Isso. O que tem nestes potes é poderoso — dizia Hazel. — Vai fazer você se sentir mais dócil quando for trabalhar com e para os brancos. Mas a melhor parte é que eles impedem qualquer culpa que você possa sentir ao fazer isso. Você não vai sentir que está cedendo em nada. Nada de "se vender". Nada de questionar a própria índole. Vai anestesiar seu córtex pré-frontal ventromedial. Mas também ajuda você a usar melhor seu tempo, mais do que você nunca conseguiu antes. E não se preocupe! Você nem sente muito essa coisa da "anestesia". Podia ser pior também. Ouvi dizer que a fórmula original coçava pra caralho e transformava a pessoa em uma idiota tagarela.

— Nada disso faz nenhum sentido — disse Nella, asperamente.

— Eu consegui chamar mais atenção no trabalho em algumas semanas do que a maioria das pessoas, negras ou não, consegue em um ano. E aí não precisei fazer nenhum esforço extra no meu tempo livre. *E* ainda consegui organizar a JND.

— Mas mesmo que de alguma forma tudo isso venha de um produto de cabelo, você ainda assim está comprometendo quem você é — Nella comentou, sem forças.

Nella também estava pensando, porém, sobre como não tinha certeza nem de quem *ela mesma* era. Havia tantas coisas que nunca tinha energia suficiente para fazer, tantas interações sociais que davam incrivelmente errado, e tudo porque a Wagner havia sugado sua confiança e sua autoestima.

— Qual a diferença se você não souber quem você é? Como é aquele ditado? "Se uma árvore cai na floresta, mas você não está por perto para ver, isso conta?"

— *Qual a diferença?* — riu Nella. — Você está brincando, né? Seu avô... — Ela parou quando Hazel pareceu segurar uma risada. — *Qualquer* pessoa mais velha do que nós ficaria decepcionada de saber que você existe. Que uma coisa *assim* existe.

— Não. Eles ficariam com *inveja*. Pense como eles poderiam ter ido mais longe, Nella. Sem ter que sentir a dor...

— Você não respondeu à minha pergunta sobre Camille e Ebonee e as outras. Se elas sabem o que está acontecendo de verdade.

— Ebonee teria sido estagiária na *Paris Review* por mais um ano, talvez dois. Ela precisava disso. Então ela sabe. Algumas outras também sabem. Mas várias foram encaminhadas a Dick, que então as encaminhou a mim e a algumas outras garotas negras, para serem corrigidas. Mas, à medida que o tempo passa, elas começam a amar. Acredite.

— Então isso é um não. Você não acha que isso é um pouquinho bizarro? Transformar essas garotas sem o consentimento delas? Sem um... consentimento *de verdade*? — perguntou Nella.

Hazel deu de ombros.

— O que os olhos não veem, o coração não sente.

— Só que, neste caso, "o que os olhos não veem" vai prejudicar todas as pessoas negras que *não* estão fazendo o que você faz. E vai prejudicar o resto do mundo também, se começarem a pensar que somos todas um bando de servas felizes e submissas que fazem exatamente o que nos man...

— Mas as pessoas já *acreditam* que somos todas "Mulheres Negras Fortes" — interrompeu Hazel. — Se elas vão acreditar nesse estereótipo, e se nós vamos continuar a alimentar esse estereótipo, então é melhor...

— Como podemos lutar contra *qualquer* um desses estereótipos — dessa vez foi Nella quem interrompeu —, desses problemas, se não estamos *sentindo* de verdade todas essas coisas que o mundo está jogando em cima de nós? Quem somos nós como povo se não estamos... se não estamos...

Hazel estava analisando Nella novamente, mas dessa vez ficou evidente que ela não gostava do que estava vendo.

— Se não estamos *o quê*, Nella? "Sofrendo?" É isso que você quer? Ficar sobrecarregada? Esgotada por cada microagressão neste escritório e cada injustiça que vê no jornal? É esse tipo de coisa que faz você se sentir *você mesma*? O que estou te oferecendo aqui é a oportunidade de ser parte de uma coisa que vai permitir que você relaxe e avance.

— Bem, eu não quero — respondeu Nella com escárnio.

— Mas você *quer*. Eu *conheço* você, Nella.

— Não, você não conhece.

— Conheço, sim. Eu *entendo*.

Nella sabia que essas duas palavras e aquele olhar intenso que Hazel lhe lançava eram pura cena. Uma estratégia. Mas quando tentou afastar aquela ladainha de solidariedade entre garotas negras, sentiu uma dor na parte frontal do cérebro, como se estivesse tentando passar por cima de uma parede de tijolos com um carro, batendo na mesma parede várias e várias vezes.

— Você acha que é superior ao que eu faço. Mas eu vejo esse seu ímpeto — continuou Hazel, inflexível. — Tudo o que fiz foi porque também tenho esse ímpeto. O tempo todo. Olhe para você, Nella. Você sabe que é verdade.

Nella se recusou a se olhar no espelho.

— Nós não somos iguais — disse ela, encarando Hazel. — *Eu* tenho convicções. Eu falo. Eu não excluo outras pessoas negras. Você é só uma...

Nella parou, não porque estava desconfortável em falar umas poucas e boas na cara da outra, mas porque aquela sensação de colisão tinha voltado. Só que, desta vez, o veículo que recuava e acelerava havia se transformado em um trator. Doía tanto que tudo na sua linha de visão havia virado uma mancha vermelha forte e ofuscante.

— Só uma o quê? — perguntou Hazel, um tom divertido na voz. — Uma pau-mandado?

Nella pôs uma das mãos na cabeça, tentando desesperadamente rearrumar os pensamentos. Não funcionou.

— Suas palavras. Não minhas — disse ela, confusa.

— Às vezes precisamos ser, para conseguirmos o que queremos. Merda. *Olhe.* — Ela gesticulou de maneira abstrata para a parede branca de azulejos que Nella agora usava para se manter de pé, mas ficou claro que também estava sinalizando para todo o tempo que havia passado sem que Nella conseguisse uma promoção. Todo esse tempo sem um livro para ela mesma editar. Todo esse tempo apenas para, em questão de meses, ser ultrapassada por uma versão mais negra, mais legal e mais radiante. — Você tem trabalhado tanto todo esse tempo — continuou Hazel. — Não quer aproveitar um pouco? Não quer que as coisas fiquem mais fáceis? — Ela começou a vasculhar a bolsa preta pendurada no ombro.

— Eu não...

A dor na cabeça de Nella estava piorando; ela conseguia ouvir o sangue pulsando em sua cabeça, em cada artéria, mais alto do que uma bateria. Mas, embora pudesse sentir o sangue nas veias, alguma coisa estava errada. Ficar de pé ereta não parecia certo. De repente, ela tomou consciência de como o chão estava longe — longe demais, na verdade, para que se sentisse confortável caindo nele.

— Eu... eu não consigo...

Hazel estendeu a mão, que pareceu levar séculos para aterrissar no ombro de Nella, mas, quando finalmente chegou lá, a sensação era de que estava queimando até sua medula.

— Você consegue. Pare de nadar contra a corrente, Nella. Uma vez que você parar de lutar, que deixar essa onda te levar, você vai ver. Vai te levar tão rápido que você nem vai sentir. Você não vai sentir a dor, a supremacia branca. Vai ler aqueles artigos, ver as cenas da ação da polícia, depois irá ao trabalho na manhã seguinte sem sentir como se outra parte de você tivesse morrido. O peso do trauma genético que parece estar acoplado ao seu tornozelo todos esses anos... vai sumir. Você vai parar de se sentir sufocada e vai se libertar. Você vai ser *você*. É a magia da mulher negra em sua forma mais pura. É só me dizer "sim". Isso é tudo o que você tem que fazer.

Arfando em busca de ar, Nella formou com os lábios um silencioso *não*.

— Você não quer ser bem-sucedida também, Nella? Não quer nadar livremente?

Sim, uma voz dentro dela dizia. Mas a voz dessa mulher era muito fraca, muito abafada para ser a de Angela. E quando foi a última vez que ela ouvira a voz de Angela mesmo?

— Eu...

— Só um "sim". É tudo o que eu preciso. Só um sim e a sensação vai parar. Prometo.

— Sim — Nella finalmente sussurrou. — Sim.

Ela sentiu um cansaço extremo, como se alguém a houvesse levantado e torcido de cima a baixo. Ainda assim, no momento em que o ar passou pelos dois dentes da frente de cima, se sentiu melhor.

— Ótimo. — Hazel inclinou a cabeça para Nella. — Não está muito melhor agora?

Nella concordou de leve com a cabeça, se rendendo. Ela se sentia vulnerável, como se tivesse acabado de fazer seu primeiro Papanicolau e não soubesse que seria tão invasivo.

— Espere — disse Nella, agora mesmo voltando às palavras que Hazel tinha dito um minuto antes. — O que você quis dizer antes com "você está bem no seu caminho?"

— Eu te dei um pote de Amaciada no Curl Central um mês atrás, e você tem usado. Quer dizer... não foi por isso que você se desculpou com Colin Franklin? Você já foi convertida.

Uma tontura lenta e assustadora começou a surgir. Nella tentou se estabilizar apoiando uma das mãos na pia, esforçando-se para se lembrar quando tinha usado o Amaciada por vontade própria. Então se lembrou daquele pouquinho do tamanho de uma ervilha que tinha usado no banheiro feminino da Wagner, e como não tinha gostado. Ela preferia a maneira como a Brown Buttah penetrava nas raízes. Ironicamente, tinha achado o Amaciada um pouco granuloso demais; deixava manchas brancas na linha do couro cabeludo que ela não conseguia tirar massageando, não importa o quanto tentasse. A Brown Buttah tinha um cheiro melhor também. Mais suave. Menos forte, menos químico.

Esses pensamentos devem ter transparecido no rosto de Nella, porque um sorriso vitorioso se espalhou pelo rosto de Hazel.

— Espere. Você *não* tem usado, não é? — Ela riu. — U-hu-hul! A luta *está* dentro de Nella Rogers, no fim das contas. Que emocionante.

— Eu... não. Ainda estou...

— Encare, Nell. Você desistiu das suas convicções há muito tempo — sussurrou Hazel. Ela apontou para o reflexo de Nella no espelho. — Olhe para você, e pense nisso. Você tem sido *realmente* você mesma nos últimos meses?

Desta vez, Nella se aventurou a ver quem a encarava de volta no espelho. O que ela viu foi alguém que não checava o Facebook havia semanas — uma façanha que não era muito incomum. Mas também viu uma garota que não conseguia se lembrar da última vez que tinha compartilhado um link no Twitter sobre qualquer assunto relacionado à comunidade negra. Fazia semanas. Talvez meses. Viu uma garota que havia recusado a proposta do namorado para ir ver um documentário sobre encarceramento injusto no cinema, dizendo ter muito trabalho para fazer.

Ela se afastou da parede, aproximando-se da pia mais uma vez. Uma olhada em si mesma mais de perto revelou alguém que mal via sua melhor amiga ultimamente, e nas poucas vezes em que a via, conversavam sobre o seu trabalho, e não sobre o vídeo do adolescente de Porto Rico que foi baleado oito vezes no rosto pelo dono de uma loja que o acusou de roubo injustamente; não sobre aquele CEO de uma das 500 maiores empresas dos Estados Unidos que havia sido afastado do cargo logo na semana anterior, depois que foi revelado que ele fez *blackface* em uma festa enquanto Obama ainda estava na presidência. Só falavam sobre o seu trabalho.

Mas talvez a coisa mais reveladora que ela viu — a gota d'água de sua irresponsabilidade como membro da comunidade negra — foi uma garota que não havia mandado para Kendra Rae Phillips um nada de prova de que Hazel e Richard Wagner estavam jogando sujo, embora tivesse as provas na palma da mão. Embora, ela suspeitava, tivesse a chave para libertar Kendra Rae.

Nella olhou para Hazel. Ela ainda a fitava ansiosamente, os olhos semicerrados, como se estivesse vendo todas as coisas que Nella via.

— Eu não sei — choramingou ela, enxugando uma lágrima.

Com isso, Hazel juntou as sobrancelhas de pena. Seu semblante demonstrava não só tristeza, mas a consciência de que ela poderia tirar Nella do buraco em que ela se encontrava, se tivesse permissão para tal. Tremendo, Nella sustentou seu olhar. Ela devia estar pensando sobre si mesma — *O que ia fazer? Quem ela ia ser?* —, mas, em vez disso, estava pensando sobre os anos que Hazel havia passado fazendo aquilo tudo. Hazel tinha escolhido se converter ou tinha sido manipulada da maneira como manipulara Nella?

Ela não se lembrava de perguntar em voz alta, mas deve ter feito isso, porque Hazel estava confirmando com a cabeça, confiante.

— Eu fui uma Involuntária também. Por que você acha que eles me tiraram de Boston e me designaram a *você*, Nell? Eu disse que somos parecidas. *Conheço* você. Você queria se dar bem para se dar bem, como eu. Mesmo quando eu te aniquilei publicamente, você não cedeu. Eles me disseram que você era forte e inteligente, e eu vi isso. E também vejo agora. Você entende o que estou dizendo. Você me escuta. Eu consigo ver isso.

Era difícil decidir se a confiança que sempre emanara de Hazel era fabricada, algo que o Amaciada tinha incutido nela, ou se era uma força que sempre tivera dentro de si, desde o dia em que descobriu pela primeira vez que simplesmente fazer faculdade, tirar boas notas e conseguir uma entrevista não seria o bastante. Que não bastaria apenas aparecer no trabalho; usar as roupas certas. Era preciso usar a mentalidade certa. Era preciso *viver* a mentalidade. Ser melhor amiga de todo mundo. Ser ousada. Ser confiante, mas também ser respeitosa. Ter conexões espirituais, mas também ser pé no chão. Ser socialmente engajada, mas também fechar um pouco os olhos para as coisas.

— Respire, Nell — sussurrou Hazel. — Respire.

Nella assentiu. Ela não respirava tinha algum tempo.

— Ótimo, ótimo. Agora pegue isso. Vai ser útil para quando você começar a trabalhar em outra editora.

— Mas por que eu preciso *sair* daqui? — Nella se escutou gemer.

Hazel deu de ombros.

— Porque só pode haver uma de nós por escritório. Uma por escritório garante resultados máximos, obviamente. — Ela puxou um dos dreads soltos. — Agora, onde eu estava? Ah, sim. Eu também recomendo usar essas pomadas por uma ou duas semanas antes do seu primeiro dia. Vai levar um pouco de tempo para realmente fazer efeito. Principalmente já que você não tem usado — acrescentou.

Nella deve ter murmurado algo em consentimento, porque Hazel havia batido as mãos uma vez e agora estava inclinando a cabeça, meio como Amy. Uma satisfação desenfreada dançava por seu rosto.

— Não vai ser uma transição fácil... Mas também não vai ser tão ruim como poderia ser. Só que temos realmente que voltar para aquela reunião. — Hazel sorriu, um vislumbre da Hazel que ela era quando se conheceram. — Depois conversamos mais. Está bom assim? Talvez até possamos pedir ao Jesse para te dar algumas sugestões também.

Jesse.

Eu já ganhei essa, Hazel parecia praticamente dizer na reunião, alguns minutos antes. *E não há nada que você possa fazer a respeito*. Nella tinha pensado se tratar do que ela já suspeitava: que de forma alguma aquela celebridade das redes sociais escolheria qualquer outro editor que não Hazel. O couro cabeludo brilhante dele, seu novo comportamento doce. Ele já tinha mudado.

Mas ele parecia mais feliz. Parecia até... mais livre.

Quando foi a última vez que Nella tinha se sentido livre? Completamente livre, de verdade? Ela não conseguia se lembrar. Foi quando cortou todo o cabelo alisado? Quando se mudou para o Brooklyn? Quando se formou na faculdade e percebeu que nunca mais teria que voltar para o sul?

Não. Não foi em nenhum desses momentos.

Quando Nella se olhou no espelho uma última vez, ela percebeu, com grande desespero, que a resposta era *nunca*.

Epílogo

Janeiro de 2019
Revista Scope
Portland, Oregon

> *O que isso significa para todas nós? Para aquelas de nós que estão jogando limpo, as primeiras a aparecer, as últimas a ir embora? Para aquelas de nós que estão fazendo o trabalho pesado, fornecendo mão de obra doméstica e/ou emocional, munidas apenas de nossa dignidade?*
>
> *Significa, irmãs, que precisamos manter o foco. Precisamos ficar unidas. E precisamos continuar a resistir.*

Apertei "salvar" e me recostei no encosto da cadeira. Parecia bom — não apenas o último parágrafo, mas o texto todo. Nos últimos dias, eu havia arrancado minha alma e a enfiado em cada frase desse artigo. Por fim, ele pareceu pronto.

Abri um novo e-mail, espiando primeiro o relógio e depois a faixa de vidro escuro acima da porta de Gwen. Eu ainda tinha tempo para enviar esse texto sobre as OGNs para ela e tirar um intervalo rapidinho de leitura antes de começar a pesquisa para meu próximo artigo. *Ou,* imaginei, os dedos voando sobre o teclado, *Gwen vai priorizar esta matéria e reatribuir aquele artigo básico sobre grãos de café para algum outro novato.* Contanto que Gwen chegasse na próxima hora, eu teria as revisões até as quatro, faríamos mais uma rodada ou duas de revisões até as seis, Ralph, do jurídico, analisaria minhas provas e, com tudo ok, o artigo seria postado lá pelas cinco horas da manhã seguinte — bem a tempo de os passageiros na Costa Leste em busca de material de leitura o devorarem no trajeto para o trabalho.

Abri um sorriso enquanto anexava o arquivo ao e-mail com alguns cliques suaves. O Black Twitter ia *enlouquecer* quando isso fosse publicado. A Associação Nacional para o Progresso de Pessoas Racializadas provavelmente convocaria uma coletiva de imprensa; a CNN faria um especial em horário nobre. Jesse Watson teria muito o que falar; isso provavelmente seria suficiente para tirá-lo de sua reclusão. E todo local de trabalho nos Estados Unidos entraria em modo de crise. Por um tempo, talvez anos, as pessoas negras não saberiam em que pessoas negras confiar. Seria difícil. Mas as coisas se acertariam com o tempo. E enquanto isso talvez a minha carreira *realmente* se acertasse. Seria o fim dessa merda de ser novata e de ter que provar meu talento. Depois que o artigo viralizasse, meu nome ficaria famoso, eu iria a todo tipo de programa de televisão e podcast e...

Nome famoso. *Merda.*

Meu cursor ficou piscando sobre o botão de "enviar", uma sensação lenta e constante de um mundo prestes a ser destruído fluindo para o meu pulso. Assim que eu clicasse em "enviar", não haveria mais volta. Estaria lançado, quer Gwen decidisse publicar ou não: capturas de conversas gravadas, registros das descobertas de Nella. Até mesmo fotos — uma selfie que eu tinha postado nos meus stories do Instagram segundos antes de Eva se despedir de mim com um abraço no Pepper's, editada para caber ao lado da foto que eu havia tirado dela no Rise & Grind. Um relato detalhado de como consegui fugir de toda a confusão das OGNs sem que nenhum dos dois lados, o de Lynn ou o de Hazel, soubesse aonde eu tinha ido. O artigo era cuidadosamente fundamentando em provas irrefutáveis que deveriam ficar escondidas porque, conforme Lynn nos lembrava com frequência: "Compartilhar antes da hora é arriscado. Precisamos ter provas definitivas, absolutas. Do contrário, pensarão que estamos imaginando coisas."

Lynn tinha razão em parte. Mas não era por causa dela que eu não tinha enviado o e-mail imediatamente. Era por causa de Kendra Rae. Foi *ela* que falou para uma das outras me deixar ir embora. *Se você nos deixar em paz, então nós deixamos você em paz*, ela havia prometido. *Deixamos tudo quieto.* Eu precisava ficar de boca fechada e esperar novas instruções; eu devia isso a ela.

Mas isso tinha sido três meses atrás. Onde ela estava *agora*?

Fechei os olhos. Muita coisa podia acontecer em três meses. Para Kendra Rae, muita coisa havia acontecido em menos tempo. Quando a vi pela última vez, ela parecia prestes a se afastar da missão de Lynn.

— É tarde demais para impedir Diana — ela havia dito, após o motorista do Uber ter me perguntado que companhia aérea ele devia procurar. — Ela está nisso já há muito tempo, e não vejo mais a Resistência tomando a dianteira. A caixa de Pandora foi aberta por completo.

— Vamos mostrar ao mundo inteiro o que saiu dela, então — falei. — Você *estava* mentindo às OGNs sobre ficar calada. Não estava?

— Não — Kendra Rae havia respondido. — Bem... não exatamente. Nós de fato precisamos ficar quietas por um tempo. Deixar as coisas se desenrolarem. Vamos ficar de olho nas Hazels do país, vê-las chegar ao topo em seus campos de atuação. Uma vez que isso acontecer... cortamos o que abastece essas OGNs.

Parecia óbvio demais. *Fácil* demais.

— Sério? O que a Lynn acha disso?

— A Lynn não faz parte desse plano — disse Kendra Rae com firmeza. — Ela poderia ter feito um esforço maior mais cedo para evitar que Nella se rendesse, mas não fez.

Eu não tinha certeza se concordava com aquilo. Eu havia me mexido no banco enquanto pegávamos a saída para a área de embarque, meio desconfortável. Dava para ver um avião decolando pelo vidro sujo da janela.

— Cortar como, se Diana está comprometida? E até parece que o Richard Wagner...

— Conheço uma pessoa. Confie em mim.

— Mas a Lynn...

Lynn ia deixar você lá, ela havia dito, *e, sinceramente, eu não culparia a Lynn por isso. O que você fez foi idiota.*

Meus olhos se abriram de repente e visualizei o e-mail. Bati o dedo de leve no mouse. Apertar "enviar" escancararia a história toda. Poderíamos conseguir detetives de verdade, não precisaríamos continuar bancando a Carmen Sandiego. Isso poderia colocar um ponto final naquilo tudo.

Ou poderia abrir uma nova fase — uma que me envolvesse. O artigo poderia estragar não apenas o que Kendra Rae estava supostamente planejando, o que quer que fosse, mas também o meu recomeço. Será que eu queria *mesmo* arriscar meu novo emprego, minha nova vida, por algo que eu não tinha 100% de garantia de que funcionaria? Será que eu acataria ordens de alguém que não punha os meus interesses em primeiro lugar, *de novo*?

O peso da minha mão mudou para o dedo indicador — se por minha própria vontade ou por providência divina, não sei. Mas não importava.

A mensagem havia sido enviada.

E a sensação era ótima. Ótima de verdade. Ótima tipo acelerar-por-uma-estrada-vazia-em-alta-velocidade-com-os-vidros-abaixados-e-ouvindo-TLC.

Eu estava pronta para digitar o nome de Hazel na ferramenta de busca para confirmar se ela ainda estava em Nova York e ainda trabalhava na Wagner quando ouvi o conhecido barulho de notificação do e-mail: *Endereço não encontrado.*

— O quê? — murmurei, verificando novamente o endereço. Eu tinha respondido uma mensagem entusiasmada que Gwen me enviara em resposta à minha ideia apenas alguns dias antes: *Uau! Sinistro. Prepare-se para arranjar mais material para referência cruzada, mas acredito 100.000% que isso aconteceu com você. (#AcrediteEmMulheresNegras!). Mal posso esperar para ver o que você vai fazer com isso. Bj.*

Ergui o queixo mais uma vez. A luz na sala de Gwen ainda estava apagada. Ela não tinha se esgueirado para dentro do escritório em silêncio, como às vezes fazia quando ainda não estava pronta para falar com alguém. Eu estava imaginando outros motivos para ela ter se atrasado quando Reagan, uma mulher animada com piercings na bochecha direita, passou por perto. Olhando para mim e depois para a sala de Gwen, ela exclamou, encantada:

— Você não soube ainda! *Já soube?*

Quando Gwen circulou comigo para conhecer todo mundo, alguns meses antes, Reagan tinha me dado um abraço de urso e gritado com voz esganiçada:

— Até que enfim! Já está na hora de mudarmos nossa imagem. — Ela agora parecia ainda mais entusiasmada do que naquela ocasião.

— Soube o quê? — perguntei, mordendo o interior da bochecha.

— River me contou hoje de manhã que Gwen recebeu uma oportunidade fantástica de uma dessas revistas-cabeça para estudar o efeito da histeria alimentar coletiva sobre o público americano — explicou Reagan com orgulho, como se fosse ela quem tivesse recebido a oferta. — Você viu o artigo sobre aquele assassinato no Alabama por causa de um sanduíche de frango frito, não viu?

Uma onda de calor envolveu minhas costas e se instalou ao redor do meu pescoço.

— O quê? Quando?

— Difícil dizer; eu misturo todos os casos de vítimas ligadas a sanduíches. Acho que o do Alabama foi em...

— *Não.* Quando a Gwen soube dessa oferta?

— Na sexta-feira à noite, parece. Ela fez as malas no fim de semana e dizem que já está no Missouri.

Fiquei matutando sobre essa explicação por algum tempo.

— Quando ela volta? — perguntei com delicadeza.

— Não sei ao certo. Ou mesmo *se* ela volta. Ela vem tentando trabalhar em um veículo nacional há anos. E não dá para desperdiçar as oportunidades nesse ponto da vida — sussurrou Reagan, alto.

Soltei um gemido.

— *Merda.* Logo agora. Acabei de terminar um artigo superimportante e queria que ela desse uma olhada, tipo... pra ontem.

— Ai... que droga. Mas não se preocupe! — disse Reagan, dando uns tapinhas no meu braço. — River falou que já contrataram uma editora temporária para o lugar da Gwen. Para falar a verdade... será que é *ela*?

Meu olhar seguiu o de Reagan. Uma jovem negra parecia ter entrado, vindo da parte do escritório que dá para o estacionamento. Com uma ecobag em uma das mãos e um café na outra, ela já havia passado pelo vaso de fícus e pela mesa vazia do editor de política; agora estava perto das impressoras, andando cheia de pose com seu cabelo curto e brilhante e os olhos em mim e em Reagan.

— Irado! Outra... — Reagan me espiou e se conteve — ... pessoa *jovem*.

Não falei nada. Eu estava preocupada demais com os passos longos e articulados da mulher. Ela vinha em uma linha reta em nossa direção, confiante demais para seu primeiro dia. Como se já fizesse parte do lugar. Como se seus sapatos de saltos altíssimos não fossem nada de mais, sapatos que eu jamais a vira usar antes.

E o cabelo dela... ah, o *cabelo* dela. Ralo, fino, da cor de amêndoa torrada. Em um corte chanel elegante, assimétrico, o cabelo era perfeita e dolorosamente liso.

— Senhoritas — disse ela, casualmente passando os dedos nas costas do que só podia ser uma peruca full lace. — Olá. Como vão? Sou Delilah Henson, a substituta temporária de Gwen.

Reagan respondeu de maneira amistosa. Eu apenas murmurei uma resposta, enquanto examinava suas sobrancelhas pintadas, a pele com maquiagem pesada. Quando ela acenou, senti um odor doce e enjoativo.

— Alguma de vocês poderia me dizer, por favor, onde fica a sala de Gwen?

Ela olhava para mim, mas eu já havia voltado minha atenção para o e-mail que havia retornado. Era a única coisa que me mantinha presa à cadeira. *Sua mensagem não foi entregue porque o endereço não foi encontrado.*

Reagan apontou para a plaquinha de metal onde estava gravado o nome de Gwen.

— Veio ao lugar certo! É bem aqui.

— Perfeito. — A mulher ergueu o café em um gesto de agradecimento. — E agora, desculpe, mais uma pergunta... Alguma de vocês poderia me dizer onde encontro a Shani Edmonds?

Reagan apontou para mim antes que eu pudesse lhe avisar para não fazer isso.

— Ela está bem aqui também!

— Excelente! Shani, temos *tanta* coisa para conversar. Gwen comentou que você está trabalhando em um artigo *muito* importante que planejava terminar hoje, algo assim? Eu *odiaria* que o artigo acabasse se perdendo na transição.

— Olhe só para *você*, já dando duro! — disse Reagan com admiração. — Vou deixar vocês sozinhas, para se conhecerem, mas, Delilah, vamos almoçar? Eu adoraria bater um papo!

— Sim! Eu também. Avise o dia, a hora e o lugar e estarei lá com o maior prazer, querida.

E aí ficamos só nós duas.

Engoli em seco quando ergui o olhar lentamente para fitar a mulher negra de novo. Seus dentes brilhavam com um tom impossível de branco; seus olhos, tão escuros quanto seu cabelo, estavam vidrados demais para espelhar a veracidade de seu sorriso. Mas então ela falou, o tom de voz elegante e treinado tomando uma forma completamente familiar:

— Agora, Shani, me conte... — Nella se aproximou e colocou a mão fria em meu ombro. — Como é aqui *de verdade*? Pode ser sincera comigo, minha irmã.

Agradecimentos

Este livro não teria sido possível sem um monte de gente. Primeiro, muitíssimo obrigada ao incrível grupo de pessoas que me ajudou a transformar meu sonho de infância em realidade. Stephanie Delman, minha adorável agente, que acreditou nesse projeto desde o início: obrigada por sua dedicação, sua fé, e por estar sempre a apenas uma mensagem de distância. Eu não poderia querer uma agente mais perspicaz e solícita do que você, assim como não poderia querer uma agência que desse mais suporte do que a Sanford J. Greenburger. Um obrigada especial também às minhas duas poderosas agentes para direitos no exterior, Stephanie Diaz, da Greenburger, e Vanessa Kerr, da Abner Stein. Ambas me ajudaram a levar *A outra garota negra* para lugares em que eu achava que meu romance só chegaria nos meus sonhos.

Lindsay Sagnett, minha brilhante editora e líder: nossas conversas de várias horas e suas observações sagazes ultrapassaram todas as minhas expectativas. Obrigada, sempre, pelo incentivo infinito e por seu espírito revigorante. Fiora Elbers-Tibbitts: seu empenho e todo o trabalho prático que você fez para manter as engrenagens deste livro funcionando de forma tão suave e eficiente, mesmo durante uma pandemia, foram essenciais. Milena Brown e Ariele Fredman: dizer que vocês são as *melhores* mulheres para divulgação é um eufemismo. Agradeço a vocês um milhão de vezes por divulgarem este livro por todos os cantos, e de maneiras tão significativas. Agradeço demais também a Libby McGuire, Dana Trocker, Gary Urda e à fenomenal equipe de vendas da Simon & Schuster por fazerem de tudo pela publicação de *A outra garota negra*, e a Jimmy

Iacobelli, Jill Putorti, Tamara Arellano e Carla Benton, pelo cuidado e tempo que gastaram tornando o livro lindo por dentro e por fora.

Sou muito grata a todos da Atria, por serem tão cuidadosos e atenciosos ao pensar em cada detalhe e decisão relativa à publicação deste livro, incluindo a licença de uso de uma obra de arte icônica de Temi Coker para a capa. E agradeço muito a você, Temi, por nos confiar seu trabalho.

Eu também seria negligente se não dissesse que me foi concedida a extrema sorte de ter mais duas editoras me ajudando a fazer este livro alcançar novas alturas: Chelcee Johns e minha editora no Reino Unido, Alexis Kirschbaum. Chelcee, obrigada por levar tão a sério cada frase deste livro, e por ser tão generosa com seu tempo e seu talento. Não tenho como agradecer o suficiente pela sua ajuda. Alexis, seu entusiasmo foi palpável no outro lado do Atlântico, assim como o de Amy Donegan, Emilie Chambeyron, Jasmine Horsey e todos na Bloomsbury. Foi um prazer imenso trabalhar com todos vocês, e me sinto muito afortunada por ter vocês na minha equipe.

Além de cruzar continentes, *A outra garota negra* também teve a oportunidade de cruzar mídias. Muito obrigada às minhas muito prestativas agentes de cinema/TV da UTA, Addison Duffy e Jasmine Lake, e a Tara Duncan e toda a minha equipe na Temple Hill, por me orientarem e acreditarem no potencial desta história de alcançar públicos ainda mais amplos.

Pedacinhos (ok, talvez pedaços bem grandes) da minha própria experiência foram costurados ao longo de todo este livro, e as redações que apresentei nas oficinas de não ficção no meu mestrado em arte me ajudaram a trabalhar em muitas dessas experiências. Obrigada a todos no programa de escrita criativa da New School, que leram esses ensaios frequentemente brutos e muito pessoais. Ter seus olhos e seus ouvidos à disposição foi inestimável, assim como as amizades que fiz lá. Alison: suas observações no meu rascunho inicial foram fundamentais. Você é uma das escritoras e amigas mais generosas que já conheci. Sincere: sua resposta entusiasmada quando mandei a primeira mensagem com o embrião dessa ideia no Google Chat enquanto eu deveria estar trabalhando foi decisiva. Obrigada por me ajudar a localizar as OGNs, e por me dar espaço para ser eu mesma, em toda a minha descarada negritude.

Genevieve, minha antiga parceira de trabalho e querida amiga: eu não sei o que eu teria feito se não tivesse você para rir e reclamar e fazer Nespresso ruim comigo durante meus dias no mercado editorial. Obrigada por seu apoio incrível na época e agora. E obrigada também a todos os meus antigos colegas e autores que torceram por mim quando saí da editora para escrever este livro. Imprimi suas palavras gentis e ainda as guardo até hoje.

Grisha, meu maravilhoso parceiro: nem sempre é fácil morar com alguém em uma quitinete, e imagino que seja ainda menos fácil quando existe uma pandemia furiosa do lado de fora e sua parceira é uma escritora insegura como eu. Este livro não teria acontecido sem você. Obrigada por me ajudar nos pontos complicados da trama e me animar nos momentos em que eu me questionava se alguém realmente ia querer ler este livro. Você estava certo. Miau.

Por último, mas certamente não menos importante, toda a gratidão do mundo vai para minha mãe e meu pai, que alimentaram meu amor pela leitura e pela escrita quando eu era criança e sempre me encorajaram — até mesmo quando pedi demissão de um bom trabalho com um bom plano de saúde para conseguir terminar este livro. Obrigada, pai, por todas aquelas idas e voltas de carro do caratê, quando inventávamos histórias de terror juntos, e por me mostrar como era importante criar personagens que se parecessem conosco. Obrigada, mãe, por todas as partidas naquela edição de cinquenta anos do nosso jogo de Palavras Cruzadas, e por estar sempre ao meu lado quando eu precisava chorar ou desabafar sobre a vida.

Este livro é para vocês dois.

intrinseca.com.br

@intrinseca

editoraintrinseca

@intrinseca

1ª EDIÇÃO

PAPEL DE MIOLO
Pólen® Soft 80g/m²

TIPOGRAFIA
Adobe Caslon

IMPRESSÃO
Geográfica

ago

2021

intrínsecos

035

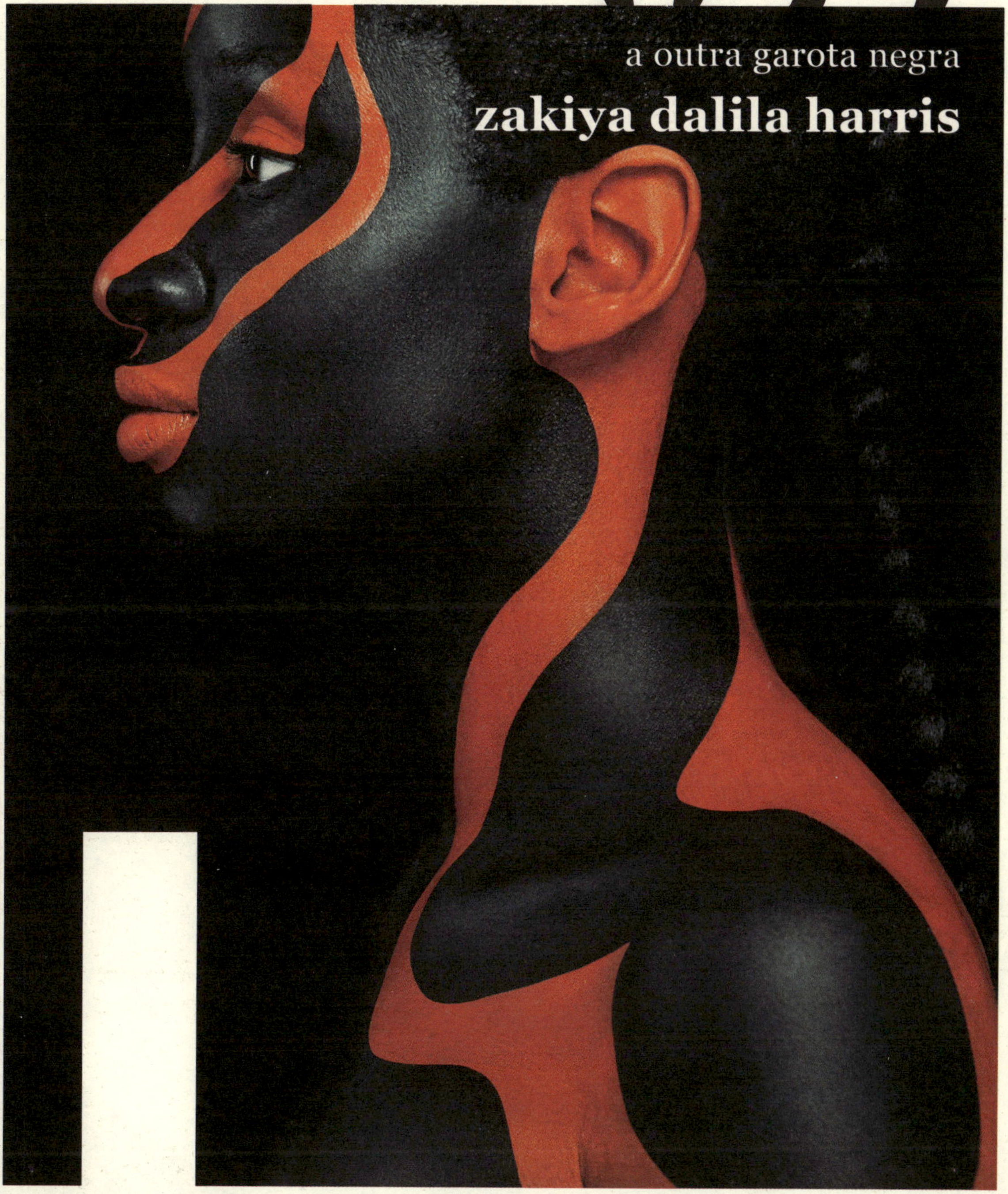

a outra garota negra

zakiya dalila harris

AOS LEITORES

Nella era a única pessoa negra trabalhando na fictícia Wagner Books, uma prestigiosa editora de Nova York, até a chegada de Hazel-May. Além do alívio de ter a seu lado alguém que a faz se sentir menos dissonante, Nella experimenta também uma injeção de ânimo — está mais à vontade com suas opiniões, sua cor, seu cabelo, mas, principalmente, não está mais sozinha para lidar com o preconceito velado do escritório. *A outra garota negra*, livro de estreia de Zakiya Dalila Harris é um romance de diferentes contornos. Ganha ritmo de *thriller* quando Nella passa a receber ameaças anônimas que a mandam sair do emprego, ao mesmo tempo em que assiste à nova colega ascendendo a círculos profissionais aos quais ela jamais teve acesso. E envereda pelo suspense à medida que as respostas parecem surgir. Nesta **intrínsecos 035**, falamos do cenário que a autora — que é negra e começou a carreira trabalhando como assistente em uma editora — nos mostra em seu livro: o preconceito disfarçado em microagressões cotidianas é tema do nosso primeiro artigo, ao qual se seguem outros sobre a falta de diversidade nas editoras, sobre o fim da ditadura do cabelo liso e sobre o empoderamento da mulher negra, assinados por Solaine Chioro, Bruna Cristina Jaquetto Pereira e Bruno Vinícius. Para já entrar no clima, vá até as páginas centrais da revista e dê um play na trilha sonora preparada por Gabriel Trigueiro exclusivamente para esta edição.

Boa leitura!

intrínsecos

O MAIOR FENÔMENO DO ANO

"Gordon aborda com sutileza necessária a dramática história de Evie, uma adolescente negra de uma cidadezinha na Nova Inglaterra que foge dos pais conservadores. Nasce assim um novo clássico."

The New York Times

"Diana Gordon e Kendra Rae Phillips entregam uma obra que deixaria Richard Wright orgulhoso. Será uma nova era para as editoras?"

Time Magazine

Encontre nas melhores livrarias, compre pelo nosso televendas (+518-772-2234) ou por venda direta com o cupom.

Wagner Books

Envie este cupom para:
Departamento de Venda Direta da Wagner Books — Caixa Postal 2234, Midtown, Manhattan/NY

Nome ______________________________

Endereço ______________________________

____

20

SE VER POR INTEIRA

artigo

24

HISTORICAMENTE ABANDONADAS

cultura

COLABORADORES

Solaine Chioro
Escritora, revisora, leitora de sensibilidade e tradutora. É autora de Reticências *e tem conto publicado na coletânea* Sobre amor e estrelas (e algumas lágrimas)
@solainechioro

Gabriel Trigueiro
Doutor em História Comparada pela UFRJ e especialista em teoria política e crítica cultural, escreve sobre política brasileira, política internacional e cultura.
@gabri_eltrigueiro

Bruna Cristina Jaquetto Pereira
Doutora em Sociologia pela Universidade de Brasília e autora de Dengos e zangas das mulheres-moringa: vivências afetivo-sexuais de mulheres negras
@BrunaCJPereira

Bruno Vinícius
Jornalista, escreve para o Cultura+, da Folha de Pernambuco, *e sobre direitos humanos para a agência Retruco*
@brunoluiz97

Aline Ribeiro
Diretora de arte e designer editorial
@alineribeirodesign

Julio Moreira
Designer gráfico na Equatorium Design e coordenador de comunicação da Orquestra Maré do Amanhã
@equatorium_design

A OUTRA GAROTA NEGRA

"Eu já fui a Nella. Toda mulher negra já foi a Nella."— Attica Locke, produtora e roteirista de *Pequenos Incêndios por Toda Parte*

Nella Rogers seria mais uma entre as várias assistentes editoriais cansadas e sobrecarregadas que trabalham na Wagner Books, em Nova York, não fosse por um aspecto: ela é a única funcionária negra da editora. Jovem, inteligente e apaixonada por literatura, Nella sabe que está em um ótimo lugar para desenvolver sua carreira, e não deixa de ficar orgulhosa quando pensa nisso. Ao mesmo tempo, navegar constantemente pelos privilégios e microagressões dos brancos é extenuante, e ela se sente, na maioria das vezes, deslocada. Por isso, quando ela chega ao escritório e descobre que tem outra garota negra trabalhando na empresa, na baia ao lado da sua, é impossível evitar a animação. Finalmente, alguém a quem se aliar. E isso acontece, pelo menos no início.

A nova assistente editorial, Hazel-May McCall, descolada e autoconfiante, logo se aproxima da vizinha de baia. Juntas, elas encontram eco na frustração de trabalhar num ambiente tão pouco diverso. Nella ganha ânimo, a colega a incentiva, e ela até mesmo se posiciona com opiniões importantes acerca do manuscrito de um autor branco que retrata com pobreza caricata a vida de uma mãe solteira negra. Mas não demora até Nella perceber que Hazel está em outro compasso.

Por algum motivo que Nella não consegue captar, com a outra garota negra as coisas são diferentes. Não parece natural o modo como ela se integrou à Wagner e como transita entre os mais poderosos. De uma hora para outra, ela se torna a queridinha dos editores. Sua história — nascida no Harlem, filha de ativistas, o avô morto em uma manifestação — se encaixa perfeitamente nas políticas de diversidade das empresas majoritariamente brancas. Um checklist que Nella, com sua infância de classe média no subúrbio americano, jamais vai gabaritar.

É então que o primeiro bilhete anônimo aparece em sua mesa: *Saia da Wagner. Agora.* Nella fica atônita. Hazel poderia fazer isso? Se não ela, quem? É impossível não entrar em uma espiral de obsessão e paranoia. E, conforme outras situações desconfortáveis passam a dominar seus dias, sua rotina é tomada por um clima de pesadelo. Na busca por respostas, Nella verá que há muito mais em jogo do que apenas sua carreira.

Uma mistura de *Corra!* e *O Diabo Veste Prada*, *A outra garota negra* une elementos de suspense a questões como privilégio, raça e gênero, criando um relato instigante sobre as dinâmicas de poder em uma estrutura social dominada por brancos. Na narrativa inteligente e fora do comum, Zakiya Dalila Harris compõe uma crítica social necessária e um *thriller* capaz de envolver os leitores em uma onda de expectativa até o fim.

SERÃO MUITAS GAROTAS NEGRAS

Zakiya Dalila Harris recheia sua ficção com a própria vivência

NATHAN FERNANDES

Ela se apresenta como uma escritora do Brooklyn, Nova York, interessada por temas raciais, música antiga e, é claro, livros. Mas Zakiya Dalila Harris poderia dizer bem mais que isso. Formada na Universidade da Carolina do Norte, em Chapel Hill, e mestre em belas-artes pela New School, ela nasceu e cresceu em Connecticut, de onde vem seu gosto especial por canela e pela paisagem de outono.

Interessada por não ficção, Zakiya fez desse o foco de seus estudos, chegou a estagiar como redatora em uma série documental e, depois de formada, trabalhou como resenhista até se tornar assistente editorial na Penguin Random House. Mas o sonho de escrever, aquele que a tinha levado ao mestrado, persistia, e ela largou a segurança do emprego para persegui-lo — pagava as contas trabalhando numa loja de cupcakes, dava aulas de escrita criativa e fazia serviços freelancer como editora e resenhista. O resultado desse empenho é *A outra garota negra*, publicado em junho nos Estados Unidos e com uma adaptação para a tv já em desenvolvimento pelo Hulu, em uma produção encabeçada por Tara Duncan, produtora de *Narcos*.

> **“Trabalhar em editora exige muito do profissional”**

A novidade de se tornar uma escritora publicada ainda não impactou sua rotina:

ela escreve diariamente, mas o rendimento, confessa, depende do prazo. "Quando sei que está no laço, meus olhos se abrem automaticamente às seis ou sete da manhã, faço um café, coloco uma playlist de R&B ou jazz antigos e já sento para produzir. Se não estou em cima do prazo, tomo um bom café da manhã com meu namorado, ouvindo rádio e fazendo palavras cruzadas."

A experiência no mercado editorial, para Zakiya, foi valiosa, e a presença dessas vivências em seu romance é inegável. "Trabalhar em editora exige muito do profissional, e quando você junta todas as demandas e dinâmicas de uma empresa grande e soma a isso o fato de ser negro, a coisa se torna ainda mais desafiadora. O entendimento diário de que você é a única pessoa preta à mesa, ou uma das únicas, tem seus efeitos com o passar do tempo." Zakiya tenta transformar essa realidade em combustível. Ela estava nos protestos que gritavam que "vidas negras importam" pelas ruas de Nova York; vibra ao ver os jovens em seus cursos, interessados pela leitura, com vontade de escrever também; vibra ao comprar e e ver publicados mais e mais livros de autores negros. Com seu romance, diz, gostaria de conectar cada pessoa preta inserida em indústrias majoritariamente brancas e fazê-las perceberem que não estão sozinhas.

Para quem, como ela, nutre o sonho de viver de livros, seu conselho é manter a mente aberta, experimentar todas as formas de narrativa, porque nem sempre seu melhor estará naquilo que você inicialmente imaginava, e todo tipo de produção — resenhas, releases, quartas capas, textos para redes sociais — vai incrementar seus recursos de redação. "Escolha um livro que fale de algum tema que você desconhece completamente. Estude a literatura que você nunca leu. Experimente várias formas de contar histórias." Ela lembra também que a indústria tem muitas frentes de trabalho: há escritores e editores, mas também revisores, designers, há quem imprime, quem vende, quem faz as campanhas de marketing, há os programadores dos e-books, os produtores e narradores dos audiolivros. Todas são oportunidades.

Fã de podcasts e completamente obcecada por *true crime*, enquanto a recomendação é ficar em casa Zakiya tem colocado os programas em dia, tem lido muito — "não só livros, mas também muitas resenhas"— e assistindo a tv. E quando bate a ansiedade comum a esses tempos, o remédio vem da época da sua avó: "Vejo reprises de *I Love Lucy*. Sempre funciona."

INIMIGO INVISÍVEL

O viés racial do preconceito involuntário

Poucos conceitos psicológicos surgiram e se estabeleceram tão rapidamente quanto o de *microagressão*. O termo, introduzido na década de 1970 pelo psiquiatra Chester Pierce, ganhou popularidade na virada do século e, em 2015, já era eleito a palavra do ano pelo Global Language Monitor. Definidas como indignidades cotidianas, transmitidas intencionalmente ou não por palavras, atos ou ambientes, que comunicam mensagens hostis e depreciativas a pessoas de grupos desfavorecidos, as microagressões são atitudes pequenas, ambíguas e muitas vezes despercebidas, mas que têm efeitos prejudiciais em seus alvos.

A ascensão do termo tem relação direta com a evolução da repressão ao preconceito aberto e hostil, que, hoje, em países como o Brasil, é criminalizado por lei nos casos de racismo e homofobia. Quanto maior o entendimento do preconceito como comportamento a ser extirpado, mais fácil se tornou observar e identificar as microagressões, e com isso a própria ideia de preconceito foi progressivamente se ampliando. Se originalmente o termo preconceito se referia apenas a expressões abertas de animosidade de grupo, ele agora abarca também as atitudes simbólicas de racismo ou sexismo, como a oposição às ações afirmativas ou a negação da existência contínua do preconceito; as reações automáticas de medo ou mal-estar perto do outro; as atitudes negativas inconscientes; as atitudes superficialmente positivas, mas paternalistas, entre outras.

A microagressão, porém, é uma extensão ainda mais ampla da noção de preconceito, uma vez que ela o reconhece

artigo /

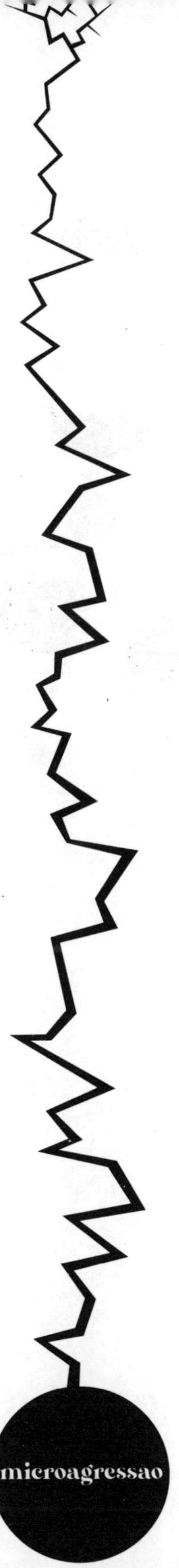

11

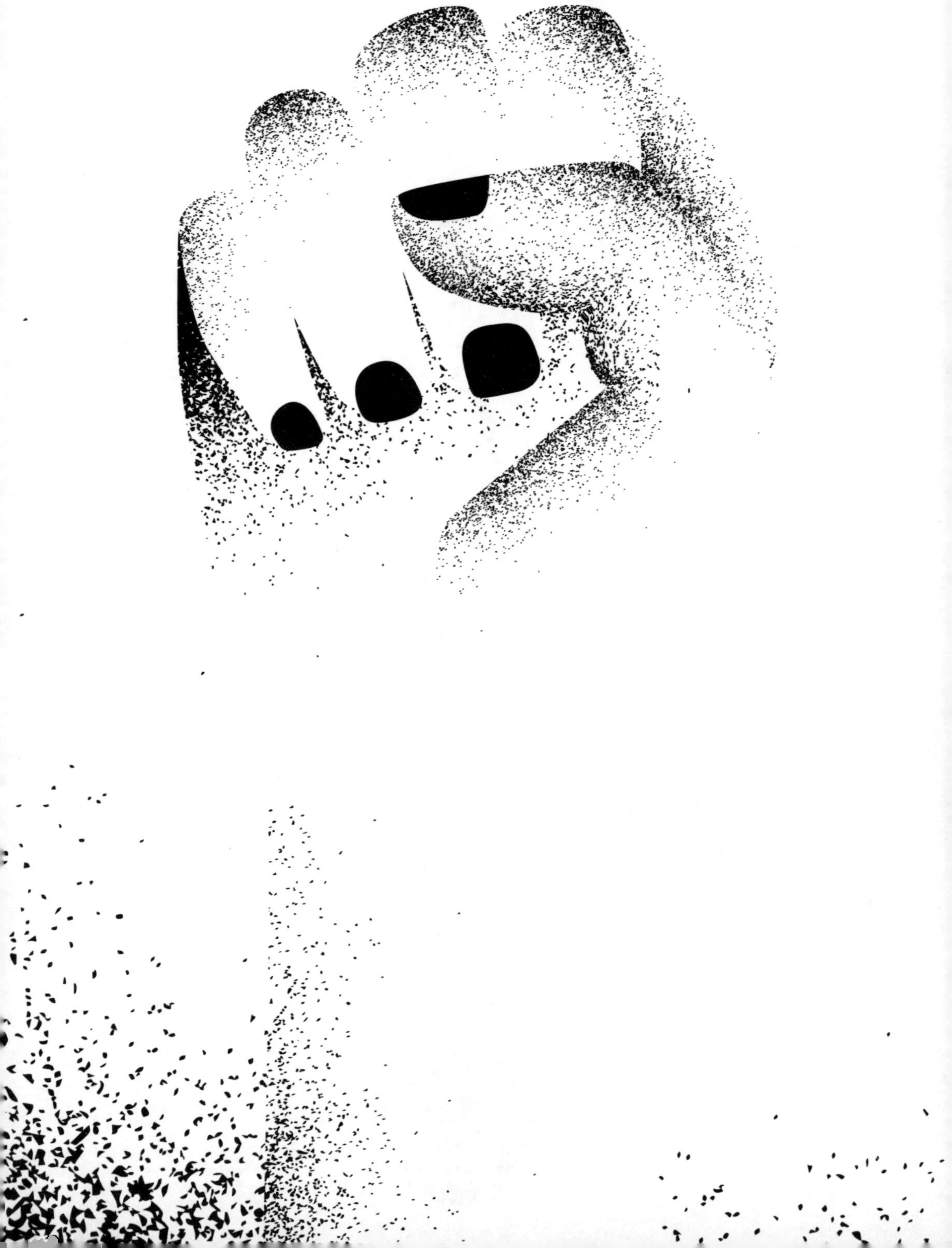

mesmo no comportamento não intencional — é a percepção subjetiva da vítima que a configura, mesmo que o ato seja sinceramente negado por seu autor. Nesse sentido, a microagressão abarca, inclusive, a omissão. Por exemplo, se um médico branco faz em todos os pacientes a mesma anamnese, desconsiderando a diversidade das minorias étnicas, pode estar cometendo recorrentes microinvalidações. Um gerente de banco branco não fazer contato visual com seu interlocutor negro pode ser um microataque. No ambiente de trabalho, pessoas brancas podem cometer microagressões ao negar que são racistas, alegar não ter preconceitos ou não enxergar contradições meritocráticas.

Até recentemente, e talvez pelo fato de as microagressões se configurarem primordialmente pelos olhos do agredido, a maioria dos estudos a esse respeito se concentrava nas vítimas, e não nos agressores. Mas um estudo conduzido pelo Center for the Science of Social Connection, da Universidade de Washington, Estados Unidos, decidiu inverter esse foco, a fim de tentar estabelecer uma correlação entre a disposição a cometer microagressões e o preconceito racial. Um grupo de estudantes universitários brancos foi submetido a três testes: primeiro, eles foram apresentados a uma lista de microagressões e perguntados sobre a probabilidade de cometerem cada uma delas. Depois, foi pedido a eles que declarassem seu grau de preconceito racial em um teste padronizado. Depois, eles foram inseridos em debates sobre eventos públicos de tensão racial e seus posicionamentos foram observados.

Como resultado, a pesquisa identificou que em algumas microagressões a influência do grau de preconceito existe, porém é pequena. Mas, quando se analisa a probabilidade de alguém com alto grau de preconceito praticar as agressões, a correlação aumenta significativamente. Para certos tipos de microagressões, incluindo aquelas que explicitamente negam o racismo, isso fica ainda mais claro. Por exemplo, quanto mais preconceito racial um participante dizia ter, maior a probabilidade de, nos debates, ele ter dito frases como: “Todas as vidas importam, não apenas as vidas dos negros” ou “Hoje em dia as minorias estão muito sensíveis”.

Mesmo pequenas doses de preconceito, especialmente quando ele é velado ou ambíguo, são documentadas como psicologicamente prejudiciais aos atacados. Estudos semelhantes ao de Washington validam que as consequências são reais, prejudiciais e estão associadas ao preconceito racial, deliberado ou não. Aumentar a consciência desse preconceito é um trabalho difícil, mas importante, se queremos avançar em direção a uma sociedade racialmente mais justa.

Nosso nome: Resistência

Um passeio pelo melhor da música preta feminina brasileira e internacional

intrinsecos
digital

UM PROBLEMA DE COR

Falta representatividade no mundo dos livros

SOLAINE CHIORO

É comum a paixão pelos livros começar bem cedo. Todos temos histórias que nos tocaram, ampliando o que entendíamos por mundo. E a jornada de todo profissional do livro começa pelo amor à leitura.

Desde pequena eu queria ser escritora. Passei boa parte da vida criando histórias, enchendo cadernos com personagens e enredos. E desde muito nova, eu amava ler. Uma coisa com certeza incentivava a outra, afinal, uma escritora é, antes de tudo, uma leitora. Foi por conta dessa forte paixão pelos livros que acabei me envolvendo com o mercado editorial.

A graduação em Letras me ensinou muito mais sobre literatura, tornando meu encantamento pela área ainda maior e me empurrando para trabalhar com livros. Procurando meu lugar nesse mundo, acabei me deparando com diferentes questões que tornaram o processo bem mais complexo do que antes me parecia. A verdade é que o mundo literário tem — e sempre teve — um problema de cor.

Hoje em dia o debate sobre representatividade tem sido cada vez mais presente, e isso não ficou de fora do universo dos livros. Cada vez mais vemos o quanto a busca por histórias mais diversas tem aumentado, tornando o mercado editorial, aos poucos, mais recheado com essas narrativas.

Quando comecei a viver entre leituras, a maioria dos livros que chegou a mim era protagonizada por personagens brancas, porque sempre foram essas as histórias tidas como universais, mesmo que eu não me visse ali. E as consumimos por tanto tempo que elas acabaram se cristalizando no que seria o padrão.

A predominância branca entre as personagens literárias não é uma boa repre-

sentação do que encontramos na realidade brasileira, o que também podemos dizer dos autores publicados e conhecidos. Do colégio à graduação em Letras, não estudei muitos autores negros. Não fui apresentada a Carolina Maria de Jesus ou a Conceição Evaristo.

Para conhecer mais autores "fora do padrão", precisamos fazer uma busca ativa, e foi pensando nisso que criei o #BingoLitNegra, um projeto de leitura durante o mês de novembro que estimula a leitura de histórias escritas e protagonizadas por pessoas negras. O projeto é sediado e acontece no portal *Resistência Afroliterária*, outra iniciativa maravilhosa e merecedora de muita atenção, que tem um trabalho incrível divulgando autores negros.

O cenário tem mudado e vemos mais representatividade negra nas histórias, mas será que o problema acaba aí?

Como é apontado em *A outra garota negra*, de Zakiya Dalila Harris, a presença de pessoas negras (e pessoas não brancas em geral) é escassa também no mercado editorial, ou seja, entre os profissionais que fazem os livros. Ter um mercado tão branco é a fonte do problema das prateleiras tão pouco diversas nas estantes das livrarias, o motivo de um número tão pequeno de autores negros ter oportunidades e, claro, parte da razão pela qual vemos publicadas tantas questões textuais equivocadas envolvendo letramento racial.

Muitos desses erros podem ser evitados quando se tem um revisor negro trabalhando em um livro. Um tradutor negro traduzindo uma história que passa por sua vivência pode enriquecer ainda mais aquele trabalho. E a leitura sensível é sempre muito bem-vinda. Muito longe de ser uma forma de cercear autores, a leitura de sensibilidade é uma avaliação cuidadosa cujo objetivo é identificar detalhes que podem ser alterados de forma a evitar que uma história reproduza ideias e expressões ofensivas, afastando ou até machucando seus leitores, e por isso vejo esse profissional como indispensável.

Tornar o mercado mais diverso não se trata apenas de inclusão. Nós, pessoas negras, estamos presentes nos mais diferentes ramos, trabalhando duro — às vezes até duas vezes mais do que outros — para sermos profissionais excelentes, e merecemos o reconhecimento pelo nosso trabalho, o que nem sempre acontece. Diversificar o mercado literário, da equipe editorial às publicações, é também oferecer um serviço melhor, feito com muito mais cuidado e atenção.

SE VER POR INTEIRA

Crespos e cacheados ao vento

BRUNA CRISTINA JAQUETTO PEREIRA

Um movimento cultural vem ganhando força na sociedade brasileira desde 2015: contra a "ditadura dos lisos", ganha espaço o uso dos cabelos crespos e cacheados no estilo que se convencionou chamar "natural". E "natural" vem entre aspas porque os cabelos são sempre manuseados de algum modo: o lavar, o pentear, o corte, a hidratação, a finalização, os produtos e utensílios utilizados são também processos que obedecem a noções científicas e tendências de moda que formam parte da cultura de manipulação e uso dos cabelos.

Em uma sociedade racista, os cabelos crespos e cacheados são relacionados aos significados negativos atribuídos à negritude, e trazem a conotação de sujeira, desalinho, falta de profissionalismo, pobreza, criminalidade e feiura. O mesmo acontece com estilos de penteados tradicionalmente ostentados por africanos e seus descendentes: cabelos volumosos (por exemplo, o *black power*), variados modelos de tranças e os *dreads* são considerados, na melhor das hipóteses, exóticos. A normalidade estaria na estética considerada branca, ou seja, nos cabelos lisos. Estes, sim, comporiam o padrão, considerados adequados a qualquer ocasião e vistos como bonitos.

Por muito tempo, a estratégia da maioria das mulheres negras brasileiras para tentar fugir ao menos em parte dos estereótipos projetados sobre os negros (e, inclusive, para tentar se inserir em condições um pouco melhores em um mercado de trabalho que as explora e marginaliza) foi alisar os próprios cabelos. Nossa cultura, racista, pressiona as pessoas negras para que elas ao menos tentem se afastar de sua negritude naquilo que for possível.

E os cabelos são o traço físico mais fácil de modificar.

A estética é apenas uma das dimensões da ideologia do embranquecimento, ou branqueamento, promovida durante muito tempo pelas elites nacionais que viam em uma população enegrecida um sinal de atraso, de obstáculo à modernização e ao progresso do Brasil. Ainda hoje, mesmo sendo uma nação de maioria negra e o país com maior população negra fora da África, são poucas as pessoas negras que vemos na mídia e em posições de prestígio e de poder.

Sob o risco de sofrer abandono afetivo, xingamentos nas ruas, ofensas por parte de familiares e conhecidos, ridicularização na escola ou perder vagas de emprego, muitas mulheres negras submetiam-se a rotinas de químicas agressivas e gastos exorbitantes para alcançar a

”

meta de ter “um cabelo que balança”. Alisar os cabelos parecia-lhes uma maneira de garantir a possibilidade de ser vista como bonita, limpa, profissional, digna de amor, respeito e empregos remunerados – ou, ao menos, de tentar.

Mas as mulheres negras no Brasil estão virando o jogo, e vêm, nos últimos anos, promovendo uma verdadeira revolução estética. Em massa, elas estão deixando de adotar aquilo que a antropóloga Denise da Costa chama de “alisamento compulsório” e celebrando cada vez mais a beleza de suas madeixas em suas mais diversas texturas e penteados. Se as mudanças não acabam com o racismo no Brasil – que, sabemos, é muito mais profundo –, nem por isso elas deixam de representar transformações políticas e simbólicas que nos impactam como sociedade e também em nível individual e subjetivo.

Hoje existem diversos coletivos, canais de YouTube e contas do Instagram dedicados ao tema, espaços para compartilhar momentos, técnicas e afetos. As dores e delícias da “transição capilar” – isto é, a passagem do alisamento ao uso dos cabelos crespos ou cacheados – são divididas com quem já passou ou pretende passar pelo processo, e o *big chop* – ou “grande corte”, quando se livram da parte alisada dos cabelos – é sempre vivido com muita emoção.

O que para algumas pessoas talvez seja apenas um corte, para mulheres negras é, muitas vezes, um ato de coragem, de despedida de anos tentando caber em um padrão que não foi pensado para nós, mas contra nós. A tesoura afiada que lança ao chão a parte alisada marca a divisão entre o passado e o futuro, e anuncia a hora de se conhecer e de se mostrar ao mundo por inteira, de abraçar uma textura muitas vezes ainda desconhecida, de deixar de esconder uma parte sua que, até então, era vista como inadequada. É também um momento de sororidade: de dividir inseguranças e alegrias, encontrar acolhimento e trocar experiências e técnicas com outras mulheres negras. É, enfim, um momento de autodefinição e de libertação, de deixar o vento soprar nos cabelos como eles nascem de nossas cabeças, sem medo de ser quem se é.

HISTORICAMENTE ABANDONADAS

A potência das mulheres negras nas narrativas audiovisuais

BRUNO VINÍCIUS

A história sempre nos ensinou que os protagonistas dos acontecimentos são homens brancos de grande poder aquisitivo. Isso se reverberou na forma como os personagens negros foram representados na indústria cinematográfica em mais de 125 anos da sétima arte. A chegada do streaming e a necessidade de adaptação do cinema às novas demandas possibilitaram que narrativas afrocentradas – aquelas que colocam o afrodescendente em primeiro plano – mostrassem a existência negra para além do racismo.

Obras como *A Vida e a História de Madam C.J. Walker*, *Estrelas Além do Tempo*, *A Voz Suprema do Blues* e *Homecoming*, que estrearam no cinema ou nas plataformas há menos de uma década, mostram a trajetória de personagens negros, sobretudo das mulheres negras, que enfrentaram o racismo e revolucionaram suas áreas em diferentes épocas. Fosse na introdução de novos elementos na indústria dos cosméticos, na corrida do homem à Lua ou na forma de se fazer arte/música, essas produções mostram mulheres negras por trás de cada grande acontecimento.

As revoluções começaram logo com os primeiros negros libertos nos Estados Unidos. Como acontece com Sarah Breedlove, lavadeira e filha de ex-escravizados, retratada na série *A Vida e a História de Madam C.J. Walker*, que estreou na Netflix em 2020. Interpretada por Octavia Spencer, a protagonista sacode o ramo de cosméticos do sul dos Estados Unidos após ter problemas com queda de cabelos.

Sarah sofreu abandono domiciliar, violência doméstica e criou a filha sozinha. Vivia os resquícios da escravidão recente, mas com um investimento de pouco mais que um dólar desenvolveu uma fórmula que acabou com os problemas capilares dela e de milhares de mulheres negras do sul dos Estados Unidos, principal centro de tensões raciais do país. Investimentos, força e criatividade tornaram aquela mulher a primeira negra milionária dos EUA, ainda no começo do século passado. A história desenvolve, para além da conquista da protagonista, temáticas contemporâneas relevantes, como as relações homoafetivas e o colorismo.

Na mesma época, a cantora Ma Rainey se consagrava como a mãe do blues, ritmo musical que é a gênese de vários gêneros da música contemporânea norte-americana, sendo a primeira mulher a gravar um álbum nesse estilo. A história dela foi contada recentemente no filme *A Voz Suprema do Blues*, uma adaptação da peça de teatro *Ma Rainey's Black Bottom*, com a atriz Viola Davis dando vida à cantora. O longa-metragem mostra uma personagem potente, que se torna uma estrela do blues de Chicago, enfrentando os poderosos figurões brancos do ramo da música. A atriz divide os holofotes com Chadwick Boseman, em seu último filme, uma produção focada na performance dos atores.

Na década de 1960, quando os protestos pelos direitos civis tomavam força no país norte-americano, três mulheres negras foram essenciais para que o astronauta John Glenn chegasse à Lua. Elas estão presentes no filme *Estrelas Além do Tempo*, de 2016, que concorreu a três categorias do Oscar no ano seguinte. A obra destrincha a trajetória de Katherine

Johnson (Taraji P. Henson), matemática que fez os cálculos para a chegada do homem ao satélite natural; Mary Jackson (Janelle Monáe), primeira engenheira negra da NASA; e Dorothy Vaughan (Octavia Spencer), uma das poucas supervisoras afrodescendentes da agência.

Baseada em fatos reais, a narrativa foi desenvolvida a partir do livro homônimo de Margot Lee Shetterly, lançado no mesmo período que o longa-metragem, mostrando que mesmo as grandes histórias, quando de pessoas negras, tendem a permanecer invisíveis.

Invisibilidade é algo que acompanha com frequência a existência da mulher negra. Em abril de 2018, Beyoncé chegou ao Festival Coachella para ser a primeira afrodescendente a ser artista principal daquele palco, apesar de o circuito existir há quase duas décadas. O show histórico se transformou no documentário *Homecoming*, que mostra também os bastidores do espetáculo, considera-

Sarah Breedlove, mais conhecida como Madam C.J. Walker — seu nome consta do Guinness World Records como o da primeira milionária *self-made* negra dos Estados Unidos.

do pela crítica um dos maiores shows de música pop de todos os tempos. Com o filme, a artista mostra todo o processo criativo e conceitual da apresentação, baseado na história e na estética das faculdades e universidades historicamente negras (HBCUs) dos EUA. Valorização de corpos negros, historiografia afrocentrada e elementos da cultura clássica e contemporânea da diáspora dialogam com a documentação apresentada no filme, dando protagonismo aos negros presentes no espetáculo.

Falamos aqui de apenas quatro produções, dentre muitas outras de maior ou menor escala, orçamento e visibilidade, que passaram a sair do papel por pressão e demanda de uma comunidade negra que cada vez mais aprende a valorizar sua identidade étnica e racial e a expressá-la das mais variadas maneiras. É a libertação, ainda em curso.

A revista **intrínsecos** é uma publicação exclusiva do clube de assinatura da editora Intrínseca e chega aos leitores mensalmente acompanhando o livro distribuído pelo clube.

PROJETO EDITORIAL
Danielle Machado

PROJETO GRÁFICO E DIREÇÃO DE ARTE
Aline Ribeiro | alineribeiro.pt

DIAGRAMAÇÃO
Julio Moreira | Equatorium Design

IMAGENS
Foto da autora © Nicole Mondestin; p. 3, ilustração da capa do livro: Bulgn; págs. 14-15: Billie Holiday, por William P. Gottlieb/US Library of Congress's Music Division; Dona Ivone Lara, por Natalia Bezerra; Lauryn Hill, por Daigo Oliva; págs. 26-27: Madam C.J. Walker, Scurlock Studio/Smithsonian Institution/National Museum of American History; todas sob CC Commons. Demais imagens: Shutterstock

www.intrinsecos.com.br
www.intrinseca.com.br

Intrínsecos® e Clube Intrínsecos® são propriedade da Editora Intrínseca Ltda.
CNPJ 05.660.045/0001-06 — Rua Marquês de São Vicente 99, 3º andar, Gávea, Rio de Janeiro, RJ, CEP 22451-041
Telefone: (21) 3206-7474 — e-mail: contato@intrinsecos.com.br

intrínsecos

"Foi somente depois de começar uma vida nova em Nova York — após tanta gente negra ser assassinada injustamente pela polícia; após passar horas a fio mergulhada nos textos de Huey Newton e Malcolm X e Frantz Fanon; após ver como podia ser extenso o corredor de produtos para cabelo natural crespo em uma Target do Brooklyn — que ela decidiu cortar todo o cabelo alisado e ver o que acontecia. No fim das contas, gostou do resultado. Não gostou foi do tempo que levou para descobrir isso sobre si mesma."